U0330121

中外语言文学学术文库

法国现当代左翼文学

Modern and Contemporary French Left-wing Literature

吴岳添 著

图书在版编目（CIP）数据

法国现当代左翼文学 / 吴岳添著. —上海：华东师范大学出版社，2017
（中外语言文学学术文库）
ISBN 978-7-5675-6880-8

Ⅰ. ①法… Ⅱ. ①吴… Ⅲ. ①文学研究—法国—现代 Ⅳ. ①I565.065

中国版本图书馆CIP数据核字（2017）第218018号

法国现当代左翼文学

著　　者　吴岳添
策划编辑　王　焰
项目编辑　曾　睿
特约审读　翁晓玲　胡顺芳
责任校对　胡　静
封面设计　金竹林　杨星梅
责任印制　张久荣

出版发行　华东师范大学出版社
社　　址　上海市中山北路3663号　邮编 200062
网　　址　www.ecnupress.com.cn
电　　话　021-52713799　行政传真 021-52663760
客服电话　021-52717891　门市（邮购）电话 021-52663760
地　　址　上海市中山北路3663号华东师范大学校内先锋路口
网　　店　http://hdsdcbs.tmall.com

印 刷 者　江阴市华力印务有限公司
开　　本　787×1092　16开
印　　张　18.5
字　　数　306千字
版　　次　2017年11月第1版
印　　次　2017年11月第1次
书　　号　ISBN 978-7-5675-6880-8/I.1755
定　　价　63.00 元

出 版 人　王　焰

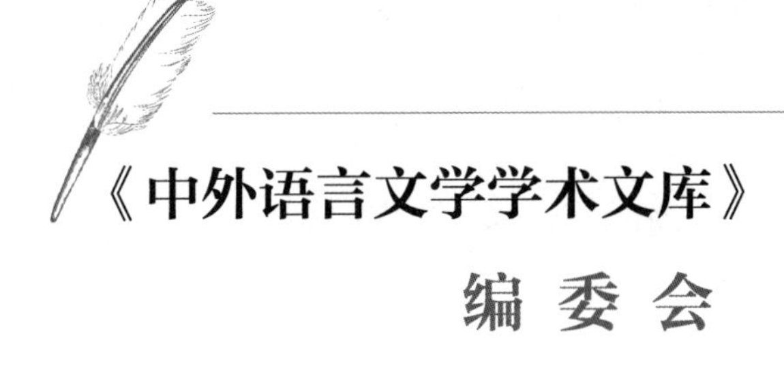

《中外语言文学学术文库》
编 委 会

总　序

GENERAL PREFACE

改革开放以来，国内中外语言文学在学术研究领域取得了很多突破性的成果。特别是近二十年来，国内中外语言文学研究领域出版的学术著作大量涌现，既有对中外语言文学宏观的理论阐释和具体的个案解读，也有对研究现状的深度分析以及对中外语言文学研究的长远展望，代表国家水平、具有学术标杆性的优秀学术精品呈现出百花齐放、百家争鸣的可喜局面。

为打造代表国家水平的优秀出版项目，推动中国学术研究的创新发展，华东师范大学出版社依托中国图书评论学会和南京大学中国社会科学研究评价中心合作开发的“中文学术图书引文索引”（CBKCI）最新项目成果，以中外语言文学学术研究为基础，以引用因子（频次）作为遴选标准，汇聚国内该领域最具影响力的专家学者的专著精品，打造了一套开放型的《中外语言文学学术文库》。

本文库是一套创新性与继承性兼容、权威性与学术性并重的中外语言文学原创高端学术精品丛书。该文库作者队伍以国内中外语言文学学科领域的顶尖学者、权威专家、学术中坚力量为主，所收专著是他们的代表作或代表作的最新增订版，是当前学术研究成果的佳作精华，在专业领域具有学术标杆地位。

本文库首次遴选了语言学卷、文学卷、翻译学卷共二十册。其中，语言学卷包括《新编语篇的衔接与连贯》、《中西对比语言学—历史与哲学思考》、《语言学习与教育》、《教育语言学研究在中国》、《美学语言学—语言美和言语美 》和《语言的跨面研究》；文学卷主要包括《西方文学“人”的母题研究》、《西方文学与现代性叙事的展开》、《西方长篇小说结构模式研究》、

《英国小说艺术史》、《弥尔顿的撒旦与英国文学传统》、《法国现当代左翼文学》等；翻译学卷包括《翻译理论与技巧研究》、《翻译批评导论》、《翻译方法论》、《近现代中国翻译思想史》等。

本文库收录的这二十册图书，均为四十多年来在中国语言学、文学和翻译学学科领域内知名度高、学术含金量大的原创学术著作。丛书的出版力求在引导学术规范、推动学科建设、提升优秀学术成果的学科影响力等方面为我国人文社会科学研究的规范化以及国内学术图书出版的精品化树立标准，为我国的人文社会科学的繁荣发展、精品学术图书规模的建设做出贡献。同时，我们将积极推动这套学术文库参与中国学术出版“走出去”战略，将代表国家水平的中外语言文学学术原创图书推介到国外，构建对外话语体系，提高国际话语权，在学术研究领域传播具有中国特色、中国高度的语言文学学术思想，提升国内优秀学术成果在国际上的影响力。

《中外语言文学学术文库》编委会

2017年10月

前　言
FOREWORD

马克思主义对法国现当代左翼文学的影响

自从列宁领导的十月革命胜利以后，从红色的30年代到第二次世界大战结束，左翼文学形成了一股席卷世界的强大潮流。我国读者对左翼文学并不陌生，1930年3月2日成立的“中国左翼作家联盟”（简称“左联”），拥有包括鲁迅、郭沫若和茅盾等在内的一大批左翼作家，产生了巨大而深远的影响。法国的左翼文学源远流长，在20世纪上半叶极为繁荣，至今仍然绵延不绝，更是现当代文学中一个不可或缺的重要组成部分。

人们也许并未注意到这样一种现象：在左翼文学繁荣的时代，有些国家里却没有“左翼文学”的概念。例如在苏联，除了在20年代五花八门的文学团体中有过一个昙花一现的“左翼艺术阵线”之外，总的来说没有“左翼文学”。在左翼力量十分强大、进步文学极为繁荣的法国，不但从未有过“左翼文学”的名称，而且几乎没有任何研究者或批评家关注“左翼文学”。在形形色色的《法国文学史》（包括诗歌史和小说史等）里，没有专门论述“左翼文学”的章节，即使提到属于左翼的作家，也往往用各种流派或体裁加以归类，例如把拉法格归于马克思主义批评家，把萨特归于存在主义作家，把阿拉贡归于超现实主义或者社会主义现实主义作家等，从而使“左翼文学”在法国现当代文学史上成了一个空白。

这种奇特的文学现象显然值得研究。从时代背景来看，无人关注左翼文学的原因，是随着当代社会和市场经济的飞速发展，文学几乎已经蜕变为一种娱乐手段；但即使在文学研究的范围内，左翼文学也似乎成了明日黄花，没有什么值得研究的现实意义了。其实看一个国家里有没有“左翼文学”的概念，问题倒不难解决，只要看该国共产党的地位和政策，看它是否需要联合党外的进步力量就可以了，例如美国共产党的力量远远比不上苏共或法共，美国的左翼文学却十分繁荣。左翼文学问题的难度在于它本身难以界定，例如就法国左翼文学而言，它不但与国内的无产阶级文学等相互交织，而且更与马克思主义、与苏联和法共的文艺政策有着千丝万缕的联系，因而使得对它的研究成了一个十分棘手的问题。

左翼文学是在马克思主义影响下、以共产党领导的革命斗争为核心的进步文学，因此它与马克思主义和法共必然密切相关。但实际情况又相当复杂，因为它涉及到马克思主义批评的演变，苏联和法共文化政策的变化，作家们对马克思主义的理解，以及他们与法共的关系。例如信仰马克思主义的作家不一定是法共党员，法共作家不一定是马克思主义者，同一个作家也可能会随着形势的变化而采取不同的立场。再加上法共从与苏联保持距离到追随苏共的政策，法国进步作家从信仰苏联的社会主义到脱离苏联的过程，都使得左翼文学的轮廓显得模糊不清，这也许是迄今为止我国对法国现当代左翼文学尚无系统研究、就连法国也没有出现一部《马克思主义文学批评史》或《左翼文学史》的根本原因。正因为如此，如何确定法国现当代左翼文学的性质和范围，追溯它的渊源、历史沿革和影响，无疑是一个很有现实意义的研究课题。

一　左翼文学与无产阶级文学的区别

无产阶级文学曾经是一种广为流行的文艺思潮。考察各国的文学史和各种跨国别的文学史，不难看到无产阶级文学是现当代世界文学中的一个重要方面，即使在没有“左翼文学”概念的国家里，例如苏联和法国，也存在着无产阶级文学。无产阶级文学萌芽于19世纪30年代，是随着工人阶级的产生而形成的工人文学，此后逐渐发展成为以英国的宪章派文学、法国的巴黎公社文学、尤其是高尔基为代表的俄国无产阶级文学为核心的文学思潮。

在两次世界大战前后，尤其是在各国人民反法西斯斗争的过程中，涌现出了大量反对侵略战争、反对殖民主义和种族主义、致力于描写劳动人民为争取解放而斗争的进步文学作品，这些作品在许多国家里都被归入无产阶级文学。例如在东欧，“20世纪上半叶，特别是两次大战之间，是东欧各国无产阶级革命文学蓬勃发展的时期，这种文学也是在东欧各国无产阶级革命运动和广大人民的反法西斯斗争中发展起来的……东欧各国在1918至1919年革命风暴和俄国十月革命胜利之后，这些作家开始接受马克思列宁主义和树立无产阶级世界观，参加了共产党所领导的反法西斯斗争和工农革命运动”[1]。《东方文学史》也在名为“日本无产阶级文学”的一节中，指出日本的“无产阶级文学也与西方文艺思潮有关，并在共产主义运动、苏俄文学的影响下形成、发展”[2]。

无产阶级文学既然与无产阶级革命和社会主义思潮密切相关，就具有随着政治形势的发展而变化的特征，因此与其说是一个文学流派，不如说是一个政治概念，所以纯粹的无产阶级文学流派实际上是不可能存在的。众所周知，在资本主义社会里，凡是涉及无产阶级的文学作品，都要依靠资产阶级作家来创作，以至于著名的进步作家都是资产阶级作家。正如拉法格指出的那样：“直到如今，这样的一个作家还不存在，甚至似乎不可能存在。被卷入生产的齿轮系统中的人，由于过度的劳苦和穷困而下降到那样卑微的地步，他们是那样地昏沉，以致仅仅有受苦的力量，而没有叙述他们自己的苦痛的能耐。”[3]拉贡则引用当代批评家的论断作为论据：“‘只要人在忙于谋生，就永远不会有时间写作’，纪德在他的《日记》里这样断言……罗朗·巴尔特告诉我们（《神话学》，1957）：‘在资产阶级社会里，既没有无产阶级的文化，也没有无产阶级的道德，没有无产阶级的文艺；从意识形态上来说，非无产阶级的一切都不得不借自资产阶级。’”[4]所以当无产阶级力量弱小的时候，即使有工人作家写出了反映劳动者生活和斗争的作品，它们与资产阶级民主主义文学也没有明确的区别。

到20世纪的二三十年代，法国出现过名为民众主义的文学派别，鼓励工人和农民进行创作，也出现过主张无产阶级文学的普拉伊，但是这些主张都由于脱离现实而不可能取得成功。法国尽管产生了社会主义现实主义作家阿拉贡，获得斯大林文学奖金的斯蒂，也不能说因此就有了纯粹的无产阶级文学。正如法共评论家让·阿尔佩蒂尼指出的那样：“人们可以观察到，在法国除了广义的和约略相似的‘无产阶级文学’之外……大部分法国作家，即使是共产

1　中国社科院外文所东欧文学室编著：《东欧文学史》（下册），重庆出版社，1990年，第734页。

2　季羡林主编：《东方文学史》（下册），吉林教育出版社，1995年，第1104页。

3　拉法格：《左拉的<金钱>》，罗大冈译，载《罗大冈文集》，第3卷，中国文联出版社，2004年，第63页。

4　拉贡：《无产阶级文学史》，阿尔班·米歇尔出版社，1974年，第10页。

党员，从社会学的意义上来说，都是小资产阶级出身的。”[1]没有无产阶级作家，无产阶级文学自然就无从谈起，而研究无产阶级文学却找不到无产阶级作家，这本身就是无产阶级文学研究中的一个悖论。

既然如此，追求纯粹的无产阶级文学就是一个不切实际的目标，凡是自我标榜为无产阶级文学的组织，在发展过程中就必然会不断地产生分裂和矛盾。例如1925年成立的“拉普”（俄国无产阶级作家联合会），它鼓吹工人运动需要“百分之百的无产阶级作家”，采取宗派主义的极左立场来排斥一切不同路人。法国无产阶级作家小组的发起人普拉伊认为：“无产阶级的文学是出身于无产阶级的作家所描写的无产阶级的生活。”[2]也就是主张必须由出身于无产阶级的人来创作反映无产阶级的文学作品，这个定义显然过于严格，在实践中是行不通的。至于以无产阶级革命自居的超现实主义小组，更是自始至终矛盾重重，不断分裂。日本的无产阶级文学组织也因为内部分歧而多次改名，分裂成不同的派别。凡此种种都足以证明：不宜用“无产阶级文学”来概括一种带有世界性的文学潮流。

正因为如此，在整个20世纪的法国，包括法共在内，没有任何文学史家或批评家关注无产阶级文学，只有自学成才的拉贡出版了《人民作家》（1947），并两次修订再版，改名为《工人文学史》（1953）《法国无产阶级文学史》（1974）。在普拉伊的无产阶级文学思潮的影响下，他努力搜集从中世纪到当代的工人和农民作家的资料，并且把体力劳动者分为两类：一类是累得无暇他顾的人，另一类是虽然忙碌，但嘴巴和手脚还有空闲的人。例如鞋匠在工作时嘴巴可以唱歌，脚可以打拍子，他们的创作就要比其他劳动者丰富。拉贡的观点不无可取之处，但他研究的是穷苦作家而不是无产阶级文学，何况这些研究对象都鲜为人知，因此几乎没有产生什么影响。

无产阶级在夺取政权之后领导整个国家，就需要用别的名称来取代无产阶级文学。“如在苏联往往称‘苏维埃文学’‘苏联文学’‘社会主义现实主义文学’；在中国往往称‘人民文学’‘新中国文学’等。”有学者认为“社会主义文学”这个名称最为适宜：“随着第一个社会主义国家苏联的诞生，随着社会主义理想变成活生生的现实，为社会主义奋斗服务的无产阶级文学，用社

1　让·阿尔佩蒂尼：《五十年代以来的法国共产主义作家和研究工作者》，罗大冈译，载《罗大冈文集》，第3卷，中国文联出版社，2004年，第174页。

2　让-皮埃尔·贝纳尔：《法国共产党和文学问题，1921—1939》，格勒诺布尔大学出版社，1972年，第24页。

会主义文学的名称来取代，变成顺理成章和理所当然的事情。”[1]

社会主义文学这个名称有其合理的一面。列宁一贯坚持无产阶级能够吸收一切文化的马克思主义观点，反对建立一种纯属无产阶级的无产阶级文化。“在苏维埃政权初期，列宁和布尔什维克党同以波格丹诺夫为代表的无产阶级文化派进行了长期不懈的斗争，坚决批判了他们所杜撰的否定文化遗产、不要农民和知识分子参加和不受党和政府领导的‘没有杂质’和‘纯粹’的‘无产阶级文化’。”[2]为了反对无产阶级文化派，他早在1920年就使用过“社会主义文化”的说法。苏联在30年代也提出了社会主义现实主义的创作方法，因而使无产阶级文学逐渐被社会主义文学或社会主义现实主义文学所取代。

随着时代的发展和文学的演变，社会主义现实主义这个概念在50年代有了重大的修改，在60年代受到了加洛蒂等人的批判，到70年代又演变成为一个开放的体系，总的来说几乎已名存实亡。现在连提出这个口号的“第一个社会主义国家苏联”也不再存在，所以社会主义文学这个名称显然不再适用于概括当代的进步文学，至于无产阶级文学的概念当然就更加不合时宜了。这不是对社会主义有没有信心的问题，而是应该从实际出发，实事求是地看待当代的现实世界。

综上所述，无产阶级文学的概念可以用于某个特定阶段的文学，例如巴黎公社文学，或者某个具体的作家或作品，例如高尔基、《国际歌》等，而不宜用来概括各国的现当代进步文学。相比之下，用左翼文学来概括世界范围内的进步文学，无疑要比无产阶级文学或社会主义文学更为全面和准确，因为从无产阶级文学到社会主义文学，从资产阶级的进步文学到共产党领导的文学，都可以包括在左翼文学的范畴之内，这就是笔者要把左翼文学作为研究课题的原因。

左翼和右翼在政治上指政党的左派和右派，顾名思义，左翼文学自然应该是为左派的事业服务、为无产阶级和劳动人民服务的进步文学。这种文学当然不是无本之木和无源之水，不是到20世纪才凭空产生的。在资本主义社会里，工人和农民的生活往往要依靠资产阶级民主主义作家来表现，例如雨果的《悲惨世界》（1862）深刻地揭示了劳动人民的苦难，左拉的《萌芽》（1885）最早反映了工人阶级的罢工斗争。这些资产阶级的左翼作家，实际上就是左翼文学的先驱。

1　董学文主编：《文艺学当代形态论》，北京大学出版社，1998年，第427页。

2　吴元迈：《30年代苏联文学思想》，载《吴元迈文集》，上海辞书出版社，2005年，第360—361页。

然而左翼文学不只是对穷人表示同情和怜悯的文学，因为几乎所有的文学作品、特别是批判现实主义以来的小说中，都或多或少地包含着揭露和批判社会现实、同情下层民众的内容，如果把它们全都视为左翼文学，那么左翼文学的范围将会变得漫无边际。为此应该根据左翼文学的性质，给它下一个比较客观的定义：与以往揭露和批判社会现实的文学不同，左翼文学是指马克思主义产生以来，特别是在俄国十月革命胜利之后，在各国无产阶级的斗争中、特别是在共产党领导的反法西斯斗争的影响下，在世界范围内发展和繁荣起来的进步文学。

根据这个定义，我认为把《共产党宣言》问世的1848年作为左翼文学的起点是比较适宜的。例如英国宪章运动左翼领导人之一、著名诗人厄内斯特·琼斯（1819—1869），早在1847年就与马克思和恩格斯有所交往，并且是共产主义同盟的成员。《国际歌》的作者鲍狄埃，也参加过1848年巴黎工人的起义，创作出了革命的诗篇。

二　左翼文学与法共的关系

法国是否存在左翼文学，答案是不言而喻的。早在1871年，法国就诞生了世界上第一个无产阶级政权——巴黎公社，涌现出了献身于公社事业的诗人鲍狄埃、女诗人米歇尔和作家瓦莱斯。法国工人党的创始人之一拉法格，本身就是一位杰出的马克思主义批评家。在第一次世界大战期间，巴比塞揭露帝国主义战争罪行的小说《光明》受到了列宁的赞赏，1921年荣获诺贝尔文学奖的法朗士，还以77岁的高龄加入了刚刚诞生的法国共产党。在红色的30年代，进步文学空前繁荣，阿拉贡和艾吕雅等法共作家，在抵抗运动中成为杰出的爱国主义诗人。在战后文坛上，作为法共领导人之一的加洛蒂发表的《论无边的现实主义》，法共批评家阿尔都塞对马克思主义的研究，被称为新马克思主义批评家的戈尔德曼提出的发生学结构主义理论，都在法国乃至世界上产生了深远的影响。仅从这些最著名的例子中，就可以看出左翼文学在法国现当代文学中占有举足轻重的地位，而且与法共的关系极为密切。然而法国现当代文学史上却没有“左翼文学”这个概念，这种自相矛盾的奇特现象正是法共本身造成的。

作为法国无产阶级的政党和反法西斯斗争的中流砥柱，法共理当重视无产阶级文学和左翼文学，但事实恰恰相反。表面上是因为在1920年7、8月间，俄国无产阶级文化协会国际局成立以后，计划在各国建立相应的协会，但是到莫斯科出席会议的法国代表雷蒙·勒菲弗尔（1891—1920）乘船回国时在北冰洋上遇难，致使法国未能像英国和德国那样建立无产阶级文化协会。实际原因是在1920年12月，法共从法国社会党分裂出来以后，以加香[1]为首的老一代社会党人在党内处于领导地位，他们对苏联的文艺政策并不亦步亦趋，而是保持着比较独立的姿态。

巴比塞从1926年4月底开始担任《人道报》的文学主编，是法共在文化方面的马克思主义权威。当“拉普”在1927年末成立“革命文学国际局”，要求西方各国建立工人作家队伍，创造本国的无产阶级文学的时候，他并未执行“拉普”的路线。他在1928年创办了《世界》杂志，在创刊号上就提出了在资本主义社会里是否存在无产阶级文学这个根本问题，而且认为这种文学只有将来才有可能存在。1930年11月，国际无产阶级作家代表大会在哈尔科夫召开，通过了《关于法国无产阶级革命文学的决议》和《关于<世界>杂志的决议》，把《世界》说成是“反动的小资产阶级杂志，革命的无产阶级的敌人。”[2]因病缺席的巴比塞受到猛烈批判，但法共却允许他发表《作家与革命》（1931）来为自己辩护，从而使他的威望基本上未受影响。

正如马克思主义批评家、1930年任《人道报》文学主编的弗雷维尔[3]所说的那样：“文化革命只能在政治上夺权之后发生，认为它能产生于夺权之前是一种天真或一种背叛。”[4]在30年代，法共根据国内外的形势，采取了与党外知识分子结成统一战线、进而组成人民阵线以利于反法西斯斗争的策略。1932年，巴比塞、瓦扬-古久里和弗雷维尔等建立了“革命作家和艺术家联合会”，以团结一切愿意为反法西斯和保卫文化而斗争的作家和艺术家。联合会不要求它的成员必须信仰马克思主义，实际上已经远离了所谓的无产阶级文学。在法西斯主义阴影的笼罩下，许多作家在彷徨之中对苏联产生了希望。例如罗曼·罗兰就发表了《向过去告别》（1931），决心站在苏联一边。向左转

1　马塞尔·加香（1869—1958），法国共产党的创始人之一，曾长期担任法共和共产国际的领导职务，在第二次世界大战期间曾参与领导抵抗运动。

2　《成问题的无产阶级文学》，《欧洲》文学月刊，法国联合出版社，1977年3—4月合刊，第187页。

3　让·弗雷维尔（1898.5.25—1971.6.23），马克思主义批评家，1930年任《人道报》主编，著有《黑夜在图尔终止，法国共产党的诞生》和《我们时代的见证者》等，1955年参与创立巴黎马克思主义图书馆。

4　让-皮埃尔·贝纳尔：《法国共产党和文学问题，1921—1939》，格勒诺布尔大学出版社，1972年，第1页。

的作家大多对法共怀有戒心，而联合会正好符合他们的要求，所以加入联合会的作家、批评家等知识分子多达5000余人。法共因此团结了大量的作家和艺术家，使他们有了从事共同斗争的统一组织。

但是以多列士[1]为总书记的法共没有充分利用这种极为有利的形势，而是越来越追随苏联的政策，对党外的民众主义文学和无产阶级作家小组进行猛烈批判，把凡是不同意党的政策的党员作家统统开除出党，例如在1927年加入法共的布勒东等超现实主义者，不赞成法共的阿尔及利亚政策的加缪，反对《苏德互不侵犯条约》的尼赞等。对党外作家则按照他们的政治态度区别对待，例如纪德在表示信仰共产主义并接近苏联的时候，就被视为左翼的进步作家，而当他反过来揭露和批判苏联的时候，就理所当然地被斥为右翼的反动作家了。法共对待文学的态度既然只是使文学从属于政治的需要，当然就只能收效于一时，而不可能形成兼容并蓄和影响深远的左翼文学大潮了。

法共在战后成为法国第一大党，围绕在它周围的进步力量，即所谓的左翼集团势力非常强大，萨特就是左翼集团的代表人物之一。这本来为法共的执政和左翼文学的繁荣创造了有利的条件，但是法共发起了大规模的清洗运动，逮捕了三万人，包括一些著名作家在内的大多数人被枪决了。其中有些人是因叛国而受到了应有的惩罚，但也有一些人是被公报私仇，从而造成了运动的扩大化，也使左翼集团内部产生了分裂。广大民众对此深感疑虑，法共的威望因而随之下降。

1956年2月，苏共召开第二十次代表大会，赫鲁晓夫的秘密报告抨击了对斯大林的个人崇拜，由此导致了当年10月份匈牙利事件的爆发。许多在抵抗运动期间加入法共、但是反对苏联出兵干涉匈牙利的作家，例如韦科尔、瓦扬和鲁瓦等纷纷脱党或被开除，萨特等左翼作家也与法共断绝来往。到1968年苏联入侵捷克之后，就连法共的马克思主义权威加洛蒂也被开除出党了。经过《苏德互不侵犯条约》、匈牙利事件和苏联入侵捷克，法国的左翼知识分子分三批先后脱离了苏联和法共。苏联的解体和东欧的剧变，更是沉重地打击了资本主义社会里的左翼势力，法共党员锐减至10万人，已经从法国解放时的第一大党衰落为一个小党，左翼文学的创作自然也随之一蹶不振了。

综上所述，可见法国的左翼文学虽然与法共密切相关，却不能仅仅限定为法共领导的文学。左翼文学的范畴要比法共领导的文学远为广泛，除了法共作

1　莫里斯·多列士（1900—1964），1920年加入法共，1930起任法共总书记直至去世，曾任政府副总理，著有《人民的儿子》等。

家之外，还包括左翼集团作家，与马克思主义有关的各种批评流派，特别是许多被法共开除的作家。其中有些人虔诚地信仰马克思主义，例如积极创办《马克思主义》杂志的尼赞，因反对《苏德互不侵犯条约》而被开除出党。也有一些人虽然不一定赞成马克思主义，但是他们的作品在特定的时期里很有影响，加缪的反法西斯杰作《鼠疫》，无疑也应该列入左翼文学的范畴。

三　马克思主义对法国左翼文学的影响

传统的马克思主义批评在19世纪末的法国就已经存在，拉法格就是其中的突出代表。十月革命胜利之后，随着马克思主义的传播，苏联的建立和各国共产党的壮大，以及反法西斯文学的繁荣，法国的马克思主义文学批评得到了长足的发展，但是这并不意味着进步的知识分子都懂得了马克思主义。实际上在第一次世界大战之前，没有一部马克思和恩格斯的重要理论著作被译成法文，而法共“所吸引的知识分子绝大多数是一些文化人，这些人对于社会主义思想的遗产更着重于感情上的联系而不是科学上的联系。”[1]例如纪德就说过：“我完全应该承认这一点：把我引向共产主义的不是马克思，而是福音书。”[2]

马克思主义在30年代的巨大影响，主要是通过法共领导的反法西斯斗争中体现出来的。法国最早的《马克思选集》到1936年才由弗雷维尔编辑出版，说明法共对马克思主义的研究相当薄弱，但正因为如此，才使源自卢卡契的《历史和阶级意识》（1923）的西方马克思主义有了发展的可能。第二次世界大战以后的和平环境，为研究马克思主义创造了有利的条件。在法共压制党内异己思潮的同时，各种独立于法共的流派得到了充分的发展，它们被统称为西方马克思主义，使法国成了西方马克思主义的一个中心：“战后时期依然有从新的批判立场出发的马克思主义，这次主要产生在法国，出现在让-保尔·萨特和吕西安·戈德曼的著作中。戈德曼是两次世界大战之间马克思主义传统的直接传人……萨特的隶属关系不同，但他与马克思主义联系的模式却被夸张为最典型的。”[3]

1　佩里·安德森：《西方马克思主义探讨》，载陆梅林选编：《西方马克思主义美学文选》，漓江出版社，1988年，第129页。

2　纪德：《新日记，1932—1935》，加里玛出版社，1936年，第48页。

3　弗朗西斯·马尔赫恩编：《当代马克思主义文学批评》，刘象愚等译，北京大学出版社，2003年，第13页。

匈牙利事件与后来的越南战争，在西方引发了称之为“新马克思主义”的政治思潮和运动，也就是所谓的新左翼或新左派。这个激进的运动没有明确的理论或原则，但是总的来说是要破坏现存的资本主义制度，反对帝国主义和种族歧视，并且要付诸革命行动。新左翼运动在60年代初出现于英美，到1968年在法国形成了轰动世界的“五月风暴”。勒菲弗尔和萨特等左翼知识分子坚决支持学生运动，因为他们看到自己对当代资本主义社会的分析被“五月风暴”所证实；而造反的学生和工人则把西方马克思主义奉为自己的思想武器，进而导致了西方马克思主义的空前繁荣。英国新左派理论家佩里·安德森在他的论著《西方马克思主义探讨》（1977）中，列举了13位著名的西方马克思主义者，其中法国就占了四位：勒菲弗尔、萨特、戈尔德曼和阿尔都塞。

亨利·勒菲弗尔（1910—）是法国著名的哲学家、美学家和评论家。他生于加斯科涅地区的黑格特莫，曾在艾克斯大学和巴黎大学学习哲学，1928年加入法共，参与创办《马克思主义》杂志。1933年，他与诺伯特·古德曼将马克思的《巴黎手稿》（1932）译成法文，并参照《巴黎手稿》的内容修订自己的《辩证唯物主义》（1939）。战后他运用马克思主义的文艺批评方法，撰写了介绍马克思主义美学理论的《美学概论》（1953）等著作。

勒菲弗尔在《辩证唯物主义》中突出马克思早期著作的意义，强调马克思主义继承了黑格尔的思想，认为人类由于把自己从自然界分离出来而造成了自身的不幸，因此只能以“总体的人”为核心的人道主义来结束异化，重新回归自然界。这种人本主义的世界观，与苏联模式的正统马克思主义相对立，所以“从《辩证唯物主义》这一著作开始，勒斐弗尔就走上了用人本主义解释马克思主义的‘西方马克思主义’的道路。”[1]这部著作从此也被认为是西方马克思主义的重要代表作之一，对后来萨特的《辩证理性批判》产生了很大的影响。

在苏共二十大和匈牙利事件以后，勒菲弗尔参加左派俱乐部活动，成为法共党内的反对派。他发表了《向着革命浪漫主义前进》（1957）和《马克思主义的现实问题》（1958）等著述，于1958年6月被开除出党，后任图卢兹大学哲学教授。

《向着革命浪漫主义前进》几乎是法共党内最早否定社会主义的论文：

1　冯宪光：《“西方马克思主义”美学研究》，重庆出版社，1997年，第167页。

通常被称为“知识分子”的人们（仿佛他们构成一个统一的社会集团似的），新近得到了一次痛苦而又可贵的经验。……在这方面，有一点是新鲜的，即：社会主义或共产主义理想再也逃脱不了疑问了。这个理想成了问题，它逃脱不了批判性的检验，逃脱不了既衡量消极方面、也衡量积极方面的总结。它需要新的论据。直到去年为止，这种理想（即作为思想来看的社会主义和共产主义）依然是完整无缺的。……今天呢，即便是在它最忠实、最虔诚的拥护者的心目中，这个辉煌的理想也就黯然失色了。它在诚挚的心灵里尤其败坏不堪，它再也不能激起行动和勇气。[1]

勒菲弗尔由此认为马克思主义的美学也陷入了危机，于是顺理成章地否定了社会主义现实主义，只把它看成是一个“历史概念”，所以他要用新浪漫主义、也就是以人道主义为核心的浪漫主义美学来填补由此产生的空虚。作为法共资格最老的理论家和批评家之一，他最早站出来发表这样的文章，其影响之大是毋庸置疑的，因此他理所当然地遭到了激烈的批评，第二年就被开除出党。但是作为法国最早的西方马克思主义者，他实际上只是早走了一步，加洛蒂和阿拉贡不久就步了他的后尘。

让-保尔·萨特（1905—1980）是无神论存在主义哲学的创始人。法国刚刚解放，他就在1945年10月创办了无党派的社会主义杂志《现代》，在创刊号社论里抨击了为艺术而艺术的态度，提出了“介入文学”的口号，在50年代成为法共的同路人。他的政治介入导致了哲学思想的变化，因而极力把马克思主义纳入他的存在主义哲学，《辩证理性批判》（1960）就是这一努力的成果。

《辩证理性批判》的主要内容，是论述人与历史的关系。按照历史唯物主义的观点，经济发展过程决定着历史的进程，从这个意义上来说是人创造了历史，但是无论在资本主义国家还是社会主义国家里，人都不能按照自己的愿望来控制历史，因为人被异化了，被剥夺了自身的本质，萨特认为这种异化是命定的，因为我们只是以孤立的个人在行动。

萨特指出，经济发展的过程是世世代代的人共同创造的，个人的行动只是体现了集体的愿望和要求，所以总体的人才是创造历史的动力。如果我们能集体意识到我们所能起的历史作用，把我们作为不可分割的整体的组成部分，向

1　亨利·勒菲弗尔：《向着革命浪漫主义前进》，丁世中译，载《勒菲弗尔文艺论文选》，作家出版社，1965年，第204、206页。

着同一个方向，努力实现同一个“设计”，历史就会与创造它的人融为一体。这就是存在主义与历史唯物主义的交会点：为了使两者互不矛盾，必须使人能够永远超越他自身的生存条件，人的本质就在于能够把自己变成与别人把他造成的样子不同的人，正如他早就指出的那样：“存在主义的第一个作用是它使每一个人主宰他自己。”[1]

萨特认为马克思主义是当今世界不可超越的哲学，而存在主义只是一种意识形态，一种寄生的思想体系，因此需要在马克思主义提供的框架里保持自己的独立性。他指出马克思主义本来是一种“真正的人道主义”，本当包含存在主义，但是当代的马克思主义是“懒汉式的马克思主义”，它的教条主义和官僚主义使马克思主义出现了“人学的空场”。它用一般的真理去分析具体的个人，忽视了每个人的具体实在，由于剥夺了人的主观性而陷于僵化，所以应该用存在主义这种“人学”的活力来补充马克思主义，以人的主观性为出发点去建立一个不同于物质世界的王国，一个由“自为”的人的意识所规定的王国，一个“自在”的客观世界。.

萨特主张个人第一性，社会第二性，就个人属性来说，个人的心理和生理属性是第一性，而社会属性则是第二性。鉴于马克思主义把人从一开始就当做成年人，因此有必要回溯到人的童年时代，以便完整地理解他成年之后的思想和行为，萨特为此创立了自己的辩证法，即“前进－逆溯法”或“存在精神分析法”。也就是研究一个人的时候，首先要用精神分析方法追溯他的童年时代，然后再用马克思主义的方法研究他的一生，他研究福楼拜的巨著《家中的低能儿》（1971—1972）就是这一学说的体现。

吕西安·戈尔德曼（1913—1970）自认为是卢卡契的学生，完善和发展了卢卡契提出的文学社会学的理论体系。他从卢卡契的《历史和阶级意识》出发，早在1947年就提出，“历史唯物主义在文学研究领域里的基本观点，认为文学和哲学是世界观的不同的表达方式，世界观不是孤立的个人现象，而是社会现象”，[2]并且由此形成了他称之为“发生学结构主义”的批评方法。扼要地说，他认为任何个人都是某个社会集团或阶级的一分子，任何行为的主体都不是个人而是集体，因此作品的真正作者不是个人，而是社会集团，而越是

1　萨特：《存在主义是一种人道主义》，郑恒雄、陈鼓应译，载柳鸣九主编：《“存在”文学与文学中的“存在”》，社会科学文献出版社，1997年，第337页。

2　让-伊夫·塔迪埃：《20世纪的文学批评》，史忠义译，百花文艺出版社，1998年，第185页。

杰出的作品就越能清楚地反映出作家所属集团的世界观。在《隐藏的上帝》（1955）里，他把卢卡契的术语“阶级意识”转换为“世界观”，以便更容易被西方的读者所接受。

戈尔德曼在《论小说的社会学》（1964）里继承了卢卡契关于“物化”的观点，着重分析了社会经济生活结构与小说结构之间的同源性。例如在自由竞争的资本主义社会里，作品的主人公往往是努力奋斗的个人主义者，而到了垄断机构高度发展的帝国主义时代，个人奋斗的价值日益丧失，因此出现了卡夫卡式的没有主体的小说。戈尔德曼力图把马克思主义的原理与西方的社会现实相结合，改变了过去左派批评家只看作家和人物的阶级属性、把资产阶级文学一概斥之为颓废文学的教条主义态度，从而使马克思主义的文学批评获得了新的活力，他也因此被称为新马克思主义批评家。

路易·阿尔都塞（1918—1990）的理论被称为结构主义的马克思主义。概括地说，他是利用60年代兴起的结构主义方法，对《资本论》等著作一行行地进行“对症阅读”，即从字里行间的空白处去发现未被充分提出来或根本没有被提出来的问题，试图在科学的基础上对马克思主义进行哲学的解释。1961年，他在《关于青年马克思》一文中，指出了青年马克思与成年马克思的区别，并把马克思写作《德意志意识形态》的时间即1845年作为这一区别的界限，他称之为“认识论的断裂”。他把“断裂”前称为意识形态阶段，“断裂”后称为科学阶段。为了保卫马克思主义的纯洁性和科学性，他主张把异化观念等意识形态杂质从马克思主义学说中清除出去。

自从马克思的早期著作《1844年经济学—哲学手稿》在1932年出版之后，其中提及的“异化理论”以及“人的本质的全面实现和发展”等观点，就被某些社会民主党人作为 “人道主义马克思主义”的依据。苏共二十大批判斯大林的个人迷信之后，有关人的自由和尊严等成了普遍关注的问题，更导致了人道主义思潮的流行。作为法共领导人之一的理论家加洛蒂，也在1957年发表了《马克思主义的人道主义》。由此可见在20世纪50年代，“人道主义马克思主义”已经成为西方马克思主义最重要的思潮。在这种情况下，阿尔都塞发表了《马克思主义和人道主义》（1963）一文，提出了“马克思的理论反人道主义”的问题。他认为人道主义有两个历史阶段：第一个历史阶段是在阶级社会里进行阶级斗争，因此人道主义只能是阶级的人道主义，要消灭阶级剥削就要实行无产阶级专政；第二个阶段是在阶级消灭之后，阶级国家变成了全民的国家，阶级人道主义就被社会主义的个人人道主义所取代。归根结底，他认为人道主义只能是意识形态而不是理论，他的指导思想是用历史唯物主义的科学来反对理论人道主义这种意识形态，由此形成了与"人道主义马克思主义"相对立的"科学主义马克思主义"。阿尔都塞的论文集《保卫马克思》（1965）的出版，使他被公认为结构主义马克思主义的主要代表，也是法国当代研究马克思主义的权威。

面对西方马克思主义的繁荣，法共不甘心放弃自己的正统地位，在1959年创办了由加洛蒂领导的马克思主义学习研究中心，每年举办一些"马克思主义思想周"，与萨特等党外的哲学家进行公开辩论。这种辩论不仅恢复了法国的古老传统，而且还推广到了希腊、瑞士、德国和美国等其他国家，为扩大马克思主义的影响作出了贡献。

1963年，加洛蒂发表文艺论著《论无边的现实主义》，在东方和西方都引起了激烈的争论。他主张开放和扩大现实主义的定义，把卡夫卡、圣琼·佩斯和毕加索这三位现代主义文艺大师的作品也列入现实主义的范畴，从而打破了马克思主义的文艺批评一贯把现代主义视为"颓废文艺"的僵化局面。加洛蒂认为："我写《论无边的现实主义》是为了恢复马克思主义的本色，用马克思原有的思想来分析当代的问题，这是我对发展马克思主义的一点贡献。"[1]但是他却因此在1970年被开除出党，这就表明他不再是法共所承认的正统的马克思主义者，实际上可以归入西方马克思主义的范畴，而且是其中主要的代表人物之一。

勒菲弗尔指出："什么叫马克思主义？它不是一个教条的统一体，不是一个最终的和封闭的体系。它是马克思矛盾地、辨证地发展的思想本身。马克思主义的多样性应该被看作是丰富、收获，而不是衰落的迹象，今天是不可能用同样的方式去看待法兰克福派和意大利的马克思主义的。"一言以蔽之，"经过辩论、思想活动、注释、1968年那样的事件和无数大的动荡之后，影响不断扩大的马克思主义思想已经深入到法国文化的各个领域，改变着文化本身的观念"。[2]而"马克思主义的敌手们不得不一再地宣布它的灭亡，正是它生命力的一个不由自主的最好证明"。[3]

1　吴岳添：《堂吉诃德式的斗士——访法国理论家罗杰·加洛蒂》，载吴岳添：《远眺巴黎》，敦煌文艺出版社，1994年，第205页。

2　热尔曼·布雷：《20世纪的法国文学，第2卷，1920—1970》，第164页。

3　亨利·勒菲弗尔：《马克思没有死》，法国《革命》杂志，1980年第14期，第52页。

上述五位作家在马克思主义的研究方面都取得了重要的成就，其中三位被法共开除或批判，但他们的著作无疑都属于左翼文学的范畴。实际上，法国当代的其他文学评论，也都与马克思主义有着千丝万缕的联系。正如董学文所说的那样："有一个基本事实是不能回避的，那就是在全球范围内，马克思主义学说——当然包括文艺学说——在被广泛解构、拒斥的同时，也被广泛地扩散和利用着……我们在当代西方诸多的文艺学说里，一直可以感知到各种被改装的马克思主义在其中'幽灵'般地徘徊……这一事实从另一个层面证明着马克思主义文艺理论的无限生机和旺盛活力，任何想解决当下某些理论问题的思想界都是绕不开马克思主义这个'不可否定之物'的。"[1]

即使在苏联解体和东欧剧变之后，从1999年到2005年，英国剑桥大学和英国广播公司等权威机构，进行了四次大规模的关于千年伟人的民意调查，马克思都以最高的得票率当选为"千年第一思想家"。[2]这无疑再一次证明了马克思主义的科学价值和不朽的生命力，但同时也是与西方马克思主义者的长期研究分不开的,因此我们对西方马克思主义应当予以客观的评价。

法国现当代左翼文学是一个新颖而复杂的研究课题，限于本人的学识水平，书中错误和不当之处在所难免，恳请专家和读者批评指正。

吴岳添

2017年8月于北京

1　董学文：《马克思主义：文艺理论建设的主心骨》，《文艺报》2001年1月6日。

2　参阅李慎明：《世界社会主义现状和发展的若干问题》，《社会科学报》，第234期，2006年9月14日，第1版。

目录
CONTENTS

第一编
左翼文学的历史背景

亨利•勒菲弗尔指出："法国浪漫派之所以蔑视市侩，之所以拒绝资产阶级社会和市民阶级，那正是为了革命和民主，那正是因为革命产生的社会既不符合于革命者的愿望，也不符合于他们的价值、思想（即意识形态），最后还因为，维护资产阶级社会的意识形态已经不再有，或者还没有深刻的影响。"[1] 法国大革命以后，拿破仑成为法兰西第一帝国的皇帝。他连年征战，打遍欧洲，1815年6月在滑铁卢战败，被流放到圣赫勒拿岛，波旁王朝复辟。1830年的七月革命推翻了波旁王朝，建立了以路易•菲利普为国王的的七月王朝，法国的工业革命由此开始，从而为资本主义的发展开辟了道路。

1851年，路易•波拿巴[2]发动政变，推翻共和国恢复帝制，于1852年12月2日宣布建立法兰西第二帝国，称拿破仑三世。在这一时期，由于科学技术的迅速发展，农业开始实行机械化，电力和蒸气机在钢铁、铁路、纺织等工业部门广泛应用，商业兴旺发达，银行、交易所等金融机构也大为繁荣。与此同时，为了争夺欧洲和世界的霸权，掠夺原料和开拓市场，法国对外推行扩张主义和殖民主义的政策，先后占领了突尼斯、西非、刚果等非洲广大地区和整个印度支那，成为一个侵略成性的帝国主义国家。

---

1 亨利·勒菲弗尔：《向着革命浪漫主义前进》，丁世中译，载《勒菲弗尔文艺论文选》，作家出版社，1965年版，第213页。

2 路易·波拿巴（1808—1873）曾于1836年和1840年两度宣布自己为皇帝，企图推翻路易·菲利普的七月王朝，被判处终身监禁。1846年他逃亡到伦敦，1848年革命后回到巴黎，当年12月当选为总统。1851年12月，他发动政变，1852年12月自称拿破仑三世，开始了法兰西第二帝国。在位期间多次发动战争，1870年普法战争爆发后被俘，战争结束后死于英国。

随着无产阶级力量的逐渐壮大，工人运动日益高涨。里昂工人在1831年和1834年的两次起义，是世界历史上最早的工人武装起义。1848年2月，巴黎民众举行示威，反对金融资本家的残酷剥削，进而推翻了七月王朝，建立了法兰西第二共和国。资产阶级共和派上台后推行反对工人的政策，巴黎工人在6月举行起义，因为“工人们没有选择的余地，若不甘愿饿死，就要展开斗争。他们在6月22日以大规模的起义做了回答——这是现代社会中两大对立阶级之间的第一次大交锋，这时为保存或消灭资产阶级制度而进行的战斗”[1]。起义遭到了残酷镇压，数万人被枪杀和逮捕，但是充分显示了无产阶级的力量。1864年9月28日，在马克思的亲自指导下，国际工人协会即第一国际[2]在伦敦成立，法国的工人运动从此有了正确的方向。

法国与英国、德国等为瓜分世界不断发生利害冲突。1870年7月19日，法国向普鲁士宣战，开战后法军大败，拿破仑三世和麦克马洪元帅[3]在色当投降，第二帝国崩溃，巴黎人民于9月4日举行起义，宣布建立第三共和国。1871年1月18日，普鲁士国王威廉一世在凡尔赛加冕为德意志皇帝。3月1日，法国国民议会批准德、法两国的和约，巴黎人民再次起义，于3月28日成立了巴黎公社。巴黎公社的英勇业绩激励了法国无产阶级的斗志，法国工人党在1882年成立后，有力地促进了社会主义思潮的传播。

80年代以后，法国国内阶级矛盾激化，贫富悬殊加剧，巴拿马运河公司[4]的丑闻引起公愤，野心家布朗热将军[5]身败名裂，使各派政治力量的冲突日益

1 马克思：《1848年至1850年的法兰西阶级斗争》，《马克思恩格斯全集》，人民出版社，1995年，第7卷，第34页。

2 国际工人协会是世界无产阶级第一个国际联合组织，成立后在马克思和恩格斯的领导下，与蒲鲁东主义、巴枯宁主义、拉萨尔主义和工联主义等各种机会主义思潮进行了激烈的斗争，积极支持了巴黎公社，于1876年7月在美国费城代表大会上宣告解散。后来第二国际成立后，国家工人协会就被称为第一国际。

3 莫里斯·德·麦克马洪（1808—1893），1859年起为法国元帅，曾任阿尔及利亚总督。普法战争失败后投降，后任凡尔赛军首脑，镇压巴黎公社，于1873年任法国总统，至1879年在共和派压力下辞职。

4 1879年法国成立巴拿马运河公司，公司贿赂政府要员，然后发行大量股票，聚集了15亿法郎的资金。1888年公司宣告破产，使几十万股票持有者蒙受重大损失。从此“巴拿马”这个名称就成为官商勾结行骗的代名词。

5 布朗热（1837—1891），法国军人，政治冒险家。1886年任陆军部长，主张对德国复仇，掀起沙文主义狂热，被政府起诉后逃亡布鲁塞尔后自杀。

尖锐。90年代初，犹太籍上尉阿尔弗雷德•德雷福斯被诬陷为向德国出卖情报的叛徒，被军事法庭判处终身监禁，囚禁于法属圭亚那的魔鬼岛，反犹太主义者乘机掀起民族主义的逆流，终于在世纪末酿成了震动全欧的德雷福斯事件。这一事件实际上是教权主义者、民族主义者和保王党人等反动势力勾结起来制造的阴谋，正如列宁指出的那样："法国总参谋部不惜采取各种错误的、不正直的、甚至是罪恶的（卑鄙的）手段来加罪于德雷福斯。"[1]

法国在19世纪末已经具有世界强国的地位，为纪念法国大革命100周年而于1889年3月建成的埃菲尔铁塔，1890年和1900年的巴黎博览会，以及开始兴建的地下铁道等等，都是经济繁荣和国力增强的标志。但是综上所述，法国在整个19世纪都社会动荡，国无宁日，表面的经济繁荣下面掩盖着深刻的社会矛盾，它与列强的冲突也日益尖锐，最终导致了世界大战的爆发。

动荡的社会现实正是产生各种文学思潮的温床，也为作家们提供了极为丰富的题材。资产阶级反对封建阶级的斗争，在文学思潮方面表现为浪漫主义对古典主义的挑战。形成于17世纪的古典主义适应封建贵族统治的需要，而浪漫主义则是在启蒙运动和法国大革命之后，在日益高涨的自由主义思潮上发展起来的："浪漫主义文学生动地体现了文学自由主义的创新原则，其任务和表现内容，其艺术形式和表现方法都与自由主义的内在精神不谋而合；换言之，浪漫主义的实质就是自由主义。"[2]

19世纪的批判现实主义和自然主义小说，都是由浪漫主义派生出来的，它们都为人类的文化宝库留下了不朽的篇章。这些流派不仅使雨果、巴尔扎克和左拉等光辉名字传遍了世界，而且体现了文学演变的一个重要特征，就是使工人、农民等劳动群众成了描写的对象，作品中开始具有自觉的民主主义的倾向。其中民主主义倾向最为鲜明的作家，就是法国现当代左翼文学的先驱。

1　列宁：《是不是新的德雷福斯案件》，载《列宁全集》，第25卷，人民出版社，1989年，第153页。

2　杨令飞：《近代法国自由主义研究》，吉林大学出版社，2006年，第173页。

第一章
左翼文学的先驱作家

从中世纪的市民文学到文艺复兴时期拉伯雷的《巨人传》，从古典主义时代莫里哀的喜剧和拉封丹的寓言，到18世纪启蒙运动时代的哲理小说，法国的文学作品笔调幽默、冷嘲热讽，充满了反封建和反教会的革命精神，由此形成了带有左翼色彩的文学传统。不过应该承认，从中世纪直到启蒙运动时代，法国作家一向依靠王公贵族的保护和资助，或者出入贵妇人主持的沙龙，他们的创作和审美趣味都受到无形的束缚，颂扬的大多是帝王将相的功勋和王公贵族的荣誉。正因为如此，一切反映社会现实的文学都具有极大的局限性：它们在涉及社会底层的劳苦大众的时候，往往嘲笑他们的愚昧和痛苦，或者只是流露出泛泛的怜悯和同情，至多也只是像博马舍[1]的喜剧《费加罗的婚姻》和狄德罗的哲理小说《宿命论者雅克和他的主人》那样，通过滑稽的情节和幽默的对话，把仆人写得比主人能干，让平民来嘲笑贵族，这与其说它们是在揭露社会的不平，还不如说更具有哲理的意义和艺术上的效果。

文艺复兴时期的人文主义精神打破了神权的桎梏，18世纪的启蒙运动主张人与生俱来的自由和权利，法国大革命则是实践这一理想的尝试，它摧毁了上流社会的高雅礼仪，使作家们可以自由地抒发自己的忧伤或理想："一七八九年的革命将社交生活的中心从凡尔赛移到巴黎，从宫廷与沙龙移到街头、咖啡店和民众集会中去。报纸、小册子、讲演，形成当时的文学，大家都发言，都写文章，并且毫无顾忌地蹂躏着高级趣味与语文法典的规则。"[2]所以直到法国大革命之后，随着空想社会主义思潮的流行和浪漫主义文学的繁荣，才产生

1 博马舍（1732—1799），法国剧作家，代表作有《塞维勒的理发师》和《费加罗的婚姻》等。

2 拉法格：《拉法格文论集》，罗大冈译，人民文学出版社，1979年，第105页。

了关注劳动人民苦难的文学，出现了左翼文学的先驱作家。

拿破仑的专制统治结束之后，自由主义思潮在波旁王朝复辟时期风行一时，浪漫主义文学应运而生，形成了汹涌澎湃的时代潮流。与此同时，以圣西门[1]和傅立叶[2]为代表的空想社会主义思潮也广为流行，使人们的观念发生了深刻的变化，德雷福斯事件不仅成为法朗士、左拉、罗曼•罗兰和马丁•杜加尔等进步作家的重要题材，而且更使作家们的政治意识大为增强，形成了作家干预政治的可贵传统。这一传统在反法西斯等伟大斗争中被进步作家们加以继承和发展，对20世纪的左翼文学产生了重要的影响。

看一个作家是否是左翼作家，不仅要看他的创作方法，更要看他总的思想倾向以及他对劳动人民的态度。马克思和恩格斯对巴尔扎克的评价显然高于欧仁•苏和左拉，然而巴尔扎克的作品虽然客观地反映了社会现实，他的思想却是正统派，主观上是在为没落的贵族阶级唱挽歌，因此不能列入左翼作家之列。相反，左拉尽管由于提倡自然主义而遭到误解和抨击，但因其空想社会主义的信仰、德雷福斯事件中的勇敢行动和《萌芽》等反映罢工的优秀作品，他始终受到法共评论家的赞扬，被认为是无产阶级文学的先驱。又如杰出的人道主义者雨果，起初曾受到拉法格和弗雷维尔的抨击，但是在1935年5月23日，即纪念雨果去世50周年的时候，法共《人道报》发表文章，称雨果为“伟大的人民作家”，阿拉贡还批评了拉法格对雨果的错误观点。

早在1840年，法国就出现了第一份由工人编辑的的报纸《工场》，它把工人作为一个社会阶级，反映他们的现实生活。1841年又出版了由奥兰德•罗德里克收集出版的《工人的社会诗歌》、布瓦西的《无产阶级的新歌》，然而这两位作者，连同其他许多出版过作品的织布工、印刷工、钟表匠、木工、缝纫工、鞋匠和雕刻匠一样，他们不仅在文学史上没有任何地位，而且备受迫害，遭到了入狱、流放以致自杀的悲惨命运。因此左翼文学的先驱作家，例如贝朗

1　圣西门（1760—1825），法国空想社会主义者，贵族出身，参加过北美独立战争。他反对卢梭认为人类的原始社会是黄金时代的观点，也抨击充满罪恶和灾难的资本主义社会，幻想通过宣传教育和科学道德的进步，建立一个人人都有劳动权利和义务，没有剥削和压迫的理想社会，著有《人类科学概论》和《论实业制度》等。

2　夏尔·傅立叶（1772—1837），法国空想社会主义者，他抨击资产阶级文明和资本主义制度，企图以名为法郎吉的基层单位来实现社会和谐与世界大同，著有《普遍统一论》和《新的工业世界和协作的世界》等。

瑞、雨果、乔治•桑、欧仁•苏和左拉等都是著名的民主主义作家。正如恩格斯在1844年所说的那样："近十年来，在小说的性质方面发生了一个彻底的革命，先前在这类著作中充当主人公的是国王和王子，现在却是穷人和受轻视的阶级了，而构成小说内容的，则是这些人的生活和命运、欢乐和痛苦……作家当中的这个新流派——乔治•桑、欧仁•苏和查•狄更斯[1]就属于这一派——无疑地是时代的旗帜"。[2]

对这些作家影响最大的是哲学家和作家皮埃尔•勒鲁（1787—1871）。勒鲁当过泥瓦匠、印刷工人、记者，后来刻苦自学，深受卢梭著作的影响，成为空想社会主义者和社会主义理论家，以自己的经历实现了使知识分子与民众相结合的理想。他在1824年参与创办《环球报》，1830年10月把它变成了宣扬圣西门学说的机关报。一年后他脱离圣西门派，发展自己的社会主义思想体系。他主编了多达60卷的《百科全书评论》（1819—1833），还发表了《论平等》（1838）和《论人类》（1840）等重要评论。他在第二共和国时期当选为众议员，因反对路易•波拿巴的政变而被流放，在杰西岛与雨果交往密切。法国大赦后他回到巴黎，在巴黎公社期间去世。许多作家都在他的影响下走上了民主主义的道路，例如著名的评论家圣伯夫[3]开始敦促作家们关注社会问题，乔治•桑则成了空想社会主义学说的信徒。

第一节
早期的民主主义作家

一 贝朗瑞

皮埃尔•让•德•贝朗瑞（1780.8.19—1857.7.16）是法国第一位人民诗人。他生于巴黎，父亲在杂货铺当会计，母亲在服装店做模特儿。他只上了三年小

1 查尔斯·狄更斯（1812—1870），英国现实主义作家，著有《大卫·科波菲尔》和《荒凉山庄》等。

2 恩格斯：《大陆上的运动》，载《马克思恩格斯全集》，第1卷，人民出版社，2006年，第594页。

3 圣伯夫（1804—1869），法国文艺批评家，曾积极追随雨果参加浪漫主义文学运动，后来因与雨果夫人相恋而与雨果决裂。

学，就因家庭贫困而去学徒。法国大革命爆发时，巴黎人民攻占巴士底狱，在他幼小的心灵中留下了深刻的印象。他后来被送到外省姑母家寄养，当过学徒、听差和排字工人。在具有共和思想的姑母的影响下，他13岁时进入一位崇拜卢梭的议员创办的义务学校，对歌谣产生了浓厚的兴趣，曾当选为学校的俱乐部主席。辍学后他回到巴黎，当过钱庄小职员，从1799年开始创作歌谣。

1809年，贝朗瑞和同伴组织了歌社“玩世者修道院”。1813年，他发表了歌谣《意弗托国王》，歌谣里的国王住在茅草屋里自己做饭，他对外与邻国和平相处，对内免除苛捐杂税，是个善良朴实的老好人。这首歌谣影射拿破仑的穷兵黩武，使他在一举成名的同时被捕入狱。波旁王朝复辟后，他以歌谣为武器抨击国内外的封建势力，例如在《教皇的婚礼》中讽刺教皇，在《大肚子》里嘲笑议员，甚至在《头脑简单的查理十世的加冕礼》中把矛头直指国王。贝朗瑞因此成为反对派的代言人和精神领袖，致使他的第二部歌集被查禁，他本人被判处三个月监禁，罚款500法郎，但是他并未屈服，反而写出了更加激烈的歌谣。1828年，他的第四部歌集出版，他又被判处九个月监禁，罚款一万法郎，但全国的报纸在开庭那天都刊登了他的歌谣，可见他的影响之大。

1830年的七月革命推翻了复辟王朝，贝朗瑞以为自己的使命已经完成，不用再写歌谣了。他后来逐渐认清了七月王朝与人民为敌的真面目，因此拒绝当国民教育部长和进法兰西学士院，并且重新拿起笔来，在1833年发表了第五部歌集。他在《强盗》里谴责了窃取七月革命果实的金融资产阶级：

为了自由的理想，
傻瓜们争斗一场……
耗尽了自己的骨髓，
填满了资本家的私囊。[1]

他还在《雅克》里生动地描绘了穷人的悲惨命运：

起来吧，雅克，快起来，
国王的差官来到啦。
咱们这些穷光蛋！让捐税剥了咱的皮！

1　柳鸣九主编：《法国文学史》，第2卷，人民文学出版社，2007年，第343页。

你父亲、六个孩子、咱俩自己，
千灾万难，除了我的纺锤、你的锄头，
养活这一家，别的什么也没有。
……
起来吧，雅克，快起来，
国王的差官来到啦。

女人叫唤也白费，她丈夫已经断了气。
有的人，劳苦一辈子，筋疲力尽；
对于他，死亡倒成了舒服的睡眠。
善良的人们，替雅克的女人多多祷告。[1]

贝朗瑞的歌谣简单通俗，配上当时流行的乐曲迅速流传开来，尤其是传入所有的作坊。它们不仅因尖刻的讽刺深受民众的欢迎，而且直接服务于政治斗争，因而大大地提高了歌谣在文学史上的地位，对后世的鲍狄埃等诗人的创作产生了很大的影响。他说过："从今以后，文学应为人民而耕耘"、"当我说人民的时候，我说的是大众，我说的是下层人民"。[2]

贝朗瑞深受空想社会主义学说的影响，在《狂人》里歌颂了圣西门和傅立叶，在《历史的四个时代》里描绘了各民族团结友爱的理想。他的思想虽然并不深刻，但是充分体现了人民大众的愿望，因而受到马克思的赞扬："法国人，荣誉和光荣归于你们！你们奠定了各民族联盟的基础，这种联盟是你们不朽的贝朗瑞早就预言式地歌颂过的。"[3]当他去世的时候，巴黎有五万人为他送葬。

1958年，人民文学出版社出版了沈宝基翻译的《贝朗瑞歌曲选》。

二 雨果

维克多•雨果（1802.2.26—1885.5.22）是著名的民主主义斗士，他的名字

1 罗大冈：《罗大冈文集》，第4卷，2004年，中国文联出版社，第448、450页。"雅克"为农民的通称。

2 柳鸣九主编：《法国文学史》，第2卷，人民文学出版社，2007年，第246页。

3 马克思：《致法兰西共和国公民们和临时政府委员们》，载《马克思恩格斯全集》，第4卷，人民出版社，2006年，第585页。

在法国历史上几乎成了人道主义的同义词。他10岁时看到一个女仆因犯有盗窃罪而在广场上被施以烙刑，后来又多次目睹了犯人在断头台上被处死的场面，从此一贯反对死刑，他的匿名小说《一个死囚的末日》（1829）就是呼吁废除死刑的。

作为浪漫主义文学运动的领袖，雨果发表了一系列反封建的杰作。他的诗作《东方集》（1829）同情和支持希腊的民族解放斗争，表现了对自由的向往；《秋叶集》（1831）显示出对贫苦受难者的同情和怜悯；《心声集》（1837）讽刺了富有阶级，宣扬慈善主义。他的剧作《欧那尼》（1830）上演时曾引起观众之间的争斗，这个描写强盗为父复仇、与国王和公爵争夺美女唐娜•莎尔的故事，被视为浪漫主义战胜伪古典主义的标志，具有强烈的反封建倾向。他的其他剧作或是谴责专制主义的残暴，或是让社会底层的小人物登上政治舞台，义正词严地谴责王公贵族，充分表现了他的民主主义思想。长篇历史小说《巴黎圣母院》（1831）是他早期小说的代表作，女主人公是吉普赛女郎爱斯梅拉达，她热爱自由，向往幸福的爱情，最后却被迫害致死，凶手正是巴黎圣母院教堂的副主教弗罗洛。小说通过她的悲惨命运，揭露了封建司法制度的不公和残酷，而弗罗洛的堕落则深刻地反映了天主教会的虚伪和邪恶。小说充分体现了反封建、反教会的革命精神，宣扬了人道主义的精神力量，显示出雨果强烈的激情和无比丰富的想象力，在法国和世界的小说史上都是一部杰作。

1841年1月9日，正是严寒的冬季，雨果当选法兰西学士院院士两天之后，在街上看到一个无赖把一大团雪塞进一个衣着单薄的姑娘的背心里，争吵之下，警察反而把姑娘抓了起来。见此情景，雨果毅然挺身而出，作证签字，使这个不相识的姑娘获得了自由，后来还把她的形象当作了《悲惨世界》中的女工芳汀的原型，为千千万万受苦的人主持了正义。

1848年，他当选为国民议会中的左派领袖以后，把自己在议会里的演说结集出版，在序言里坦率地承认自己过去在政治上有过犹豫和彷徨，然后表达了为实现共和主义理想而奋斗的坚定信念：

> 但两年以来，当我看到共和国被叛徒挟持，被敌人攫住、摔倒在地、绳索捆绑，嘴巴也被塞住……当我看到它遭人谋害，流着鲜血、

在地上、任人蹂躏、遍体鳞伤，然而还活着的时候，我跪在它的面前，对它说：“你就是真理！”现在，我为它而战斗。[1]

1851年路易•波拿巴发动恢复帝制的政变，为了鼓动民众起义反抗，雨果在大街上发表演说，向民众口授了《告人民书》：

路易•波拿巴是个叛徒。

他撕毁了宪法。

他背弃了誓言。

他已被置于法律的保护之外。

共和派议员谨向人民和军队重申

宪法第六十八条和第一百一十一条：“制宪议会把这部宪法和宪法所认可的法律交由全体法国人民来监护。”

从此永远享有普选权而无须任何一位亲王归还给他们普选权的人民，定会惩罚背叛者。

愿人民起来履行他们的职责。共和派议员走在他们的前列。

共和国万岁！拿起武器！[2]

起义失败后，雨果化装成排字工人逃到比利时，先后在英属杰西岛和盖纳西岛居住，度过了长达19年之久的流亡生涯。1859年，拿破仑三世发布大赦令，流亡者大多回到了法国。但是雨果拒不屈服，表示要流亡到底。他在流亡期间特别关注现实的政治斗争，写出了揭露路易•波拿巴复辟阴谋的《惩罚集》（1853），甚至大骂他是“阴谋与机缘交配出的杂种”，从而吹响了反对专制统治、歌颂光明和进步的斗争号角。后来阿拉贡在谈到《惩罚集》时说道：“我要说些可能使某些人不高兴的话，这是我们的苏联朋友所称的社会主义现实主义在诗歌方面的预兆。”[3]

在极为艰难的流亡环境中，雨果还不忘记支持其他国家人民的正义斗争，尤其难能可贵的是还为备受列强侵略的中国人民仗义执言。1860年，英法联军

1 张英伦：《雨果传》，北岳文艺出版社，1990年，第372页。

2 同上书，1990年，第382页。

3 阿拉贡：《为了社会主义现实主义》，德诺埃尔和斯泰勒出版社，1935年，第66页。

火烧圆明园，第二年英国上尉巴特勒给雨果写信，认为这次远征是英法两国分享的光荣，他希望知道雨果对这次胜利赞赏到什么程度。雨果在11月25日答复的长信中，详尽地叙述了圆明园的辉煌和价值，公开谴责了英法联军毁灭东方文化的罪恶行径：

> 有一个世界的奇迹，这个奇迹名叫圆明园……请随意想象出一种类似月宫的、无法描述的建筑，那就是圆明园……人们一向把希腊的巴特农神庙、埃及的金字塔、罗马的竞技场、巴黎的圣母院、东方的圆明园相提并论……这是一件史无前例的惊人杰作。然而这个奇迹已经荡然无存。
>
> 有一天，两个强盗闯进了圆明园。一个强盗大肆劫掠，另一个强盗纵火焚烧……对圆明园进行了一场大规模的洗劫，赃物由两个战胜者平分……我们所有教堂的宝库加起来也比不上这座光辉奇异的东方博物馆。
>
> 我们欧洲人一向自认为是文明人，把中国人当成野蛮人。这就是文明对野蛮的所作所为。
>
> ……这两个强盗一个叫法国，另一个叫英国。我要对此提出抗议……我希望法国有朝一日能摆脱重负、清洗罪恶，把这些赃物归还被劫掠的中国。[1]

在流亡期间，雨果将日常开支的三分之一用来馈赠穷人，表明他宣扬的人道主义并非空谈，而是身体力行、贯彻始终。1862年，他出版了写作多年的《悲惨世界》，在这部长篇小说里生动地描绘了主人公冉阿让的悲惨遭遇。冉阿让为生活所迫而偷了一片面包后被判处五年苦役，四次越狱未成一再加刑，在牢里被关了19年之久。他逃出监狱后受到宽大为怀的卞福汝主教的感化，化名马德兰开设工厂后发财致富，由于乐善好施而当上了市长。他的厂里有个名叫芳汀的女工被人欺骗后沦为妓女，因把私生女珂赛特寄养在酒店老板德纳第家里而备受敲诈。冉阿让正要设法拯救她，警察却在这时错把一个小偷当成他抓了起来，他为了不连累别人而毅然承认了自己才是逃犯冉阿让，因此被早就怀疑他的警官沙威抓走，芳汀因受惊吓而死去。他在服刑期间利用抢救一个海

1　张英伦：《雨果传》，北岳文艺出版社，1990年，第459—461页。

员的机会假装坠海淹死，然后救出了珂赛特，把她抚养成人，用自己的存款成全了她的婚姻。

《悲惨世界》是第一部专门描写穷人苦难而且寄予深刻同情的小说，是一部充满了民主主义色彩的杰作。正如雨果在序言里指出的那样："本世纪的三大问题：男人因穷困而沉沦，女人因饥饿而堕落，儿童因无知而愚昧。"他要揭露社会上存在的愚昧和穷困，用人道主义的理想来改造社会。小说里的冉阿让偷窃卞福汝主教的银餐具之后受到宽恕，警官沙威被冉阿让释放以后，在可以逮捕他的时候却投河自杀等无数场景，都是为雨果宣扬的人道主义精神服务的。雨果在歌颂人道主义理想和注重心理刻画的同时，描写了滑铁卢战役和1832年共和党人的起义等大量现实主义的场面和细节，使这部巨著成为一幅波澜壮阔的历史画卷、一部浪漫主义和现实主义相结合的杰作，因而具有震撼人心的艺术力量。小说出版后引起了轰动，尤其受到工人的热烈欢迎，后来被无数次改编为影片和电视剧，在世界上产生了很大的影响。

1869年，雨果应邀主持了在瑞士洛桑举行的世界和平大会，他在闭幕词中主张实行免费教育和男女平等的社会主义，并且为未来的革命而欢呼。普法战争爆发后，他立即回国投入保卫祖国的战斗。他起初对巴黎公社并不理解，保持超脱的态度，但是当公社失败并遭到镇压的时候，他呼吁赦免公社战士，就在比利时政府宣布拒绝公社社员入境的第二天，雨果在《致比利时独立报的公开信》中，表示要开放自己在布鲁塞尔的住所供社员们避难，并认为这是保卫法国和比利时的正义行为。但是他的行动受到巴黎警察局及其在布鲁塞尔的密探的严密监视，第二天夜里就有一群歹徒冒充巴黎公社社员，骗他到楼下来开门时用大石头向他砸去，他虽然没有受伤，身上却落满了窗玻璃的碎片，而且几天后就被比利时国王下令驱逐出境了。

1881年2月26日，巴黎60万人游行经过他的窗前，庆贺他进入80岁。正如萨特指出的那样："他是我国极少数的真正受到民众欢迎的作家之一，可能是惟一的一位。"[1]雨果在遗嘱里宣布给穷人五万法郎，希望用穷人的送葬马车把他的灵柩送到墓地。他去世后，法国政府为他举行了隆重的国葬，他的遗体被送进了先贤祠。在雨果诞生200周年的时候，法国政府把2002年命名为"雨

1　萨特：《什么是文学》，施康强译，载沈志明、艾珉主编：《萨特文集》，第7卷，人民文学出版社，2000年，第182页。

果年”，世界各国也举行了各种活动来纪念这位文化史上的伟人，因为在今天战火不断、灾难频发的世界上，他毕生倡导的人道主义精神仍然值得发扬光大，依然有着进步的现实意义。

三　乔治•桑

乔治•桑（1804.7.1—1876.6.8）感情丰富、勤于笔耕，是法国历史上第一位专业的女作家。由于经历过不幸的婚姻，她早期的小说关注妇女问题，对女主人公不幸的婚姻和爱情寄予深切的同情。她向往男女平等的和谐社会，因此渴望找到一种美好的信仰。1836年底，她结识了她所崇拜的社会主义理论家勒鲁，在他的影响下成为一个空想社会主义者。她从此自称是勒鲁的弟子，开始关注社会现实，1841年和他一起创办了宣扬空想社会主义学说的《独立评论》，合作了《康素爱萝》（1842—1843）等多部小说。她热情地为织工马古和泥瓦匠夏尔•蓬西的诗集作序，在《独立评论》上发表了《关于工人诗歌的通俗对话》，对这种处于萌芽状态的艺术表示支持和理解。乔治•桑终身保持着对勒鲁的友谊，直到他1871年去世后还独自为他送葬。

自从信仰空想社会主义学说之后，乔治•桑接触了许多手工业行会的的工人，创作了一系列社会问题小说，成为欧洲最早反映工人和农民生活的作家之一。这方面的代表作是《木工小史》（1840，原名《周游法国的木工行会会友》），描绘了木工行会各派别的矛盾和斗争，以及贵族小姐伊瑟儿与青年细木工于格南的爱情。于格南反对当时的帮派工会互相排斥和斗殴的风气，他周游全国寻师访友，宣传工人们应该团结起来、共同对付贵族和富人的主张。他担心自己在变成富人以后会忘记争取社会平等的理想，于是放弃了与贵族小姐伊瑟儿的婚姻，直到她父亲去世之后他们才终成眷属。小说塑造了于格南这个新型的工人形象，颂扬了他的高尚品质，体现了乔治•桑向往人类平等的崇高理想。

乔治•桑把美好的理想寄托在婚姻和爱情之中，因此它们自然就成为她的小说的主题。例如《安吉堡的磨工》（1845）写的是贵族寡妇马塞尔和机械工列莫尔、磨工路易与富农的女儿萝丝这两对情人的故事。马塞尔与列莫尔相爱，列莫尔由于自己太穷而出走了，其实马塞尔由于丈夫生前大肆挥霍，已经濒于破产。磨工路易与富农布雷科南的女儿萝丝相爱，后来布雷科南因火灾而破产，路易却意外地发了财。两对情人终于如愿以偿，结婚后在乡村里过着平静幸福的田园生活。

最适合乔治•桑的气质和才华的艺术形式是田园小说。1846年，她在看到一幅描绘农夫耕地的版画时深受感动，为此创作了第一部田园小说《魔沼》，并且特地把版画上的一首动人心弦的四行诗放在小说的开头：

你汗流满面，
仅换来一生清贫。
你长年劳累，日渐衰弱；
如今，死神已把你召唤。[1]

乔治•桑同情农民的苦难，但是她并未因此把农民写得愁容满面，而是以理想主义的目光观察世界，在他们身上发现真挚的美。通过青年农民瑞尔曼与少女玛丽在森林的魔沼边迷路，在寒夜的同甘共苦之中萌生高尚爱情的故事，她把农民写得比贵族更加健康和纯朴，从而使小说闪耀着光明的色彩。左拉对这部作品极为赞赏："《魔沼》是一件何等杰出的珍品！……读完这部小说，我们的心平静而轻松，充满了柔情和仁慈。"[2]

《弃儿弗朗索瓦》（1850）写磨坊主的妻子玛德兰收养了孤儿弗朗索瓦，由于丈夫生活放荡，不顾家庭，她和弗朗索瓦相依为命，产生了真挚的感情。磨坊主赶走了弗朗索瓦，自己却染病死去了。玛德兰面临破产的时候，弗朗索瓦回来用自己的钱替她偿还了债务，两人重整家业，并且终成眷属。从《安吉堡的磨工》到《弃儿弗朗索瓦》，乔治•桑小说里的男女主人公往往都是贫富不均、年龄也不相配，但是她有意安排了一系列天灾人祸，使情人们获得了相同的经济地位，实现了人与人之间的平等关系，最终得以完美结合，从而把一个人人富裕快乐、相亲相爱的世界呈现在读者面前。

正是出于对大自然和生活的热爱，怀着对未来社会的美好理想和向往，她才能塑造出思想高尚、感情真挚的人物。这些乐观明快、浪漫主义色彩强烈的作品，充分体现了空想社会主义的学说，具有强烈的感染力和鼓舞人们奋发向

1 乔治・桑：《魔沼》，罗旭译，人民文学出版社，1994年，第1页。
2 《左拉文学书简》，吴岳添译，安徽文艺出版社，1995年，第20页。

上的力量。但正如左拉指出的那样："她希望世界上住满了富裕而快乐的人，人人都是兄弟，相亲相爱、互相帮助……形成一个唯一的、富裕而强大的共和国。可惜这也许是一种梦想，虽然会很动人。"[1]这段话指出了空想社会主义学说对乔治•桑的深刻影响，是对她的小说的确切评价。

乔治•桑在1848年二月革命期间曾积极参加政治活动，发表了《致人民的信》，创办了报纸《人民的事业》。但是六月革命失败后她深感失望，于是隐居在诺昂乡村潜心写作直到去世。她在去世前半年写给福楼拜的信中，重申了自己的创作原则："我们写什么呢？你呀，不必说，一定要写伤人心的东西，我呀，要写安慰人的东西。"[2]也许正因为如此，马克思才把自己的著作《哲学的贫困》题献给乔治•桑。

四　欧仁•苏

欧仁•苏（1804.12.10—1857.8.3）是最早关注无产者状况的浪漫主义小说家。七月王朝确立了金融贵族的统治，随着工业的发展，劳资矛盾日益尖锐，贫富差距越来越大。欧仁•苏接触过一个工人家庭，对他们的苦难深感震惊。这一时期法国开始了工业革命，印刷业和新闻业得到了迅速的发展，报刊的读者大量增加，他们要求更加通俗生动的文学，于是报纸上的连载小说应运而生。欧仁•苏发表的第一部连载小说《亚瑟》（1837—1839）就取得成功，从此他就以连载小说为武器来揭露当时社会的黑暗现实。

欧仁•苏的代表作是《巴黎的秘密》（1842—1843）。主人公是德意志公国的大公鲁道夫，他把自己的私生女玛丽花托付给公证人弗兰抚养，但弗兰竟然把她送给了外号叫"猫头鹰"的女强盗。玛丽花后来虽然逃出魔掌却沦为娼妓，幸好鲁道夫途经巴黎，无意之中把她救了出来，并且让她皈依了上帝。弗兰惟恐事情败露，企图谋杀玛丽花，但未能得逞。他还迫害贫穷的首饰匠莫莱尔，奸污家里的女佣，也就是莫莱尔的女儿路易莎。鲁道夫为了伸张正义，设计制服了弗兰，没收了他的财产来救助穷人。鲁道夫最后发现玛丽花就是自己

1　《左拉文学书简》，吴岳添译，安徽文艺出版社，1995年，第21页。

2　乔治・桑：《致福楼拜的信》，李健吾译，载《欧美古典作家论现实主义和浪漫主义》，第2卷，第140页。

的女儿，但是她一心赎罪，在进修道院之后不久就去世了。

欧仁•苏在小说中描写了玛丽花和莫莱尔一家的不幸遭遇，反映了下层人民失业、酗酒和卖淫等社会现实，实际上抨击了暗无天日的巴黎社会，因而受到民众的热烈欢迎。《巴黎的秘密》在《辩论报》上连载了一年之久，成为当时巴黎街谈巷议的话题，使欧仁•苏的声誉如日中天，不久就当选为立法议会议员。小说通过鲁道夫惩办恶人、建立“贫民银行”和“模范农场”等善举，宣扬了当时流行的傅立叶的空想社会主义学说，因而在1845年受到了傅立叶主义者们的表彰。欧仁•苏赞成形形色色的空想社会主义学说，他虽然不像乔治•桑那样激情磅礴地进行宣传，但也发表过《乡村的无产阶级》（1850）和《第二帝国时期的法兰西》（1857）等有影响的政论，所以也被圣西门主义者视为同道。

欧仁•苏依据空想社会主义学说来构思情节，对鲁道夫的惩恶扬善的描写就显得不够真实。马克思和恩格斯在《神圣家族》里，驳斥了资产阶级批评家施里加对《巴黎的秘密》的评论。他们对小说中的玛丽花、刺客和校长等主要人物进行了深刻的分析，指出：“使鲁道夫能够实现其全部救世事业和神奇治疗的万应灵药不是他的漂亮话，而是他的现钱。”[1]“小说中伯爵夫人的生活道路，同小说中大多数人物的生活道路一样，是描写得很不合理的。”[2]归根结底，“都是把现实的人变成了抽象的观点”。[3]马克思和恩格斯的分析着重批判了施里加把现实生活消融在抽象的范畴之中、把一切都归结为“秘密”的思辨方法，但是他们的分析并未否定欧仁•苏对社会现实本身的描绘，正如恩格斯指出的那样：“欧仁•苏的著名小说《巴黎的秘密》给予世界特别是德国的舆论界留下了一个强烈的印象，这本书以显明的笔调描写了大城市的‘下层等级’所遭受的贫困和道德败坏，这种笔调不能不使社会关注所有的无产者的状况。”[4]

欧仁•苏的另一部连载小说《流浪的犹太人》（1844—1845），写雷纳蓬家族的祖先留下五万埃居，委托给一个被他救过的犹太人去存款生息，并且在

1 马克思：《神圣家族》，载《马克思恩格斯全集》，第2卷，人民出版社，2006年，第255页。

2 同上书，第84页。

3 同上书，第246页。

4 恩格斯：《大陆上的运动》，《马克思恩格斯全集》，第1卷，第594页。

遗嘱中规定后代在150年以后，于1832年2月13日到巴黎的一幢房子里去继承遗产，届时不到即应自动放弃继承权。五万埃居到那时已经变成了两亿法郎的巨款，耶稣会为了夺取这笔遗产而设置阴谋，截住来自各地的继承者，把他们谋害致死。最后看守遗产的犹太人出于义愤，把钞票付之一炬。

耶稣会在七月王朝时期死灰复燃，罪恶累累，激起了人们的厌恶和愤慨。《流浪的犹太人》通过这个争夺巨额遗产的故事，揭露了耶稣会为了夺得遗产不择手段，行刺下毒，无所不用其极的阴谋，所以受到了普遍的欢迎。欧仁•苏的小说情节曲折复杂，作为连载小说颇为成功，但是在汇编成书后就显得冗长和凌乱，因而在事过境迁之后，它们就逐渐被人遗忘，未能像大仲马的《基督山伯爵》那样成为扣人心弦的传世之作。

欧仁•苏的作品是关心穷人的民主小说，对后来的小说如雨果的《悲惨世界》等都有影响。但是他后来发表的《魔鬼医生》（1850）和《玛丽小姐或女小学教师》（1851）等20多部小说都不大成功，所以他尽管名噪一时，在小说史上的影响却远不及雨果、乔治•桑和大仲马。1851年，他在议会中反对路易•波拿巴的政变，被捕后流放到意大利，永远不准回到法国。几年后他就去世了，临终前的最后一句话是："请记住，我是作为一个自由思想家死去的。"[1]

五　左拉

埃米尔•左拉（1840.4.12－1902.9.28）幼年丧父，家境贫穷，他在法国南方度过了童年和少年时代，18岁时来到巴黎上中学，毕业后独自谋生，忍饥挨饿，但始终坚持自学。他在阿歇特书店当打包工人的时候，因写诗受到老板的赏识而当上了广告部主任，从此开始进行创作。

左拉早期的短篇小说类似于童话或散文，在具有浪漫主义色彩的故事里，流露出他对劳动人民的同情和赞美。例如《穷人的妹妹》里的小女孩虽然贫穷却很善良，有了钱只想使别人生活幸福，最后作为圣母玛丽亚的使者成了上帝的化身，实际上表达了作者扶危济困的美好理想。《铁匠》真实地描绘了打铁的的壮观场面，讴歌了铁匠孩童般的天真和男子气概。左拉从中体验到了劳动的力量和伟大，认识到只有朴实的劳动者才会有无私的快乐。他后期的短篇小

1　柳鸣九主编：《法国文学史》，第2卷，人民文学出版社，2007年，第191页。

说注重对社会现实的揭露和批判，从鞭笞罪恶的婚姻、揭露工人的悲惨命运到谴责战争和殖民主义，无不显示出强烈的人道主义精神。

左拉生活在科学技术飞速发展的时代，在孔德[1]的实证主义哲学、贝尔纳[2]的实验方法和泰纳[3]的文艺理论的影响下，他尝试把生理学、心理学和遗传学等科学知识运用于小说创作，逐步形成了自然主义的文学理论，即像研究生物一样，用自然科学的方法剖析人的生理对性格和行为的影响，以求完全客观地描绘现实。自然主义作为流派只存在了六年，何况他提出的自然主义理论也不可能完全应用于创作实践，所以左拉实际上仍然是杰出的现实主义作家。

左拉的卓越贡献是在长达25年的时间里，完成了《卢贡－玛卡尔家族》这套气势宏伟的巨著，共出版了20部系列长篇小说，描写了从上流社会到普通工人的不同阶层的状况，是一幅反映第二帝国和第三共和国时期社会现实的时代画卷。它的早期作品带有突出遗传性和生理本能等自然主义倾向，但是在漫长的写作过程中，随着社会环境的不断变化和他的思想的发展，小说的内容越来越广泛和深刻，现实主义成分所占的比重越来越大，所以大多都是优秀的现实主义杰作，其中最著名的有《小酒店》《娜娜》《萌芽》和《金钱》等。

《小酒店》（1877）写女工伊尔维丝被不务正业的丈夫朗第耶抛弃，第二个丈夫古波又死于酒精中毒，最后女儿被人拐走，她自己靠卖淫为生，穷困而死。小说描写了穷苦的工人因酗酒而堕落的过程，它虽然强调人的生理本能和遗传性，但是真实地反映了工人的悲惨生活，再现了他们恶劣的处境，是法国文学史上第一部为工人鸣不平的作品，因而出版后受到了民众的热烈欢迎。正如左拉所说的那样：“我的小说很简单，叙述了一个工人家庭在环境影响下的衰败和堕落：男人喝酒，女人丧失了勇气，到头来是耻辱和死亡。我不是写田园诗的人，我认为只能用烙铁才能有效地抨击罪恶。”[4]“如果必须迫使我做结论的话，我可以说整部《小酒店》都可以概括为这一句话：关闭小酒店，开

1 奥古斯特·孔德（1798—1857），法国哲学家、实证主义和社会学的奠基人，著有《实证主义哲学教程》等。

2 克洛德·贝尔纳（1813—1878），法国生理学家、法兰西学士院院士，著有《实验医学研究导论》等。

3 伊波利特·泰纳（1828—1893），法国哲学家、历史学家和文艺批评家，著有《英国文学史》和《艺术哲学》等。

4 《左拉文学书简》，吴岳添译，安徽文艺出版社，1995年，第196页。

设学校。酗酒吞噬着人民……能够消灭酗酒的人，对法国的贡献会比查理大帝和拿破仑还要大。”[1]

左拉出身贫苦，有过为生活而挣扎的经历，在感情上接近劳动人民。为了写作的需要，他还经常深入社会底层，了解工人的劳动状况，甚至亲自下矿井参加劳动，通过谈心等方式来进行实地调查和收集资料，并且在小说中使用通俗生动的语言。最重要的是他描写罪恶的目的是为了消除罪恶，小说里的人物原来都是本分的工人，他们不是被繁重的劳动累垮，就是被环境逼迫而堕落，这些罪恶都是社会造成的，所以左拉对酗酒等恶习的揭露，不是要指责工人，而是对黑暗的社会现实进行批判。这部小说至今仍有着现实的意义，因为它能够启迪人们去思考：人类与那时相比到底有了多少进步，是否还在受到酒精、或者比酒精更可怕的东西的毒害。

《娜娜》（1879）里的女主人公娜娜，就是《小酒店》里伊尔维丝被拐走的女儿，她的父亲就是死于酒精中毒的古波，这种遗传成了她堕落的根源。娜娜本来是一个普通的女人，内心里还保持着善良的天性，真诚地爱上了演员丰当。但她结婚后却经常挨打，丰当还和别的女人同居，于是她自暴自弃，甘心堕落，在演出时利用性感的肉体诱惑上流社会的达官贵人，使王公大臣和银行家都陷入她的色情泥坑不能自拔，为了她倾家荡产甚至送命。她还到国外去攫取钱财，最后回到巴黎后死于天花。与《小酒店》不是为了指责工人一样，《娜娜》也不是把矛头指向妓女：“我认为这本书既非常粗俗又非常纯朴，我的用心是平静地、慈父般地表现妓女们的生活。”[2]小说的宗旨是揭露上流社会弥漫的淫靡之风，通过对晚会的盛大场面以及舞台幕后的种种丑态的描写，表明第二帝国已经堕落到了不可救药的地步，等待这个社会的只能是毁灭和死亡，因此小说出版后立即引起了猛烈的抨击。

《萌芽》（1885）是法国第一部描写工人罢工的长篇小说。主人公是年轻的机器匠艾蒂安，他被铁路工厂开除以后到矿井里做工，逐渐获得了工人们的信任。为了反对矿主的残酷剥削，他在矿里成立了国际工人协会支部，发动工人罢工与资本家进行斗争。他排除了无政府主义者苏瓦林的干扰，率领工人游行示威，高呼：“社会主义万岁！打倒资产阶级！”但是由于公司的分化阴

1 《左拉文学书简》，吴岳添译，安徽文艺出版社，1995年，第228页。

2 同上书，第110页。

谋，罢工最后还是失败了。艾蒂安在井下的搏斗中杀死了工贼沙瓦尔，自己也差点死去。他被救出后虽然无法再下矿井，但是已经成为一个久经考验的革命者，对未来的胜利充满了信心。

与《小酒店》相比，《萌芽》的进步意义是显而易见的。在法国文学史上，它第一次如实地反映了矿工们的悲惨生活，揭露了资本家对工人的残酷剥削，并且通过如火如荼的罢工场面，热情地歌颂了工人阶级的英勇斗争。以往文学作品的主角都是帝王将相或英雄好汉，没有普通劳动者的地位。“只是在左拉的作品中，工人才第一次作为一个阶级出现。一个饱受压迫的阶级，是他们生活环境的牺牲品。”[1]“萌芽”这个标题本身就预示着工人阶级的方兴未艾，矿工们要求复仇，自由的种子已经在土壤里萌芽，革命力量必将茁壮成长。《萌芽》出版后获得了巨大的成功，对后世的工人斗争和左翼文学都产生了深远的影响。

《金钱》（1891）写的是冒险家萨加尔串通国会议员于赫，在巴黎股票交易所里大搞投机，骗取了许多小股东的资金，还利用普鲁士和奥地利的战争发了一笔横财，成为交易所里的英雄。其实他是在买空卖空，真正的金融巨头甘德曼选准时机，与萨加尔进行了一场你死我活的斗争，终于使萨加尔损失了全部资本，而且因违反银行法锒铛入狱。《金钱》表明资本主义社会已经发展到了一个新的阶段：交易所的证券取代了巴尔扎克时代的金币，资产者不再像葛朗台那样锱铢必较，而是动辄就是千万法郎的输赢。“资本主义的发展使人类堕落到这样卑下的地步，以致人们所认识的和所能够认识的只有一个惟一的动机：金钱。”[2]因此与巴尔扎克笔下的金融家相比，萨加尔无疑显得更加贪婪和疯狂。

完成《卢贡－玛卡尔家族》之后，左拉接着创作了三部曲《三名城》，包括《卢尔德》（1894）、《罗马》（1896）和《巴黎》（1897），揭露了圣母显灵、圣泉包治百病的神话，谴责了贪得无厌和爱财如命的教皇。左拉写作《三名城》的时候，正是法国的教权主义猖獗之时。他对教会黑幕和教皇无耻行径的抨击，实际上是在代表科学向教会宣战，是在为法国将在1905年实行的

1　米歇尔·莱蒙：《法国现代小说史》，徐知免、杨剑译，上海译文出版社，1995年，第162页。

2　拉法格：《左拉的<金钱>》，罗大冈译，载《罗大冈文集》，第3卷，第73页。

政教分离制造舆论。正因为如此，他在德雷福斯事件中才会成为反动势力攻击的目标。

为了恢复德雷福斯事件的真相，左拉不顾个人安危，于1897年12月在《费加罗报》上发表了名为《审讯笔录》的文章，谴责了报刊上的反犹主义的喧嚣。1898年初，他发表了致总统的公开信《我控诉》，痛斥军方陷害无辜、包庇罪犯的不法行径。在80年代的布朗热事件中，法国已经分成了布朗热主义者与反布朗热主义者两大派别，现在更分裂成了德雷福斯派和反德雷福斯派两大阵营，使整个欧洲都为之震动。左拉为此经常受到侮辱和威胁，家门口甚至被人放过一颗炸弹。1898年2月和7月，左拉先后两次被法庭判处监禁和罚款，他为了逃避迫害而流亡英国，直到1899年6月才回到法国。

左拉最后完成的小说是《四福音书》中的前三部《繁殖》（1899）、《劳动》（1901）和《真理》（1903）。《劳动》描绘了钢铁厂里的恶劣环境，火花四溅、空气污浊，噪音震耳欲聋，工人在高温中流尽汗水、从事极其繁重的劳动。左拉在小说里为工人阶级仗义执言，揭露和抨击了资产阶级的贪婪和残忍，形象地体现了傅立叶的空想社会主义理想。所以小说出版之后，法国工人协会特地举行盛大宴会表示庆贺。

1902年9月28日，左拉和妻子一起回到巴黎，准备在这里过冬和写作第四部《正义》，不幸于当夜去世，当时的结论是死于煤气中毒，但也有人怀疑是谋杀，于是左拉之死就成了一个千古之谜。德雷福斯冤案于1906年得到昭雪，左拉的遗骸在1908年6月6日被迁入了先贤祠，从而使他在法国文学史上具有了与卢梭、伏尔泰和雨果同等的地位。

左拉的小说在他生前被批评界指责为有伤风化，1889年的巴黎世界博览会不把他的小说列入图书目录，官方的图书馆和学校都拒绝收藏他的作品。这种情况直到20世纪上半叶仍未改变："左拉的名字，在他死后将近半世纪的今天，依然像一个在世的人的名字一样，古怪地成为愤怒、歧视、侮辱和诅咒的对象。"[1]但与此形成对比的是，他的作品始终深受工人阶级和广大民众的欢迎，《萌芽》等小说至今畅销不衰，而且"列宁就非常欣赏左拉，认为他是德雷福斯勇敢的维护者，而且很喜爱他的小说《萌芽》"。[2]就连曾经猛烈谴责

1 《阿拉贡文艺论文选集》，盛澄华等译，人民文学出版社，1958年，第54页。

2 雅洪托娃等：《法国文学简史》，郭家申译，辽宁教育出版社，1986年，第429页。

自然主义的卢卡契，也承认左拉“从来没有卑躬屈膝地成为资产阶级社会秩序的辩解者。相反，他先在文学的领域里，后来又公开地在政治的领域里，对法国资本主义的反动发展进行了英勇的战斗。在他的一生中，他越来越接近社会主义……他对社会批判的自觉的尖锐从来都没有钝化过，相反，这种批判还要比天主教的保皇主义者巴尔扎克的批判有力得多和进步得多”。[1]现在历史已经证明，左拉是一位杰出的现实主义作家，他的作品在世界上有着巨大而深远的影响。巴金在经历十年浩劫之后访问法国，他在接受《世界报》记者的采访时就指出：“至于法国作家，大家都知道莫泊桑和左拉在中国最有名气，拥有最多的读者……最近一位法文编辑送了一些七星诗社版的卢梭和左拉的著作给我，我非常高兴。”[2]

六　贝玑

夏尔•贝玑（1873.1.7—1914.9.5）生于奥尔良，一岁丧父，母亲以修补藤椅为生，祖母是农民。他虽然从小就信仰天主教，但是在雨果作品的影响下成为一个共和主义者，1894年考入巴黎高等师范学校后热衷于革命，反对教会干预政治，成为一个无神论者。他是社会党领袖饶勒斯的信徒，加入社会党后在《社会主义杂志》上发表了两篇宣言式的著作：《论社会主义城邦》（1897）与《关于和谐城邦的首次对话》（1898），旨在宣扬乌托邦式的社会主义理想，同时还在一个剧本中号召建立“世界性的社会主义共和国”。他在大学里为一个因参加工会活动而被解雇的矿工进行募捐，这是他第一次真正的反抗行动。

贝玑毕业后担任中学教师，同时开始创作。德雷福斯事件爆发后，他狂热地投身到这一斗争中去。1898年五一劳动节，他用妻子的嫁妆开办了“乔治•贝莱社会主义书店”，为德雷福斯派作家提供了一个发表文章的阵地，后来因备受攻击而倒闭。1900年1月5日，他又创办了宣扬社会主义的《半月丛刊》，共出版了229期。他克服了经济上的种种困难，在直到第一次世界大战爆发的

1　卢卡契：《左拉诞生百年纪念》，黄星圻译，载《卢卡契文学论文集》，第2卷，中国社会科学出版社，1981年，第417页。

2　《中国当代文学研究资料，巴金专集（1）》，江苏人民出版社，1981年，第80页。

14年间，发表了饶勒斯、罗曼•罗兰等人的文章，法朗士的短篇小说《克兰比尔事件》和罗曼•罗兰的长篇小说《约翰•克利斯朵夫》，以及剧本、对话等大量各种体裁的作品，还有揭露社会现实的政论，为受压迫的黑人和俄罗斯农民仗义执言。贝玑当时住在巴黎郊区，每天都要乘坐环城铁道的火车到编辑部去，他的办公室在当时成了一个自由讨论的中心。罗曼•罗兰在《作者和他的影子的对话》里写道："应该对她（指法国）说出真相，既然我们都爱她。真相谁去说呢，除了我，除了那狂热的贝玑，还有谁呢？"[1]

贝玑在三幕诗剧《贞德》（1897）里，把贞德[2]描绘成一位甘愿为人类幸福受苦受难的圣女，主张以实现正义和自由来消灭战争，在很大程度上表现了他的爱国主义精神，以及对实现大同的社会共和国的向往。他在1908年宣布重新皈依天主教，所以在《贞德仁慈之谜》（1910）里，他利用贞德的传说把基督教与爱国主义结合起来，达到了使爱国主义与宗教精神完全统一的境界。他最长的诗作是长达8000余行的《夏娃》（1913），这首诗并非只是写上帝造人的故事，而是在世界大战即将爆发的前夜，借助《圣经》故事的背景来表达他强烈的爱国主义热情。他把祖国与上帝等同起来，认为公民应该像信徒为上帝献身一样为国捐躯。其中有18节挽歌，大多是以"那些死去的人是幸福的……"句子来开头的。

贝玑的爱国热情达到了狂热的程度，随着社会党越来越走上议会的道路，他与饶勒斯的隔阂也越来越深。他曾多次服兵役，1914年8月14日大战刚爆发就奔赴前线，9月5日在率领队伍进攻时阵亡。贝玑死后，他创作的挽歌就成了第一次世界大战的圣歌。1941年，加里玛出版社出版了他的《诗集》，其中的爱国主义精神感动了处于危难中的法国人民，使贝玑成了法兰西的一位民族英雄。

1　米歇尔·莱蒙《法国现代小说史》，徐知免、杨剑译，上海译文出版社，1995年，第219页。

2　贞德（约1412—1431），法国历史上的女民族英雄。英法百年战争期间，英军围困巴黎南部的奥尔良城，她说服国王查理委派自己为总指挥，率军击退了英军，被人民称为"奥尔良女郎"。她使查理登上了王位，称查理七世，自己却在巴黎城下战败后落入敌手，被教会法庭以异端和女巫罪处以死刑，1431年5月30日被烧死在鲁昂的火刑柱上。贞德在1456年被正式恢复名誉，至1920年被封为圣女。

第二节
巴黎公社文学

马克思主义产生于19世纪40年代，早在写作《1844年经济学——哲学手稿》的时候，马克思与巴黎的无产阶级就有了初步的接触。列宁明确指出了马克思主义的诞生时间："马克思最初提出这个学说，是在1844年。马克思恩格斯合著的于1848年问世的《共产党宣言》，已对这个学说作了完整的、系统的、至今仍然是最好的阐述。"他接着把此后的世界历史分为三个时期，第一个时期是从1848年革命到1871年的巴黎公社，在"第一个时期的开头，马克思学说绝不是占统治地位的。它不过是无数社会主义派别或思潮中之一而已"。[1]

普法战争爆发后不久，拿破仑三世就在色当投降。1871年1月18日，普鲁士国王威廉一世在凡尔赛加冕为德意志皇帝，法国"国防政府"在1月28日就与德军签订了停战协定。法国国民议会在3月1日批准了停战协定，引起民众不满，政府在17日夜间向巴黎工人区进军，巴黎人民就在3月18日举行武装起义，在3月28日成立了巴黎公社。巴黎公社是法国无产阶级在人类历史上第一次用暴力推翻资本主义统治、建立无产阶级政权的伟大尝试，"是世界上第一次工人革命。起义的战士和死难烈士中，有五分之四是产业工人……在实际参加巴黎公社委员会的65名成员中，有25名（将近40%）是工人"。[2]

当时"公社委员分为多数和少数两派：多数派是布朗基[3]派，他们在国民自卫军中央委员会里也占统治地位；少数派是国际工人协会会员，他们多半是蒲鲁东[4]派社会主义的信徒。那里，绝大多数的布朗基派不过凭着革命的无产阶级本能才是社会主义者；其中只有少数人通过熟悉德国科学社会主义的瓦

1　列宁：《马克思学说的历史命运》，载《列宁选集》，第2卷，人民出版社，1972年，第437页。

2　克洛德·维拉尔：《法国社会主义简史》，曹松豪译，中共中央党校出版社，1992年，第41页。

3　布朗基（1805—1881），法国革命家，空想共产主义者，多次组织秘密团体，领导起义和被捕，共入狱33年之久，被称为"革命囚徒"。

4　蒲鲁东（1809—1865），法国经济学家和社会学家，无政府主义的创始人之一，宣扬无产者和资产者的经济合作。

扬，比较清楚地了解基本原理”。但“尽管如此，由布朗基派和蒲鲁东派组成的公社也做了很多正确的事情”。[1]其中最重要的原因，无疑来自马克思亲自指导的国际工人协会，也就是第一国际，它成立以后给法国工人运动指明了方向。

巴黎公社只存在了短短的两个多月，但是它“简直是奇迹般地改变了巴黎的面貌！第二帝国的那个花花世界般的巴黎消失得无影无踪”。[2]其中当然包括在文化方面进行的许多富有成果的改革。例如教育历来被教会所控制，使儿童被迫从小就接受神学教育。公社把教会人士从学校中清除出去，用世俗教育代替宗教教育，同时提高了教师的地位和待遇。公社在绘画和音乐方面的成就尤为出色，著名的现实主义画家库尔贝[3]曾拒绝接受路易•波拿巴授予的荣誉勋位勋章，他当选公社委员后，发起成立了艺术家联合会并担任主席，负责恢复巴黎博物馆等工作。公社的绘画主要是讽刺梯也尔[4]等政客和揭露天主教会的政治漫画，以及描绘公社战士英雄形象的速写。音乐则是鼓励士气的街头演奏会，也有数万人参加的大型音乐会。作曲家萨尔瓦多—丹尼尔被任命为巴黎音乐学院院长，他积极参与学院的改革，直到5月20日还在讨论改革问题。5月21日，凡尔赛军队攻入巴黎，他在街垒上英勇战斗，5月24日在街头被敌人枪杀。

应该承认，当时支持巴黎公社的作家寥寥无几。魏尔兰[5]在巴黎公社期间留下来担任公社的新闻处主任，公社失败后被解雇；兰波[6]在“流血周”期间写过《巴黎战歌》等歌颂公社的诗篇；雨果则对被迫害的公社社员表示同情。除此之外，当时著名的作家大多反对巴黎公社，例如小仲马[7]、都德[8]等持保守

1　马克思：《法兰西内战》，《恩格斯写的1891年单行本导言》，载《马克思恩格斯选集》，人民出版社，1995年，第3卷，第10页。

2　马克思：《法兰西内战》，载《马克思恩格斯选集》，第3卷，第66页。

3　居斯塔夫・库尔贝（1819—1877），法国画家。1855年，他的《石匠》和《浴女图》等作品被万国博览会拒绝，他因此举办了名为“现实主义”的个人画展，一度成为现实主义文艺流派的领袖，从而导致了“现实主义”一词的流行。

4　梯也尔（1797—1877），法国历史学家，著有《法国革命史》等，镇压巴黎公社后当选为法国总统（1871—1873）。

5　保尔・魏尔兰（1844—1896），法国象征派诗人，作品有《戏装游乐图》（1869）等。

6　阿尔蒂尔・兰波（1854—1891），法国象征派诗人，作品有《醉舟》和《元音》等。

7　小仲马（1824—1895），法国作家大仲马的私生子，法兰西学士院院士，著有《茶花女》和一些剧本。

8　阿尔封斯・都德（1840—1897），法国小说家，著有《磨坊文札》和《小东西》等。

或保皇的态度，福楼拜、龚古尔兄弟[1]和戈蒂埃[2]等不问政治，主张为艺术而艺术，但他们也谴责起义，诬蔑公社社员是疯子、醉鬼、畜生和野心家，主张进行镇压甚至彻底消灭。阿拉贡后来严厉地抨击过小仲马："仲马儿子……显示了那些拥护帝政的无耻之徒是何等下流。"[3]萨特则谴责"福楼拜公开承认资产阶级的统治权。巴黎公社曾吓得他魂不附体，他在公社失败以后写的信里充满对工人的卑劣的辱骂"。[4]

美国批评家爱德蒙•威尔逊（1895—1972）指出："比较高度发展的文学形式，要求有闲暇的时间和一定程度的安定：而在革命时期内，这两者作家通常是都得不到的。"[5]巴黎公社存在的时间过于短促，而且处于激烈的动荡之中，所以产生的作品数量有限。公社失败后，许多公社战士被流放、监禁或流亡国外，但仍然坚持斗争，有些人继续创作以公社的斗争为题材的作品，所以巴黎公社文学应该是产生于1871年春末，一直延续到1880年大赦之后，概括地说就是在巴黎公社期间及后来的20年间由公社战士创作的文学。

同所有的革命时期一样，巴黎公社文学的主要体裁是群众歌曲。公社战士们创办了《人民呼声报》等数十种报刊，发表了许多优秀诗作，保存下来的有拉绍塞献给国际工人协会的《我们要兄弟般友好》、拉潘特的《无产阶级之歌》、塞内沙尔的《共和主义者联盟》等，这些诗歌继承了法国大革命期间《马赛曲》和1848年革命期间工人诗歌的传统，充满了战斗的激情和英雄主义。除了诗歌和瓦莱斯的作品之外，在小说和戏剧方面主要有吕西安•德卡夫（1861—1949）的小说《圆柱》和《菲勒蒙，一位老妇的老伴》，乔治•达里安（1862—1929）的剧本《秩序之友》，莱翁•克拉代尔（1835—1892）花费

---

1 龚古尔兄弟指哥哥爱德蒙·德·龚古尔（1822—1896）和弟弟于勒·德·龚古尔（1830—1870），他们被认为是法国自然主义文学的先驱。爱德蒙为纪念弟弟而用遗产设立的龚古尔文学奖，从1903年开始每年颁发一次，是法国最重要的文学奖。

2 泰奥菲尔·戈蒂耶（1811—1872），法国诗人，帕尔纳斯派的先驱，主张"为艺术而艺术"。

3 阿拉贡：《现实主义诗人维克多·雨果》，罗大冈译，载《阿拉贡文艺论文选集》，人民文学出版社，2000年，第116页。

4 萨特：《什么是文学》，施康强译，载沈志明、艾珉主编：《萨特文集》，第7卷，人民文学出版社，2000年，第185页。

5 爱德蒙·威尔逊：《马克思主义与文学》，杨宇译，载戴维·洛奇编：《二十世纪文学评论》（上册），上海译文出版社，1993年，第423页。

15年时间创作的长篇小说《L.N.R.I》[1]等。回忆录有路易丝•米歇尔的《公社》（1898）、马克西姆•维约姆（1844—1920）的《我的红色笔记》和亨利•罗什福尔（1830—1913）的《我一生的遭遇》，以及被马克思称为“第一部真实可信的公社史”的普罗斯佩•利沙加勒（1838—1901）的《1871年公社史》。

巴黎公社文学的作者都是公社委员、工人和革命知识分子，他们的作品数量并不算多，却以丰富的内容和朴素的艺术风格在文学史上独树一帜，开创了法国现代左翼文学的新纪元，比英国宪章派文学和德国的无产阶级文学都更为成熟，更有影响。

一 鲍狄埃

欧仁•鲍狄埃（1816.10.4—1887.11.6）是法国进步诗人和社会活动家，他出生于巴黎一个制作木箱的工人家庭，从小酷爱诗歌，崇拜民歌大师贝朗瑞。由于家境贫困，他12岁时辍学，随父亲学徒，为了谋生当过木工、校工、伙计、会计和花布设计员，同时刻苦自学，模仿贝朗瑞的歌谣进行创作，15岁就发表了第一部诗集《年轻的女诗神》，并且把它题献给贝朗瑞。

鲍狄埃一生经历了三次革命，共创作了250多首诗歌。在1830年推翻波旁王朝的七月革命中，他写下了第一首诗歌《自由万岁》。他参加了1848年的二月革命，在六月起义遭到镇压的时候，他奋不顾身地守卫街垒，投入巷战，起义失败后写出了悲壮的诗歌《一八四八年六月》，把诗歌变成匕首和投枪，控诉资产阶级的残暴行径：例如在《该拆掉的旧房子》中，把法兰西第二共和国比喻成“一栋华丽的楼房”，指出它已经“墙壁裂缝，地基下沉，尽力支撑也是枉然”。

鲍狄埃对各种诗体都进行过认真的探索，尤其是继承了民歌的传统。他与各阶层的劳动人民有着广泛的接触，经常出入工人的诗歌俱乐部——“高盖特”小酒店，听工人们讽刺时弊的流行歌曲和诗歌朗诵，从而为他的创作提供了丰富的题材。他的诗歌不仅通俗朴实、琅琅上口，往往被谱曲而广为流传，而且从一开始就具有浓厚的民主主义色彩，贯穿着反对专制暴政、争取自由的

1 据《新约》记载，这四个字母写在被钉死的耶稣的上方，作者以此将公社社员的牺牲比作耶稣的殉难。

爱国主义和国际主义精神。

鲍狄埃曾经信仰空想社会主义学说，但是从1865年开始，他就转而积极参加国际工人协会巴黎支部的活动。1870年，他在自己开设的图案画作坊里组织了画工工会，在发展到500多人的时候加入了国际工人协会。7月20日，也就是普法战争爆发的第二天，他在《工人国际巴黎委员会告各国和德国以及欧洲的工人兄弟》宣言上签了名，后来在巴黎被包围的时候参加了国民自卫军，在巴黎公社期间当选为公社委员和艺术家联合委员会委员，担任恢复巴黎博物馆筹备委员会委员等职务。他在保卫公社的斗争中浴血奋战，直到最后一刻才在群众的掩护下隐蔽到一个工人家里。公社失败后，他被凡尔赛法庭缺席判处死刑，在英国和美国度过了将近10年的流亡生活。

在流亡国外期间，鲍狄埃继续参加革命活动，协助美国工人建立社会党，同时创作了大量的革命诗歌，用政治抒情诗来反映巴黎公社的伟大业绩。早在1871年6月，他就创作了不朽的无产阶级革命战歌《国际歌》。他为纪念巴黎公社五周年而创作的长诗《巴黎公社》（1876），歌颂了公社社员们不怕牺牲的英勇壮举，总结了公社的经验教训，预言镇压公社的第三共和国必将灭亡。他的长诗《美国工人致法国工人》（1876）以当年费城国际博览会为题材，通过对展览会的豪华场面与穷人的悲惨生活的对比，揭露了资本主义社会是富人的天堂和穷人的地狱，抨击了资本主义制度剥削和压迫劳动人民的本质。此外，他还创作了《公社走过的道路》《公社社员纪念碑》和《纪念一八七一年三月十八日》等短小精悍的诗篇，强烈的革命激情和歌谣式的韵律，使这些革命诗歌充满了艺术魅力。

鲍狄埃酷爱诗歌，是“一位最伟大的用歌作为工具的宣传家”[1]。他尽管一生贫穷，却始终都在用诗歌进行战斗。他在1880年大赦时回到巴黎，已经半身瘫痪而且穷困潦倒，但他斗志不减当年，立即加入了刚成立的法兰西工人党，1883年还参加了诗歌比赛并获得最高奖。在最后的七年里，他创作的诗歌相当于他全部作品的三分之一。1887年，他出版了最重要的诗集《革命歌集》，其中首次收入了《国际歌》。同年11月6日，鲍狄埃在巴黎病逝。巴黎工人不顾警察的镇压，把他的遗体安葬在最后一批公社社员被枪杀的拉歇兹神甫公墓。

1 列宁：《欧仁·鲍狄埃》，载《列宁选集》，第2卷，人民出版社，1995年，第435页。

《国际歌》是一曲无产阶级的正气歌，它以简洁明快的语言，号召全世界无产者团结起来，为消灭旧制度、建立新世界而努力奋斗，特别是强调了没有任何救世主、无产阶级要自己解放自己的马克思主义观点。全诗充满了崇高的革命理想和革命乐观主义精神，显示了诗人在公社失败后不屈不挠的斗志和对共产主义必然胜利的坚定信念。1888年6月，比利时社会主义者、作曲家狄盖特（1848—1932）为《国际歌》谱曲，他把“这是最后的斗争，团结起来到明天，英特纳雄耐尔，就一定要实现”这几句首尾呼应、充满激情的诗句，谱成反复重叠的副歌，使全曲显得庄严雄伟、气势磅礴。同年7月23日，狄盖特率领合唱团首次在里尔的工人集会上演唱了这首歌曲，1889年，第二国际[1]在巴黎成立之初，就把《国际歌》确定为各国无产阶级共同的战歌。列宁对这首无产阶级的战歌给予了最生动和确切的评价：“一个有觉悟的工人，不管他来自哪个国家，不管命运把他抛到哪里，不管他怎样感到自己是异邦人，言语不通，举目无亲，远离祖国，——他都可以凭《国际歌》的熟悉的曲调，给自己找到同志和朋友。”[2]

1981年，人民出版社出版了《鲍狄埃诗选》的中译本。

二　克雷芒

巴黎公社的另一位重要诗人是让-巴蒂斯特•克雷芒（1836—1903.2.25），他出生在农村，父亲是磨坊工人。他自己也当过工人，后来成为诗人、作曲家和政论家。1867年，他由于为反对第二帝国的报刊撰稿而被迫逃亡到比利时，创作了著名的作品《樱桃时节》。1868年他回到巴黎，创办《棍棒报》批判第二帝国，1870年被捕后判处三年徒刑，但因普法战争爆发而在巴黎人民的起义中出狱，并随即参加了国民自卫军。他积极参加了巴黎公社起义，当选为公社委员，担任教育委员和军需代表等多项职务，成为公社著名的活动家。他为了保卫公社战斗到最后一刻，直到最后一个街垒陷落，才隐藏到一个工人的家里。

1　第二国际是继国际工人协会之后的第二个无产阶级的国际组织，1889年7月14日在巴黎成立，曾在恩格斯的领导下广泛传播马克思主义，推动了各国工人运动的发展。

2　列宁：《欧仁 · 鲍狄埃》，载《列宁选集》，第2卷，人民出版社，1995年，第434页。

克雷芒以大量的诗歌反映了公社的斗争，例如他在《浴血的一周——献给七一年的烈士》中描绘了公社被镇压的悲惨情景：

除了特务和宪兵，
路上不见别的，
只见伤心泪落的老人，
寡妇和孤儿。
……
这些坏日子总有过去的时候。
当心我们报仇，
所有的穷人都动手！[1]

1871年8月，克雷芒逃亡英国，被法国军事法庭判处死刑。他在贫困中坚持自己的信念和创作，1880年大赦回到巴黎后参加了法兰西工人党并负责宣传工作。1885年5月，他的《歌集》出版，在把《樱桃时节》收入《歌集》的时候，他加上了一段题词："献给1871年5月28日（星期天）在封丹奥鲁瓦街垒勇敢战斗的女护士路易丝公民。"

我永远怀念樱桃时节。
为了那些过去的日子
我的心在啼血！
即使幸运女神降临，
也难使我的痛苦泯灭 。[2]

《樱桃时节》体现了公社战士对巴黎公社的怀念之情，被谱曲后广为传诵。克雷芒以后继续从事革命斗争，直至去世。

三　米歇尔

路易丝•米歇尔（1830.5.29—1905.1.10）是巴黎公社的女诗人和女英雄，

1　朱庭光主编：《巴黎公社史》，中国社会科学出版社，1982年，第350页。
2　柳鸣九主编：《法国文学史》，第3卷，人民文学出版社，2007年，第63页。

被称为“蒙马特尔[1]的红色姑娘”。她是个私生女，但是收养她的律师夫妇使她受到了良好的教育。她从小喜爱诗歌，曾把自己的习作寄给雨果，受到了雨果的赞扬。她长大后就读于师范学校，毕业后回到家乡的农村当小学教师。1856年，她来到巴黎教书，参加反对第二帝国的活动，起初曾受到无政府主义思潮的影响。普法战争爆发后，她写下了著名的诗歌《和平示威》，担任蒙马特尔妇女委员会委员，亲自参加巷战，后来加入了国民自卫军。

米歇尔积极参加了巴黎公社的伟大斗争，或是侦察敌情，或是抢救伤员，总是出现在最危险的地方，直至“浴血周”还在蒙马特尔高地顽强抵抗。公社失败后，敌人没有抓住她，就把她的母亲抓去做人质。她为了救出母亲而去“自首”，因而被捕入狱，并且在狱中写下了著名的诗作《红石竹花》，献给将被处死的战友费烈：

如果我走进黑暗的墓地，
兄弟们，请在你们的姊妹身上，
投几束盛开的红石竹花，
作为最后的希望。

在帝国最后的日子里，
人民已经觉醒，
红石竹啊，是你的微笑
告诉我们一切都在苏醒。

今天，你快到监狱里去吧，
去到阴森的牢房里，
到沉郁的囚徒身旁开放，
告诉他，我们多么爱他。

告诉他，光阴似箭，
一切属于未来；

1　蒙马特尔位于巴黎18区的高地，是巴黎最高的地方。巴黎公社期间社员们曾在这里英勇抵抗凡尔赛的军队，平时这里是江湖艺人聚集的场所。

战败者生命无限，
而战胜者却面容苍白。[1]

1873年8月，米歇尔被流放到太平洋上的法属新喀里多尼亚岛上服苦役，在极其艰苦的环境里，她为当地和公社战士的孩子们开办了一所学校，同时创作了著名的《囚徒之歌》。1880年大赦时她回到巴黎，1883年因参加游行示威再次被捕，在狱中的三年里创作了《生活的历程》《故事和传说》等诗歌，以及小说《人类的细菌》和《回忆录》。她的回忆录《公社》（1898）是关于巴黎公社的珍贵史料。

米歇尔于1905年1月10日去世，临终前写下了最后一首诗歌《1905年俄国革命》：

你们的心像炽炭，
燃烧在北方寒冷的原野上，
风在怒吼，以雷霆之力扫荡。
终于出现了觉醒的征象？！

号角已经吹响，火药味在弥漫，
“平等”向着太阳，
耸立在红色的天空，
像灯塔那样辉煌。
终于出现了觉醒的征象？！[2]

这首诗表明米歇尔是个真正的革命诗人，她为了人民大众的解放奋斗到了生命的最后一刻，因而法朗士等进步人士发起了为她塑像的活动。

四 瓦莱斯

于勒·瓦莱斯（1832.6.11—1885.2.14）生于法国中部的比伊城，1845年进父亲任教的南特中学读书。他的父母信奉愚昧的教育方式，他尽管勤奋学习而

1 柳鸣九主编：《法国文学史》（下册），人民文学出版社，2007年，第89页。
2 同上书，第91页。

且多次获奖，在家里还是经常挨打，在学校里也受到教师们的虐待，因此从童年起就形成了反抗社会的心理。1848年二月革命爆发的时候，刚刚16岁的瓦莱斯就投身到革命者的行列之中。父亲为此打发他去巴黎上学，但他却更加积极地投入政治活动，1851年，他参加反对路易•波拿巴政变的游行，在街垒的战斗中负伤后遭到迫害和监禁。

瓦莱斯在50年代末开始创作，1857年，他发表了描写金融界的小说《金钱》，得以进入《费加罗报》作为临时记者，不久写出了第一篇政论《叛逆者》（1861），后来他把所写的政论结集出版，书名就是《叛逆者》（1865）。1867年，他和一些志同道合的人共同创办了《街道报》，由于刊登了针砭时弊的《被出卖的猪》等评论，半年后即被取缔，但是这些文章为他以后的小说创作奠定了基调。

1870年普法战争失败后，瓦莱斯走上街头发表演说，而且参加了10月31日的布朗基派的起义，担任了国民自卫军的营长。1871年2月22日，他创办《人民呼声报》，受到巴黎人民的热烈欢迎。他因为参加过起义而于3月11日被捕，在3月18日巴黎公社成立后重获自由。他继续办报，并且在报上欢呼：“绝望者的孩子，你将成为一个自由人。”

作为一个热情而坚定的革命者，瓦莱斯被选举为公社委员，担任教育委员和外交委员等职务，是公社重要的社会活动家。他亲自参加保卫公社的战斗，坚持到“浴血周”的最后一天，即5月28日的夜里才化装逃到比利时，接着流亡伦敦，1872年被凡尔赛分子缺席判处死刑。1880年大赦后，他直到1883年才回到法国，继续参加工人运动，试图重版《人民呼声报》，直至52岁时病逝。巴黎工人为他举行了隆重的葬礼，鲍狄埃还专门写了一首诗来歌颂他的业绩。

瓦莱斯在流亡伦敦期间，仍然受到巴黎警察局密探的监视。他曾为发表文章等向左拉求助，左拉表示：“只要可能，我都十分高兴为您效劳。不存在什么胜利者和失败者，因为我只把您看成一位有才华的作家。我很遗憾您不在这里，使我们在自己的文学队伍中少了一名战士。”[1]而当左拉备受攻击的时候，瓦莱斯也挺身而出为他辩护：“左拉是一个文学上的红色分子，一个握笔的公社战士……不论左拉的文章写得如何，我都举手站在他一边……左拉是条

1　左拉：《左拉文学书简》，吴岳添译，安徽文艺出版社，1995年，第212页。

好汉。"[1]

瓦莱斯的作品很多，包括诗歌，政论，中短篇小说《让•德尔贝纳》（1865）、《绅士》（1869）、《一个吹牛者的遗嘱》（1869），以及真实反映公社革命过程的大型剧本《巴黎公社》（1872）。他最重要的作品是带有自传性质的三部曲长篇小说《雅克•万特拉》，包括《孩子》（1879）、《中学毕业生》（1881）和《起义者》（1886）。

《孩子》写于1876年，是瓦莱斯对自己的童年和青少年时代的回忆，一直写到中学毕业。主人公雅克•万特拉的家庭和学校都因循守旧，摧残着儿童的心灵。他在家里天天都被母亲毒打和辱骂，其实他的父母在社会上也同样经受着奴役和痛苦。《中学毕业生》同样嘲笑了第二帝国初期的教育，说学校只会造成"书本的受害者"，指望靠教育生活下去是一个疯子。

《起义者》是三部曲中最重要的一部， 它记录了从1862年末到1871年5月，也就是巴黎公社失败为止的历史进程，其中从1870年9月开始的关于巴黎公社和"浴血周"的内容，就占了全书一半篇幅，即35章中的18章。瓦莱斯在伦敦构思，回到巴黎后写出了这部小说，把它"献给一八七一年的死难者。他们在公社的旗帜下，拿起武器反抗不合理的世界，结成受苦者的伟大同盟，成为非正义的社会的牺牲者"。[2]万特拉对统治者口诛笔伐，因此丢掉在报社的工作并多次入狱，但他仍然积极地投入革命斗争，率领国民自卫军攻占区政府，担任巴黎公社委员，为保卫公社战斗到"浴血周"的最后一刻，实际上就是瓦莱斯本人的写照。公社最后失败了，红旗成了一条条沾满污泥的碎布条，但是公社的事业是不可摧毁的。小说的最后一句话是万特拉逃出法国以后，他眺望巴黎那个方向："只见深蓝色的天空里朵朵红云，活像一件巨大的工人服，染满了鲜血。"[3]作者以这个富有象征意义的形象，来表示他对工人阶级的敬意和对巴黎公社的悼念。

《雅克•万特拉》通过一个孩子成长为革命战士的历程，揭露了第二帝国时期的黑暗和腐败，反映了促使他走上反抗道路的社会现实。无论是在法国大

1 瓦莱斯：《左拉先生搅乱了小说的家常琐事》，载潭立德编选：《法国作家・批评家论左拉》，安徽文艺出版社，1994年，第24页。

2 瓦莱斯：《起义者》，郝运等译，上海译文出版社，1979年。

3 同上书，第322页。

革命还是1848年的革命之后，都没有出现过这样纪实性的作品，特别是《起义者》最早描写了工人阶级的武装斗争，因此具有极为珍贵的史料价值。正如左拉指出的那样："我看，这确实是一部真实的书，一部用最真实、最令人悲伤、心碎的人类的史料写成的书。"[1]如果把《共产党宣言》的发表看成是现代左翼文学的起点的话，《雅克•万特拉》理所当然地是法国左翼文学的第一部重要作品，而瓦莱斯则是法国第一位重要的左翼作家，因而在法国文学史上占有独特的地位。

第三节
拉法格

保尔•拉法格（1842.1.15—1911.11.25）是法国工人党的创始人之一，马克思的学生和女婿。他是法国最早的马克思主义理论家、宣传家和文艺批评家，"马克思主义的最有才能的、最渊博的传播者之一"。[2]

拉法格出生于古巴圣地亚哥的一个法国移民家庭，九岁时随父母回到法国波尔多，1861年中学毕业后考入巴黎大学医学院。他在青年时代是个资产阶级民主主义者，参加过反对第二帝国反动统治、争取建立共和制度的斗争。1865年1月，他加入第一国际巴黎支部，2月即受巴黎支部委托到伦敦会见马克思，报告法国工人运动状况。同年年底，他因参加在比利时举行的国际大学生代表大会而被巴黎大学开除。1866年初，拉法格到伦敦圣巴托缪医院附属医院学习，当选为第一国际总委员会委员，任西班牙通讯书记。1868年获医学博士学位，与马克思的女儿劳拉结婚后回到巴黎。普法战争爆发后迁居波尔多，任第一国际波尔多支部通讯书记，创办《国防》日报呼吁抗战，并发动外省工人支援巴黎公社的斗争。他在公社失败后流亡西班牙，后来侨居伦敦，从事组织法国工人党的工作。

1879年10月，盖德[3]创建法兰西工人党之后，到伦敦会见马克思和恩格

1　米歇尔·莱蒙：《法国现代小说史》，徐知免、杨剑译，上海译文出版社，1995年，第187页。

2　列宁：《代表俄国社会民主工党在保尔·拉法格的葬礼上发表的演说》，载《列宁全集》，人民出版社，1988年，第17卷，第386页。

3　于勒·盖德（1845—1922），法国工人党创始人之一，早年积极支持巴黎公社，创办《平等报》宣传社会主义思想。1901年与拉法格一起创建法兰西社会党。第一次世界大战期间采取民族沙文主义立场，在资产阶级政府中任国务部长。

斯，已在伦敦的拉法格与盖德一起，在马克思的指导下制订了《工人社会主义纲领》。1882年9月，党内反马克思主义的“可能派”[1]制造分裂，盖德和拉法格成为少数派，因而退出大会另建了法国工人党。1883年至1885年，拉法格因宣传鼓动而两次被捕入狱。他积极参与了第二国际的创建，1891年因在集会上发表演说而再次被捕入狱，在狱中以工人代表的身份当选为众议员。1905年4月，他当选为法国社会党（工人国际法国支部）常务委员会委员。1911年11月25日，他和妻子劳拉由于年迈而不能再为工人运动工作，一起“怀着无限欢乐的心情”自愿结束了生命。

拉法格曾经追随过蒲鲁东和布朗基，后来在马克思和恩格斯的教育和影响下，与蒲鲁东派和巴枯宁[2]派等进行了坚决的斗争，成长为一个坚定的共产主义者。列宁在拉法格夫妇的葬礼上指出：“在拉法格身上结合着两个时代：一个是法国革命青年同法国工人为了共和制的理想进攻帝国的时代；一个是法国无产阶级在马克思主义者领导下进行反对整个资产阶级制度的阶级斗争、迎接反对资产阶级而争取社会主义的最后斗争的时代。”[3]

拉法格除了和劳拉一起，把马克思和恩格斯的《共产党宣言》等许多著作译成法文出版之外，他的著作主要有《卡尔·马克思的经济唯物主义》（1883）、《唯心史观和唯物史观》（1895）、《财产的起源和发展》（1895）、《卡尔·马克思的经济决定论》（1909）等。他的《忆马克思》（1890—1891）和《忆恩格斯》（1904—1905）记录了他和两位革命导师的交往，是研究他们的生平和思想的珍贵文献。

拉法格是法国第一个用马克思主义的观点来研究文学现象，把马克思主义的原理应用于文学评论的人。他根据马克思主义关于社会意识决定于社会存在的基本原则，用阶级观点来分析复杂的文学现象，把作品或人物看作一定阶级意识形态的反映，从而揭示出它们的社会和阶级根源。他的文学评论保存下来的有七篇：《萨弗》（1886）、《关于婚姻的民间歌谣和礼俗》（1886）、

1 法兰西工人党内的反马克思主义者因为巴黎公社的失败而灰心丧气，诬蔑《工人社会主义纲领》是“强加于党的统一纲领”，主张每个组织要根据可能性自由制定自己的纲领，因而被称为“可能派”。

2 巴枯宁（1814—1816），俄国无政府主义者，宣称个人的绝对自由是人类发展的最高目的，1872年被第一国际开除。

3 列宁：《列宁全集》，第17卷，人民出版社，1988年，第286页。

《舞台上的达尔文主义》（1890）、《雨果传说》（1891）、《左拉的〈金钱〉》（1891—1892）、《革命前后的法国语言》（1894）和《浪漫主义的根源》（1896）。

《关于婚姻的民间歌谣和礼俗》是一篇专门研究民歌的论文，拉法格认为民歌能够忠实地反映人民的生活，具有很高的历史价值，因此他不仅收集了法国各地区的民歌，而且注意从民歌中发现民众的风俗、思想和情感，这些在史书上是没有记载的。例如他形象地描述了史诗的起源：

> 现唱现编是粗俚豪壮之辈共有的一种习惯：每逢丧葬、婚嫁，以及农业、手工业和宗教的节日，乃至漫长的冬夜，挑灯闲话，总之只要他们聚首之处，即席口占的人就会遇到同好，一齐歌唱当天的大事，每人提供一段。这伙人中间的公认的诗人，一般往往是个乞丐，一个裁缝或木匠，领导并帮助大家唱，同时由他来修改歌词。如果歌子讨人喜欢，第二天全村跟着唱，第三天开始传遍全国。无名群众是《伊利亚特》《尼伯龙根》《罗曼赛罗》《卡列瓦拉》以及作为人类精神的光荣和人类精神之花的各种伟大史诗的创作者。[1]

拉法格还从抢亲游戏的民歌中发现了原始父权家庭的起源，而这正是被资产阶级史学家们所忽略的问题。

《萨弗》是对都德的小说《萨弗》（1884）的评论。小说的主人公若望是个世家子弟，他来到巴黎以后，结识了以姿色和才情闻名的法妮。这位被称为萨弗[2]的美女，本来是雕塑家的模特儿兼情妇，到37岁时爱上了若望，在他患病时悉心照料，在他叔父丢失巨款时，竟不惜用卖身赚来的钱慷慨资助，而在被他遗弃时却毫无怨言，最后终于感动了他。然而就在若望下决心和她远走高飞的时候，她却写信与他诀别，因为她不想影响他的前程，也离不开自己的孩子。在都德笔下，法妮爱若望是出于真情，若望爱法妮是出于肉欲，但是最后却出现了相反的结局：若望真正爱上了法妮，而法妮却主动离开了他，他们

1　拉法格：《拉法格文论集》，罗大冈译，人民文学出版社，1979年，第10页。

2　萨弗（约公元前610—前580），古希腊女诗人，出身贵族，以描写爱情的诗歌著称。她的诗作曾被编为九卷，但传世极少。也有传说认为她是荡妇，因得不到美男子法翁的爱而投海自尽。

的感情经历了一个复杂的演变过程，而都德对他们的心理活动的细致入微的刻画，便构成了这部小说的艺术特色，出版后受到热烈的欢迎。

拉法格以马克思主义的阶级分析方法，在评论的开头首先指出："小说是再好不过的文学形式，可以说这是和资产阶级同时产生、同时发展的一种文学形式。"[1]这一观点与卢卡契在《小说的理论》里的见解如出一辙。拉法格接着犀利地指出萨弗这个形象的本质：她对若望百依百顺，不需要花他的钱，反而自掏腰包倒贴他，而且不给他造成任何负担，一旦他要摆脱她的时候，她就毫无怨言地主动离开，实际上正是资产者理想的情妇形象，从而一针见血地揭露了资产阶级卑鄙恶劣的情欲心理。现代资产者唯利是图，连爱情也要打上金钱的烙印，所以连贵族也不如："在上一世纪，代•格里厄骑士发疯地热爱曼侬•莱斯戈[2]，为了跟她走，和她一样地生活，他毫不犹豫地把一切抛在大海里：社会的体统、家庭、前程。而他要求于那个迷人的姑娘的只是她的爱情。贵族阶级的男人还能够忘却个人利益；资产者是自私到这种程度的动物，他甚至不能设想人们可以期待他采取一个和他的利益相反的行动。"[3]

《舞台上的达尔文主义》是为了批判都德刚刚上演的剧本《生存竞争》（1889）而写的。争论的起源是1880年左右发生在巴黎的一件凶杀案。青年巴雷以帮助买股票为借口，花光了一个卖牛奶的老妇辛苦积攒的一万法郎，他的朋友、医科大学生勒比兹为了帮他摆脱困境，就杀死了老妇并肢解了尸体，案发后两人被送上了断头台。勒比兹作案的理由是根据达尔文的适者生存理论：与其让一个富有前程的青年名声扫地，不如让一个活着毫无用处的老妇死去。

这个案件引起了轰动，使达尔文的学说备受抨击。都德为此写了剧本《生存竞争》（1889），写年过半百的公爵夫人爱上了青年阿斯吉叶，他热衷名利，因此娶她为妻。两年后他花光了她的钱财，就另外诱惑了一个家财百万的少女，并企图毒死不肯离婚的公爵夫人，最后在即将达到目的时被少女的父亲开枪打死了。拉法格指出剧本的意图是要表明，阿斯吉叶的格言是"弱肉强食"，他的犯罪就是达尔文的学说造成的。都德之所以让阿斯吉叶死在枪下，目的在于显示自己是个痛恨坏蛋的老实人。

1 拉法格：《拉法格文论集》，罗大冈译，人民文学出版社，1979年，第2页。
2 法国小说家普莱服神甫（1697—1763）的小说《曼侬·莱斯戈》的主人公。
3 拉法格：《拉法格文论集》，罗大冈译，人民文学出版社，1979年，第7页。

在《生存竞争》中，都德不仅把达尔文关于自然界适者生存的理论运用于社会生活，把它说成是资本主义世界里一切罪恶的根源，从而在舞台上宣扬了弱肉强食的资产阶级观念，而且还通过剧中的一个科学家之口，挖苦“达尔文的全部学说用一个核桃壳就装得下了”。[1]拉法格嘲笑了都德对达尔文学说的无知：“都德之流看不见不可避免地造成竞争及其后果的是我们的社会关系，而不是某些学说。人与人之间互相交锋的无情的经济斗争并不是达尔文的一套学说的后果。他的学说不过是把现代的竞争的规律应用到动植物生活上去而已。”[2]同时他还尖锐地指出，资本主义社会里的无情竞争正在日益尖锐，现代人为了掠夺财富而采用的合法途径，其残酷程度并不亚于一切暴力和杀戮。

在《左拉的<金钱>》里，拉法格结合当时的社会现实，分析了交易所里的投机行为，揭露了巴黎新闻界的黑幕。他把文学的演变与资本主义社会的发展联系起来，指出在巴尔扎克的时代，自由资本主义的竞争并不使人堕落，而是通过冒险促使人产生勇气、毅力、智慧等品质。而在左拉的时代，人已被卷入银行、工厂等经济机体斗争的齿轮，使人变得更加卑劣和猥琐，变成了残废者和侏儒，当代新马克思主义批评家戈尔德曼关于小说的社会学的理论，可以说就是发展了拉法格的这一观点。拉法格认为：“对于新的流派来说，艺术上的最后一句话是放弃行动；而由于新派的代表人物既无批评意识，又无哲学意识，他们的作品无非是语言上的腾跃跌打那一套拳脚工夫，他们自己也只不过是修辞学的学生。”[3]这无疑是对当代的新小说派和荒诞派戏剧的准确预见。

拉法格对左拉的评论是关于现实主义的精辟论述，他对左拉的看法是辩证的。他批判了左拉自然主义的创作方法，也就是只看事件的外表而不追究事件的原因，往往不是根据自己的生活体验、而只是根据从报纸杂志上搜集到的资料来进行写作，至多只是到交易所或矿井里去感受一下气氛，因此对生活的观察是不深刻的，这正是左拉与巴尔扎克的区别所在。但同时他又充分肯定“左拉的独特之处在于他表现了一种社会力量把人打翻在地上，而且将他压得粉碎……在敢于有意识地表现人如何被一种社会的必要性所控制和消灭这一点上，

1　拉法格：《拉法格文论集》，罗大冈译，人民文学出版社，1979年，第113页。

2　同上书，第116页。

3　同上书，第131页。

左拉是惟一的现代作家”[1]。归根结底，他对左拉给予了高度的评价：“可是左拉的才能是如此之大，所以即使他的观察方法有那些缺点，即使他在材料搜集上有很多错误，他的那些小说仍然是我们这时代最重要的文学大事。它们获得巨大成功是应当的。”[2]

《浪漫主义的根源》把浪漫主义的兴起与法国的社会环境联系起来，首次用马克思主义的观点分析了这种文学现象：“真的，如果不在思想上体验那些欢迎夏多布里昂的初期浪漫主义作品的男男女女的情感和狂热，如果不追究那些男女在何种社会气氛中活动，就不能解释他们为什么那样热烈地接受这些作品。”[3]正因为如此，拉法格才把文学批评看作是对历史唯物主义批评的一种研究，不辞辛苦地翻阅浪漫主义时代大量的出版物，以及一切重要的参考资料，以便了解当时的政治、哲学、宗教以及文学艺术的演变过程，从而对夏多布里昂的小说《勒内》和《阿达拉》进行了全面的分析。

《革命前后的法国语言》分析了从17世纪的古典主义到19世纪的浪漫主义的法国语言，探讨了法国资产阶级语言的根源和演变过程。拉法格认为：“要寻找语言现象的理由，有必要认识和了解社会和政治的现象，语言现象无非是社会和政治现象的结果。”[4]在他看来，法国大革命对语言的影响至关重要，因为“革命召唤了一个新的阶级参预政治生活，并且同时创造了这种政治生活……这种新的政治条件要求一种同样新的语言，最后这种语言又从政治界转入纯粹是文学的领域之内”。[5]他认为大革命推翻了贵族语言的王位，确立了资产者运用的、已经在文学作品中用过的语言，甚至为了争夺平民而使平民的俚语登上了大雅之堂，所以这种语言不是新的。其实归根结底，无论是贵族的古典语言，还是浪漫派或资产阶级的语言，都是从平民的语言中提炼出来的，所以拉法格尽管认为法国大革命造成了一场“语言革命”，却并不因此就认为语言具有阶级性。

马尔[6]学派以拉法格谈到贵族语言为依据，断言拉法格承认语言的阶级

1 拉法格：《拉法格文论集》，罗大冈译，人民文学出版社，1979年，第129页。

2 同上书，第140页。

3 同上书，第168页。

4 同上书，第243页。

5 同上书，第258页。

6 马尔（1864—1934），苏联语言学家，苏联科学院院士，他认为语言是上层建筑，有阶级性，1950年后受到苏联语言学界的批判。

性，其实拉法格完全懂得贵族语言是依附于全民语言的。所以在《马克思主义和语言学问题》里，斯大林批驳这种错误看法是“无的放矢”，不过他同时也指出：“马克思主义不承认在语言发展中有突然的爆发，有现存语言的突然死亡和新语言的突然创造。拉法格说‘在法国1789年到1794年间发生突然的语言革命’是不正确的。那时在法国没有任何语言革命，更谈不上什么突然。”[1] 斯大林还批判了马尔对马克思主义的歪曲和庸俗化，指出：“语言不是某一个阶级创造的，而是整个社会、社会各阶级、世世代代的努力所创造的。语言创造出来不是为了满足某一个阶级的需要，而是为了满足整个社会的需要，满足社会各阶级的需要。正因为如此，创造出来的语言是全民的语言，对社会是统一的，对社会全体成员是共同的。”[2]

除了关于语言革命的观点之外，在阶级斗争尖锐复杂的情况下，由于对艺术规律的认识不足，拉法格的文学批评有时也失之于片面和简单化，《雨果传说》就是一个典型的例子。他描写了30万人为雨果送葬的热闹场面，指出国内外的社会主义革命组织都没有派代表参加；他说雨果通过写稿积累了500万法郎的财富，是一个热衷名利和精于算计的文人，连出版社都被他弄得破产了；甚至说雨果为了替自己年轻时的保王思想辩护，竟不惜诽谤自己的母亲，把责任推到她的身上；还说雨果在政治上随风转舵，谁上台他就奉承谁，就连雨果的父亲也是个反复无常的小人，在拿破仑与路易十八之间倒来倒去。总而言之，“在任何制度之下，雨果从未改变过他的行径；历届政府的上台或垮台，他都不管，他一直追求着的唯一目标是他的个人利益，他一直是‘雨果主义者’，正如那位不留情的讽刺家海涅所说，‘雨果主义’比自私自利更不堪，雨果一直讨厌海涅，因为雨果是不会赏识天才的”。[3]

拉法格的批判并非空口无凭，雨果在政治上确实多变，他从小受到母亲的保王党思想的影响，曾因写诗歌颂波旁王室而获得路易十八的赏赐，也曾被推翻波旁王室的七月王朝封为“法兰西世卿”，从而幻想通过议会进入政界，后来又对通过政变恢复帝制的拿破仑三世进行声讨。拉法格引用马克思在《路易·

1　斯大林：《马克思主义和语言学问题》，载《斯大林文选，1934—1952》，人民出版社，1978年，第538页。

2　同上书，第522页。

3　拉法格：《拉法格文论集》，罗大冈译，人民文学出版社，1979年，第76—77页。法语里“雨果主义者”的拼音与“自私自利者”相近，所以含有讽刺意味。

波拿巴的雾月十八日》第二版序言里的论断，尖锐地指出了雨果的致命弱点：

> 维克多•雨果只是对政变的负责发动人作了一些尖刻的和机智的痛骂。事变本身在他的笔下被描绘成了晴天霹雳。他认为这个事变只是一个人的暴力行为。他没有觉察到，当他说这个人表现了世界历史上空前强大的个人主动性时，他就不是把这个人写成小人而是写成巨人了。[1]

马克思在批评雨果的弱点的同时，也指出这是他本身的阶级局限性造成的，所以“他没有觉察到”，正因为如此，马克思仍然肯定他的《小拿破仑》是当时值得注意的两部著作之一。拉法格自己也承认：“自从一七八九年以来，政治制度一个接一个地变换，迅速到令人头晕，以致否定自己的意见，崇拜新生的太阳，成为一套生存竞争所必需的本领而被培养着。”[2]这种情况在当时司空见惯，所以有个叫普洛斯尼•戴布的人，竟连续编出了《随风转舵人物词典》和《随风转舵人物新词典》。但尽管如此，拉法格却没有看到雨果在政治上的摇摆并非纯属个人的原因，没有看到作为资产者的雨果的进步作用，而是仍然站在无产阶级的立场上去要求雨果，实际上是把雨果作为资产阶级的代表来加以抨击，甚至说雨果拿自己的流亡生涯大做广告，其实他在海岛上的流亡生活非常舒适等等。这种评论显然是以偏概全，是过于偏激和不切实际的，所以拉法格关于雨果必将被历史遗忘的预言注定是不可能实现的，历史已经证明了雨果是一位伟大的民族诗人。拉法格写这番话的时候正被关押在监狱里，法国政府在为雨果举行国葬，送葬的队伍恰巧浩浩荡荡地经过他的窗下。他触景生情，自然是义愤填膺，因而把对统治者的愤怒都发泄在雨果身上。他的愤怒固然情有可原，但是这种粗暴的批评却对后来的法共批评家产生了不良的影响，这是当代的马克思主义批评家们应该吸取的教训。

我国最早将《左拉的<金钱>》译成中文的是瞿秋白，他同时还写了《拉法格和他的文艺批评》一文予以介绍。1962年是拉法格诞生120周年，人民文学出版社出版了罗大冈先生翻译的《拉法格文学论文选》。正如他指出的那样：“拉法格是将历史唯物主义运用到法国文学的系统研究上的第一人……通

1　马克思、恩格斯：《马克思恩格斯选集》，人民出版社，1995年，第1卷，第580页。

2　拉法格：《拉法格文论集》，罗大冈译，人民文学出版社，1979年，第70页。

过文学研究，他企图说明一定历史时期的社会阶级关系。拉法格的文学论著不多，流传到今天的尤其少，但从历史的角度看，它们却标志着文学批评上的革命，文学研究的一个新方向的开始，至少对法国文学说来是这样。”[1]

1 罗大冈：《拉法格的文学论著》，载《罗大冈学术论著自选集》，北京师范学院出版社，1991年，第346页。

第二章
法共诞生前后的左翼文学

法国工人党于1882年成立之后，马克思主义开始在法国传播，1889年第二国际的成立，决定每年的5月1日为国际工人示威日，这就是后来的五一劳动节，社会主义运动从此获得了空前规模的发展。当时影响最大的是形形色色的社会主义派别，特别是主张改良的社会主义者饶勒斯[1]。他于1881年毕业于巴黎高等师范学校哲学系，从1890年开始信仰社会主义。他是法国著名的历史学家和哲学教授，曾多次当选为议员，经常发表鼓舞人心的演说，对法朗士和贝玑等作家影响很大。

面对资产阶级政府的镇压，社会主义运动内部产生了分裂。1899年，饶勒斯赞成独立社会主义者米勒兰加入内阁，并于1901年创建了法国社会党，而反对米勒兰入阁的拉法格和盖德，则于同年创立法兰西社会党。在德雷福斯事件中，盖德认为这个事件只是资产阶级内部狗咬狗的争斗，采取了无所作为和袖手旁观的态度，从而削弱了他在社会主义运动内部的影响。饶勒斯则相反地积极介入，成为德雷福斯派的领袖，极大地提高了他的声望，他在1904年创办的法国社会党机关报《人道报》，更是他得力的宣传工具。1905年，法兰西社会党与法国社会党合并为工人国际法国支部，也就是以饶勒斯为领袖的法国统一社会党。当时法兰西社会党拥有17000名党员，但实际上却被只有10000名党员的法国社会党“吞并了”。第一次世界大战爆发的时候，盖德竟然站在民族沙文主义立场上支持战争，而饶勒斯却正确地坚持反战的立场：“资本主义的本质就是制造战争……社会主义却能制止战争。无产阶级应尽的义务在于挫

1 让·饶勒斯（1859—1914），法国历史学家、哲学家，社会党领袖之一，因反对帝国主义战争而被暗杀，著有《社会主义的法国革命史》和《社会主义研究》等。

败那些进行抢劫和冲突的力量。”“假如我们不是拼死拼活地努力阻止战争爆发，那我们就会名誉扫地。”[1]他呼吁在有关国家组织一次工人总罢工来制止战争，因而在大战前夜的1914年7月31日被暴徒暗杀。

综上所述，可见马克思主义在法国远未深入人心。实际上，“自从第二国际时代以来，法国的工人运动（它在十九世纪早期曾在欧洲大陆的政治战斗性和文化创造性方面居领导地位）这时已经远远落后于东欧和中欧甚至意大利的工人运动。马克思主义从未深入到法国社会党或劳动总同盟中去……显而易见的是，在第一次世界大战之前，没有一部马克思和恩格斯之后所写的重要著作被译成法文”[2]。因此当时对社会主义运动影响最大的理论家不是马克思主义者，而是现在已经被遗忘的哲学家索莱尔和阿兰。

乔治•索莱尔（1847—1922）生于瑟堡一个破产的商人家庭，成年后进入巴黎综合工科大学学习自然科学，同时对哲学产生了兴趣，大量阅读马克思和蒲鲁东的著作。从1870到1892年，他担任桥梁道路工程师，后来辞职研究社会科学，发表了《论教会与国家》（1902）、《古代世界的毁灭》（1909）等一系列著作，形成了自己的“革命工团主义”理论，并且自命为“无产阶级思想家”。在尼采的权力意志理论的影响下，他在《晨报》上发表了《关于暴力的思考》（1908）。他要把自己的理论用来为工人阶级服务，所以赞美革命暴力，极力鼓吹“无产阶级总罢工”，甚至肯定战争的益处，并且在历史、艺术、哲学和科学等领域里找到了大量的论据。

索莱尔知识渊博，是贝玑主持的《半月丛刊》讨论会的常客，他对所有的问题都能高谈阔论，而且听众极多，包括思想家、政治家和工团主义者，以至于影响越来越大。但是他后来由于迷信暴力而走火入魔，倾向于神秘主义。在《进步的幻灭》（1908）、《马克思主义的解体》（1908）等著作里，他逐渐否定了法国式的马克思主义和社会主义，乃至否定了民主。他在1919年再版《关于暴力的思考》时，增加了一篇《为列宁辩护》，表示支持布尔什维克掌握政权。最后他在《用于一种无产阶级理论的资料》（1919）和《实用主义的用途》（1921）中，把自己定位为实用主义者和无政府主义者。

1　克洛德・维拉尔：《法国社会主义简史》，曹松豪译，中共中央党校出版社，1992年，第85页。

2　佩里・安德森：《西方马克思主义探讨》，载陆梅林选编：《西方马克思主义美学文选》，漓江出版社，1988年，第129页。

阿兰（1868—1951）原名埃米尔·夏尔蒂埃，生于莫尔塔涅欧佩什的一个兽医家庭。他学习勤奋，1892年获得哲学教师学衔后在中学任教，1902年来到巴黎，从1909年起在亨利四世中学教修辞学。1914年他虽然已经46岁，但是作为一名普通士兵上了前线，到1917年以中士军衔复员。从1893年到1904年，夏尔蒂埃投身于政治和新闻事业。他在激进的报刊上发表为德雷福斯辩护的文章，参与创建了一所民间大学。他博学多才，对政治、经济、哲学、宗教、历史、教育和艺术等领域无所不通。从1906年开始，他以阿兰为笔名，每天为《鲁昂快报》写稿，名为《一个诺曼底人的谈话》，到1914年为止写了3000多篇，战后他继续写了2000篇左右。这些文章后来按主题结集出版，如《关于幸福的谈话》（1928）、《关于教育的谈话》（1932）、《密涅瓦[1]或论智慧》（1939）和《政治》（1952）等。

阿兰在政治上采取开明的激进党人的立场，他对战争感到厌恶和恐怖，在《对非战斗人员的21次谈话》（1915）和《战神或受审判的战争》（1921）里明确表示了反战的态度。《反对当局的公民》（1926）则表明他反对集权，主张个人的完全自由。此外他还发表了《艺术体系》（1920）、《海滨谈话录》（1931）和《我的思想史》（1936）等一系列的著作，以及许多关于古今哲学家的评论。在1929年所写的《关于经济的谈话》中，他曾宣称“今天只有马克思主义者还有思想”[2]。阿兰研究哲学但从来不用哲学术语，因此他的著作富有文采又通俗易懂，在当时很有影响。他还发表过关于斯丹达尔和巴尔扎克等作家的评论，结集为《文学丛谈》（1933），在去世前夕获得了全国文学大奖。

与索莱尔和阿兰的理论相比，第一次世界大战的苦难更能促使人民的觉醒：“这场严酷的世界大战的1916年冬季战役，造成了更多的死亡。司令部连老年人和极年轻的人都召去入伍，这批人一到前线，士气更加低落了。”“最初是个别的、零星的违反纪律或反抗行动，以后就出现了整师整师的兵变、拒绝打仗，成群结队返回巴黎。成群的逃兵被枪毙，被用机枪扫射，甚至还遭到七五炮的轰击。”[3]仅从1917年的5月30日到6月15日这半个月里，兵变

1　罗马神话中的智慧女神。

2　让-皮埃尔·德·博马歇等主编：《法语文学词典》，博尔达斯出版社，1984年，第17页。

3　《法国共产党史》，第1卷，北京编译社等译，世界知识出版社，1965年，第32页。

波及的就有75个步兵团，23个狙击兵营、12个炮兵团。而与此同时，后方的工人罢工日益频繁，1917年发生了696次罢工，参加者达294000人。正因为如此，法国尽管是战胜国，但是在战后却不仅激起了以超现实主义为代表的年轻一代对社会的反抗，而且也为法国共产党的诞生创造了条件。

在法国忙于战争的时候，俄国爆发了十月革命，无产阶级文化派思潮因此得以广为流行。创立于十月革命前夜的“俄国无产阶级文化协会”，到1920年已经拥有45万名成员，由于它帮助苏维埃政府进行扫盲运动，所以苏联在成立之初采取了宽容的文化政策，使得这个协会得到了充分的发展：

> 俄国无产阶级文化协会成立于十月革命前的1917年9月。它是一个广泛的群众性的文化组织，在鼎盛时期参加的人数很多，近四十万。十月革命胜利后不久，它在苏联各地的基层组织最多的时候达1381个，有自己的工人文化宫、文化团体、大学，有《无产阶级文化》（中央机关刊物）、《未来》、《汽笛》、《熔炉》等二十种左右的期刊和好几个出版社，还有协会的国际局，在英、德、捷等国家里尚建立了自己的无产阶级文化协会。[1]

俄国十月革命的胜利以及苏联的文化政策，对欧洲其他国家文学的发展无疑会产生重要的影响。1920年7、8月间，俄国无产阶级文化协会国际局成立以后，制订了一个在各国建立相应协会的计划。但是代表法国出席会议的雷蒙•勒菲弗尔乘船回国时在北冰洋上遇难，致使法国未能像英国和德国那样建立无产阶级文化协会。

1920年12月25日，法国社会党在图尔举行代表大会，就是否参加第三国际的问题分裂成两派，以加香为首的多数派赞成立即加入第三国际，于12月29日建立了法国共产党。老一代的社会党人在法共党内处于领导地位，不过“这些老社会主义者……并不因为加入第三国际而被改造成为布尔什维克，他们不大懂列宁主义，甚至不懂马克思主义，所以，他们决不相信彻底改造其思想的必要性，只是希望把布尔什维克主义同他们从前的观念和实践轻而易举地调和起

1　吴元迈：《列宁同无产阶级文化派的斗争》，载《吴元迈文集》，上海辞书出版社，2005年，第111页。

来”[1]。所以并不奇怪，“直到1930年，共产国际还认为右倾机会主义是法国的主要危险”[2]。

法共对苏联的文艺政策并不亦步亦趋，而且意识到在法国创造真正的无产阶级文学要比在苏联困难得多，所以对无产阶级文化这个问题总是保持沉默。相反地他们努力吸引法朗士等一些著名作家入党，尽管他们只是进步的知识分子，对新生的苏维埃政权满怀同情，强烈抗议帝国主义国家对它的封锁，但实际上还不是真正的马克思主义者。1922年12月，共产国际在莫斯科举行第四次代表大会，认为在法国有大量的、凭兴趣入党的知识分子，“要求法国共产党清除那些‘沙龙革命家’，尤其要强迫那些参加共济会[3]的共产党员退会”。《人道报》在1923年1月23日就报道说，“党清除了一大批共济会员、野心家、小资产阶级和大资产阶级，他们不是要为党服务，而是要利用党”[4]。因此法共虽然在文化方面并不听命于苏联，也不信任以革命者自居的超现实主义者，却仍然未能避免无产阶级文化派思潮的影响。

从1921年11月开始，一些年轻人逐渐排挤巴比塞，在杂志上鼓吹无产阶级文化。1924年，《光明》杂志社出版专号抨击刚刚去世的法朗士，并且与巴比塞、瓦扬-古久里和罗曼•罗兰决裂，与鼓吹革命的超现实主义者走到了一起。从1922到1926年，维克多•塞尔日[5]作为该杂志常驻列宁格勒的记者，定期发回关于苏联文学，特别是无产阶级文学的文章。1928年，担任主编的富里埃和纳维尔把杂志改名为《阶级斗争》，后来他们被法共作为“托洛茨基分子”开除出党。直到1936年8月，杂志才在罗曼•罗兰主持下恢复为《光明》，成为世界

1 克洛德 ·维拉尔：《法国社会主义简史》，曹松豪译，中共中央党校出版社，1992年，第100页。

2 同上书，第99页。

3 共济会，1717年6月24日成立于英国伦敦的一个组织。前身是中世纪的石匠行会，近代共济会成为投身社会改革的政治团体，允许会员持有各种宗教信仰，但必须是有神论者。共济会发起的启蒙运动迅速扩散到西欧、中欧和北美，建立起可以和天主教会匹敌的体系，现在大约有600万名会员，

4 克洛德 ·维拉尔：《法国社会主义简史》，曹松豪译，中共中央党校出版社，1992年，第101页。

5 维克多 · 塞尔日（1890—1947）生于布鲁塞尔一个俄国移民家庭，因与巴黎无政府主义者有联系，在1913年被判处五年徒刑。出狱后于1919年前往俄罗斯并加入共产国际，后被共产国际开除和囚禁，1936年重返巴黎。著有《没有宽恕的岁月》（1946）和《一个革命者的回忆》（1951）等。

反战和反法西斯委员会的月刊。

列宁非常喜爱普希金、托尔斯泰和左拉等经典作家的作品，他一贯坚持无产阶级能够吸收一切文化的马克思主义观点，反对建立一种纯属无产阶级的无产阶级文化。早在1910年他就指出，所谓无产阶级文化实际上是在进行反马克思主义的斗争。在《论无产阶级文化》一文中，他为俄共中央起草了一份提交无产阶级文化协会代表大会通过的决议，强调“最坚决地反对一切在理论上是错误的、在实践上是有害的企图，如臆造自己的特殊的文化，把自己关在与世隔绝的组织中，把教育人民委员部和无产阶级文化协会的工作范围截然分开，或者在教育人民委员部机构中实行无产阶级文化协会的‘自治’等等”[1]。

由于受到列宁的批评，无产阶级文化派思潮从1920年开始走向衰落，代之而起的是1925年成立的“拉普”（俄国无产阶级作家联合会），它采取的依然是宗派主义的极左立场，鼓吹工人运动需要“百分之百的无产阶级作家”，排斥一切同路人。1927年，苏联成立了“革命文学国际局”（后来于1930年11月改名为“国际革命作家联盟”），要求在各国建立工人作家队伍，而各国的革命文学组织则分别是隶属于该联盟的一个支部。巴比塞受法共委托落实这个任务，为此在1928年6月创办了期刊《世界》（1928—1935），就无产阶级文化问题进行调查。

从苏联共产党在1928年制订第一个五年计划开始，“拉普”渗透了大部分文学协会，把文学上的努力与工业上的努力混为一谈。一批批作家去就地研究联合企业，小说家甚至到工地上去当工人，还招收了12000名工人通讯员，此外还有农民通讯员、战士通讯员和青年通讯员等等。“结果在一年之内，‘拉普’的会员从此猛增了一万，其中大多数人的文化水平很低，他们不可能拿出什么像样的作品，而且还影响了他们的生产任务的完成。用这种突击办法在‘拉普’里面建设社会主义文艺，同无产阶级文化派企图在他们的文化协会里杜撰‘无产阶级文化’的做法，是一模一样的。”[2]文学变成了为政治和经济目标服务的机器，是这种努力必然失败的根本原因。巴比塞为此采取了抵制的态度，因而后来遭到了苏联的批判。

综上所述，可见在20世纪20年代，马克思主义的影响在法国还相当薄弱，

1 列宁：《论无产阶级文化》，载《列宁选集》，人民出版社，1998年，第4卷，第362页。
2 吴元迈：《30年代苏联文学思想》，载《吴元迈文集》，上海辞书出版社，2005年，第354页。

法共成立前后的法国文坛呈现出来的是一片混乱的局面。所谓的无产阶级文化没有取得什么成果，倒是超现实主义者的创作还或多或少表现了他们对社会的反抗精神。因此归根结底，在宣扬反战和社会主义的左翼文学中，最有代表性的作家是作为法共党员的法朗士和巴比塞，以及著名的人道主义者罗曼•罗兰。

第一节
法朗士

阿纳托尔•法朗士（1844.4.16—1924.10.12）是世纪之交重要的批判现实主义作家，是维系从左拉到罗曼•罗兰的法国民主主义传统的纽带，也是现代左翼文学的主要代表。他在长达60年之久的创作生涯中，共出版了近40卷小说、诗歌、评论、政论、戏剧和回忆录，并且把自己的写作和斗争汇入了社会主义的时代潮流，在当时的法国和欧洲产生了很大的影响。

法朗士生于巴黎一个书商家庭，很早就形成了厌恶暴力的人道主义思想，他的《金色诗篇》（1873）表达了对弱小动物的怜悯和对幸福的渴望，而三幕诗剧《科林斯人的婚礼》（1876）更把基督刻画成毁灭人间爱情的元凶。1881年，他在小说《波纳尔的罪行》里塑造了善良的老学者波纳尔的动人形象，获得法兰西学士院小说大奖，从此得以进入上流社会，出入贵妇们的沙龙，并且结识了他的终身伴侣、热情博学的卡亚菲夫人。

法朗士把早年发表的诗歌《圣女苔依丝的传说》改写成小说《苔依丝》（1889），这是一个修道士感化妓女的故事：在古代埃及沙漠里修行的巴福尼斯企图感化妓女苔依丝，千方百计劝说她进了修道院，但是自己却因爱上了她而不能自拔。最后放荡一生的苔依丝升入了天堂，苦修一世的巴福尼斯却堕入了地狱。法朗士颂扬世俗生活的欢乐，抨击了修道士们的愚蠢和虚伪，无情地嘲弄了他们的苦行和忏悔，因而激起了教权主义者的狂怒和攻击。此时的法朗士因与卡亚菲夫人相爱而导致夫妻离异，在政治上一度追随的布朗热将军又身败名裂，种种矛盾终于促使他对国家、军队、教会、家庭和道德等貌似神圣的一切都产生了怀疑。他于是辞去图书馆的职务，开始了职业作家的生涯，写出了《鹅掌女王烤肉店》（1892）等讽刺时弊的哲理小说，以及富于怀疑论色彩的哲理性随笔《伊壁鸠鲁的花园》（1894），并于1896年当选为法兰西学士院院士。

德雷福斯事件爆发后，法朗士和左拉并肩战斗，带头签署《知识分子请愿书》，在法庭上为左拉辩护，是德雷福斯派中唯一的法兰西学士院院士。他的多卷本小说《现代史话》中的第三卷《红宝石戒指》（1899），写的就是当时的德雷福斯事件，塑造了因伸张正义而陷于孤立的贝日莱先生，谴责了鼓吹民族主义的公爵、将军、神父以及狂热无知的民众，及时地反映了社会现实。左拉去世后他继续坚持斗争，直至1906年德雷福斯被彻底平反。在长达10年之久的斗争过程中，他在饶勒斯的影响下信仰社会主义，接近无产阶级和劳动人民，支持国内外一切反对帝国主义和殖民主义的革命斗争，成为国内外著名的左翼活动家。

法朗士影响最大的短篇小说是《克兰比尔事件》（1901）。卖菜老人克兰比尔卖了菜等着收钱，有个警察却说他阻碍交通，还硬说他骂人，以妨碍公务罪把他带上了法庭。法官只用六分钟就审讯完毕，判处他罚款50法郎，监禁15天。医生马蒂厄虽然是现场的目击者，证明克兰比尔没有骂人，但是不起作用，因为警察就是军队，而军队是神圣不可侵犯的。克兰比尔出狱后备受歧视，穷困潦倒，借酒浇愁，最后被赶出了栖身的阁楼，在寒冷的冬夜里无家可归，消失在茫茫的黑暗里。小说通过克兰比尔的不幸遭遇，深刻地揭露了社会的黑暗和司法的腐败，实际上就是德雷福斯事件的缩影，因此出版后很快就被译成了许多种外国文字。

在20世纪的头几年里，法朗士的创作和政治活动是紧密地结合在一起的。1904年，他在饶勒斯主编的《人道报》上连载小说《在白石上》，通过几个在罗马休假的法国人的闲谈，议论人们关心的宗教、战争、殖民主义和社会主义等各种时事问题，特别是揭露白种人奴役中国人和非洲人的种种阴谋。他在小说里甚至描绘了未来的欧洲联邦:在这个集体化的社会里，没有法院也没有战争，人们互称同志，各尽所能、按需分配，生产力高度发展，社会秩序一片和谐，从而明确无误地表明了他的社会主义信仰。他还发表了长篇政论《教会与共和国》（1905），为法国实现政教分离、从而促成左翼联盟上台执政作出了重要贡献。

法朗士在1905年担任了俄国人民之友协会主席，声援入狱的高尔基，支持俄国人民的革命斗争，同时谴责法国官员在刚果炸死黑人等殖民主义和种族主义的罪行，尤其是还为备受列强欺凌的中国人民仗义执言。他通过《在白石上》里的人物之口驳斥了“黄祸”论：“从葡萄牙人开始，基督教商人和传教士到中国去犯下了种种暴行和掠夺……耶稣教徒在近三个世纪内不断地在中国制造混乱，现在还派兵去奸淫烧杀，不时地以枪炮进行和平入侵……圆明园的洗劫、北京的屠杀……中国的肢解，这些难道完全不是使中国人不安的问题吗？……然而并不存在欧洲经济学家们大感恐慌的黄祸，中国人没有派传教士到巴黎、维也纳、柏林来教基督徒看风水，没有干涉欧洲事务……”[1]在列强瓜分中国的时代，法朗士能为维护中国利益而慷慨陈词实属难能可贵。

1906年，德雷福斯被彻底平反，以克雷孟梭[2]为首的左翼联盟上台执政，法朗士以为自己的理想已经实现。然而克雷孟梭上台后竟镇压工人的罢工，被称为“老虎总理”，不但成了饶勒斯的敌人，而且导致了左翼联盟的解体，法朗士的梦想破灭了。他把满腔的愤怒化为尖刻的讽刺，试图用犀利的笔锋来扫除人间的不平，为此先后出版了两部批判现实的幻想小说《企鹅岛》（1908）和《天使的叛变》（1914）。法朗士用企鹅人的国家来比喻法国，从百年战争、文艺复兴一直写到当代的德雷福斯事件和克雷孟梭政府，无情地嘲笑了法国的历史、宗教和传统。《天使的叛变》借用关于天使的传说作题材，叙述一些天使出于对上帝的不满来到人间，帮助人类获得文明的故事。法朗士笔下的天使和人一样有着七情六欲，从而彻底粉碎了教会关于天使的神话。尤其使教会不能容忍的是他说上帝“不过是一个愚蠢而残忍的暴君”，所以罗马教廷在该书出版后就下令禁止天主教徒阅读。

1912年，法朗士发表小说《诸神渴了》，描绘了法国大革命期间雅各宾派实行恐怖专政的情景。主人公加默兰是个热情的画家，由于偶然的机会当上了革命法庭的陪审员。他起初注重证据，不轻易判人死刑，但随着法军的失利和形势的恶化，审判越来越草率和严厉，他也变得越来越冷酷无情，以至于被他的母亲和妹妹看成是杀人魔鬼。加默兰为此深受良心的折磨，但他依然自认为是一个爱国者，结果在雅各宾派垮台后和罗伯斯庇尔一起被送上了断头台。加默兰的命运体现了雅各宾派的历史悲剧，他们尽管忠于革命事业，却不懂得如

1 吴岳添：《法朗士——人道主义斗士》，长春出版社，1995年，第129页。

2 乔治·克雷孟梭（1841—1929），法国政治家，以激进著称，曾两度担任总理职务。

何捍卫民众的利益。法朗士指出宗教式的狂热和偶像崇拜必然会使革命走向失败，希望人民能从失败中吸取沉痛的教训。因此尽管“诸神渴了”的含义是嗜血，是用人血做祭品，暗示在大革命中有许多人无辜被害，但是小说里流露出来的却是一个人道主义者对大革命的强烈同情。

第一次世界大战的爆发和饶勒斯被暗杀，使法朗士因精神深受打击而变得十分悲观。直到十月革命胜利之后才振作起来。他全力支持新生的苏维埃政权，带头签名抗议帝国主义国家对苏联的封锁，并且表示了对马克思的敬仰。他对新诞生的法国共产党十分同情，1921年1月11日，《人道报》报导了他为党捐款的消息，认为这是他加入法共的实际行动，他并未否认。他于同年获诺贝尔文学奖，在受奖演说中揭露了《凡尔赛和约》的本质：“战争中最可怕的事情是一个和约引起的，它不是一个和约，而是战争的延续。”

1924年10月12日，法朗士在巴黎去世，法国政府和人民为他举行了隆重的国葬。苏联报刊认为法朗士在政治上只是一个革命的同路人，从无产阶级文学的角度来看，他也不是苏联要学习的典范。但是法共却把无产阶级文学撇在一边，把法朗士的政治观点和艺术成就相提并论。法共主席加香认为：“阿纳托尔•法朗士不仅是一个文笔极其优美的作家，而且也参加了战斗和政党。”[1]

法朗士继承了18世纪法国无神论者反对宗教的唯物主义传统，自称是百科全书派重要成员孔狄亚克[2]的学生，他和狄德罗一样热爱科学，因此反对宗教和崇尚科学就成了他的小说的重要特征。他具有无与伦比的讽刺天才，善于把动人的故事和对现实的猛烈抨击巧妙地融为一体，以丰富美妙的想象来表现寓意深刻的哲理，使人们在优美的艺术享受中得到教益和鼓舞。正因为如此，法朗士才被认为是继伏尔泰之后最优秀的幽默大师，在法国文学史上占有重要的地位。

第二节
罗曼•罗兰

罗曼•罗兰（1866.1.29—1944.12.30）生于涅夫勒省的克拉姆西镇，从小在

1 《人道报》，1924年10月16日。

2 孔狄亚克（1715—1780），法国哲学家，修道院院长，百科全书派的重要成员。

母亲的熏陶下爱好音乐，特别崇拜贝多芬。在中学里醉心于托尔斯泰和雨果的作品，形成了主张非暴力的人道主义思想。他20岁时考入巴黎高等师范学校，毕业后赴罗马研究历史，趁此机会在1890年漫游了意大利，创作了《奥西诺》、《卡里古拉》和《芒图之围》等几个历史剧，但未能上演。他于1892年回到法国，在巴黎大学和巴黎高等师范学校里教授音乐史，同时创作了三部“信仰悲剧”：《圣路易》（1897）、《阿埃尔》（1898）和《理性的胜利》（1899）。与他后来的《名人传》一样，他在这些剧本里歌颂了人的勇敢顽强和英雄主义。

在人道主义思想的支配下，罗曼•罗兰没有投入德雷福斯事件的斗争中去，而是采取了虽然同情德雷福斯却置身于局外的立场。在当时社会主义思潮的影响下，他参加了“人民戏剧”运动，计划以12部剧作来构成反映法国大革命的广阔史诗。尽管他只完成了包括《理性的胜利》在内的八部以法国大革命为题材的“革命剧”，但是却为此付出了毕生的努力，他发表第一个剧本《群狼》才20岁，而最后一个剧本《罗伯斯庇尔》是直到他73岁时才出版的。

按发表的时间顺序来看，这八部革命剧是《群狼》（1898）、《理性的胜利》（1899）、《丹东》（1900）、《七月十四日》（1902）、《爱与死的搏斗》（1924）、《鲜花盛开的复活节》（1925）、《流星•尾声》（1927）和《罗伯斯庇尔》（1939）。罗曼•罗兰写作这些剧本是出于反映现实的需要，因此并未按照历史事件的先后次序来写，例如《群狼》描写了被保王党围困在梅因兹城的共和派军队的内讧，影射的就是当时的德雷福斯事件。《理性的胜利》揭示了右翼的吉伦特派必然失败的命运，但是他们宁可死在雅各宾党人的手里也不接受保王党的援救，通过对吉伦特派的同情和对雅各宾派的反感，流露出罗曼•罗兰当时反对暴力的人道主义思想。

罗曼•罗兰为人民戏剧运动写了两个剧本：《丹东》）写的是这位革命领袖被逮捕和处死的过程，在罗伯斯庇尔与丹东的对立中并未明确表明作者的立场，只是通过丹东的话来表达了博爱的理想，希望能够从历史的角度来理解他们的分歧。《七月十四日》表现了巴黎人民攻占巴士底狱，推翻封建制度的斗争，剧中的革命英雄拉扎尔•奥什与《理性的胜利》中的亚当•吕克斯一样，都体现了人的价值，是罗兰讴歌的强者。与此同时，罗曼•罗兰还在《戏剧评论》上发表了许多关于戏剧的评论，于1903年结集为《人民戏剧》。

这些剧本反映了罗曼•罗兰厌恶暴力和实现全人类博爱的理想。它们具有史诗般的气息，而且由于发表时间的不同而有较大的差异。例如他在《丹东》里解释了罗伯斯庇尔实行的恐怖政策的历史原因，从而维护了革命领袖的形象，但是在晚年发表的《罗伯斯庇尔》中，他更使罗伯斯庇尔认识到了是资产阶级在利用革命后扼杀革命，这就使剧本的思想性有了极大的提高，而这一点显然是与罗曼•罗兰晚年的左倾分不开的。不过这些剧本总的来说在艺术上不大成功，因而很少上演。

罗曼•罗兰认为当时的欧洲令人窒息，需要呼吸英雄们的气息，因而是一个需要伟人的时代，于是设想了写作一系列名人传记的宏大计划，但是最后只完成了《贝多芬传》（1903）、《米开朗琪罗传》（1906）和《托尔斯泰传》（1911）。他认为人生是艰苦的，只有经受残酷命运的折磨，才能造就伟人的崇高品格，所以他的名人传记与众不同，主要描写他们的苦难和坎坷，他们和常人一样的痛苦、挣扎和矛盾，赞美他们在厄运中顽强奋斗的精神。

从1904年2月开始，罗曼•罗兰在贝玑的《半月丛刊》上连载小说《约翰•克利斯朵夫》，至1912年10月出齐，同时从1905年起每年汇成一卷出版。前三卷《黎明》、《清晨》和《少年》叙述了克利斯朵夫的童年和少年时代。他出生在德国莱茵河畔的一个小城里，祖父和父亲都是当地很有名的音乐家，他长大后担任了宫廷乐队的第一小提琴手。第四卷《反抗》和第五卷《节场》写克利斯朵夫看到了德国艺术的虚伪，在小城里陷于孤立，被赶出了宫廷乐队。法国少女安多纳德到德国来当家庭教师，由于偶然和他一起看戏而被解雇回国了。克利斯朵夫因打伤在舞会上捣乱的士兵而逃往巴黎，发现巴黎的文艺界就像乱糟糟的集市，在失望之余批评了一些著名作家，因而重新陷于孤立。跟他学琴的小女孩葛拉齐亚虽然爱他，但是后来回到意大利去了。

接下去的三卷是《安多纳德》、《户内》和《女朋友们》，写安多纳德的弟弟奥里维考取了巴黎高等师范学校，从姐姐的一封信中了解到她对克利斯朵夫的爱情，于是设法同他结识，两人结下了深厚的友谊。克利斯朵夫遭到报刊的攻击，葛拉齐亚利用自己伯爵夫人的地位使他摆脱了困境。第九卷《燃烧的荆棘》写克利斯朵夫在五一劳动节的群众集会上刺伤警察后逃往瑞士，隐居在汝拉山上的一个小山村里埋头创作了10年之久。第10卷《复旦》写举世闻名的克利斯朵夫促成了奥里维的儿子乔治和葛拉齐亚的女儿奥洛拉的婚姻。他在病榻上回顾了自己的一生，对一切都表示忏悔和宽恕，认识到只有人道主义的博爱精神才是人类欢乐和幸福的源泉。他梦想法国与德国和谐相处，其实此刻大战的阴影已经开始笼罩欧洲。

《约翰•克利斯朵夫》是是一部充满诗情画意的现实主义巨著。罗曼•罗兰在小说中揭示了德法两国和意大利的社会现状，鞭笞了文化界的庸俗和虚伪。主人公克利斯多夫是个德国人，他敢于正视现实，成为德法两国和谐相处的典范。罗曼•罗兰通过他指出了欧洲将被战争摧毁的危机，企图在这个道德沦丧的时代里重新唤起法国人心灵里的热情，同时表明欧洲各国完全有理由团结一致，所以他呼吁用博爱的精神来团结各个民族，提出的是一种超越国界的人道主义理想，因而使这部作品在世界上产生了广泛而深远的影响。

1937年，傅雷先生在他的《译者献词》里指出：

> 《约翰•克利斯朵夫》不是一部小说，——应当说：不止是一部小说，而是人类一部伟大的史诗。它所描绘歌颂的不是人类在物质方面而是在精神方面所经历的艰险，不是征服外界而是征服内界的战迹。它是千万生灵的一面镜子，是古今中外英雄圣哲的一部历险记，是贝多芬式的一阕大交响乐。[1]

《约翰•克利斯朵夫》首先在国外、然后在法国受到热烈欢迎，1913年荣获法兰西学士院小说大奖，罗曼•罗兰从此成为职业作家。第一次世界大战爆发前夕，他在1913年春夏回到故乡克拉姆西镇，重新体验了古老的高卢乡村气息，创作了中篇小说《哥拉•布勒尼翁》，由于战争的原因推迟到1919年才出版。小说采用日记的形式，记叙了从1616年2月4日圣蜡节到1617年1月6日主显节期间的社会现实，塑造了木匠哥拉•布勒尼翁这个天性乐观的高卢人的形象。他生于宗教战争的动乱时代，经历了种种不幸的遭遇，心上人莫名其妙地被人夺走，婚后老婆吵闹难缠，儿子们长大后又勾心斗角，加上战争、瘟疫、火灾，但他备受磨难却依然爽朗快活、俏皮幽默，以乐天主义的态度享受人生。《哥拉•布勒尼翁》不但体现了法国民族文化的传统，反映了乐观的生活信念，而且继承了拉伯雷的风格，充满了谚语格言、滑稽故事，以日常生活中的生动形象体现出崇高乐观的人道主义精神，正如高尔基所说："这是文明当

1 罗曼 · 罗兰《约翰 · 克利斯多夫》，傅雷译，商务印书馆，1937年，第1页。

代的一本最令人惊叹的书。需要有一颗善于创造奇迹的心，方能在经历了种种悲剧之后的法国，创造出这样一本朝气蓬勃的书——对自己的亲人法国人充满着毫不动摇和勇敢的信心的书。”[1]

罗曼•罗兰是欧洲第一位反战作家，大战爆发后发表了一系列反战文章，结集为《超越于混战之上》（1915），出版后引起了巨大反响。他对各国青年在战场上互相残杀深感痛惜，呼吁各个民族团结起来制止战争。杰出的文学成就和崇高的人道主义精神，使他获得了1915年度的诺贝尔文学奖。罗曼•罗兰把奖金分赠给了日内瓦国际红十字会和一些救济难民的团体，自己还身体力行，参加了瑞士红十字会的战俘服务处，为战俘和难民们做了许多切实的工作。

莫洛亚引用了罗曼•罗兰在1919年6月23日写的日记：“晚上6点钟……空中传来隆隆的声响。我起初以为是一个响雷。然而隆隆声在继续。是和约签字了。礼炮阵阵齐鸣，每次大约20响。可悲的和约！对人民的两次屠杀之间的微不足道的间歇！然而谁在想着明天。”他接着指出：“谁在想着明天？罗曼•罗兰，他这样想是有道理的，因为明天就是1939年。”[2]罗曼•罗兰的远见卓识由此可见一斑。

1916年，罗曼•罗兰曾与列宁和卢那察尔斯基等俄国布尔什维克一起为《明天》撰稿。十月革命的胜利使他深受鼓舞，但是为了保持他“超越于混战之上”的中立态度，他拒绝了列宁要他到俄国旅行的邀请，而是在战后参加了巴比塞创立的“光明社”，但是他主张精神独立，在革命纪律和无产阶级专政等问题上与巴比塞产生了分歧。罗曼•罗兰经受了严重的精神危机，曾求助于甘地的“不抵抗主义”，但是面对资本主义世界的危机，面对法西斯主义的阴影和战争的危险，他终于转向了苏联。他在20年代写作的多卷本的长篇小说《欣悦的灵魂》（1922—1934），反映了他在这一时期的思想历程。在30年代，他先后发表了《与过去告别》（1931）和《战斗的十五年》（1935），同时站在苏联的一边，积极投身于政治活动，例如担任国际反法西斯委员会主席，声援西班牙人民的正义斗争，主持世界保卫和平大会等。

1　高尔基：《论罗曼·罗兰》，载《论文学》（续篇），人民文学出版社，1979年，第215页。

2　莫洛亚：《从纪德到萨特》，佩兰学院出版社，1967年，第128页。

《欣悦的灵魂》（一译《母与子》）包括《安乃德和西尔薇》《夏季》《母与子》和《女信使》等四卷。女主人公安乃德的父亲是个有名的建筑师，她在20岁时成了父亲遗产的唯一继承人。但她在大学里发现父亲另有一个私生女西尔薇，也就是她的妹妹，两人相见后十分友爱。安乃德在大学里爱上了注重名利的洛瑞，两人因性格不合而分手，但她成了未婚母亲，替她经营财产的公证人又在交易所里输光了她的财产，使她一贫如洗，只能靠双手来养活儿子玛克，为此亲戚朋友都不再和她来往。

第一次世界大战爆发后，安乃德反对战争，对法国军人和被俘的敌人都很同情，甚至冒着生命危险帮助奥地利战俘弗朗兹逃跑。玛克长大后，起初对母亲并不理解，后来他对成为政客的洛瑞非常反感，积极投身于反法西斯斗争和反战运动。在一次群众集会上，一个法西斯分子殴打他的女友阿西娅，他在扭打中摔死了对方，只得离开巴黎到了瑞士。后来他被特务们诱骗到意大利，在佛罗伦萨的街头被褐衫党暴徒刺死了。安乃德发誓继承儿子的遗志，为反对法西斯主义奋斗终生，直到去世。

《欣悦的灵魂》具有鲜明的社会主义倾向，但是人物不够丰满，缺乏激情，加上议论过多，往往显得繁琐沉闷，所以影响不如《约翰•克利斯朵夫》那样深远。

1935年夏天，罗曼•罗兰应高尔基的邀请，到苏联访问了一个多月，留下了一本《莫斯科日记》，日期是6月17日至7月28日。他在苏联看到了人民建设国家的热情，但更看到了隐藏在表象下的个人崇拜、贪污腐败、残酷清洗等种种严重问题，并且进行了义正词严的批评和谴责。

罗曼•罗兰是在1935年完成这部日记的文字校订的。他在书末最后校订的带有总结性的段落中，谈到了他对苏联领导人的印象，这里只要引用两段就足够了：

> 布哈林，还在与他初次相见时，我们彼此之间就产生了对于对方的好感，我在他写的所有文章中都感受到他对我有一种特别的热心与爱心。他的头脑生机勃勃、心智灵捷敏锐。他乐观开朗，明察秋毫；他身上永远燃烧着青春的火焰，永远透射着快言直语的率直劲儿——要不喜欢他，那是难以做到的。在所有一流的政治家之中，他最富有

灵感最具有知识。在他身上我没有发现一丝一毫的平庸的思维与虚荣的气息。他这个人拥有一颗水晶般纯洁无暇透明闪亮无私无畏的心灵。但在他身上也存在着许多尚欠思虑的匆忙与人性。[1]

他对斯大林的担忧与他对布哈林的喜爱形成了鲜明的对比：

他对我乃是一个谜，目前我尚不能解开这个谜底。斯大林在其所有行动与言谈之中都显示出他自己乃是一个简朴的人，严厉的人，他承受不了赞美与夸奖之辞。可是他怎么允许那样一种氛围产生，那种氛围在全苏联随时随地环绕着他，在那种氛围中人们无休止地给他点燃神香，千篇一律地给予他无限的赞扬？也许，在我们最后一次谈心中高尔基指出的正是这一点……我一直在猜这个谜。如果未来本身不去用什么行动去解开这个谜底的话，我真不知道，这个谜它会在什么时候被历史本身在总体上解开：可以“识读”出这个统治者的内心吗？[2]

罗曼•罗兰对这个问题是如此忧虑，以至于写了整整三页。今天历史已经证明了他睿智的预见，然而他为了顾全大局，没有像后来的纪德那样我行我素，不计后果，而是在扉页上亲笔写了一段话：“这本东西不得发表——不论是其全文，抑或其片断——没有我的特别的准许，在50年内都不得发表。”[3]

我们由此可以想见，罗曼•罗兰当时不得不把如此严重的忧虑压抑在自己的内心里，而且只能把它带进自己的坟墓，他的内心该有多么痛苦和矛盾。大战期间法国沦陷，他经常手持《福音书》陷入深思。但他仍然以顽强的毅力抱病写作，完成了《内心旅程》（1942）等回忆录，以及《贝玑传》（1945），特别是七卷本的巨著《伟大的贝多芬》。1944年12月30日，罗曼•罗兰在故乡去世。

1 罗曼·罗兰：《莫斯科日记》，周启超译，漓江出版社，1995年，第204页。

2 同上书，第191、193页。

3 同上书，第10页。

第三节
巴比塞

亨利•巴比塞（1873.5.17—1935.8.30）是20世纪初期重要的左翼作家、评论家、历史学家和社会活动家。第一次世界大战以后，他曾与罗曼•罗兰一起，被左派奉为精神上的领袖。

巴比塞生于阿斯尼埃尔，父亲是记者。他从小爱好文学，先后获得了文学学士和哲学硕士学位。在他的中学教师马拉美[1]的影响下，他在中学毕业后参加过象征主义诗人们的活动，发表了象征主义诗歌《泣妇》（1895），但不久即与象征主义决裂。他后来担任过社会党主办的《人道报》的编辑。他的长篇小说《哀求者》（1903）写一个青年对生活的绝望，《地狱》（1908）中的主人公不与他人来往，只从旅馆的墙缝中偷看别人的生活。这些作品描绘了人生的孤苦无依，流露出对现实的不满和强烈的人道主义激情。

第一次世界大战爆发时他已经41岁，身体不好，但是他主动作为一个战地记者到前线去实地观察。他在战壕里染上了肺病和痢疾，像普通的步兵那样在泥泞和血泊中挣扎。他依靠在战火中保存下来的一本又脏又破的笔记，只用六个月就写出了成名作《火线—— 一个步兵班的日记》（1916），书前的题词是“纪念在克鲁伊和一一九号山上在我身旁倒下的同志们。”

《火线》几乎如实地记录了贝特朗步兵班在16个月里的战争生活。这些人都是工人、农民和社会低层的小人物。他们在前线打仗已经一年半了，受尽了地狱般的折磨。不打仗时在冰冷的战壕里饥寒交迫，打起仗来则血肉横飞、尸体狼藉，战地医院里的情景也惨不忍睹。太多的苦难和危险使他们变得蛮横和麻木，像机器人一样听到命令就盲目冲锋，最后大多惨死沙场。然而后方却是世外桃源，富人们悠闲自在，而且越来越有钱。士兵们起初以为打仗是为了保卫祖国、正义和自由，但残酷的现实终于使他们懂得了革命的道理：每个国家里都有发财的人和终日劳苦的人，劳苦的人受尽磨难牺牲一切，发财的人却踏在他们身上趾高气扬。正是这些富人才要打仗，他们是各国士兵们的共同敌人。小说通过这群士兵的革命化的过程，深刻地揭露了帝国主义战争的罪恶本

1　斯特凡・马拉美（1842—1898），法国诗人，象征主义诗歌的代表作家，作品有《牧神的午后》等。

质，得出了必须消灭人剥削人的制度才能根除战争的结论。

《火线》是一篇战争的史诗，它没有华丽的辞藻，只有如实的客观描写，由于巴比塞记录的是他作为士兵的切身经历，运用的是士兵们的口语，因而读起来分外感人。这部小说在战争激烈进行的时刻、在当时好战的沙文主义狂热气氛中出版，像炸弹一样起到了振聋发聩的作用。它虽然受到了政府的查禁，却深受人民群众的欢迎，出版后不仅获得了龚古尔奖，售出了数十万册，而且在20世纪小说史上始终是印数最多的小说之一。《火线》是法国反战文学诞生的标志，是两次世界大战之间一切反战文学的先驱之作，它和巴比塞随后发表的《光明》一样，都受到了列宁的高度评价，对欧洲文学产生了巨大的影响。

《火线》的出版表明巴比塞已经从一个热爱和平的人道主义者转变为反对帝国主义战争的斗士，他从此致力于揭露侵略战争的革命活动，于1917年和瓦扬－古久里发起成立了老战士共和协会，1919年又与罗曼•罗兰一起，创办了国际进步艺术家的反战团体光明社，撰写了该社的宣言《深渊里的闪光》。光明社的成员中有托马斯•曼[1]、哈代[2]、茨威格[3]和辛克莱[4]等进步作家，他们反对帝国主义对苏维埃俄罗斯干涉，为保卫欧洲的和平贡献了自己的力量。

同年他还发表了小说《光明》，主人公西蒙本来是工厂里的一个小职员，是个典型的庸人。他每天记记单调的帐目，过着小市民的空虚日子，却自以为比干粗活的工人高一头。大战爆发后他上了前线，经受了战争的磨难，逐渐认识到要“打碎锁链，消灭一切特权，争取平等”。小说指出了人类的敌人就是资本主义，所以它的主题虽然与《火线》一样都是反战，却有着更加明确的政治意义，因而列宁给予了高度的评价，认为它“非常有力地，天才地，真实地描写了一个完全无知的，完全受各种观念和偏见支配的普通居民，普通群众，恰恰因受战争的影响而转变为一个革命者”[5]。

1　托马斯·曼（1875—1955），德国小说家，1929年获诺贝尔文学奖，代表作有《魔山》等。

2　托马斯·哈代（1840—1928），英国小说家，代表作有《德伯家的苔丝》等。

3　斯蒂芬·茨威格（1881—1942），奥地利诗人、小说家，出身犹太家庭，曾参加第一次世界大战，后从事反战活动，代表作有小说《象棋的故事》等。

4　厄普顿·辛克莱（1878—1968），美国小说家，信仰社会主义，在第一次世界大战期间持反战态度，坚持和平主义立场，代表作有《屠场》等。

5　列宁：《列宁全集》，第29卷，人民出版社，1986年，第465页。

巴比塞早在1920年就公开表示拥护共产国际，只是为了更加有利于党的事业才留在党外。1923年，在白色恐怖加剧、法共全体政治局委员被捕的严重关头，他毅然加入了法国共产党。“因为我赞同他们的思想，我应该承担由此产生的危险。”[1]他在这一时期的作品有文集《一个战士的话》（1920）；小说《锁链》（1925）阐释了社会发展的历史，揭示了剥削制度是万恶之源；短篇小说集《社会新闻》（1928），反映战争时期的白色恐怖。他还发表了专著《左拉》（1932），反对把左拉看成彻头彻尾的自然主义者，认为左拉继承了法国现实主义的优秀传统，在社会活动中起到了巨大的进步作用，是一位新型的社会现实主义作家，这种远见卓识在左拉一向受到围攻的形势下是极为难能可贵的。

1927年末，“革命文学国际局”召开成立大会，要求西方各国建立工人作家队伍，创造本国的无产阶级文学。巴比塞在1926年4月28日担任了《人道报》的文学主编，是法共在文化方面的马克思主义权威。他作为法共代表出席了这次会议，创造无产阶级文学的任务就自然落到了他的身上。为了执行大会的决议，他在1928年创办了《世界》杂志，力图扩大文学题材，吸引更多的党外作家，同时就法国的无产阶级文学问题进行调查。巴比塞认为无产阶级文学并非来自十月革命，而是来自工人运动的传统，并且这种文学只有将来才有可能存在，因此他在创刊号上就提出了在资本主义社会里是否存在无产阶级文学这个根本问题，实际上并未执行“拉普”的路线。

1930年11月，国际无产阶级作家代表大会在哈尔科夫召开，巴比塞因病缺席，但大会仍然把他和《世界》杂志作为批判的主要目标，并且通过了《关于法国无产阶级革命文学的决议》和《关于<世界>杂志的决议》，把《世界》说成是“反动的小资产阶级杂志，革命的无产阶级的敌人”[2]。不过法共对巴比塞和《世界》杂志采取了区别对待的政策，使巴比塞得以在1931年12月发表了《作家与革命》来为自己辩护，因此他的威望基本上未受影响。

1932年8月，他与罗曼•罗兰一起主持了在阿姆斯特丹举行的世界反战同盟大会，成为作家们为保卫世界和平而斗争的先驱。1935年，巴比塞在访问苏联并参加共产国际第七次代表大会时病逝，苏联政府为他举行了隆重的葬礼。共

1　雅克·杜克洛、让-弗莱维尔：《亨利·巴比塞》，社会出版社，1946年，第54页。

2　《成问题的无产阶级文学》，《欧洲》文学月刊，法国联合出版社，1977年3—4月合刊，第187页。

产国际执行委员会总书记季米特洛夫给予他高度的评价，认为“巴比塞完全懂得艺术创作应该服务于为摆脱资本的桎梏而斗争的劳动人类，而真正的艺术家绝不能置身于这个伟大的解放斗争之外”[1]。1937年，苏联为巴比塞恢复名誉，当年在哈尔科夫代表大会批判巴比塞的人则被斥之为“托洛茨基匪帮”。

第四节
超现实主义

超现实主义是20世纪法国现代派文艺中历时最久的流派，它在政治上不甘寂寞，在艺术上标新立异，以反传统精神和自动写作法著称于世，特别是在绘画、雕塑、建筑、戏剧和电影等艺术领域里取得了显著的成就。

法国是第一次世界大战的战胜国，能够用胜利给法国人带来暂时的虚假欢乐，但是战争造成的严重灾难，使法国人口锐减，经济衰落，世纪初的“美好时代”已经一去不返了。尤其是那些在战场上当过炮灰的青年人，他们目睹成百万同伴的伤亡，深知所谓胜利的代价，因而憎恨那些以“爱国者”自居而把他们送到前线去的人。他们在战争中付出了沉重的代价，在战后又看不到希望，所以在内心中酝酿着一种强烈的反抗精神，这就是当时的达达主义和超现实主义运动兴起的根本原因。

达达主义是当时欧美青年知识分子中出现的一种比较普遍的思潮，是一种反抗传统、否定和破坏一切的精神状态，发源于欧洲反战运动和流亡人士的中心苏黎世。1916年，罗马尼亚出生的法国诗人查拉等青年诗人，在苏黎世成立了一个文艺团体，以在辞典上随意翻到的“达达”一词为名，称为达达主义。达达主义的宗旨是打倒一切，反对所有的传统和常规，它的主要作品是发表了七篇宣言，以及进行谩骂和挑衅的诗歌，所以到1922年就解体了。

路易•阿拉贡（1897.10.3—1982.12.24）是超现实主义运动的主将之一，他生于巴黎，是个私生子。父亲是当过巴黎警察局长的律师路易•安德里欧。为了避人耳目，母亲装成他的大姐，父亲装成他的教父和监护人，祖母则装成他的养母。阿拉贡聪明好学，长大后进入医科大学，大战爆发后于1918年应征入伍，在陆军医院当助理医生，曾因作战勇敢获得十字勋章。他先后与艾吕雅和

1　雅克·杜克洛、让–弗莱维尔：《亨利·巴比塞》，社会出版社，1946年，第23页。

布勒东结识并成为好友。1919年，他们创办了《文学》杂志，在查拉来到巴黎后随即参加了达达主义运动，使《文学》一度成为达达主义的喉舌。但是他们并不赞同达达主义摧毁一切文学的主张，而是要探索“超现实”的文学艺术，因此不久就与它分道扬镳。

1924年10月15日，布勒东发表了《超现实主义宣言》，成立了“超现实主义研究所”，创办了刊物《超现实主义革命》。阿拉贡为了向否定小说的达达主义挑战，还特地创作了《阿尼塞或西洋景，小说》（1920），写阿尼塞同七名带面具的男子一起爱上了美女迷拉陪尔，都成了她的情人，但她却为了金钱嫁给了奇丑的银行家贡扎莱斯。阿拉贡表示这七个男人的原型都是当时著名的诗人和艺术家，他们都爱现代美，而美女迷拉陪尔则是现代美的化身。她不顾艺术家们的追求与富翁结婚，象征着现代美落入了商人之手。小说语言怪异，充满幻觉，看起来荒诞离奇，但是其中贯穿着关于现代美的观念，因而得到了纪德的赞赏并被推荐出版。

超现实主义小组从成立开始就存在分歧，开始介入政治以后就愈演愈烈。为了寻求政治上的盟友，布勒东、阿拉贡、艾吕雅、佩雷和尤尼克（1910—1945）五人于1927年加入法共，但是他们入党后得不到信任，除了倾向苏联的阿拉贡之外，布勒东等都于1933年6月被开除出党，只有艾吕雅后来又与超现实主义小组决裂并重新加入法共。超现实主义运动由于内部分歧严重而不断分裂，所以政治影响十分有限，只是出版了几十份小册子或公开信。其中虽有一部分是反对法西斯主义、西班牙内战[1]或慕尼黑协定[2]的，但大多是成员之间的互相攻讦，还有一些竟然指责主持世界保卫和平大会的罗曼•罗兰和巴比塞的“和平主义态度”，甚至预言人民阵线必然要失败。正因为如此，第二次世界大战爆发以后，小组成员就各奔东西，超现实主义运动从此就一蹶不振了。

如果说超现实主义在政治上几乎无所作为的话，在文学艺术方面的影响则要大得多了。1926年到1929年是它在创作上的繁荣时期，每年都在世界各地

---

1 1936年2月，人民阵线在西班牙国民议会选举中获胜，成立联合政府进行改革，佛朗哥纠集反动势力发动叛乱，德、意法西斯乘机派兵干涉。国际进步力量组织国际纵队支持西班牙政府，但是由于力量悬殊，马德里于1939年3月28日陷落，西班牙开始了佛朗哥的独裁统治。

2 1938年8月，英国首相张伯伦、法国总理达拉第同德国的希特勒、意大利的墨索里尼在德国慕尼黑签订的关于捷克斯洛伐克割让苏台德领土给德国的协定。

进行作品展览，与布鲁塞尔、伦敦、贝尔格莱德、布拉格、哥本哈根，甚至东京、纽约和拉丁美洲都保持联系。超现实主义在文艺方面成就较大的原因，首先是因为它的成员都是颇有才华的作家和艺术家，他们需要也乐于用作品来表现自己在精神上的追求，所以与小组的关系如何并不影响他们的创作，布勒东、阿拉贡和艾吕雅都写了大量的诗歌，在小说方面则有阿拉贡的《巴黎的农民》（1926）和布勒东的《娜嘉》（1928）等。另一个原因是超现实主义扩展到了绘画的领域，使小组得以从1925年起在世界各地举行画展。这些绘画尽管有点不可思议，但毕竟比著作更能引起人们的好奇。布勒东等从1922年起就与马松[1]、恩斯特[2]、达利[3]和米罗[4]等一些著名的画家保持联系，杰出的西班牙画家毕加索也在1926年以后参加过超现实主义运动。

让•路易•贝杜安在1961年出版了《超现实主义的二十年，1939—1959》，说明超现实主义运动在大战之后依然存在，不过它已经衰落，今非昔比了。当时原有的超现实主义者相继去世，还在世的如阿拉贡、艾吕雅、毕加索等都已成为法共党员，就连达达主义的创始人查拉也在抵抗运动时期加入了法共。除了维昂[5]这样的特例之外，受到超现实主义影响的青年作家为数很少，后继乏人。而超现实主义这个名称，也随着它向世界各地的传播变得越来越抽象和暧昧，涉及主观性、客观性、精神自动性、想象、非理性、梦幻、反抗、革命等一系列概念，几乎无所不包、无所不容，成了非现实主义的同义词。超现实主义运动在布勒东去世之后不久就宣告结束，不过它作为一个文学流派虽然已经成为历史，但是作为一种美学观点、一种风格，还将继续存在下去，在其他现代主义文学中都能或多或少地发现它的痕迹。

超现实主义之所以被归入左翼文学，是因为它尽管主要是一种无政府主义式的反抗，但毕竟显示出了反抗资产阶级的态度。更重要的是除了举世闻名的爱国主义诗人阿拉贡和艾吕雅之外，从这个流派中还涌现出了一些富有战斗精

1　安德烈・马松（1896—1987），法国画家，在20年代参加超现实主义小组，以自动绘画试验著称。

2　马克斯・恩斯特（1891—1976），德国超现实主义画家，移印画的发明者。

3　萨尔瓦多・达利（1904—1989），西班牙画家，超现实主义的大师。

4　若安・米罗（1893—1984），西班牙画家，超现实主义运动的重要成员。

5　鲍里斯・维昂（1920—1959）是超现实主义传统的继承者，在短短几年的创作生涯中，他写出了九部长篇小说和若干短篇小说，其中《岁月的泡沫》堪称超现实主义的杰作。

神的诗人。例如超现实主义运动的骨干之一邦雅曼•佩雷（1899—1959），他在1920年就结识了布勒东等人，从此一生都在从事超现实主义的活动。他在1927年参加了法共，1933年被开除出党，但是1936年他还是站在马克思主义统一工人党一边参加了西班牙内战。他尤其擅长论战，发表了《我不缺这份面包》（1936）等许多小册子，抨击教会、军队、资本主义和资产阶级的文艺观，同时也批判了斯大林主义和社会主义现实主义。

罗贝尔•德思诺斯（1900.7.4—1945.6.8）生于巴黎一个小商人家庭。他喜欢梦想，很早就从事各种职业，在给一位作家当秘书的时候，得以接触法国图书馆里的书籍。他热情地投身于达达主义的活动，从1922年开始实际上就成为超现实主义运动的成员，狂热地从事通过催眠进行自动写作的实验，并且显示出与众不同的才华，能在闭上眼睛入睡后滔滔不绝地演说和回答问题。但是后来他与小组发生了矛盾，并于1930年被开除。德思诺斯在30年代同情人民阵线，为法共的《今晚报》和《公社》杂志撰稿。大战爆发后他应征入伍，法军溃退后复员回到巴黎，在从事《今天报》编辑的同时参加了抵抗运动。他还写作了大量的诗歌，表示要做一个自由的诗人，因而在1944年2月22日被捕，先后被关押在多个集中营里，最后在捷克斯洛伐克的泰雷赞集中营里死于斑疹伤寒。

第二编
左翼文学的鼎盛时期

从20世纪的30年代到50年代中期，是左翼文学的鼎盛时期，这是在反法西斯斗争和抵抗运动的过程中，以法共为核心的左翼力量发展壮大的结果，但是文化政策的失误也使法共遭受了许多挫折，为左翼文学在50年代后的衰落留下了隐患。

在1930年前后兴起的民众主义文学和无产阶级作家小组，虽然今天几乎已经被人遗忘，但是在30年代却是令人瞩目、影响很大的文学现象。它们作为现实主义的文学流派，是对当时风靡文坛的超现实主义的抵制和反击，因此巴比塞对它们一向持宽容的态度。尽管普拉伊对民众主义和马克思主义都不以为然，但三者之间确实有过一定的合作。巴比塞主编的《世界》杂志刊登过普拉伊和吉尤等党外作家的作品，普拉伊主编的《新时代》也发表了吉奥诺、马尔罗、马雅可夫斯基[1]和茨威格等的作品，以及西班牙、墨西哥、埃及等国的民谣。民众主义小说的范围比前两者更为广泛，获奖的作品（括号内为获奖年份）有达比的《北方旅馆》（1929）、特罗亚[2]的《虚假的日子》（1934）和萨特的《墙》（1939）等。达比曾在"无产阶级派宣言"上签名，但他不是无产阶级小组的成员，反而成了民众主义文学的代表作家。后来"'书友'俱乐部发起成立了一个名为'亨利•普拉伊之友和表现民众的文学'的协会"，就更能说明两者之间并无根本的区别。

巴比塞、普拉伊和民众主义者的主张都不符合"拉普"的要求，因此他们

1　马雅可夫斯基（1893—1930），苏联俄罗斯诗人，以未来派诗人的身份登上文坛，在十月革命后创作了大量热爱祖国和人民的现实主义诗歌，后来遭到"拉普"的围攻，于1930年4月14日自杀。

2　亨利・特罗亚（1911—2007），法国俄裔小说家、传记作家。

的合作受到了“拉普”的批判。1932年 3月22日和29日，国际革命作家联盟在《人道报》上发表声明，除了批判巴比塞的“折中主义”之外，还特别抨击了普拉伊的无产阶级作家小组：“一些资产阶级出版商要抛出无产阶级的文学。一份具有法西斯倾向的杂志：《新时代》，被用来担当此任。一些出身于工人阶级的文人被聚集起来，但是他们中的大多数早就与革命的无产阶级断绝了一切联系。这种所谓的无产阶级文学描绘工人的贫困，但是在总体上掩盖了阶级斗争的现实。”法国也有人写文章遥相呼应：“期刊《世界》的反革命路线，1930年已经被国际革命作家联盟在哈尔科夫所揭露，它站在这种‘无产阶级文学’一边，与它合作，完成同样的任务，在文学和政治方面都为资产阶级的利益服务，《世界》在客观上采取了一种反革命的解决办法。”[1]

法共对巴比塞采取了保护的态度，因此把民众主义者和普拉伊的无产阶级作家小组作为抨击的主要对象。当时担任《人道报》主编的弗雷维尔，抨击民众主义者“走向人民就像别人走向毒品”，还有人攻击达比“放弃了本阶级的命运”。普拉伊则被斥为起到了“纳粹党的代理人的作用”。瓦扬-古久里刚刚担任国际革命作家联盟法国支部的秘书长，他在批判《世界》时给巴比塞留有余地，说这份期刊是“以亨利•巴比塞的名字为掩护的托洛茨基分子和纳粹分子的杂志”。[2]

然而这次批判只是“拉普”在寿终正寝之前的最后一次表演。苏共中央鉴于它没有起到应有的作用，又拿不出有影响力的优秀作品，因此在高尔基的影响下改变了文化政策：“高尔基看来曾经朝着自由主义的方向尽可能地发挥他的影响：毫无疑问，解散拉普派这个最后的文化垄断措施和使苏联的标准向最优秀的现代外国作品和古典作品开放，都应归功于他。”[3]1932年4月23日，苏共中央颁布了《关于改组文学艺术团体》的决定，正式解散“拉普”，成立更为广泛的“苏联作家协会”，以团结被排斥的同路人，这时离“拉普”批判巴比塞的时间还不到一个月。

苏联的变化自然对法共的文化政策和法国的左翼知识分子产生了重大的影

1　拉贡：《法国无产阶级文学史》，阿尔班・米歇尔出版社，1974年，第182页。

2　同上书，第183、184页。

3　爱德蒙・威尔逊：《马克思主义与文学》，杨宇译，载戴维・洛奇编：《二十世纪文学评论》（上册），上海译文出版社，1987年，第415页。

响。法共紧跟苏联开放文化的新政策，在1932年12月建立了“革命作家和艺术家联合会”，不要求它的成员必须信仰马克思主义，以团结一切愿意为反法西斯和保卫文化而斗争的作家和艺术家。但是在这之前，普拉伊的小组已经在左翼和右翼势力夹击下分裂，民众主义者捐弃前嫌联合在他的周围，在1932年6月3日建立了“法语无产阶级作家小组”，巴比塞虽未参加，但是对他们表示同情。“法语无产阶级作家小组”一度非常活跃，从7月2日到9日举办了“第一次反潮流的无产阶级文学展览会”。1932年9月2日至9日，在巴黎举办了第一届无产阶级文学展览会，展出的大量书籍、报刊、杂志、手稿和照片，表明工人文学不仅在法国，而且在德国、比利时、保加利亚和匈牙利等欧洲国家，以及西班牙、墨西哥、秘鲁等拉美国家和美国，都具有旺盛的的生命力，至少在客观上与超现实主义在世界各地的展览形成了对照。不过这种势头不久就时过境迁，“革命作家和艺术家联合会”成立之后，小组的活动就告结束，其成员大多参加了联合会，只有普拉伊坚决拒绝参加，这是普拉伊在当时影响极大、后来却默默无闻的根本原因。

1934年召开的苏联作家协会第一次代表大会，放弃了无产阶级文学的框框，提出了“社会主义现实主义”的创作方法，把肖洛霍夫[1]和他的小说《被开垦的处女地》树立为新的典范，“无产阶级文学”这一概念也就随之消失。法共积极响应，阿拉贡得以成为法共的社会主义现实主义作家。而更多的法共和左翼作家则在抵抗运动中脱颖而出，用自己的笔为反法西斯斗争作出了杰出贡献。因此归根结底，尽管《苏德互不侵犯条约》的签订在西方左翼知识分子中引起了混乱，法国解放后的清洗运动也影响了法共的声望，但是30至40年代的反法西斯斗争和抵抗运动，仍然使法共得以把大多数作家都团结在自己的周围，使得当时地下的反法西斯文学呈现出繁荣的景象。

直到50年代中期，左翼集团始终站在苏联和法共一边，批判以美国为代表的帝国主义和殖民主义侵略。不少法共作家仍在撰写进步的作品，还出现了斯蒂这样获得斯大林文学奖金的社会主义现实主义作家。以萨特为代表的存在主义文学，反映了抵抗运动和战后的社会现实，总的来说也属于左翼文学的范畴。正因为如此，从30年代开始左翼文学始终保持着发展的势头。直到1956年

1　米哈依尔·亚历山德罗维奇·肖洛霍夫（1905.5.24—1984.2.21），苏联俄罗斯作家，代表作有小说《静静的顿河》和《被开垦的处女地》等。

的匈牙利事件爆发之后，由于法共支持苏联出兵干涉匈牙利，不少法共作家退党表示抗议，左翼作家也纷纷与法共决裂，法共从此开始衰落，左翼文学的创作也就随之一蹶不振了。

第三章
红色的30年代

在法西斯主义阴影的笼罩下，进步的知识分子把眼光从国内转向了世界，罗曼•罗兰在1931年发表了《向过去告别》，决心站在苏联一边，就连纪德也表示赞同共产主义了。巴比塞和罗曼•罗兰在1932年8月主持了在阿姆斯特丹举行的世界反战同盟大会，更是作家们登上国际政治舞台的先驱。但是许多作家在寄希望于苏联身上的同时，也对法共怀有戒心。正是在这种情况下，由巴比塞、瓦扬-古久里和弗雷维尔等发起，于1932年12月成立了法共的外围组织“革命作家和艺术家联合会”。联合会不要求成员信仰马克思主义，符合了左翼知识分子的要求，所以加入联合会的作家、批评家多达5000余人。1933年，联合会创办月刊《公社》，巴比塞、瓦扬-古久里、马尔罗和纪德都是编辑部的成员。

实践证明，在纪德、瓦莱里和普鲁斯特等资产阶级作家风靡文坛的时候，法共为了摆脱文化上的孤立状态，采取与党外知识分子结成统一战线、进而组成人民阵线以利于反法西斯斗争的策略是成功的。如果说20年代法国文坛的特色是各种流派的纷争，那么在30年代，“革命作家和艺术家联合会”团结了大量的作家和艺术家，使他们有了从事共同斗争的统一组织，纪德在当时一度赞成共产主义，韦伊把自己等同于工人，都是这一策略取得成功的突出表现。就连曾担任右翼的《法兰西行动报》记者、主办过保王党周刊《诺曼底前卫报》的贝尔纳诺斯，也在1932年与《法兰西行动报》断绝了关系。后来他在1938年谴责了佛朗哥分子的罪行，大战期间支持戴高乐[1]领导的“自由法国”运动，

1　夏尔·戴高乐（1890—1970），法国总统（1959—1969），二战期间在伦敦领导“自由法国”运动，任法国临时政府首脑。

抨击纳粹和维希政府[1]，以至于被认为是左翼作家。

除了瓦扬-古久里、阿拉贡、尼赞、布洛克和埃尔巴尔等法共作家以外，30年代的马尔罗、圣埃克苏佩里、马丁•杜加尔、纪德、盖埃诺和韦伊等著名作家，全都积极参加了反法西斯的斗争，其中许多人还直接参加了战斗。正是这场伟大的斗争，为人民阵线的建立奠定了基础。1935年5月，法国共产党、社会党和激进社会党等左翼政党联合成立了人民阵线，并于1936年6月成立了人民阵线的第一届政府，当时的著名作家几乎都加入了这个反法西斯主义的统一战线。

法共从此对资产阶级经典作家予以充分的肯定，在1935年纪念雨果去世50周年的时候，《人道报》发表文章，把雨果称为"伟大的人民作家"，阿拉贡还批评了拉法格对雨果的错误评论。法共对罗曼•罗兰等当代的著名作家也持宽容的态度，当然从根本上来说还要看他们的政治态度。例如当纪德向左转的时候，受到了法共和左翼集团的热烈欢迎；而当他在1936年访苏归来转变立场之后，就因此受到了它们的猛烈抨击。

不过总的来说，与对待资产阶级作家的态度相比，法共在党内和左翼集团内部却采取了排斥异己的宗派主义立场。它始终拒绝接受无产阶级文学，是因为它不允许存在一种非马克思主义的无产阶级文学。而问题正在于法国的工人和农民作家大部分不是马克思主义者。普拉伊的无产阶级文学小组也不是马克思主义者。普拉伊的《文学的新时代》是法国的第一篇无产阶级文学宣言，法共当然不能容忍这个非党作家来做无产阶级文学的代表，因此对他穷追猛打，不原谅他的任何错误，甚至指责他是法西斯主义，所以如果不是拉贡写作了《无产阶级文学史》的话，普拉伊几乎已经被人们彻底遗忘，不可能在文学史上占有一席之地了。

当然，无论是民众主义文学还是普拉伊的无产阶级文学，作为流派只是轰动一时，几乎未能在文学发展史上产生影响，除了当时的社会和政治背景之外，它们在艺术手法上没有什么革新也是一个重要的原因。就规模和艺术性而言，它们远远比不上19世纪的批判现实主义和自然主义小说，没有塑造出典型

1　德军在1940年6月14日占领巴黎后，以贝当（1856—1951）为首的法国政府在16日向德国投降。贝当组织的傀儡政府于7月10日迁至法国中南部城市维希，故称维希政府，1944年8月垮台。

的人物和形成独特的风格，而在手法上又不如现代派小说那样怪诞和新颖，因此在当时虽然风行一时，但时过境迁后失去影响也就不足为怪了。

以多列士为总书记的法共追随苏联的政策，对党内持不同意见的作家进行无情的打击。如果说1927年入党的布勒东是超现实主义者，因而在1933年被开除出党还可以理解的话，那么同样在1927年入党的尼赞，曾经是法共著名的社会主义现实主义作家，只是因为不同意《苏德互不侵犯条约》就被开除出党，而且被斥为叛徒，这种做法就难以服众，以致成为战后左翼集团与法共分裂的根源。加缪在1935年积极加入法共，却因为对法共在阿尔及利亚的政策有异议，1937年就被开除出党了。凡此种种，都表明法共在文化方面缺乏包容不同意见的广阔胸怀，因此尽管左翼文学在30年代曾经相当繁荣，法共却未能充分利用这种大好形势来使它得到进一步的发展，未能在战后形成左翼文学的洪流。

在红色的30年代，除了阿拉贡歌颂苏联的诗歌之外，文学的主要体裁是小说，因为只有小说的宏大篇幅，才能够充分反映那个形势如风起云涌般急剧变化的时代。

第一节
法共作家

一　瓦扬-古久里

保尔•瓦扬-古久里（1892.1.8—1937.10.10）生于巴黎，父母都是国家歌剧院的歌唱家，因此他从小就爱好音乐和绘画，20岁时发表了第一部回忆童年的诗集《牧人的访问》（1913）。第一次世界大战爆发的时候，他刚从巴黎大学法学系毕业，取得了律师资格和历史学硕士的学位。他怀着青年人的爱国热情上了战场，由于作战勇敢而多次立功受奖，晋升为坦克部队的军官。但是战争的残酷却孕育了他的反战思想，使他成长为一个革命者。在巴比塞的《火线》的影响下，他为反战刊物写稿，结果受到军法处的监禁。他从1916年开始就成为社会党左翼的成员，1917年和巴比塞一起创立“老战士共和协会”，1919年在巴黎当选为区议员，以演说家著称。他还发表了中篇小说《休假》

（1919），与雷蒙•勒菲弗尔合著了短篇故事集《士兵的战争》，这些作品描绘了士兵们在前线战壕里的痛苦生活，与后方资产阶级的悠闲自在形成了鲜明的对比，是继巴比塞的《火线》之后最动人的反战作品。

瓦扬-古久里在战后参加了法国统一社会党，在社会党分裂后立即加入了新成立的法国共产党，1921年当选为法共首届中央委员，任《人道报》编委。1923年，他当选为国民议会议员，曾因发表革命演说而多次入狱。从1928年开始，他担任《人道报》的主编直至去世。他的许多很有价值的报道，后来结集为《我们要使旭日东升》（1948）和《朝着凯歌高唱的明天》（1962）出版。

瓦扬-古久里在撰写大量新闻报道和政论的同时，发表了短篇小说《盲人的舞会》（1927），揭露了资产阶级阔太太们的丑恶嘴脸，她们所谓的慈善行为就是戏弄在战争中负伤后双目失明的老兵。此外他还写作了以法国大革命为题材的剧本《七月老爹》（1927）和《公社万岁》（1933）。

1933年9月，瓦扬-古久里作为第三国际[1]的代表来到上海，参加"全世界反对帝国主义战争委员会"召开的远东反战会议，他利用短短的一个半月的时间，会见了鲁迅先生等中国各界进步人士，调查了上海以及附近农村劳动人民的生活情况，写出了《一只苍蝇被压死了》、《二妹和三妹的故事》和《农民陈大怎样当了红军》等几篇小说体的报道。

《一只苍蝇被压死了》的主人公姓于，是住在长江以北的苏北人，上海人看不起这些赤贫的劳动力，蔑视地称他们为"江北人"。于靠家里的三亩地无法谋生，就带着妻子儿女来到上海，住在闸北区江边的一个窝棚里。他体格健壮但头脑简单，只能当一个人力车夫。但就在他拉车的第一天，他在车水马龙之间不识路径，跑得满头大汗又碰上倾盆大雨，还要躲避军警的盘查。他饿了不敢花钱吃东西，却抱着侥幸的心理去赌博，结果输光了所有的钱，昏头昏脑地被一辆日本军车轧死了。

《二妹和三妹的故事》写冯家庄的一户农民，家里有10个人，由于离上海较远，连卖菜或糊火柴盒这样的事情也做不了，因此尽管辛苦种地也难以维持生活，二妹和三妹这样的女孩就更显得是个负担了。这时有个叫尤林富的胖子

1 第三国际又称共产国际，是各国共产党和共产主义组织的国际联合组织，1919年3月在莫斯科成立。总部设在莫斯科，凡参加第三国际的各国共产党都作为它的支部。第三国际共召开过七次代表大会，于1943年6月宣告解散。

来到冯家，说可以让她们到城里去学徒，以后能挣很多钱。其实他是个掮客，专门为丝绸厂招收廉价工人，从中谋取暴利。

城里果然灯红酒绿、热闹非凡，但是二妹和三妹却只能住在极为污浊的环境里，每天干12小时艰苦的缫丝工作，眼睛被蒸汽熏得通红，双手皮肤皲裂，还要经常挨打，有的女工甚至中毒死去。漂亮的三妹不肯再干下去，结果被尤林富骗去，12岁就当了妓女，患了性病，最后尤林富被反抗者打死了，二妹则走上了革命的道路。

《农民陈大怎样当了红军》写的是陈大所在的乡村闹水灾，江河决堤，政府只顾征收修堤坝的捐税，土豪劣绅则乘机抬高米价和廉价买进土地。陈大上有老父，下有子女，患病的妻子又即将分娩。在全家面临饿死的情况下，夫妻俩不得不用小船把女儿送到城里去卖给一个商人，用所得的两个美元换了些粮食。但是就在他们划船回去的时候，大水已经淹没了村庄，他的老父亲和儿子都淹死了，妻子又因难产死在小船里。绝望的陈大遇到了几个红军战士，他加入了红军，指望着有朝一日重新获得他的女儿和土地。

这些小说的情节并不复杂，但是对于仅仅在上海地区生活了一个多月、而且不懂汉语的法国作家来说，要写得如此真实生动实非易事。瓦扬-古久里准确地描述了农村的困难年景和沉重负担，工厂里的悲惨生活和艰苦劳动，城里从洋人到苦力等各色人群，以及江北人在上海当各种苦力，人力车夫的平均寿命只有五年，农民到城里卖菜、再从城里买粪便回来肥田等许多细节。他满怀同情地描绘了中国人民的苦难，揭示了他们备受剥削和压迫的悲惨命运，赞扬了他们之中先进分子的英勇斗争，显示了他作为一个国际主义者的崇高品格。

瓦扬-古久里最重要的作品，是应美国出版商的要求撰写的自传体小说《童年》（1938）。保尔是个独生子，深受精于艺术的父母的宠爱。他最喜欢到农村去度假，自由自在地在花草树木间漫游。然而当他学着一个巴黎商人的样子，把女佣人叫做土包子的时候，却被她塞了一嘴牛粪，从而懂得了靠着土地才有饭吃的道理。他在中学里受人欺负，在忍无可忍时奋起反抗，终于维护了自己的尊严。他爱好艺术、体育、考古和文学，是个全面发展的好学生，因成绩优秀多次获奖。到中学毕业的时候他开始关心世界形势，研究马克思主义，并且在大战的炮火中锻炼成长为一名战士。他决心用自己的行动和笔杆，永远为正义的事业进行不懈的斗争。

瓦扬-古久里以自己的童年生活为素材，以温和亲切的语调，自然感人的真诚，塑造了保尔的动人形象，描写了他成长为一个革命青年的过程，显示了孩童般纯洁的心灵和革命者的坦荡胸怀。他毕生为反对战争、忠于革命理想而身体力行，在西班牙内战期间曾两次亲临前线慰问国际纵队，直到去世前一天还在伏案工作。正因为如此，他才深受人民群众的热爱。

二　阿拉贡

早在1920年12月，法国社会党在图尔大会上分裂之后，阿拉贡就想加入刚刚诞生的法国共产党，但未获批准。以后他虽然发起成立了超现实主义小组，但始终向往革命，并且阅读了马克思、恩格斯和列宁的许多著作，发表鼓吹无产阶级革命的文章。1926年11月的一个秋夜，他结识了苏联诗人马雅可夫斯基："就是这一瞬间，改变了我的生命。这位知道用诗歌来作武器，知道不超然站在革命之外的诗人，就成了我跟一个世界之间的联系。"[1]他还与马雅可夫斯基的妻妹艾尔莎•特里奥雷结为终身伴侣。1927年1月，他先于其他超现实主义者首先加入了法共。

1930年，国际无产阶级作家代表大会在哈尔科夫召开，阿拉贡正在苏联旅行，得以被邀请作为会议的列席代表，在大会上以超现实主义者的名义表现出亲苏的态度。他回国后发表诗歌《红色阵线》（1931），鼓吹打死警察，号召法国人民举行起义，实行无产阶级的暴力专政，因而被指控为煽动武装推翻社会秩序。布勒东虽然征集了300个知识分子的签名来为他辩护，但是对这首诗也极为不满，然而阿拉贡继续写作歌颂苏联和法共的诗歌："大家都知道……1930年我曾到苏联去，而且回来以后，我就再不是从前的那个人，再不是《巴黎的农民》的作者而成了《红色阵线》的作者。是的，那时候，我认为最迫切的、作为一个人和诗人最值得去做的唯一的事情就是高声宣扬新世界的光荣。"[2]阿拉贡因此与布勒东的关系进一步恶化，在1932年3月正式退出了超现实主义小组。

1　阿拉贡：《明日的文学》，林秀清、盛澄华译，载《阿拉贡文艺论文选集》，人民文学出版社，1958年，第25页。

2　同上书，第26页。

1933年，阿拉贡担任法共《人道报》记者，与瓦扬-古久里一起创办月刊《公社》，并结识了他后来的领路人、法共总书记多列士。此后阿拉贡多次访问苏联，在1934年发表了歌颂苏联的诗集《万岁，乌拉尔！》、以《现实世界》为总题目的第一部现实主义小说《巴塞尔的钟声》。

小说的背景是20世纪初的巴黎，主人公是格鲁吉亚姑娘卡特琳，她的母亲不堪忍受沙皇的统治和丈夫的虐待，带着两个女儿来到巴黎，依靠色相混迹于风月场中，年老后穷困潦倒，衣食无着，愤而支持扔炸弹的无政府主义者。卡特琳是她的小女儿，性格倔强、不满现实，她同情罢工的工人，接近无政府主义者，在精神苦闷时也一度沉溺于感官的享乐，最后患了严重的肺病，企图跳入塞纳河自杀，结果被出租汽车司机维克多拦住了。卡特琳跟随他参加了劳工联合会，支持司机们的罢工。在拉法格夫妇的葬礼上，她看到了各国工人运动的领袖，听到了列宁的讲话，因而深受鼓舞。但时间一长，罢工斗争由于缺乏资金而终告失败，卡特琳又和无政府主义成员来往，最后被驱逐出境，来到巴塞尔。1912年11月24日上午10点钟，在欧洲各国政府积极备战的紧张气氛中，第二国际的最后一次代表大会在巴塞尔大教堂里开幕，从饶勒斯到罗莎•卢森堡[1]等欧洲著名的社会党领导人出席会议，克拉拉•蔡特金[2]等革命家发表演说，号召各国人民起来制止战争，教堂内排钟齐鸣，教堂外面的群众在举行反战的示威游行，象征着人民的觉醒与维护和平的决心。

这部小说结构比较生硬，第一部分关于法国贵族荡妇迪安娜的故事，几乎与卡特琳的故事没有什么联系。卡特琳从堕落到革命的变化过程，也缺乏令人信服的依据。最后让蔡特金出场则有雕琢之痕，只是为了树立一个与迪安娜和卡特琳形成对比的、新型妇女的伟大形象，何况小说的主人公也不像苏联小说里那样是个英雄人物，所以出版后受到了法共评论家勒内•加尔米的批评。

1934年，苏联作家协会召开第一次代表大会，刚刚当选为苏共中央委员会书记的日丹诺夫[3]，在会上提出了社会主义现实主义的口号。有关的文件直到1948年才被译成法文，所以当时法国人对他和他的演说都并不了解，法共的作

1　罗莎 · 卢森堡（1871—1919），第二国际左派领袖，德国共产党的创始人之一。她勇敢地反对军国主义和帝国主义战争，于1919年1月15日被临时政府杀害。

2　克拉拉 · 蔡特金（1857—1933），德国和国际工人运动杰出的女活动家，社会主义妇女运动的领袖。

3　安德烈 · 日丹诺夫（1896—1948），苏联共产党和国家领导人之一。

家们关注的也主要是反法西斯的问题。但是出席会议的阿拉贡在1935年就发表了名为《为了社会主义现实主义》的小册子，其中包括《作家的任务和自我改造》和《明日的文学》等演说，赞扬斯大林把作家称为灵魂工程师，肯定社会主义现实主义的创作原则："正像社会主义已经开始在地球六分之一的土地上建立起来，真正的社会主义文学的花朵也同时在苏联开放出来……我们的苏联同志已经为明日的文学肯定了社会主义现实主义的创作方法。我们还等待什么才用这新武器来工作呢？"[1]加尔米在《人道报》上批评阿拉贡的《巴塞尔的钟声》之后仅仅几天，苏联的《文学报》就发表评论，认为小说反映了大战前夕欧洲的社会现实，用马克思主义的观点完美地描写了历史，对反映1914年前夜的工人运动作出了可贵的贡献，因此阿拉贡得以成为法共典范的社会主义现实主义作家。与此同时，他参加各种革命活动，领导"革命作家和艺术家联合会"，与马尔罗等创立国际保卫文化作家协会，因而在党内的地位逐渐上升，在巴比塞于1935年去世以后，他成为法共在文化方面的代言人，并和布洛克一起担任了法共创办的《今晚报》的主编。

在从事繁忙的政治活动的同时，阿拉贡继续创作了《现实世界》中的另外三部小说。《现实世界》中的其他三部小说：《富贵区》（1936），《双层车上的旅客》（1942）和《奥雷利安》（1944）。

《富贵区》以大战前夜1913年的法国为背景，描写了南部城市塞里雅纳上层社会里的黑幕，老板、商人全都唯利是图，市长虽然是个医生，却也是个厚颜无耻的政客，他有两个儿子，小说描写的就是这兄弟两人的不同命运。哥哥埃德蒙对父亲的行径非常反感，所以离开这座城市到巴黎去学医。他埋头读书，成绩优异，受到伯德莱教授的赞赏，把他引入了上流社会。但是他在上流社会的熏陶下见利忘义、自甘堕落，竟然向伯德莱夫人大献殷勤，终于成为她的情人。后来他又与一个大富翁的情妇卡洛塔一见钟情，为了讨好新情妇以谋得富翁的财产，他差点儿杀死了带着珠宝首饰来跟他私奔的伯德莱夫人，她只是在最后一刻明白了他的恶意后才设法脱身。卡洛塔把他引入赌场，他利用父亲的名义干起了敲诈勒索的勾当。后来伯德莱夫人被人碎尸后扔在塞纳河里，他成为重大的嫌疑犯，最后为了金钱和美色，埃德蒙竟然同意与风烛残年的大富翁分享妓女出身的卡洛塔，由此进入了富贵区。

1　阿拉贡：《明日的文学》，林秀清、盛澄华译，载《阿拉贡文艺论文选集》，人民文学出版社，1958年，第28页。

市长夫人是个虔诚的天主教徒，她极力向小儿子阿尔芒灌输宗教信仰，但是他向往自由，和父母闹翻后离家出走。他来到巴黎后，哥哥对他非常冷淡，拒绝接济他的生活，他只得流落街头，即使在父母表示谅解后也不愿回家。他曾为了谋生而充当资本家破坏罢工的工具，但终于在艰苦生活的磨练中幡然悔悟，决心靠劳动自食其力，并且揭露了黄色工会的阴谋。小说通过他们的不同命运，反映了不同阶层在大战前夕的生活和精神状态，对资产阶级进行了尖刻的讽刺，着重批判了金钱对社会的主宰，而且摆脱了《巴塞尔的钟声》的矫揉造作，显得既有思想深度又有艺术感染力，出版后获得了勒诺多奖。

《双层车上的旅客》刻画了一个虚构的历史教员皮埃尔•梅卡迪埃，他家境富裕，爱好艺术，由于贪恋妻子的姿色而结婚，所以婚后不久就对妻子感到厌倦。他把人类分为两部分：大部分是芸芸众生，好比双层车顶层的旅客；小部分是天才，好像车底层的机器，是他们指引着大多数人的生活。他醉心于赌博和交易所里的投机，为此卷走全部家产，使妻子儿女陷于赤贫的困境之中。他不断地追求别的女人，但是她们不是妓女就是间谍的情妇，使他的爱情遭到一次又一次的失败和嘲弄。最后他穷困潦倒，回到巴黎重执教鞭，企图和被他抛弃的儿子恢复联系。这时一个咖啡馆老板娘真正地爱上了他，但他不久就恰恰在法国宣战时死于中风。小说通过这个平庸资产者荒唐堕落的一生，谴责了他对金钱的膜拜，被金钱主宰的爱情必然以悲剧告终，说明脱离现实和自以为是的人是注定要失败的。

《奥雷利安》写青年奥雷利安在第一次世界大战中负伤，回到巴黎后靠父亲的遗产度日，生活虽不困难却空虚孤独，因此无法安心工作和学习，而他的战友埃德蒙却飞黄腾达。埃德蒙的表妹贝蕾尼丝是外省一个药剂师的妻子，她感情丰富，善于幻想，来到巴黎后与奥雷利安情投意合，互相爱慕。但是当她来到他家里的时候，他却喝醉了在酒吧里和舞女过夜，贝蕾尼丝愤而回到外省去了。最后奥雷利安生活无着，进了姐夫的工厂，结婚成家后痛改前非，勤奋工作。第二次世界大战爆发后他再次应征入伍，赞成与德国合作，成为维希政府军队里的少尉军官。1940年6月，奥雷利安随溃退的法军经过贝蕾尼丝的家乡，他们重逢后她却在他的身边死于流弹，象征着他们不可能产生真正的爱情。他们是迷惘的一代，与社会格格不入，虚度时光而一事无成、自暴自弃，显示了那个时代的悲剧性。

在演讲集《为了社会主义现实主义》里，阿拉贡不是对这个定义进行理论阐述，而是力图表明他站在苏联一边的政治立场。他在《回到现实》里更加清楚地说明了他的观点："社会主义现实主义或者革命浪漫主义：同一回事的两个名称，《萌芽》的左拉和《惩罚集》的雨果在这里是互相一致的。"[1]由此可见，阿拉贡在政治上倾向于苏联的同时，始终没有脱离法国的文学传统，这是他的作品之所以取得成功的重要原因。也正因为如此，他的文学道路才会不断变化，他的创作在50年代末期发生重大转折也就并不奇怪了。

三 尼赞

保尔-伊夫•尼赞（1905.2.7—1940.5.23）生于图尔，家境富裕，父亲是个铁路工程师。他为人和善，喜欢读书写作，于1917年进入亨利四世中学。他和萨特一样也患有斜视症，所以他们同病相怜，成了形影不离的好朋友。中学毕业后他们一起进路易大帝中学读文科预备班，1924年同时考入巴黎高等师范学校学习哲学。尼赞在高师读书的时候就结婚成家，证婚人就是萨特。他思想激进，虽然住在岳父母的楼房里，拥有小汽车和现代化的家具，但是房间里总是挂着一幅很大的列宁像，而且在1927年参加了法共。1932年曾作为法共在布雷斯地区布尔格的国民议会候选人，但因票数不够未能当选。

尼赞从高师毕业后取得了哲学教师资格，在30年代一直与阿拉贡合作，他们当时是法共中屈指可数的年轻小说家，也只有他们才被法共承认为社会主义现实主义作家。尼赞先后在《人道报》和《公社》编辑部里担任记者，他是"革命作家和艺术家联合会"的成员，参加过苏联第一次作家代表大会，而且以记者身份和妻子在莫斯科呆了两年，主编过《国际文学》杂志。他虔诚地信仰马克思主义，创办了《马克思主义杂志》，发表了《看门狗》（1932）等抨击资本主义的政论，不断地批判柏格森[2]等现代哲学家的唯心主义学说，以及侦探小说等"逃避文学"。萨特从柏林留学回国后对政治不感兴趣，只是埋头于哲学研究，但是他听过尼赞的演说，他们始终保持着真挚的友谊。

1 阿拉贡：《为了社会主义现实主义》，1935年，第85—86页。

2 亨利・柏格森（1859—1941），法国唯心主义哲学家，宣扬生命哲学和直觉主义，著有《创造进化论》等。

尼赞的第一部作品是自传体小说《阿登•阿拉比》（1931），开头的第一句话就是："我当时20岁，我不会让任何人说这是人生最美好的时光。"内容是他在高师读书时因健康不佳和环境空虚而辍学，到英国去当了一年家庭教师，以及参加教师资格会考和加入法共的经历。小说在1960年再版，萨特在序言中赞美尼赞永远年轻，呼吁为他恢复名誉，而且坦率地承认了他们的友谊："我们始终在一起，以至于别人常常把我们互相认错……从1920年到1930年，从中学到大学，别人对我们都难以分辨。"[1]

1933年，尼赞了发表小说《安托尼•布卢埃》，写一个工人的儿子靠着顽强努力和善于妥协的本领，成功地获得了一个铁路工程师职位。小说扉页上是马克思的语录，全书的基调是对富人的控诉，小说开头写了主人公的死，然后从他背叛工人阶级开始，以倒叙的形式逐步讲述了他的一生。在当时苏联的小说里，叛徒都是要被枪毙的，这部小说显然不符合这种写作模式，其中关于工人贫困生活的描写会令人想起左拉的作品，而且主人公的结局也不应该是病死，而是应该受到工人阶级的惩罚。所以像阿拉贡的《巴塞尔的钟声》一样，它刚出版时受到了法共评论家弗雷维尔的批评，但是它后来受到了阿拉贡的赞扬，因而被树立为法国社会主义现实主义小说的典型。尼赞的下一部小说《特洛亚木马》（1935）就是以安托尼•布卢埃的儿子为主人公，把参与国家政治生活的共产党人比作躲在特洛亚木马里的希腊人，其中还描写了一些战斗场面。

尼赞的小说《阴谋》（1938）描写了20年代的一批大学生，他们学业优秀、思想激进，面对严峻的社会现实，他们向往革命，厌恶自己的资产阶级家庭。但是他们思想幼稚、好高骛远，只会夸夸其谈，经不起任何挫折。他们先是办刊物，后来又想入非非地要刺探军事情报，结果"阴谋"败露，不了了之。他们在私生活上的态度也同样如此：罗桑塔尔与嫂子通奸，私奔不成就开枪自杀；西蒙因刺探所谓军事情报而被捕，不仅情报毫无价值，就连这件事的本身也如同一场闹剧。平民出身的普吕维纳热为了出人头地而加入法共，结果沦为向警察局告密的叛徒。

尼赞是法共党员，描写的都是他熟悉的人，也就是和他一样思想左倾的青

1　弗雷德里克・戈森：《20世纪迷茫的孩子们》，吴岳添译，河南人民出版社，2004年，第104页。

年。他并未美化他们，而是真实地描写了他们的缺点。尽管和阿拉贡的作品一样，它并不完全符合社会主义现实主义的定义和要求，但是在当时的形势下也被称为社会主义现实主义的作品，尼赞因此成为法共杰出的知识分子之一，担任过《今晚报》的副主编和国外政治栏目的主笔。

《苏德互不侵犯条约》签订以后，法共表示支持苏联的这一政策，尼赞认为这是一种背叛，因此与阿拉贡闹翻，并且以辞职和退党表示抗议。不久他奔赴战场，于1940年5月23日因头部中弹而牺牲。法共随即对尼赞进行批判，将他开除出党，从此他就被当成一个叛徒，不断地遭到污蔑。萨特对法共的做法深为不满，他坚决主张为尼赞恢复名誉，1947年曾撰文为尼赞伸冤，这也是战后左翼集团与法共分裂的一个重要原因。

四 布洛克

让•里夏尔•布洛克（1884—1947）生于巴黎的一个犹太家庭，父亲是阿尔萨斯的铁路工程师，在阿尔萨斯于1871年割让给德国后到巴黎避难。他从小受到德雷福斯事件的影响，青年时代起就为社会主义事业而奋斗。他在服役时结识了马丁•杜加尔，后来虽然于1907年获得历史教师资格，但很快就放弃教学而投身于政治斗争和文学创作。他参加了法国统一社会党，1911年担任维埃纳联合会书记。他在1910年创办了《自由创作》杂志，在罗曼•罗兰以及于勒•罗曼[1]的一体主义的影响下，对民间文化进行了理论探索，发表了描绘犹太人的中篇小说《莱维》（1912）。《合伙人》（1917）是一部现实主义的小说，通过19世纪一个阿尔萨斯犹太工业家的家庭的故事，分析了工业文明中产生的经济和社会矛盾，以及人们在心理上的冲突。

1914年8月，布洛克应征入伍，在大战中三次身负重伤。战后他受到俄国革命的鼓舞，在法国社会党分裂后加入了新成立的法国共产党，但是在20年代中期脱离了它。他在这一时期的作品除了把发表过的评论结集为《狂欢节已经消亡》（1920）之外，主要有三幕芭蕾舞剧《一个牧场里的十位少女》

1 于勒·罗曼（1885—1972），法国作家，“一体主义”的创始人，即认为个人之间、人与自然之间都具有精神上一致的直觉性。著有长达27卷的小说《善意的人们》，以及诗歌和剧本等。

（1922）、诗体小说《库尔德之夜》（1925）、记叙农民和火车司机等普通人的《勒诺的狩猎》（1927），这些作品对人物和自然景色都作了细致的观察和描绘。他还重新开始研究民间文化，发表了《世纪之命运》（1931）。作为“现实戏剧”的理论家，他发表了论著《戏剧的命运》（1930），以及表现当代世界的冲突的《末代皇帝》（1926）和大众戏剧《一个城市的诞生》（1937）。

面对法西斯主义的猖獗，布洛克恢复了政治斗志，参与发起成立了“反法西斯知识分子警戒委员会”，并于8月份参加了苏联作家协会第一次代表大会，重新回归共产主义，并且发表了《政治祭品》（1933）和《一种文化的诞生》（1936）等一系列评论，从而成为人民阵线知识分子的典范。布洛克参与组织了1935年在巴黎召开的“国际作家捍卫文化协会”的代表大会，1936年他前往内战中的西班牙，对西班牙的共和派表示支持，并且发表了反映西班牙人民发法西斯斗争的《西班牙，西班牙！》（1936）。他在形式上没有重新加入法共，但是毫无保留地拥护它的政策，包括支持《苏德互不侵犯条约》。他不仅是《欧洲》杂志的中流砥柱，还在1937年和阿拉贡一起创办了《今晚报》。

在德军占领时期，布洛克从一开始就参加了抵抗运动，在盖世太保的追捕下，他于1941年春天应邀来到苏联避难。从1941年7月到1944年10月，他一直在莫斯科广播电台工作，号召法国同胞们起来反对占领者，他在电台发表的演说后来结集出版，名为《从被背叛的法国到武装的法国》。他在这一期间创作的《土伦》（1943），描写了1942年在土伦港自沉的法国舰队，歌颂了法国人民在占领时期的英雄业绩。

1944年回国后，布洛克重新领导《欧洲》杂志和《今晚报》，继续进行政治斗争，是法共主要的知识分子领导者之一。他的女儿法朗士•布洛克是一位抵抗运动的英雄，被捕后牺牲在集中营里。他最后一部作品《共产党人》（1949）赞美了斯大林的人格和作品，是在他1947年突然去世后出版的。1950年，布洛克被追授金质和平勋章。

布洛克批判一切只供某个社会阶层消遣的文学，认为文学只有反映无产阶级的革命斗争才会繁荣。他的作品对于认识法国和欧洲的思想运动是必不可少的，阿拉贡曾专门为他写了一篇评论，名为《让-里夏尔•布洛克最美的篇章》（1948）。

作为20世纪上半叶重要的左翼作家，布洛克留下了许多小说、剧本、随笔、评论，还有大量的通讯，但是他从60年代以来似乎已经被人遗忘。为此在他的女儿克洛德•布洛克的推动下，一些研究者和教授在1993年成立了让-里夏尔•布洛克研究会。

五 埃尔巴尔

皮埃尔•埃尔巴尔（1903.5.23—1974.8.3）生于敦刻尔克，是个私生子。父亲是海上保险公司的经纪人，是一个性变态者，过着放荡的生活，由于债台高筑而离家成了流浪汉，最后死在一条水沟里，全家因此离开了敦刻尔克。他中学毕业后到巴黎谋得了一个小职员的位置，开始写作诗歌。他曾到摩洛哥去服兵役，后来常到科西嘉岛和阿尔及利亚等地旅行，还曾到非洲和印度支那参与反殖民主义的斗争。

埃尔巴尔极为崇拜科克托[1]，因此染上了鸦片烟瘾，不得不接受一场特别痛苦的戒毒治疗。1929年春天，他在科克托家里与比他年长32岁的纪德结识，他们一见如故，实际上有着同性恋的关系。他成了纪德的知己和顾问，还娶了纪德的旧情人、比他大13岁的伊丽莎白•冯•吕塞尔贝赫为妻，这次结合使他永远留在了纪德的身边，从此再也没有分开。结婚以后，埃尔巴尔立刻就动身到印度支那去了。当时的印度支那动荡不安，越南共产党发动农民起义和工人罢工，受到了法国的严厉镇压。他看到了殖民地的贫困和法国的经济掠夺，感受到了民众在饥饿和屈辱之下的怒火，残酷的现实重新勾起了他在摩洛哥和阿尔及利亚时就有的反殖民主义的感情。他回国后加入了法共，并且作为法共党员，成了纪德在与马克思主义和苏联的复杂关系中的引路人。

埃尔巴尔经常和纪德一起旅行，合作撰写电影剧本，纪德对他非常信任。1935年，法共派他到莫斯科去接替尼赞担任《国际文学》杂志的法文版主编。在这个时期，纪德极为关注社会问题，也和西方的许多知识分子一样对苏联抱有希望。埃尔巴尔竭尽全力促使纪德访问苏联，力图把他在感情上对苏联的赞同变成真正的政治表态。

1 让·科克托（1889—1963）是诗人、剧作家和小说家，作品极多，代表作有小说《骗子手托马斯》（1923）等，1955年当选为法兰西学士院院士。散文集《鸦片烟》描写了他吸毒和戒毒的经过。

1936年，埃尔巴尔为纪德安排了著名的苏联之行，同行的还有达比、吉尤、出版商雅克•希夫林和比利时作家热夫•拉斯特。对于苏联和法共来说，这次旅行是公开表明这位声望卓著的作家归附了左翼阵营，因此纪德受到英雄般的接待、欢呼和精心的照顾，访问获得了圆满的成功。只有达比在塞瓦斯托波尔的突然去世，使这次旅行带上了悲伤的色彩。

埃尔巴尔的作品在很大程度上是自传性的，但是它们讲述的内容是如此奇特，以至看起来像虚构一样，埃尔巴尔认为只有把它们当成寓言，才能使它们显得比较可信。

他们回国以后，纪德发表的《访苏联归来》引起了震动。埃尔巴尔虽然是立场坚定的法共党员，却赞同纪德对苏联的印象，因为他在莫斯科居留期间也充分了解苏联的现实。不过他也认为此时发表这本书不合时宜，于是到西班牙去请教马尔罗，结果在马德里差点儿被苏联人处死，他怀疑这是阿拉贡散布流言的结果，使苏联以为是他鼓动纪德写了这本对苏联不利的小册子。这次苏联之行的结果是纪德结束了他的政治介入，埃尔巴尔则与法共决裂了。

第二年，纪德为驳斥对他的抨击而撰写了《对我的〈访苏联归来〉的修改》，并且与埃尔巴尔的《1936年的苏联》同时出版，可见无论如何，埃尔巴尔还是捍卫纪德，他们的团结从来没有受到影响。其实除了政治上的考虑之外，苏联采取的反对同性恋者的措施，也是使他们不信任苏联的重要原因。1938年，他们一起到尼日尔旅行，埃尔巴尔回国后在《尼日尔的肿瘤》里揭露了法国的殖民政策。

大战爆发后，纪德决定离开法国。埃尔巴尔从1942年开始参加抵抗运动。1944年，他以"勒•韦冈"将军的身份，受法国国防部的委任去领导布列塔尼[1]地区的运动。他创办了自由法国的第一份日报《捍卫法兰西》，也就是后来的《法兰西晚报》。加缪主编的《战斗报》编辑部和他在同一幢楼里办公，他应加缪的要求担任了该报的主笔。他还和别人一起创办了政治和文化周刊《人类的大地》，由于经济拮据在六个月之后自行停刊。除了讲述一些造反的孩子聚集在一个荒岛上的寓言《翠鸟》（1945）之外，他还对纪德的《伊萨贝尔》和《梵蒂冈地窖》、加缪的《鼠疫》和马丁•杜加尔的《教养院》等小说进行改

1　法国西部大区名，包括四个省。

编，和小说的作者一起把它们搬上银幕。

埃尔巴尔和纪德始终非常接近，当纪德在晚年不再涉足上流社会的时候，埃尔巴尔在法兰西喜剧院里密切关注着《梵蒂冈地窖》的一次次彩排，自己根据演出需要对作品进行最后的润色。他是纪德在遗嘱里指定的负责身后作品事宜的五人委员会成员之一。纪德去世后，埃尔巴尔成了纪德思想的代表者，他毫不妥协地捍卫纪德的名声，但也不讳言纪德的缺点。他在《追寻安德烈•纪德……》（1952）中揭示了纪德以自我为中心的病态性格，以及在金钱和感情方面的吝啬，因而引起了很大的震动。在埃尔巴尔看来，纪德由于缺乏想象力而不是一位伟大的小说家，也不是一个智力出众的思想家。他的迷人之处在于顽强地依据他的生活来创造他的作品，因此他的生活无论多么平庸，也能够成为他的作品的养料和素材。

纪德去世之后，失去了生活动力的埃尔巴尔又开始吸毒，不得不进行新的戒毒治疗。加里玛出版社让他整理马丁•杜加尔为写作《穆莫尔中校的回忆》而准备的笔记，他未能完成这项工作。他在生活艰难的情况下坚持写作，在《防线》（1958）里生动地回忆了他在印度支那的旅行、在莫斯科居住的日子和在抵抗运动中的经历。他的短篇小说《独角兽》（1964）描绘了他闭塞和迷人的童年世界。他还把一些短篇结集为《想象的回忆》（1968）和《机密故事》（1970），但他后来逐渐被别人遗忘，最后在贫病交加中去世。

第二节
其他作家

一　马尔罗

安德烈•马尔罗（1901.11.3—1976.11.3）生于巴黎，他从小爱好书籍，中学尚未毕业就给出版商当助手，同时对考古产生了浓厚的兴趣。他从1920年开始创作，早期的作品带有超现实主义的荒诞色彩。1923年，他和妻子一起到柬埔寨探险，想把丛林里的几座古代雕塑运到美国去出售，不料刚到金边就被捕入狱，以“盗窃文物”罪被判处三年徒刑，在纪德、阿拉贡等声援下才回到法国。

马尔罗在此期间目睹了法国殖民地的黑暗现实，接触过“青年安南”运动的成员，在他们的影响下开始走上反殖民主义的道路。1925年，他重返印度支那参加“青年安南”运动，先后创办了《印度支那报》和《锁链中的印度支那》，揭露法国在印度支那的殖民统治，不久因受到查禁和缺乏经费而停刊。期间他曾到香港购买印刷设备，对中国国共两党合作的革命形势有所了解，这些经历为他的创作提供了富有东方色彩和革命内容的题材。马尔罗回国后发表了《西方的诱惑》（1926），这是一个东方的知识分子在游历欧洲的时候，与一个生活在中国的西方知识分子的通信，从中指出了西方文化和中国文化的危机。后来他又陆续发表了三部以中国革命和亚洲为背景的长篇小说：《征服者》（1928）、《王家大道》（1930）和《人类的命运》（1933）。

《征服者》写的是中国著名的省港大罢工。1925年6月，广州和香港工人正在进行罢工，作者应友人加林之邀前往广州。瑞士革命者加林是罢工的领导人之一，实际上是个冒险家，他投身革命的目的是为了摆脱“荒诞”，寻求个人存在的价值。另一位领导人是苏联顾问、职业革命家鲍罗廷。洪是恐怖分子的领袖，他们接连暗杀了英国殖民政府的一些官员，以及几个支持罢工的银行家和富商，使几十万罢工工人的生活陷于困境，结果被鲍罗廷下令处死，由此导致了加林与鲍罗廷的分裂。国民党元老程泰被称为“中国的甘地”，他不赞成第三国际的强硬路线，极力阻止签发摧毁香港经济的禁运法令，也要求加林制止恐怖分子的暗杀活动，但后来他自己也被暗杀了。最后形势趋向稳定，可是加林健康恶化，心力交瘁、已经病入膏肓，不得不离开了中国。他在回国的前夜，向作者畅谈了世界和人生的荒诞，以及行动对于他的生命的意义。

《王家大道》写法国青年克洛德打算到印度支那的密林里去，试图找到古代寺庙遗迹里的浮雕，以便运到欧洲去高价出售。他在船上结识了丹麦冒险家佩尔肯，佩尔肯已经在那个蛮荒地区生活了很久，在当地土著部落中建立了自己的独立王国，现在正需要钱来买机枪。他们都是需要金钱的征服者，于是一拍即合，决定合伙进行冒险。两人来到柬埔寨古老的丛林里，沿着早已荒芜的王家大道，在酷热和蚊群中艰难跋涉，吃尽千辛万苦，终于把一些浮雕运了出来。但是佩尔肯却与当地的土著产生了矛盾，被他们埋下的竹尖桩刺伤后感染化脓，在最后一段路途中死在牛车上。

小说的主题是人与死亡的搏斗。他们冒着炎炎的烈日在荒山野岭里跋涉，这里不仅野人成群，蛇虫出没，还要对付当地政府的军队，所以随时都有死亡的危险。佩尔肯为了与死亡作斗争，就通过对男人的统治和对女人的征服来证实自己的存在。克洛德就是马尔罗，小说既反映了当年他在印度支那的冒险，也体现了他信奉的哲理：人生就是与死亡搏斗的战场，人必将超越和战胜死亡。

《人类的命运》描写了1927年3月上海工人的第三次武装起义，革命者陈暗杀了一个军火买办，使起义工人获得了一批枪支，攻占了市政府等要害部门。上海金融界向蒋介石提供5000万美元，促使国共合作趋于破裂，北伐军进入上海以后，奉蒋介石的命令要工人交出武器。陈醉心于恐怖活动，执意要刺杀蒋介石，结果因双腿被汽车轧断而开枪自杀。夺取军火的事情败露，领导起义的乔与俄国人卡托夫等被捕，蒋介石发动“四•一二”反革命政变，对工人进行大屠杀。被捕的200多名共产党员被分批扔进一辆机车的炉火里活活烧死，卡托夫在最后关头把毒药让给了别人，自己走向了火车头。乔和一些人吞下了随身携带的毒药，他的妻子梅在他死后继续从事革命斗争。

小说描绘了中国革命的一个关键阶段，即国民党和共产党从合作到分裂的过程，反映了当时激烈的阶级斗争。马尔罗曾与妻子在环球旅行时到过中国，他在晚年的《反回忆录》中提到他1930年“在上海听到的故事”，[1]但是没有参加过中国革命，因此不可能塑造出中国革命者的典型。他的小说描写中国革命，然而革命者大多是外国人，例如乔是法国人和日本人的混血儿，他的妻子梅是德国人。即使是中国人洪与陈等，也带有西方恐怖主义者的特征。不过在法国现当代的小说中，《征服者》和《人类的命运》是绝无仅有的以中国革命为题材的作品，因而是西方人了解中国的一个重要途径。

当代新马克思主义批评家戈尔德曼在评论这部小说时指出：“在谈到中国的同时，马尔罗既不想陷于异国情调，也不想描绘一种具体的环境，而是谈普遍的人，而且不言自明地是谈西方人、他自己和他的一切同事。从这个角度来看，中国、广州和反英斗争代表着历史性的和普遍的革命行动，是使人对自己的存在和尊严有一种新意识的解放行动。”[2]小说的宗旨不在于描写中国革命，而是要通过这些外国人和中国人在这一时期的经历，来探索整个人类的命运。例如其中的男女关系就是再现人与世界的关系：加林和佩尔肯在疾病加重、也就是与社会和世界的关系成了问题的时候，都需要通过对女人的占有来

1 马尔罗：《反回忆录》，钱培鑫、沈国华等译，漓江出版社，2000年，第380页。
2 戈尔德曼：《论小说的社会学》，吴岳添译，中国社会科学出版社，1988年，第56—57页。

感觉到自己的存在。但是这种占有只是暂时的，女人在被占有之后必然逃避，实际上象征着历史最终也必然要摆脱他们的控制。正因为如此，《人类的命运》不仅在法国小说史上有着创新的价值，而且具有普遍的哲理性，具有重要的现实意义和历史意义。小说出版后获得了龚古尔奖，而且连续再版了25次。

马尔罗的创作与他的实践是一致的，或者说他的作品就是他的社会活动的反映。他不仅把革命作为小说的题材，而且从1932年开始积极投身于现实斗争，成为法共的同路人，可以说是法国在30年代的第一个"介入文学"作家。他最早参加"革命作家和艺术家联合会"，在希特勒上台以后从事反法西斯的斗争，在1934年担任世界争取无罪释放季米特洛夫[1]委员会主席，同年夏天和阿拉贡等访问苏联，出席了第一届苏联作家代表大会。与此同时，他创作了小说《可鄙的时代》（1935），写德国共产党领导人卡斯纳被捕入狱以后，有一位同志为了党的利益冒名顶替，用自己的生命换取了卡斯纳的自由。又有一个同志冒着生命危险，冒着暴风雨驾驶飞机把他护送到捷克。在这部作品里，马尔罗不仅歌颂了德国共产党人的自我牺牲精神，而且第一次明确地表示自己赞成共产主义。

1936年西班牙内战爆发后，马尔罗作为反战反法西斯委员会主席，亲自到马德里进行调查，并且在法国募捐和征集了20多架飞机，组织了志愿的"马尔罗飞行中队"。他自任队长，数十次驾机执行轰炸任务，两次负伤，为挽救马德里作出了重要贡献，被西班牙共和国政府授予上校军衔。《希望》（1937）就是他率领飞行中队参加西班牙内战的写照。

小说描绘1936年夏季，西班牙各地的法西斯军队发动武装叛乱，企图颠覆共和国，民众起来进行反击，在警察的协助下打退了叛军的进攻。德、意法西斯立即派出新式的战斗机和训练有素的飞行员，对西班牙进行武装干涉。国际纵队雇佣飞行员组成飞行中队，支援西班牙共和派，由于组建仓促和人员复杂而损失严重。队长马格宁解除了雇佣飞行员的合同，依靠共产党员为骨干来重新组织队伍，制订了严格的纪律。在马德里被法西斯军队三面围攻的严重形势下，国际纵队在市郊进行顽强的抵抗，军事委员会不得不下令凡是逃跑者立即

1 季米特洛夫（1882—1949），保加利亚共产党人，国际共产主义运动活动家，在1933年希特勒制造国会纵火案后被捕，后被释放，1946年起任保加利亚共产党总书记和部长会议主席。

枪决。1937年2月，意大利军队突破了共和国军队的防线，飞行中队奉命偷袭敌军的一个临时机场。加尔代的飞机被击中后迫降在雪山里，山民们把负伤的机组人员抬到山下的小镇上救治。第二年3月，面对意大利法西斯军队的攻势，飞行中队全体出动决一死战，掩护了地面部队的进攻，终于迫使敌人开始退却。

这部小说没有连贯的情节，而是通过血与火交织的悲壮场面和简洁的对话，塑造了一批舍生忘死地团结战斗的英雄，反映了国际主义战士和西班牙人民英勇抗战的顽强精神。为了扩大宣传效果，马尔罗在1938年亲自把《希望》改编成影片《特鲁埃尔山》，并且动员了一些专业人员，到西班牙战场上去冒着炮火实地拍摄，因此影片里有许多珍贵的实战镜头，具有重要的史料价值。影片拍摄完成后曾被法国政府禁映，但在战后上映时引起了强烈的反响。

第二次世界大战爆发后，马尔罗参加了坦克部队，1940年6月受伤被俘，五个月后逃出战俘营到达法国南方。1944年，他潜入敌后组织了一支游击队，由于受伤再次被捕，后被盟军救出。他立刻又出任阿尔萨斯—洛林独立旅的指挥官，参加了解放阿尔萨斯的战役，在1945年的斯特拉斯堡的保卫战中击退了德军的反攻。这些出生入死的经历，使马尔罗成为一个传奇般的英雄。

《苏德互不侵犯条约》签订以后，马尔罗对苏联感到幻灭，转而信仰以戴高乐为代表的法兰西民族主义，1945年11月被任命为戴高乐内阁的新闻部长。期间他还发表了带自传性的小说《与天使的斗争》的第一部《阿藤堡的胡桃树》（1943），叙述了贝尔热父子的生平。他们是阿尔萨斯人，由于战争引起的归属问题，父子俩的国籍分别属于德国和法国。儿子被俘后在集中营里撰写回忆录，实际上写的是一部揭露集中营真相的反法西斯小说。马尔罗完成了《与天使的斗争》的第二部，可惜手稿因被盖世太保销毁而没有保存下来。

20世纪的30和40年代，是萨特的无神论存在主义哲学、以及以萨特和加缪为代表的存在主义文学产生和发展的时期，然而马尔罗在20年代的早期作品就已经带有明显的荒诞色彩。例如《纸月》（1921）里的世界是月光照耀下的一个湖，月光在湖面上映成了一个城堡，里面的统治者是一个形状如猫的精怪。达达主义者和超现实主义者变成气球攻打城堡，结果被湖精用一桶白兰地灌醉，最后双方同归于尽，这就是整个社会的象征。《奇特的王国》（1927）有一部分早在1920年就已完成，其中的王国实际上就是死神的王国，里面有卷发的魔鬼，在火里再生的凤凰，庙宇里被烧黑的神像，被废弃的城市先后由鸟儿、蜥蜴和蝎子统治，曾经有过的一切都不再存在，象征着价值的普遍消失。

如果说马尔罗早期作品里的怪诞形象是受到了当时流行的超现实主义的影响，那么他后来以革命为题材的小说，就在描绘荒诞世界的同时，宣扬了他主张的人生观：用冒险、革命和艺术等行动来战胜死亡，战胜生存的荒诞性。萨特邀请他加入“社会主义与自由”这个知识分子的团体，但是他婉言拒绝了，因为他需要的是行动而不是言论。马尔罗的作品以及传奇般的经历，充分显示出他面对人生的坚强乐观的态度，因此与萨特的自由选择和加缪的抽象反抗相比，无疑具有更为积极的现实意义。

阿拉贡的创作是从超现实主义发展到社会主义现实主义，马尔罗的作品也是标志着从现代派小说向现实主义小说的演变。以往关于中国的小说往往只追求异国情调，而他却出于政治家的敏感，描写中国革命和国共合作，反映了中国社会的根本问题。在当时的左翼作家中，即使是阿拉贡和马丁•杜加尔，他们描写的也是第一次世界大战前后的法国社会，只有马尔罗的小说及时反映了当时中国、西班牙和德国等国现实的革命斗争，因而具有深刻的现实意义。

法国解放后，马尔罗脱离了党派活动，潜心钻研艺术，出版了《艺术心理学》（三卷，1948—1950）、《想象中的世界雕塑博物馆》（三卷，1953—1955）和《诸神的变异》（1957），重新显示出他早年对艺术品的爱好。1958年，戴高乐再次上台组阁，马尔罗先后担任文化部长和国务部长，为收集和保护文物作出了重要贡献。1965年7月，他作为戴高乐总统的特使访问我国。戴高乐引退以后，他也退出政坛，出版了长达600多页的《反回忆录》（1967）等散文和回忆录。他在《反回忆录》里回顾了自己的童年和在抵抗运动中的经历，以及在印度和新加坡的见闻，特别是在第五部分里详细地描述了红军长征的过程，后来他访华时与毛泽东主席谈话的内容，并且以政治家的敏锐觉察到了文化大革命爆发前的某些预兆。

马尔罗于1976年去世。1996年11月23日，在他去世20周年的时候，他的遗骸被迁入了巴黎的先贤祠。

二 圣埃克苏佩里

安托万•德•圣埃克苏佩里（1900.6.29—1944.7.31）生于里昂，四岁丧父，由母亲抚养成人。他小时候常到附近的一个机场里去，对飞行产生了强烈的热情和兴趣，21岁时成为空军的地勤人员，因学会了飞行技术而获得了民航驾驶执照。1926年他进入法国邮政航空公司，驾驶从图卢兹到达喀尔的邮机，第二年春天被任命为朱比海峡中途降落站站长。降落站位于毛里塔尼亚的沙漠之中，他的任务是随时寻找和救援出事的飞机，因为当时驾驶邮机相当危险，不少飞行员迫降后，由于干渴或被强盗扣为人质而死去。他的处女作《南方邮航》（1928）是一部中篇小说，描写在地面有热风、飞机出现危象的情况下，主人公贝尼斯仍然要求继续飞行，由沙丘、星星、月亮和海面等构成的广袤而寂静的背景，也因此染上了悲壮的色彩。

1929年10月，圣埃克苏佩里前往阿根廷，担任法国邮政航空公司经营部主任。当时夜间的导航仪表尚未问世，每次夜航都是一场搏斗，飞行员经常会碰上意想不到的危险。例如1930年6月，纪尧姆驾驶的飞机在安第斯山脉失踪，为了不致冻死而在雪地里走了五天，圣埃克苏佩里坚持不懈地找了一个星期，才找到这位顽强无比的飞行员。他的代表作《夜航》（1931）就是在这一时期写作的，内容是一天晚上三架邮机从三个方向同时飞向布宜诺斯艾利斯，法比安从巴塔哥尼亚起飞后就遇上了暴风雨，没有一个机场可以降落，在汽油只够用20分钟的时候，他发现自己被暴风刮到了大海的上空，已经来不及返航了。尽管法比安机毁人亡，下一班邮机却仍然按时起飞。小说歌颂了飞行员不怕牺牲、英勇顽强地开辟新航线的精神，出版后获妇女文学奖，于1939年被改编成影片。纪德为这部小说写了序言，并且鼓励他写作充满激情的散文式的作品。

1932年以后，圣埃克苏佩里成为法国航空公司的试飞员，历尽艰险并多次负伤，但是他顽强地活了下来。1935年12月29日，他和一个同伴想创造从巴黎直飞西贡的远程飞行记录，结果第二天就撞上山头，坠落在利比亚的大沙漠里，储备的水也流光了。他们在沙漠里精疲力竭地走了三天，才侥幸被一支阿拉伯人的沙漠商队救了出来。1938年，他从纽约长途飞行到火地岛合恩角，又坠毁在危地马拉城，几乎丧生。他在治疗期间按照纪德的要求，创作了小说《人的大地》（1939）。全书分为八章，以人和大地为主题，漫谈他在从撒哈拉大沙漠到西班牙内战的八年期间，在苏联、德国和南美各地的见闻，其中包括他寻找纪尧姆的经过，以及他对星球、文明、绿洲、沙漠、生命、航线等的种种感想，追述了他和同伴们遇险的经历，阐明了他靠奋斗来获得人生价值的哲理。这部作品其实是随笔而不是小说，它在美国的译本就是名为《风、沙和星星》。它出版后受到萨特的赞赏，获得了法兰西学士院的小说大奖，印刷厂的工人们还在飞机蒙布上印了一本样书送给他。

圣埃克苏佩里读过《共产党宣言》，关注马克思的经济学说。1935年4月，他到莫斯科去为《巴黎晚报》采访苏联的五一劳动节庆典，由于没有通行证而被禁止前往红场，因此对苏联的体制产生了疑问。从5月13日到22日，《巴黎晚报》连续发表了他的六篇文章，除了第一篇是写五一节之外，其余都是写他在苏联的见闻和感受，例如苏联最大的货机"马克西姆•高尔基号"的失事导致机毁人亡等。西班牙内战期间，他先后被派到巴塞罗那和马德里亲自到前线去进行了实地报道。

大战爆发后，圣埃克苏佩里以预备役上尉军衔应征入伍，他虽然已经40岁，而且多次受伤，但他坚持要服现役，被编入空军的侦察机组，他多次飞往被德军占领的城市上空执行侦察任务，并因此被授予棕榈十字勋章。开战不久法军全线崩溃，空军也损失惨重，最后撤到了阿尔及利亚。他应一位美国出版商的邀请，于1940年到达纽约，开始了流亡生涯。1942年1月，他在法国和美国同时出版了中篇小说《战地飞行员》，叙述了他在1940年德军进攻时所作的一次侦察飞行，表示反对纳粹主义，对法国人的最后胜利充满了信心。1943年3月，他辗转到了北非，参加了盟军的空军。1944年3月，他来到意大利，回到了原来的空军大队。7月31日，他在执行任务之前得知了盟军即将登陆的消息，这意味着他不久就将退出飞行生涯。然而当天他就在地中海上空不幸失踪，大海成了他最后的归宿。法国解放后，他受到国防部的嘉奖，在巴黎荣军院旁的公园里建有他的纪念碑，他当年的飞机残骸现在也已经被打捞上来。

圣埃克苏佩里在撒哈拉大沙漠负伤被救，在这一经历的启发下写出了《小王子》这篇优美的哲理童话。写由于飞机故障迫降在撒哈拉沙漠，遇见一个来自别的星球的小王子。小王子讲述了自己的生平和经历，对旅途中碰到的有形形色色怪癖的人表示不可理解，最后为了对他的一朵玫瑰花尽责而重返他小小的星球。这部别出心裁的作品除了赞美了儿童天真纯洁的心灵之外，也嘲笑了成人的肤浅与虚荣，指出物质的丰富无法弥补精神的匮乏，人们需要友谊和互相依存，为此应该保持善良纯朴的本性，珍惜地球这个唯一居住着人类的星球，所以实际上是一篇教育大人的童话。"《小王子》集合了圣埃克苏佩里所有的忧虑和肺腑之言，他通过一个小小的人物委婉地说出了藏在他内心最深处的话。”[1]这部作品在大战之中出版，反映了圣埃克苏佩里希望人类和睦相处的心愿，体现了法国传统的人道主义精神，因此备受人们的欢迎，至今已经发行了五亿册之多。

圣埃克苏佩里的遗作有《要塞》（1948）、《笔记本》（1953）、《青年致虚构的女友的信》（1953）、《致母亲的信》（1955）和《生活的一种意义》（1956）等。其中《要塞》是他从1936年以来的思想札记，通过沙漠中的一个酋长教育王子的形式，表达了他对人生和社会的种种看法，是一部夹叙夹议的哲理小说。他自己说过：“这部书将在我的身后出版，我的其他著作与它相比只是习作而已。”[2]但是他在生前只完成了部分章节，留下了大量的草稿，他自己也认为这是一部写不完的作品。

圣埃克苏佩里既是一位伟大的战士，也是一位出色的作家。在法国小说史上，他第一次为读者描绘了亲历其境的天空，而且以自己的作品形成了一种简朴的沙漠文化。他笔下的主人公是一批新颖的人物，他们对现实世界感到失望，宁愿从飞机上来观察世界的雄伟和壮丽，从而摆脱日常生活的平庸。他们驾驶飞机履行着自己的职责，同时又在飞机上实现着自己的梦想，这两个方面的融合就构成了他作品的风格：没有冗长的描绘，没有感伤的抒情，只有简明的叙述和思索，具有类似于哲理小说的特色，是以反映现实为主、兼有哲理思考和丰富想象的报告文学。

圣埃克苏佩里生活在一个动荡不宁的时代里，在人们普遍感到厌倦和不安的处境中，他的作品具有鼓励人们积极向上的作用，因此他尽管没有参加任何进步组织，但是他的作品仍然可以列入左翼文学的范畴。

三　马丁•杜加尔

罗杰•马丁•杜加尔（1881.3.23—1958.8.22）的父亲是巴黎塞纳区法院的诉讼代理人，在乡村置有产业，他童年时常在巴黎和外省之间来往，上学后也能在假期里到乡村去，所以他熟悉农民的生活，先后发表过令人捧腹的农民笑剧

1　娜塔丽·德·瓦里埃尔：《圣埃克苏佩里》，周冉译，上海译文出版社，2006年，第89页。
2　圣埃克苏佩里：《要塞》，马振骋译，海南出版社，2003年，《译者序》，第34页。

《勒鲁老爹的遗嘱》（1913）和《大肚子》（1928），以极其通俗的语言描绘法国农村风俗人情的《古老的法兰西》（1933）。

马丁•杜加尔17岁进入巴黎大学文学系，两年后转入巴黎文献学院，养成了积累资料然后写作的习惯。他数十年如一日地记日记，通常都以日记的形式、即按时间顺序进行创作。在德雷福斯事件期间，他密切关注事态的发展，后来写出了对话体小说《让•巴鲁瓦》（1913）。主人公巴鲁瓦坚决站在左拉一边，创办了杂志来为德雷福斯辩护。小说采用了戏剧手法，类似于电影的分镜头剧本，以新颖的形式反映了大战前夕的社会气氛，被纪德推荐在《新法兰西评论》上发表。第一次世界大战爆发的第二天，马丁•杜加尔就应征入伍，在第一骑兵军团当下士军需兵，直到战争结束。

从1920年到1940年，他花费了20年的时间写作和出版了长篇巨著《蒂博一家》，包括七卷正文和《尾声》。 小说的前六卷基本上属于家史的范围，主要写蒂博一家的命运：蒂博先生是个专横的天主教徒，他的大儿子安托万是住院实习医生，因不满父亲的家长作风，决心脱离家庭而献身于医学事业，后来成了名医，常常免费为穷人治病。小儿子雅克不听管教，曾被父亲送进自己办的教养院里，后来成了一个职业的革命者。第七卷《1914年夏天》是全书篇幅最长、也是最主要的部分，由家史扩展成为视野广阔的政治小说，描写的范围从家庭扩大到了整个社会。大战爆发前夜，巴黎气氛紧张，社会党领袖饶勒斯被暗杀，政府和报刊乘机煽动狂热的民族主义情绪。雅克决定单枪匹马地制止战争，独自驾驶飞机到前线去散发传单，结果因飞机坠毁而遍体烧伤，还被法军当成德国间谍打死了。安托万在前线中了毒气，以自杀结束了痛苦。

马丁•杜加尔继承了批判现实主义的传统，它以左拉的《卢贡—马卡尔家族》的风格，描写了两个资产阶级家庭的变迁和没落过程，塑造了以蒂博一家为中心的性格坚强的人物群像。他们以各种形式极力维护资产阶级的价值观念，但是由于资本主义制度的没落，他们都未能逃脱悲剧的命运。《蒂博一家》反映了第一次世界大战爆发前后动荡不安的社会生活，讴歌了青年一代的反抗精神。它表现的不仅是个人的命运，而且更是环境即社会对人的影响，因此具有深刻的社会意义和政治意义，以及不同于当时其他文学作品的独特价值。

蒂博先生是个顽固的保守派。他生活严肃，性格刚毅，不是一个花天酒地的荒淫无耻之徒。然而正因为有着崇高的社会地位，受到人们的尊敬，他才盲目地坚信压制个性的教育方式完全正确，才会像个暴君那样为所欲为。他在临终时面对死亡的恐惧，终于发现自己的信仰是多么虚伪，于是作了真诚的忏悔。这种人性的突然流露，充分表明他的悲剧命运是社会造成的。雅克与父亲及其维护的资产阶级价值观有着极为尖锐的冲突，然而他本身只是一个无政府主义的个人反抗者，企图单枪匹马地制止已经爆发的世界大战，结果付出了无谓的牺牲，被当成间谍死在同胞的枪下。没有什么比这种结局更为严酷的悲剧了。作者的讽刺绝非指向他钟爱的雅克，而是指向这个世界：雅克的浪漫主义倾向与现实世界是水火不相容的。

马丁•杜加尔缺乏对革命活动的直接体验，只是像左拉那样根据资料来描写雅克的活动。他真正熟悉的人物是雅克的哥哥安托万，这个心地善良、工作勤奋的医生从来不问政治，只热衷于自己的职业，但是在历经沧桑之后，也终于认识到了人类的苦难和自己的局限性。这个转变过程无疑比雅克的突变要缓慢得多，然而却更符合逻辑，也包含着更为丰富的人生哲理。马丁•杜加尔在安托万身上注入了自己的思想感情，实际上是把他作为自己的代言人，所以安托万是《蒂博一家》中最为生动的人物，也是真正的主人公。

马丁•杜加尔对大战前夕法国在社会状况的反思，在客观上揭露了大战的罪魁祸首，谴责了第二国际的叛卖政策，因而在第二次世界大战前夜有着特殊的意义。安托万和雅克都变成了和平主义者，而且都死于战争，这就清楚地表明了马丁•杜加尔的反战情绪，从而突出了小说反对战争、呼吁和平的政治意义。马丁•杜加尔因此被列入德军的黑名单，不得不躲避追捕。他后来用了几年时间来写作《穆莫尔中校的回忆》，曾数易其稿，终因年老力衰而未能完成。1958年8月22日，马丁•杜加尔因心肌梗塞去世。法国尼斯大学后来成立了“国际马丁•杜加尔研究中心”。

四　纪德

安德烈•纪德（1869.11.22—1951.2.19）生于一个富裕的资产阶级家庭，父母都是新教徒。他12岁时父亲去世，母亲的严厉管教促使他形成了害怕女人的内向性格。1893年10月，他到北非游历，染上了同性恋的癖好，1895年重游北非，结识了放荡不羁的作家王尔德[1]，从此走上了与新教思想截然相反的道路。在一系列惊世骇俗的作品中，他反对传统道德，呼吁满足人的本能，从而成为以反习俗著称的个人主义作家。其中最著名的是他在北非旅行期间动笔的散文集《人间食粮》（1897），由许多抒情的片段构成，宗旨是要求人们不怕犯罪、尽情享乐，否则时光如水，青春易逝，徒然令人惆怅。这本书显示了与世俗社会的戒律背道而驰的特色，但是由于结构奇特、形式新颖而没有得到读者的理解。他随后发表了鼓吹同性恋的小说《背德者》（1902），主人公米歇尔生长在一个主张禁欲主义的家庭里，精神长期受到压抑，又被迫娶了他不爱的女人，因此后来他无视道德的束缚与阿拉伯少年寻欢作乐，致使妻子患病去世。这部自传体小说既批判了他不道德的自私行为，也谴责了不道德的、即没有爱情的婚姻。

纪德在1908年发起创办的《新法兰西评论》杂志，对后来法国的文学生活产生了深远的影响，在评论界占有举足轻重的地位。他接着发表了与《背德者》完全对立的日记体小说《窄门》（1909）和《田园交响乐》（1919）。《窄门》塑造了一个自我牺牲的少女阿莉莎，她虽然和表兄热罗姆相爱，却担心情欲会使他们进不了天堂之门，因而禁欲克己，成了宗教的牺牲品。这部小说实际上是纪德的自传，热罗姆与阿莉莎的爱情反映了他与表姐玛德莱娜有名无实的婚姻。《田园交响乐》描写新教牧师拉布雷维纳收养了一个生来就失明的孤女，他和儿子雅克都爱上了她。孤女经过手术恢复了视力，发现自己爱的是雅克而不是牧师，应该皈依的是天主教而不是新教，于是绝望地投河自尽，从而对牧师的自我欺骗进行了批判。

纪德的代表作是长篇小说《伪币制造者》（1926）。主人公贝尔纳是个中学生，他发现自己是个私生子后离家出走，住在朋友奥里维家中。奥里维的舅父爱德华是个小说家，正在创作一部名为《伪币制造者》的小说，经过一番周折，贝尔纳成了他的秘书。爱德华是个同性恋者，爱着外甥奥里维。罗拉是奥里维的哥哥文桑的情妇，被文桑抛弃后嫁给了杜维埃，夫妻生活毫无乐趣，但是贝尔纳爱上了她的时候，她却回到丈夫身边去了。文桑把见异思迁的莉莉安推入水中淹死，沦为杀人犯；贝尔纳在人生道路上不知何去何从，最后回家去了。

1 奥斯卡·王尔德（1854.10.16—1900.11.30），爱尔兰戏剧家，英国唯美主义运动的倡导者，著名的同性恋者，著有小说《道林·格雷的画像》诗剧《莎乐美》等。

《伪币制造者》里的爱德华就是纪德的化身。除了他在与外甥奥里维的恋情中得到满足之外，其他人物的结局都是悲剧性的，小说既是纪德为同性恋所作的又一次辩护，同时也表现了一代青年的不安和苦闷。“伪币制造者”这个标题的含义，就是一枚伪币只要不被人发现是假的，它的价值就和真的一样。小说里的种种矫揉造作和哗众取宠的行为，其实都是在制造伪币，而这样做的人实际上都是伪币犯，这无疑是对一切传统观念的挑战，有着丰富的社会内容和深刻的现实意义。《伪币制造者》中采用的“小说套小说”的笔法，既有别于巴尔扎克式的传统小说，又不同于现代主义的小说，集中体现了纪德兼有现实主义与现代主义的创作特色。

纪德在20年代的法国文坛上具有举足轻重的地位，他的政治态度开始左倾，在文学界引起了极大的震动。他从20年代后期开始介入政治活动，到非洲旅游考察，在《刚果纪行》（1927）和《从乍得归来》（1928）里记述了他的观感。他揭露了白人公司对黑人的残酷剥削，以及黑人社会里愚昧落后的习俗和贫困悲惨的生活，引起了欧洲公众对殖民主义罪行的关注。例如对刚果城市拉米堡的描写：“听说由于回归热和人口外流，这座阴郁的城市居民人口锐减，十分萧条。当地人没有自由，不准聚会跳舞，甚至不准在自己的村中走动，天一黑便百无聊赖。于是，逃奔他乡去了。”[1]

1929年夏天，纪德结识了26岁的法共党员埃尔巴尔，在他的影响下开始阅读马克思和列宁的著作，发表反对资本主义的演说和文章，表示赞成共产主义，他的左倾立场受到了法共的热烈欢迎。然而他承认自己不懂马克思主义，他是被福音书引向共产主义的。为了保持自己的自由，他并未参加法共，但是积极参与进步的政治活动，曾经担任国际反纳粹大会主席，还到柏林去要求释放被囚禁的共产党领袖。纪德没有去过苏联，对苏联的印象只是来自它取得的成就和左翼集团的赞扬，而右翼势力对苏联的大肆攻击，也反而使他对那个远方的神秘大国产生了同情和好感。对资本主义社会现实的厌恶，使他把苏联看成是自由的天堂，甚至相信个人主义与共产主义并不对立，因此他极为关注苏联革命后的现实。在埃尔巴尔的安排下，他从1936年6月17日到8月22日访问了苏联。

纪德受到了极其隆重的接待，以致觉得自己像一位文化大使。他和斯大林

1　纪德：《纪德散文精选》，李玉民等译，人民日报出版社，1999年，第367—368页。

等领导人一起，出席在红场上举行的高尔基的葬礼并发表演说，会见了《钢铁是怎样炼成的》的作者奥斯特洛夫斯基，但与此同时他也受到严密的监视。他过去对苏联的印象大多出于想象，在亲眼目睹苏联的现实之后感到无比失望。他透过官方宣传的表象，敏锐地发现了苏联社会的种种缺陷，而且不愿像罗曼•罗兰那样保持50年的沉默。以阿拉贡为代表的法国共产党人，极力劝说他放弃这种尴尬的见证，但是他我行我素，在当年11月5日就发表了《访苏联归来》，揭露了他在苏联看到的现实，其中涉及许多非常尖锐的问题，例如工人普遍缺乏劳动热情：

> 我再来谈谈莫斯科人。最使人震惊的，是他们异乎寻常的懒散。……“斯达哈诺夫运动”是想出来对付懒散的（从前用的是鞭子）。要是一个国家里的所有工人都干活，斯达哈诺夫运动就无用武之地了。但是在那里一旦对工人们听之任之，他们大多数人就都懈怠了。[1]

又如对斯大林的个人崇拜：

> 到处都悬挂着斯大林的头像……哪怕最简陋、最破旧的屋子里，墙上都没有不挂斯大林像的，也许就在那里以前挂着圣像。是热爱还是恐惧，我不清楚。他无时不在，无处不在。……我很伤心地想到这种做法将会在斯大林和人民之间划下一道可怕的、不可逾越的鸿沟。[2]

纪德甚至敢冒天下之大不韪，说出如此大胆的话来：“今天，在苏联，人们所说的‘反革命’恰恰正是革命的精神……哪怕一丁点反对意见，一丁点批评都会招致最严重的惩罚，人们立刻就噤若寒蝉了。我想今天在其他任何国家，哪怕在希特勒的德国，人们的思想也不会比这里更不自由、更遭受扭曲、更胆战心惊、更唯唯诺诺。”[3]他对苏联的批判之所以深刻，是因为他的文章不是漫骂和攻击，而是冷静地说理，其中包含着大量他亲自观察到的细节，例如商品匮乏的店铺门口排着长队等。

1 纪德：《访苏联归来》，朱静译，由权校，载《纪德文集》（游记卷），花城出版社，2001年，第19页。

2 同上书，第34、35页。

3 同上书，第32页。

纪德态度的转变自然受到了苏联和法共的抨击，但是他在当年12月份还签署了《共和主义知识分子宣言》，反对法国政府对西班牙局势采取不干涉的政策。后来他逐渐脱离政治，二战期间旅居北非，战争结束后回到法国。他不像阿拉贡和马尔罗那样善于用作品来反映社会现实，所以从介入政治以来就不再创作。但尽管如此，因为他的“内容广博和艺术意味深长的作品——这些作品以对真理的大无畏的热爱和敏锐的心理洞察力表现了人类的问题和处境”，他还是在1947年获得诺贝尔文学奖。

2001年是纪德逝世50周年，人民文学出版社和花城出版社在2002年1月同时推出了《纪德文集》。人民文学出版社的文集以小说为主，花城出版社的文集偏重于散文，包括《散文卷》、《传记卷》、《日记卷》、《游记卷》和《文论卷》等五卷，这标志着纪德在我国读者的心目中已经具有经典作家的地位。

五　盖埃诺

让•盖埃诺（1890—1978）生于富热尔一个贫穷的鞋匠家庭，14岁就辍学到一个制鞋厂里做工，靠自学通过了中学毕业会考，1911年考入巴黎高等师范学校。他在大战后通过教师学衔的考试，当上了大学教师，先后在外省和巴黎任教，同时从事创作和新闻工作。从1929到1936年，他担任《欧洲》杂志主编，全力支持人民阵线。他的回忆录《一个40岁的男人的日记》（1934）后来被译成了多种语言。在抵抗运动期间，盖埃诺采取了坚决抵抗侵略者的立场。他在1942年参与创建了全国作家委员会，以塞韦纳为笔名发表了《在狱中》（1944）以及《黑暗年代日记》（1947），记叙了他在战争时期的经历，此外他还著有《抵抗运动中和新法兰西时代的大学》（1945）。法国解放后他继续在大学里任教，同时担任国民教育部民众教育处主任，获得了国民教育部名誉总督学的称号。这一时期发表的作品有《游记，美洲之行，非洲之行》（1952）和《法国与黑人》（1954）等。

盖埃诺的著作主要是文学批评，早在1927年，他就发表了研究米什莱[1]的论著《永恒的福音书》，对米什莱予以高度的评价。接着他又发表了《凯列

1　于勒·米什莱（1798—1874），法国历史学家，自由主义者，法兰西学院教授，著有《法国史》和《法国大革命史》等，因反对政府被先后中止和撤消教授职位。

班[1]在说话》（1928），抨击文化方面的不平等现象，揭露了许多思想大师在文化方面的傲慢和偏见，谴责了超现实主义的把戏和纪德学派的唯美主义。也就是代表那些被剥夺并且渴望文化的人在说话。在《转向人类》（1931）中，他认为苏格拉底[2]的思想和列宁的思想具有同样的价值。法国解放以后，他连续发表了《读让-雅克<忏悔录>札记》（1948）、《让-雅克，小说和真实性》（1950）和《让-雅克，一位天才的伟大和渺小》（1952）等三部著作，对卢梭的思想和作品进行了深刻的评析。他在对罗曼•罗兰等作家的评论中也都表明了进步的政治态度，因而称得上是左翼文学批评的先驱之一。

作为工人的儿子，盖埃诺从未忘记他出身的阶级，在许多作品中都有深情的回忆，1962年，他出版了自己最动人的回忆录《改变生活》，并于同年当选为法兰西学士院院士。在1968年的“五月风暴”中，法国的大学生曾把“改变生活”作为行动的口号。在《我的信念》（1964）中，他重申自己不信宗教。盖埃诺在晚年发表了《一位老作家的笔记》（1971），把他写于1929年至1935年发表的文章结集出版，名为《过去和未来》（1979）。

六　韦伊

西蒙娜•韦伊（1909—1943）只活了34岁，作品也不多，但是在提到抵抗运动时却不可或缺，因为她是以自己的瘦弱之驱，在抵抗运动的岗位上拼命工作，积劳成疾而光荣献身的。她甘于与赤贫者融为一体的思想和行动，已经超越了哲学和文学的范畴，在当时的法国产生了很大的影响。

韦伊出生于一个富裕的犹太人家庭，父亲是个基督教徒。她生性聪慧，在亨利四世中学毕业后进入巴黎高等师范学校，1931年获得哲学教师资格，被分配到普伊中学任教。在此期间她开始与工会合作，鼓动工人罢工，决定过每天5个法郎的生活，以便把大部分工资捐献给矿工互助会。但是她觉得这样还不够，为了确切地考察无产阶级的状况，她认为应该与最贫苦的人过同样的生活，于是放弃了舒适的教职到工厂里去当学徒。从1934年到1936年，她先后到

1　莎士比亚剧作《暴风雨》中似人又似妖的幻想人物，他容貌丑陋、性格粗野，被迫服从于精灵爱丽儿，但同时又始终在进行反抗。

2　苏格拉底（公元前469—前399），古希腊哲学家。

阿尔斯通工厂、巴斯—安德尔冶金厂，特别是雷诺汽车公司去从事体力劳动，当一个普通的工人。她根据自己的切身体验写成的《工厂日记》在她去世后出版，标题是《工人的状况》（1951），被加缪誉为“法国解放后最伟大和最精彩的作品”[1]。然而她的作品反映的不是工人的精神状态，而是一个自愿在工人当中进行改造的一个知识分子的心态，这种心态无疑比工人们的感受更加悲观，因为工人从小干他那一行，练就了一身肌肉，也不会从早到晚地思考产品与劳动的关系，所以并非必然会丧失乐观的态度。而对韦伊来说，体力劳动要艰苦得多，她体会不到工人们在贫困的生活中也有快乐，感受到的只是一种不可磨灭的苦涩。

1936年，西班牙内战爆发，她来到巴塞罗那前线，支持共和派的斗争。当战火蔓延到法国的时候，她由于是犹太人而不得不躲到阿尔代什省去当农业工人。1942年她逃出法国到了伦敦，参加了戴高乐领导的“自由法国”运动。她夜以继日地拼命工作，加上长期甘于贫困而营养不良，结果被结核病夺去了生命。

韦伊从未停止写作，但是她生前只在《无产阶级革命》和《社会批判》等杂志上发表过一些文章，她的著作都是在身后由她的朋友们出版的。其中除了《工人的状况》之外，主要有去世那年写的《关于自由与社会压迫的原因的思考》（1955），加缪认为它是自马克思以来最为深刻和最有预见性的著作。另外还有《笔记》（1951—1956）、《诗集》（1968）和未完成的悲剧《被拯救的威尼斯》（1965）等。

韦伊的作品和思想都深深地打上了时代的烙印。与马尔罗和萨特一样，她以自己的方式回答了知识分子在社会中应处于什么地位的问题。也就是说，她认为思想家或者作家不应该保持中立，或者呆在自己的象牙塔里，而是必须采取行动。作家应该赋予自己的作品以某种意义，所以她要过真正的生活，也就是一个工人的生活，即使身体备受痛苦也在所不惜。因为只有切身体验到工人的痛苦，才能对劳动的方式，特别是泰罗制[2]进行有效的批判。

1 雅克·贝尔萨尼等：《法国文学史》（1945—1968），博尔达斯出版社，1985年，第109页。

2 英国工程师泰罗首创的一种生产组织和工资制度，旨在迫使工人付出最大强度的劳动，被列宁称为“榨取血汗的‘科学’制度”。

韦伊十分喜爱古希腊悲剧里的女主角安提戈涅[1]，也像她那样自愿作出牺牲，以至于在英国的时候，她竟然拒绝接受比一个在纳粹集中营里的犹太人更多的口粮。这种自我牺牲精神来自她对皈依的基督教的信仰，表明了她未能从历史和经济的角度来解释工人的贫困。仅靠宗教信仰当然是解决不了社会问题的，因此她的精神无论多么高尚，也无法适应时代的需要，在时过境迁之后会被人们逐渐遗忘。

第三节
民众主义文学

自从左拉在1902年去世以后，现实主义小说流派销声匿迹，属于现代派文学的意识流小说和超现实主义小说在20年代则风行一时。从小说流派的角度来看，这种趋势必然会受到小说传统的反对和抵制，从而刺激现实主义小说流派的形成。当时法共刚刚成立，无暇顾及文化问题，它不支持无产阶级文化派思潮，对创作无产阶级文学也不感兴趣，因而当时的现实主义流派只能产生于法共之外，这就是民众主义文学和无产阶级文学产生的背景。

与超现实主义不同，民众主义文学不是一个文学运动，也不存在一个民众主义小组，而只是泰里夫和勒莫尼埃倡导的一个文学流派。这个流派可以追溯到左拉的自然主义，实际的发起人是杜阿梅尔和于勒•罗曼。他们虽然是著名的资产阶级作家，但是在没有平民作家的情况下，他们为表现民众作出了不少努力：例如左拉努力表现工人的劳动和生活，于勒•罗曼提倡的一体主义，则试图把所有的人和物都看成一个整体，具有精神上一致性。还有像韦伊那样自愿成为工人的作家。

弗朗西斯•卡尔科（1886—1958）被认为是民众主义文学的先驱。他的父亲是调到新喀里多尼亚工作的高级职员，所以他直到1910年才来到巴黎。卡尔科从小喜欢戏剧，在咖啡馆里唱歌跳舞、背诵诗篇，与外省的艺人们交往密切，来到巴黎后立即成为蒙马特尔江湖艺人中的一员，1914年因出版描写妓女和同性恋者的小说《鹌鹑耶稣》而闻名。大战爆发后他应征入伍，但继续进行

1　古希腊悲剧家索福克勒斯同名悲剧的女主人公。她是希腊神话中底比斯王俄狄浦斯的女儿，违抗新王克瑞翁的禁令埋葬阵亡的哥哥波吕涅克斯，在被拘禁后自缢身亡。

创作，回到巴黎后撰写艺术评论，抨击立体主义和未来主义，认为它们缺乏感情。在两次大战之间，他用方言和黑话创作了《被追捕的人》（1922）、《阴影》（1933）、《迷雾》（1935）等12部小说，描写巴黎郊区的盗贼，流露出对流氓无赖的怜悯和同情。尽管莱蒙认为“弗朗西斯•卡尔科自发表《鹌鹑耶稣》起便成了描写妓院生活的专家”[1]，但这些不乏浪漫情调的现实主义小说很受民众的欢迎，他写的《魏尔兰》（1939）等关于诗人和画家的传记也非常出色。

安德烈•泰里夫（1891.6.18—1967）原名罗杰•皮托斯特，获得教师资格后任教数年，后来以安德烈•泰里夫为笔名从事文学批评和小说创作。他早期的小说《流亡国外的人》（1921）和《滔天大罪》（1924）等维护基督教的伦理。早在1927年，他就发表了名为《为自然主义辩护》的宣言，从1928年开始，他开始以现实主义的风格创作《没有灵魂》（1928）等同情小人物的作品，《炽热的煤炭》（1929）是他的民众主义系列小说的第一部，《黑色和金色》（1930）则是一部出色的反战小说。此外还有《安娜》（1932）、《白天之子》（1936）等。从1929年至1942年，他主持《时代报》的文学评论专栏。大战以后，他的小说《像一个贼》（1947）、《忠诚的人》（1963）和《假男爵》（1965）等逐渐失去了民众主义的特色，恢复了早期的风格。

莱昂•勒莫尼埃（1890—1953）是文学批评家和小说家，他最出色的文学批评著作是《爱伦•坡与法国诗人》（1932）。1929年8月27日，他发表了《民众主义宣言》，发起成立民众主义文学团体，宣称“我们的高雅人物和时髦文学已经足够了；我们要描绘平民。但在我们打算做的一切之前，首先要专注地研究现实”[2]。1930年他又发表了《民众主义小说宣言》，主张脱离一切社会的和政治的观点，不以教育平民大众为己任，也不介入现实斗争，而是只以平民百姓作为小说人物，同时与自然主义保持一定的距离，以现实主义手法描绘他们的日常生活，以此来反对一切“坏的文学”。但是他并未列举哪些作品属于坏的文学，因此民众主义文学的范围就比较模糊。实际上它描写的主要是小商贩之类的小人物而不是工人。也正因为如此，马克思主义批评家和普拉伊的

1 米歇尔·莱蒙：《法国现代小说史》，上海外语教育出版社，1998年，第208页。

2 让-皮埃尔·贝纳尔：《法国共产党和文学问题，1921—1939》，格勒诺布尔大学出版社，1972年，第19页。

无产阶级小组都对它予以抨击，认为它描写的只是小资产者而不是无产阶级。

勒莫尼埃接着成立了民众主义美术家和作家协会，1931年设立了民众主义小说奖。他主要的小说有《命运相关》、《他人的往昔》、《心灵纯朴的女主人》（1924）和《无罪的女人》（1927）等，这些作品继承了自然主义的传统，体现了他倡导的民众主义小说理论，不过都算不上杰作。他力图扩大民众主义文学的范围，因此他的定义不像后来的无产阶级文学那样严格："民众主义文学并非必然产生于民众。它也并非必然描写民众。当然这两个条件最好能够得到满足。不过只要严格地以民众作为主题也就足够了。"[1]民众主义作家的范围也要宽泛得多，大致可以分为两类。一类是典型的民众主义作家，他们是正在写作的工人和农民，而且并未因写作而放弃原有的工作，因此可以按职业来分类，例如矿工作家、农民作家等。另一类是自学成才者，即从无产者程度不同地变成了职业作家，例如卢梭、普拉伊等。

民众主义文学与普拉伊倡导的无产阶级文学有着极为复杂的关系，但是文学史上往往以为它们都是描写民众，也就并不加以严格的区别。例如在由安德烈•布兰和让•鲁斯洛编撰的《当代法国文学词典》里，"民众主义"条目中说明普拉伊是发起人之一，"普拉伊"条目也说明了他参加过民众主义这个派别。实际上普拉伊是民众主义的最激烈的反对者，他不但拒绝接受民众主义小说奖，而且正是为了反对民众主义才创立了法国无产阶级文学小组。1935年5月14日，勒莫尼埃要求与无产阶级作家小组和革命作家艺术家联合会联合组成"共同文学阵线"，普拉伊立即表示断然拒绝。

公认的民众主义小说家并非民众主义团体或无产阶级作家小组的成员，而是获得民众主义小说奖的达比和吉尤。

一　达比

欧仁•达比（1898.9.21—1936.8.21）生于巴黎，父亲是送货的马车夫，母亲是门房。他14岁就辍学去给铁匠当学徒，后来当过电工、机械制图员。大战爆发后，他的父亲被征入伍，他也在1916年被提前征召，参加了炮兵部队。1920年复员后回到巴黎，先是在地铁里开电梯，后来他的父母开了一家"北

1　让-皮埃尔·贝纳尔：《法国共产党和文学问题，1921—1939》，格勒诺布尔大学出版社，1972年，第20页。

方”旅馆，在经济上资助他，使他得以从事绘画和写生。

绘画无法使达比摆脱战争留给他的阴影，所以在纪德和马丁•杜加尔的支持下，他放弃了绘画专门从事写作，战争和“北方”旅馆自然成了他最常用的主题。自传体小说《小路易》（1926）是对战争的回忆，《北方旅馆》（1929）则是他的代表作。小说描写工人勒库弗雷尔在获得遗产后开了一家小旅馆，旅馆里的客人形形色色，他们从外省和国外来到巴黎谋生，匆匆忙忙地来来往往，整天忙于工作、娱乐和相爱，过着单调和没有希望的生活，他们的欢乐和痛苦给他留下了深刻的印象。达比结合自己以往从事各种职业时的感受，生动地塑造了伙计和女仆等各种人物形象，真实地描绘了工人区的贫困生活。他致力描绘的不是他们的卑劣和堕落，而是小人物之间的兄弟情谊。《北方旅馆》出版后获得了首次颁发的民众主义小说奖，在1938年被搬上了银幕。达比后来发表了一系列色彩相同的小说，例如《巴黎郊区》（1933）、《一个刚死的人》（1934）、《绿色地带》（1935）等。

达比是真正的无产阶级作家，始终过着俭朴的生活，他的周围都是工人、到城里打工的农民等贫困的劳动者。他感受到他们的忧虑和痛苦，把他们作为人物写进了自己的小说。法共的知识分子对他很有好感，但是他讨厌政客，对政治不感兴趣，因此没有加入法共。不过他在政治上还是采取了介入的态度，即尽量描绘和反映下层民众的生活。每年从5月到11月，他都在一个名为米诺尔克的岛屿上，在渔民的窝棚里生活和写作。他的小说《岛屿》（1934）生动地描绘了这个岛上渔民们的艰苦生活。他的短篇小说集《生活方式》（1936）同样富有现实主义的色彩，例如《老妪》写卖报女人的苦难、《会议长凳》写老人萨巴斯冒着恶劣的天气出海捕鱼的故事。

1936年，达比陪同纪德和吉尤一起访问，在8月份因感染猩红热在苏联去世，法共和“革命作家和艺术家联合会”于9月份在拉歇兹神甫公墓为他举行了隆重的葬礼。他的遗著有《西班牙绘画大师》（1937）等。《内心日记》（1939）记录了他在西班牙、布拉格、布达佩斯、维也纳和苏黎世等地的旅行，他在动身去苏联之前所写的一段话，似乎带有不祥的预感：“我不知道是否有希望再活上20年。我希望能活下去……因为我喜欢阳光、树木、海洋，那么多永远也看不够的美妙景象……所以我多么想活下去”[1]。

---

1 米歇尔 · 拉贡：《无产阶级文学史》，阿尔班•米歇尔出版社，1974年，第212页。

纪德在他的《访苏联归来》的卷首有一段献词："纪念欧仁•达比，我把这些反映我在他身边、和他共有的体验和思考的篇章题献给他。"纪德的献词受到了法共的批判，但是在后来出版的达比的日记中，人们看到达比在访苏期间所写的主要是他自己和他的作品，以及他对死亡的焦虑和对风景的描绘，对苏联的社会现实却不置一词，似乎证明了他对苏联并不关心。

三　吉尤

路易•吉尤（1899.1.15—1980）生于布列塔尼地区圣布里厄的一个鞋匠家庭，从小生活困苦，靠助学金读完中学，在罗曼•罗兰和瓦莱斯的作品的影响下，他从15岁就开始写作。他先后当过会计、旅行推销员，后来到巴黎一所中学里担任学监。与此同时，他在报刊上发表作品，从1924年起专门从事创作，他的小说都是以他的家乡为背景，与自己的回忆交织在一起的。

吉尤的《平民之家》（1927）是一部自传体的小说。他的父亲是个为社会主义事业奋斗的战士，创立了圣布里厄的社会党支部"平民之家"。小说以充满温情的文笔描绘了父亲的形象，平民们在日常的贫困中的挣扎，以及建设"平民之家"的过程，明显地流露出支持被压迫阶级的社会主义色彩。加缪说过："我每读这本书心情都沉痛，因为它引起我许多回忆。它不断地向我讲述着我所了解的那些事实。这个事实便是，人始终像摆脱不了死亡那样，被贫困所折磨……我常常读这本书，以至使我觉得类似的话始终在我耳边回响。"[1]

《伙伴们》（1931）描绘了一个极为贫困的家庭，有三个开采石膏的工人，其中一个人患病死去了，小说以简练的文笔写了他的死亡和另外两个工人的反应，从头至尾都没有呼天抢地的痛哭或怨天尤人的不平，但正因为如此，其中包含的痛苦却使人如临其境，感受至深。

《安瑞丽娜》（1934）描写的是吉尤的爷爷奶奶生活的阶层，以同情的笔调描绘了织布工、洗衣工、女仆等劳动者，充满了人道主义的温情。安瑞利娜就出生在这个阶层里，实际上就是吉尤的母亲。她的哥哥由于参加工会斗争而被关进了监狱，全家在城里受到排斥，各奔东西。只有她留在家乡当了学徒，

1　加缪：《为路易·吉尤的小说<平民之家>写的前言》，王殿忠译，载《加缪全集》，第4卷，上海译文出版社，2010年，第398、399页。

嫁给了一个鞋匠。

吉尤的代表作《黑色的血》（1935）描写了大战期间的一个小城，塑造了克里普勒这个愤世嫉俗的教授形象。他名叫梅尔兰，头脑清醒，忠诚勇敢，但是由于言语尖刻和脾气粗暴而受到排斥，学生给他起了“克里普勒”这个绰号。他被人们当成疯子，备受同事和学生的折磨，最后在与人搏斗中死去。小说以出色的心理描写，塑造了一个被折磨的人的绝望和孤独，抨击了人类的愚蠢行为，出版后受到纪德、马尔罗和加缪的高度评价。

吉尤拒绝加入法共或任何政党，但是积极地参加政治活动，曾任第一届世界反法西斯作家代表大会的秘书，以及法国民间西班牙难民救助处的负责人。1936年与纪德和达比一起访问苏联，但是访问的结果却使他和纪德一样感到幻灭，因而辞去了法共《今晚报》的文学编辑职务。

吉尤在大战期间回到家乡，发表的《梦中的面包》（1942）获民众主义小说奖，这是根据他对童年的回忆写成的。内容是一个贫困的家庭，母亲被父亲抛弃，为了养活女儿和她的四个孩子，老祖父重操旧业，当了裁缝，因劳累过度而去世，但孩子们仍然在做着好梦，幻想能当裁缝或艺术家。获得勒诺多奖的小说《七巧板》（1949）既是内心日记，又是故事、小说和报道，通过西班牙共和主义战士帕布罗的回忆，叙述了从1912年到1943年之间形形色色的传闻，再现了吉尤家乡的历史，包括他过去小说中的一些人物，流露出他对人类的同情，似乎是对他以往作品的总结。

篇幅冗长的《败仗》（1960），是由上百个故事组成的，人物都是布列塔尼地区的老教士、农民、失足少女等平民，反映了人民阵线在选举中获胜后的盛况，以及后来被某些政党出卖的现实；《对照》（1967）以侦探小说的形式，写一个人寻求自我和追忆往昔的过程；《完蛋的科科》（1978）是一个老人在老伴离去后的独白。

吉尤的小说反映了当代的历史，而且采用了带有时代特色的语言，具有口语的风格和寓意。他的现实主义不仅是一种风格，而且是小说的全部内容。在《平民之家》再版的时候，加缪在为它写的前言中指出，专家、学者对笔下的无产者不是奉承就是蔑视，令人反胃，而吉尤则像瓦莱斯和达比一样，从来不把别人的痛苦作为进身的阶梯或者消遣的主题。他还精辟地指出了吉尤作品的特色：“吉尤并没有把任何事情理想化，他始终坚持用恰如其分的笔触描写事情，从不故意制造残酷或刻意寻求苦涩，他善于赋予他的作品一种腼腆的风格。那种平淡而清纯的语调，那种低沉的声音，那种似回忆般低沉的声音，这一切都表明了叙述者那种风格的品味，这也是人的品味。”[1]

第四节
普拉伊和无产阶级文学

与民众主义文学一样，法国的无产阶级文学也是起源于自然主义文学思潮，它在20至30年代迅速发展，在当时产生了很大的影响。无产阶级文学的奠基人是普拉伊，他企图独立于马克思主义和法共，以纯粹的无产阶级文学作品来反映战争造成的社会动荡，但实际上只是满足于描绘一些习俗，其艺术魅力与左拉的小说相去甚远。

亨利•普拉伊（1896.12.5—1980）生于巴黎，父亲是木匠，母亲是修藤椅的女工，他很小就从事体力劳动，给药剂师刷瓶子、在车站里当搬运工、卖过报纸，所以熟悉工人的生活和斗争。他在劳动的同时阅读自由主义者借给他的《社会艺术》和《社会生活》等杂志，很早就受到工团主义的影响。他怀着一个反战主义者的心态，很不情愿地参加了第一次世界大战，复员后在弹簧厂和化学工厂里做工，和许多人一样感到幻灭。1923年，他靠着自学的广博知识进入格拉塞出版社。1925年，他成为工会报纸《人民》的文学主编和《巴黎晚报》的定期撰稿人，把在《人道报》上发表的故事结集为《新的灵魂》出版，同时出版了小说《他们是四个人》，开始走上了文学创作的道路。普拉伊在格拉塞出版社工作了33年之久，出版了许多工人作家的作品，介绍过高尔基和哈代等外国作家的作品，在两次世界大战之间有着广泛的影响。

马塞尔•马蒂内（1887—1944）是无产阶级文学的先驱。他出生于一个泥瓦匠的家庭，当过小学教师，后来成为蒲鲁东式的社会主义者。作为巴黎市政厅的雇员，他的办公室成了各种革命者聚会的地方。第一次世界大战结束后，他担任《人道报》的文学主编，到1924年才因健康原因辞职。他赞赏普拉伊为孩子们写的故事，把它们刊登在《人道报》上，同时引导普拉伊走上了无产阶

1　加缪：《为路易·吉尤的小说<平民之家>写的前言》，王殿忠译，载《加缪全集》，第4卷，上海译文出版社，2010年，第397页。

级文学的道路。他还写了《关于教育的思考》（1923）等评论，供教育工人孩子的小学教师们参考。这些评论在1935年结集为《无产阶级文化》出版，他也因此被普拉伊尊为无产阶级文学的精神之父。

普拉伊读了马蒂内的《无产阶级艺术》等文章后，开始对无产阶级文学问题产生兴趣，并在他的鼓励下到巴黎和外省寻找工人作家，同时帮助一些出身平民的年轻作家，成立了一个"无产阶级作家小组"。缝纫工加斯东•德普莱斯勒发表的《工人作家作品选》（1925），由巴比塞作序，介绍了各地区的工人作家，到1928年，无产阶级文学的概念已经广为流传，但是还没有一个明确的定义。普拉伊因此在1930年连续发表了长篇评论《文学的新时代》，说明了他关于无产阶级文学的观念。他宣布要继承卢梭的遗产，批判资产阶级的美学和民众主义的做作，迎接无产阶级文学的新时代。

作为无产阶级文学的发起人和无产阶级作家小组的领导者，普拉伊对描写小人物而不是工人阶级的民众主义嗤之以鼻，他认为无产阶级文学来自法国的文学传统，否认自己受到了苏联的影响。他在评论中提出了无产阶级作家的标准：首先是要出身于无产阶级；教育方面必须是自学成才（或者靠助学金读书）；职业必须是从事体力劳动的工人、雇员或小学教师；当然他们的作品也必须反映无产阶级的生活。归根结底，他认为只有出身于无产阶级的作家描写无产阶级生活的作品，才算得上是无产阶级的文学，这个标准显然是过于严格了。盖埃诺出身贫苦，自学成才，是著名的左翼作家，《欧洲》杂志的主编，只因为当上了大学教师就未被列入无产阶级作家小组的名单，可见普拉伊提出的标准是难以企及的。普拉伊因此受到坚持马克思主义的无产阶级文学的人的抨击，也逐渐被达比、吉奥诺等朋友所抛弃，一度支持他的作家大多加入了法共领导的"革命作家和艺术家联合会"。

1931年1月，普拉伊创办了月刊《新时代》，同时为了有别于民众主义者和马克思主义者，他还在1932年6月3日发表了《无产阶级派宣言》，签名者并非都是纯粹的工人，其中有记者、律师、教授和海军军官，实际上就连普拉伊本人也已经不是严格意义上的工人作家了。所以他尽管始终坚持宣扬他的无产阶级文学观，不知疲倦地创办了《无产阶级》（1933）、《逆流》（1935）、《现在》（1945—1948）和《民间传统杂志》（1949—1950）等杂志，在30年代也产生过很大的影响，但是他的评论在今天已鲜为人知，因为后来几乎无人再研究普拉伊及其无产阶级文学。除了拉贡的《无产阶级文学史》中有所提及以外，只有在1929年就加入无产阶级作家小组的保尔•洛夫雷，他用日记的形式逐日记录了小组在30年代的活动，1967年出版时取名为《法国无产阶级文学编年史》，后来在1975年再版。

普拉伊在进行文学活动的同时，还发表了一些描写工人和士兵的小说，他的创作手法深受瑞士法语小说家拉缪的影响。夏尔-费迪南•拉缪（1878.9.24—1947.5.23）是乡土文学的代表作家，擅长描写农民的生活。他的小说约有20部，其中《阿琳娜》（1905）描写了被人欺骗的穷苦少女；《不得安宁的让-吕克》（1907）讲的是一个与厄运搏斗却穷困潦倒的庄稼汉；《人间的爱情》（1925）则反映了农村青年的爱情悲剧。当时拉缪并不知名，普拉伊却慧眼识人，不但把自己描写战争的小说《他们是四个人》（1925）题献给他，在1926年还发表了名为《赞成还是反对拉缪》的评论。

《每天的面包》（1931）以普拉伊及其父母为原型，讲述了20世纪初巴黎郊区的一个工人家庭的日常生活，主人公鲁鲁•马涅虽然是一个小男孩，但已经看得出他将来会成为一个战士。

《世上的受苦人》（1935）的题词是“纪念在战前阶级斗争的英勇时刻里死去的战士”，叙述了木匠亨利•马涅的死亡和他的被结核病折磨的妻子，其实他们就是普拉伊的父母。小说反映了1906至1910年间工人阶级的斗争，其中巧妙地穿插了饶勒斯的演说，社会党人和工会主义者的呼吁和各种历史事件，是研究这一时期历史的珍贵资料。

《士兵的面包》（1937）和《幸存者》（1938）写的都是第一次世界大战，前一部从1914年写到1917年，鲁鲁本来在一个药剂师那里工作，后来上了前线。第二部从1917年写到1920年。鲁鲁负了伤，被撤到了后方的一个军医院里。和平来临了，随之而来的却是苦恼和不满。

普拉伊的小说描写了20世纪头20年里的工人生活，叙述了工会的斗争，日常的贫困，希望和失望，以及第一次世界大战的情景，在很大程度上是他的自传。他的小说在口语的基础上形成了独特的风格：忠实地反映日常生活，不作任何文学上的加工和修饰，生动地再现了大战前夜巴黎工人的精神面貌。他对工人的描写语调准确、观察细致，他笔下的人物从不堕落，都受到充分的尊重，因而不仅令人感动，而且具有史料的价值。

第二次世界大战爆发后，普拉伊再次应征入伍，后来主要研究古代民歌等民间艺术，出版了民歌集《古代圣诞节优美出色的<圣经>》（1942）、《16世纪的情歌之花》（1943）等著作。他于1957年退休以后，仍然勤奋地坚持写作。

普拉伊的无产阶级作家小组的成员大多已经被人遗忘，比较著名的有以下一些作家。

玛格丽特•奥杜（1863—1937）出身贫苦，靠救济金长大，早年在乡村牧羊，后来到巴黎当缝纫女工，在狭窄的住房里过着极为艰苦的生活。她患有严重的眼疾，但是坚持刻苦自学，20多岁开始练习写作。1909年，46岁的奥杜终于出版了自传体小说《玛丽•克莱尔》，她以简洁优美的文笔，描绘了自己年幼时在儿童救济院里的悲惨生活、农庄工人的纯朴友爱，揭露了农庄主和救济院院长的冷酷和卑劣。小说出版后受到广泛的重视，获得了妇女文学奖。后来她出版了这部小说的续篇《玛丽•克莱尔的作坊》（1919）以及《从城市到磨坊》（1925）、《柔和的阳光》（1936）和童话集《未婚妻》（1931）等作品。

埃米尔•吉约曼（1873—1951）是个农民，一生都在农村生活，只读过五年小学，是个除了种地就写作的业余作家。他起初学习写诗，发表了《乡间景象》（1900）。小说《一个普通人的一生》（1904）是他的成名作，写的是主人公蒂埃农晚年时对自己一生的回忆，叙述了法国从拿破仑时代到第二帝国的变迁、农民所受的苦难和剥削以及农村纯朴的风尚。这部描写农村的长篇小说出自一个真正的农民之手，具有浓烈的乡土气息，毫无装饰之痕，因而获得了极大的成功。吉约曼后来还发表了《在田野的四面八方》（1931）等六部长篇小说。

皮埃尔•昂普（1876—1962）是工人作家，写过小说、戏剧和评论。他很小就外出谋生，到过许多地方，从事过各种劳动，具有丰富的阅历。在《人类的苦难》这个总标题下，他写作了许多小说和故事，例如《我的职业》（1929）记叙了他经历过的各种职业，表现了矿工、水手、机械师和铁路工人等的日常生活。他的小说还有《香槟酒》（1909）、《铁路》（1912）和《亚麻》（1924）等30多种，塑造了形形色色的动人的工人形象。

路易•埃蒙（1880—1913）生于布雷斯特，喜欢冒险，23岁时抛弃家庭和学业，跑到阿根廷流浪了八年，于1911年在加拿大定居。他深入魁北克的乡村，与铁路工人一起开垦林地，在一个农庄里写出了他的杰作《玛利亚•夏普德莱娜》，副标题是《法属加拿大的故事》。小说通过女主人公放弃城里的婚姻来到魁北克乡村的故事，真实地描绘了当时的艰苦生活。小说1914年首次在《时代报》上连载，加上当时埃蒙死于火车车祸，因此在读者中引起了强烈的反响。

吕西安•布尔古瓦（1882—1947）是命运最为悲惨的工人作家，他的一生就是无尽的苦难，他干过工人和门房等多种工作，却从未得到晋升，只能在一间狭小的阁楼里艰难度日。他在青年时代没有自学的条件，后来能借到书了就刻苦自学。他应马蒂内的要求，在43岁时写出了自传《上升》（1925），意思是他作为一个工人学习文化后在精神上得到了升华。布尔古瓦曾与巴比塞和拉缪等著名作家交往，巴比塞还曾为他的第二部作品《郊区工人》作序，但是他最后却陷于孤独，死去时也默默无闻。死后留下了两部写给孩子们看的故事集，然而没有出版商愿意出版这个已经去世的无名作家的作品。

特里斯坦•雷米当了30多年铁路职工，一直生活在巴黎郊区工人聚居的地方，所以小说里的人物都以他观察到的工人为原型。例如《克里尼昂古尔门》（1928）写一个工人和一个妓女结成了夫妇；《致从前的箍桶匠》（1931）描写收破烂人和烧炭人的生活。与普拉伊的自传体小说不同，他的小说充满了丰富的想象力。雷米还创作了名为《无产阶级》（1932）的诗集，以及记叙30年代工人运动的《伟大的斗争》（1937）。他从1920年开始就是普拉伊的好友，为了创立无产阶级文学而不遗余力。1931年，他发表文章批评当时的无产阶级文学没有政治倾向，认为它应该是工人的文学。1937年12月20日，他在《人道报》上发表措辞激烈的声明，标志着与普拉伊为代表的无产阶级作家们的决裂。他本人后来继续创作反映工人生活的作品，1970年出版了最后一部小说《1871年5月23日，蒙马特尔高地上的公社》，深情地怀念在巴黎公社期间战斗过的无产者。

马尔克•贝纳尔（1900.9.6－1981）生于尼姆，母亲是洗衣女工，死于肺结核。他在那里度过了悲惨的童年，先后当过酒商的听差、袜厂的学徒和铁路工人，后来参加了工会。到巴黎后他加入了法共，1929年成为《世界》杂志编辑部秘书，从此开始了创作生涯。直到1979年为止，他一共发表了16部小说，第一部小说《之字形曲线》（1929）冷嘲热讽，具有超现实主义的色彩。自传体小说《救命啊》（1931）记叙了他在平民区里度过的童年生活；他因为在《安妮》（1934）里描写了爱情而被指责为资产阶级作家，其实他是最善于描绘爱情而又不落俗套的无产阶级作家之一，他的《爱人之死》（1972）就是为去世的妻子写作的。贝纳尔的代表作是获得龚古尔奖的《赤子之心》（1942），写他的母亲被丈夫抛弃以后，不得不卖身到城堡里去当厨师，母子俩在贫困中相依为命，直到儿子当上了听差为止。在普拉伊的无产阶级作家小组中，战后几乎只有贝纳尔不改初衷，始终满怀兴趣地关注民众的生活，小说《简单的一天》（1950）就是写尼姆的一天里发生的故事。他还著有《左拉自述》（1952）以及在脱离法共时发表的《你好，同志们》（1955）。

安德烈•塞伏里生于盖雷，13岁就辍学到食品杂货店去蹬三轮送货。1937年，他根据自己对青少年时期生活的回忆，写出了动人的小说《双手》。主人公是年幼的送货员，双手全是溃疡和裂纹。他的母亲是洗衣女工，双手也因过度劳累而变形。塞伏里后来成为法国商行驻达荷美代办处的职员，发表过三部小说，但不再直接描写工人的生活。

拉贡在他的《无产阶级文学史》里，列举了为数众多的工人作家和农民作家，从矿工到农夫，从地毯工人到牧羊人，他们都是体力劳动者，同时也是诗人和小说家。然而这些作家和作品在今天都已经被人们遗忘。究其原因，是他们所写的大多是自己的经历，虽然内容真实却缺乏艺术性，因此难以传之久远。例如贡斯当•马尔瓦（1903.10.9—1969.5.14）是矿工之子，自己也是矿工，他在1929年写了《我的母亲和叔叔费尔南的故事》，他把书稿寄给了罗曼•罗兰，因此该书得以由巴比塞作序，在1932年出版。他后来在1940年因健康原因离开矿井，到布鲁塞尔当了一家书店的职员，继续写作和出版了《一个矿工对你们说》（1948）等作品。但即使是为他写序的巴比塞，也批评他的作品缺乏思想，实际上他是听母亲讲述她的经历之后才写作的。

即使在左翼文学史上，马尔瓦这样的作家也只能是转瞬即逝的浪花，难免会随着时间的推移而逐渐销声匿迹。其实他能够在大作家的帮助下发表作品已属幸运，因为绝大部分工人和农民作家还没有他那样的机会，虽然写出了作品也依然默默无闻。真正能够流传下来的作品都有着比较特殊的原因，例如多列士的爷爷和父亲都是矿工，他自己12岁就在矿上劳动。他参加了矿工工会的工作，1919年加入社会党，社会党分裂后加入法共，后来成为法共的总书记，他的回忆录《人民的儿子》虽然也是讲自己的经历，但是却与众不同，具有超出普通回忆录的历史意义和价值，因而得以在文学史上占有一席之地。

第五节
法共和左翼报刊

在30年代，曾经出现许多左翼刊物，但大多是昙花一现，最晚到大战的前夜即1939年8月都停刊了。例如阿拉贡在1936年6月1日创刊的《调查》，旨在宣传人民阵线，虽然吸收了查拉参加编委会，但是也只出了一期。由一些年轻诗人在1935年12月创刊的《船舱》是一份“国际革命文化杂志”，主要发表措辞激烈的诗歌，以及关于西班牙内战的文章，在1936年和1937年各出版了四期，1937年10月被停刊。为反对慕尼黑协定而在1938年12月创办的月刊《志愿者》，宣称要“反对懒惰和自弃，反对无知和恐惧”，到1939年9月也停刊了。存在时间较长、影响较大的报刊主要有以下几种。

《人道报》 社会党领袖饶勒斯于1904年创办的日报，1920年社会党在图尔大会上分裂后成为法共的机关报，文学主编先后由马蒂内（1918－1924）、巴比塞（1926.4－1929）和弗雷维尔（1930年起）担任。

《公社》 “革命作家和艺术家联合会”的月刊，1933年7月1日创刊，1939年8月停刊。编委会成员有巴比塞、纪德、罗曼•罗兰和瓦扬-古久里。阿拉贡和尼赞担任编辑部秘书。

《公社》是一份战斗的刊物，它的使命是把“革命作家和艺术家联合会”的斗争公诸于众。它认为面对文化倾向于法西斯主义的混乱局面，必须进行的唯一革命是无产阶级革命，为此它要反对法国法西斯主义的任何苗头，反对帝国主义酝酿的战争和对苏联的武装干涉，要揭露资产阶级的一切文化和宣传，倡导与无产阶级的革命行动结合在一起的革命文化。

《光明》 1919年4月至9月，一批和平主义者在巴比塞的影响下集合起来，在10月份创办了刊物《光明》。从1921年2月到7月，作为“国际革命教育中心”，《光明》开始宣传共产主义。后来编辑部就无产阶级文化问题进行了辩论，一些年轻人逐渐排挤了巴比塞。1924年，《光明》杂志社与巴比塞和瓦扬-古久里决裂，开始接近超现实主义。1928年初，杂志改名为《阶级斗争》，成为一份理论刊物。1936年8月，罗曼•罗兰主持编委会，恢复《光明》，使之成为世界反战和反法西斯委员会的月刊。1938年1月改为“政治情报和资料月刊”，几乎与文学脱离了关系。

《欧洲》 在罗曼•罗兰的协助下于1923年1月15日创办的双月刊，目标是消除由于战争而造成的对外国的不信任，因而要大力传播外国的文学。盖埃诺于1929年担任主编，1936年2月辞职，原因是共产党人的影响妨碍了他的行动自由。杂志以出版特辑为主，曾出版雨果、艾吕雅和罗曼•罗兰等人的专号。它还经常发表马克思主义的文章，战后成了一份由共产党人领导的杂志，由加马拉担任主编，阿拉贡是编委之一。

《世界》 在1927年底莫斯科召开的革命文学国际局成立大会的推动下，巴比塞于1928年6月创办的双月刊，目标是建立法国的无产阶级文学，把左翼作家引向共产主义，因此爱因斯坦和高尔基都是编委会的成员。1930年11月，《世界》在哈尔科夫大会上被谴责为“制造思想混乱”，为了小资产阶级作家的利益而忽视了无产阶级文学。在“革命作家和艺术家联合会”成立之后，杂志在1933年9月2日发表了瓦扬-古久里签署的“革命作家和艺术家联合会”纲领。

第四章
抵抗运动文学

1939年8月23日，苏联和德国签订《苏德互不侵犯条约》，在西方左翼知识分子的思想上引起了极大的混乱，尼赞的遭遇就是最典型的例子。这个条约的签订，使左翼知识分子第一次开始脱离法共，也进而成为战后左翼集团与法共之间矛盾的根源，因而有必要根据这方面最权威的资料、两卷《法国共产党史》来弄清楚当时的背景。

1939年6月，法共中央决定撰写党史，并且指定了一个编辑委员会，可是一二十年过去，这个决定始终没有下文。在这种情况下，有500多个党员自发地组织起来，互相提供资料，进行讨论，终于出版了《法国共产党史》第一卷（《从法共建党到1939年战争》，1960）和第二卷（《从1940年到解放》，1962），这部党史的特点是在肯定党的光荣业绩的同时，揭露了领导机构在大战前后制订的错误政策，尤其是提供了关于《苏德互不侵犯条约》的背景。

法共在1939年下半年秘密印发的《布尔什维主义手册》，转载了苏联外交部长莫洛托夫在最高苏维埃所作的报告，其中有这样一些至今还鲜为人知的观点：

> 如果今天谈起欧洲的大国，那么德国是一个渴望尽快地结束战争、实现和平的国家，而不久前宣称反对侵略的英法则是赞成继续进行战争、反对缔结和约的国家。正像大家所看到的那样，现在角色换了……我们同德国的关系，正如我谈过的那样，已经得到了根本改善。
>
> 在这方面，事情已经朝着加强友好关系、展开实际合作、在政治上支持德国寻求和平的愿望的方向发展了。

我们始终认为，一个强大的德国是巩固欧洲和平的必要条件。[1]

苏联与德国签订互不侵犯条约，或许是对英法拖延与苏联签订和约的报复，或许是出于稳住德国以争取时间的策略上的考虑，但法共领导机构不作任何解释，只是对这个条约表示赞同，因而使多年来投身于反法西斯斗争的广大党员不知所措。实际上当时的法共领导确实对希特勒抱有幻想，以为有了这个条约，西方国家的共产党就可以取得合法的地位。正因为如此，法共指责在伦敦指挥抗战的“戴高乐在英国作了英国贵族和银行家的反动政府的盟友……希望英帝国主义胜利，因为这符合他个人的利益”。揭露他的“彻头彻尾的反动和反民主的运动的惟一目的，就是想在英国获胜的情况下剥夺我国的一切自由”[2]。已经逃亡到比利时的总书记多列士又回到法国，从事争取合法地位的努力，甚至希望以《苏德互不侵犯条约》为保障，鼓吹“成立一个由反对过战争的、正直廉洁的人组成的政府”，“一个由共产党领导的人民政府”[3]。

法国政府于9月3日对德宣战，由于法共表示支持《苏德互不侵犯条约》，所以从8月25日开始，政府就查封了《人道报》和《今晚报》等159种报刊，在9月26日颁布了解散法共及其所属的一切工人组织的法令，大批骨干分子被逮捕和判刑。1940年3月20日，共产党议员遭到审讯，总书记多列士离开军队转入地下，“因开小差”而被开除了法国国籍，凡是进行地下活动的法共党员要被判处死刑。1940年5月，法共领导机构印制了大量的明信片，让广大党员填写后寄给纳粹驻维希政府的“大使”奥托•阿贝兹，呼吁释放因赞成《苏德互不侵犯条约》而被捕的共产党议员，毫不隐讳地讨好德国：“共产党议员引为光荣的是，他们为反对肮脏的凡尔赛条约进行了二十年的斗争。”[4]甚至要求党员们在明信片上写上自己的地址，结果使许多人后来因此被关押、流放或枪决。

德军于1940年5月10日进攻法国，6月14日占领巴黎，法国政府在16日就宣布投降，成立了与德国合作的维希政府。根据多列士关于争取使党合法化的指

1 《法国共产党史》，第2卷，北京编译社等译，世界知识出版社，1966年，第10—11页。

2 同上，1966年，第39、40页。

3 同上，第21页。

4 同上，第33页。

示，党的秘密机关的负责人莫里斯•特雷昂及其助手德妮兹•姬诺兰，6月19日就来到巴黎的纳粹司令部新闻处，商谈了《人道报》的复刊事宜，并且第二天就得到了纳粹司令部新闻处发布的出版许可证，但是两位代表却被当时的法国警察按查封共产党报纸的命令逮捕，经多列士派中央委员让-加特拉斯和党员律师罗贝尔•富瓦与占领军当局进行交涉之后才被释放。后来加特拉斯又奉命去与德国当局谈判，但没有成功。他本人不同意去，因此把强迫他去谈判的情况记在日记里，在自己被纳粹分子处决之前，成功地托人把日记带给了一位同志，以便作为法国解放后批判党的错误的材料。

法国的反法西斯斗争从此进入了一个新的阶段，开始了分为两个部分的抵抗运动：戴高乐于1940年6月16日飞往英国，在伦敦领导"自由法国"运动，号召国外的法国人站在盟军一边，继续进行反对希特勒的战争。与此同时，法共领导对德国的幻想终于破灭，成立了地下的中央委员会，在7月下半月发表了《告法国人民书》，号召举行反对维希政府的武装起义，尽管没有一句指名反对德国占领者的话，只是喊了一些"斯大林万岁""拥护多列士执政""法国共产党是唯一有资格领导法国的政党"之类的口号[1]，但在名义上毕竟已开始领导法国国内的地下抵抗运动，而广大党员更是自发地起来进行反法西斯宣传，或者组织游击队进行地下的抵抗活动。总书记多列士则被秘密送到了苏联，直到1944年11月27日才回到法国，《人道报》将他称之为"所有法国人中最勇敢最英明最伟大的爱国者"，而老资格的领导人加香却含蓄地表示："在分别了五年之后，他终于又回到我们当中来了……他在我们中间了，我们看到他在经历了那么多苦难之后仍然精力充沛，感到非常高兴……"[2]

无论是否法共党员，参加过反法西斯斗争的作家为数很多，例如法兰西学士院院士安德烈•莫洛亚（1885—1967），他当时已经55岁还投笔从戎，参加过北非、科西嘉和意大利等地的战斗。不过抵抗运动是指在法国国内反对德国占领军和维希政权的斗争，进步的作家们在坚持斗争的同时进行写作，由此产生了抵抗运动文学。抵抗运动是反法西斯斗争中的一个重要阶段，抵抗运动文学当然也是反法西斯文学的重要组成部分。它们的内容主要可以分为两个部分：一是集中营和战俘文学，反映在法军失败之后，敌人在占领的法国领土上

1 《法国共产党史》，第2卷，北京编译社等译，世界知识出版社，1966年，第20页。

2 同上，第177页。

的暴行，法国人沦为俘虏、囚犯，被流放或杀害的悲惨经历，以及他们在遭受迫害的同时，坚持进行的各种形式的抗敌斗争。二是歌颂“自由法国”运动和对占领军的反抗，反映抵抗运动战士们的英勇业绩和爱国主义精神。

全国作家委员会是大战期间作家们的抗敌组织，韦科尔曾长期担任主席，成员有阿拉贡、萨特和莫里亚克等，它的机关报是《法兰西文学报》。抵抗运动文学的作品具有两个明显的特色：一是由于需要秘密出版而篇幅短小，二是为了瞒过德国人和当局的审查而往往采用寓意的方式，而这两个特点往往是结合在一起的。因此这个阶段数量最多的作品是篇幅不长的诗歌和戏剧，存在主义戏剧则更多地运用影射和寓意等表现手法。长篇小说则大多是在战后出版的。

在德国占领时期，除了在阿尔及尔出版的《泉水》以外，法国出现了许多反对侵略的地下报刊，例如《自由》、《解放》、《真理》、《马赛曲》、《游击队员》、《法国站起来》等，其中最著名的是法共的《人道报》。德军严禁这些报刊的活动，《人道报》的编辑人员曾有五批被盖世太保杀害，但是报纸始终没有停刊，在被查封的第二天就秘密恢复出版，平均每五天就出版一期，每期发行12万份之多。这些报刊多数是油印的，甚至是手抄的，为了不让敌人发现报刊的来源，邮局的职工有时连邮戳都不盖。它们登载爱国者的诗歌和小说，对于揭露敌人的种种暴行、鼓舞人民的斗志起到了非常重要的作用。

当时大多数作家都以各种形式参加了反法西斯的斗争，从下面两个例子就可见一斑。

萨缪尔•贝克特（1906—1989）是先用英语后用法语写作的爱尔兰作家，也是法国荒诞派剧作家的主要代表之一。他于1923年进入都柏林的三一学院学习法文和意大利文，毕业后被选派到巴黎高等师范学校担任为期两年的英语助教，任教期满后回到三一学院任拉丁语讲师。1937年，他在纳粹的威胁下返回巴黎定居，在大战期间参加了抵抗运动，替一个为英国收集情报的支部翻译资料和打字。支部被人出卖后，他躲过了盖世太保的追捕，逃到普罗旺斯的一个村庄里当雇工。和平刚刚恢复，他又志愿到诺曼底的一个红十字会的医院里去当了几个月的翻译。

乔治•贝尔纳诺斯（1888.2.20—1948.7.5）曾从1913年起担任右翼的《法兰西行动报》记者，同时主办保王党的周刊《诺曼底前卫报》。后来战争改变了他的思想，在《月光下的大坟场》（1938）里谴责了佛朗哥分子的罪行。大战期间他虽然定居巴西，但是发表了一系列《战斗文钞》，抨击纳粹和维希政权，支持戴高乐领导的“自由法国”运动，还在《真理的愤怒》（1939）里表示为自己属于一个堕落的民族而感到羞耻。

贝克特是似乎不问政治的荒诞派剧作家，贝尔纳诺斯曾是著名的右翼作家，但是他们都为抵抗运动尽到了自己的一份力量。他们的表现充分说明，正是广大作家的爱国主义精神，为法共在反法西斯斗争中团结广大知识分子创造了条件，这也是左翼文学得以繁荣的根本原因。

第一节
诗歌

诗歌是最富于激情的体裁，最能够鼓舞人们的斗志和热情，所以在抵抗运动期间成了战斗的武器。在这一时期涌现出来的许多爱国诗人，他们的作品不但充满了爱国主义精神，而且一反现代诗的朦胧和晦涩，写得通俗易懂，因而广为流传。抵抗运动中最著名的诗人是法共的阿拉贡和艾吕雅，他们曾是超现实主义文学运动的主将，但是在反法西斯的伟大斗争中，都成了最杰出的爱国主义诗人。

一 阿拉贡

大战爆发前夕，阿拉贡因受到法西斯分子的威胁而转入地下活动。他于1940年1月43岁时应征入伍担任军医，因发明了打开被毁坦克的工具而受到国防部的嘉奖，获得军功勋章。法国投降后他参加抵抗运动，先后筹办《法兰西文学报》《星星》《武装的德龙省》等地下刊物，组建了地下文化工作网。与此同时，他创作了一系列充满爱国主义激情的诗歌，如《断肠集》（1941）、《蜡像馆》（1943）和《法兰西晨号》（1945）等。这些诗歌表现了法国战败的痛苦，号召人民起来反对纳粹占领者。例如这首《丁香与玫瑰》，描写了失败后从比利时溃退的法军：

……

我永远不能忘记这悲怆的景象
吼叫的队伍人群和阳光
比利时送来的战车满载着爱
空气颤动的大路上如蜂群喧嚷

轻率的胜利招来无尽的纷争
亲吻的胭脂红色预兆着鲜血
那些活动炮塔上即将死去的人啊
如痴如醉的人群给他们堆满丁香
……
沮丧的花枝在惊惶的风中摇晃
不能忘记恐怖的翅膀上走过的士兵
不能忘记大炮疯狂的摩托车辆
不能忘记那群露营者可怜的伪装[1]

阿拉贡写过许多优美的爱情诗，其中包括《断肠集》在内的许多爱情诗是献给他的妻子艾尔莎的，例如《艾尔莎的眼睛》（1942）等。他在抵抗运动中写的爱情诗不仅具有民歌的气息，使诗韵更为丰富，而且用对艾尔莎的爱情来象征他对祖国的爱，把个人的爱与对祖国的爱结合在一起，从而使诗歌显得分外深沉，甚至逃过了占领者的审查，例如这首《没有完满的爱情》：

......
没有爱不铭刻着痛苦
没有爱不给人带来创伤
没有爱不使人憔悴
连你也不例外 对祖国的爱
没有爱不靠泪水滋养
世间没有完满的爱情
但这爱毕竟属于我们两人[2]

这些爱国主义诗歌在抵抗运动中产生了很大的影响。阿拉贡还以许多牺牲

1 飞白主编：《世界诗库》，第3卷，徐知免译，花城出版社，1994年，第526页。
2 同上，第525－526页。

了的法共党员的家信和笔记为素材，写了《共产党人》（1946）来歌颂烈士们的英勇事迹。1953年发表的第二部是介绍法共总书记多列士等领导人的。

二 艾吕雅

保尔•艾吕雅（1895.12.14—1952.11.18）生于巴黎郊区的圣特尼镇，原名欧仁•格朗代尔，父亲是会计，母亲是裁缝。他在16岁时患了肺病，在瑞士山区住院疗养了三年，期间他读了许多现代诗作，自己也开始写诗。第一次世界大战爆发时他应征入伍，在战场上继续写诗，1917年因中了敌人的毒气而退役。出于对现实的不满和对诗歌的爱好，他先后成为达达主义和超现实主义的重要成员。他与布勒东一起在1927年加入法共，又于1933年被开除出党。但是与布勒东等其他超现实主义者不同，他在30年代从事反法西斯和反战活动，1936年前往西班牙，积极支持西班牙人民的正义斗争，创作了反映这一斗争的诗歌。他的作品也在斗争中变得不再晦涩和悲观，而是明晰流畅、感情丰富。1938年，艾吕雅与超现实主义小组决裂。

第二次世界大战爆发后他再次应征入伍，1940年复员后回到巴黎参加抵抗运动，在形势最危急的1942年重新加入了法共。他把大战初期创作的诗篇结集为《诗与真理》（1942）出版，曾被伦敦的“自由法国”电台用来广播，并由英国空军大量空投在被占领的法国领土上，被法国人民广为传诵。这些诗歌揭露了敌人的残暴和法国土地上的恐怖气氛，例如这首《最后一夜》中的诗句：

这个小小的、凶狠的世界，
把刀锋指向无罪的人，
从他的嘴里抢走了面包，
把他的房子一把火烧掉，
掠夺他的衣衫和鞋子，
掠夺他的时间和子女。
……
他们剥了他双手的皮，打弯了他的背，
在他的脑袋上挖了一个洞，

他就这样受尽了罪，

最后不免一死。[1]

《和德国人会面》（1942—1945）则在揭露敌人残暴的同时，表现了爱国志士们前赴后继的斗争精神，例如这首《布告》：

他被敌人杀害的前夜
是他生平最短的一夜。
一想起自己还没有死，
他觉得热血焚烧手腕。
全身的重量使他恶心，
全身的力气使他呻吟；
就在这可憎可怖的深渊里
他开始微笑。因为他知道
并非只有“一个”同志，
而有几百万、几千万同志，
将要起来替他报仇，
于是红日为他东升。[2]

艾吕雅的诗歌充满了爱国主义的激情，极大地鼓舞了千百万人民的斗志。他除了写诗之外，还积极参与从编辑到发行、直至掩护同志等一切工作，因此荣获了抵抗运动勋章。他在战后担任法国西班牙协会的主席，多次出访欧洲各国，对国际文化交流与和平运动作出了重要的贡献。由于健康不佳，他在法国解放后不久死于心肌梗塞。艾吕雅病逝之后，法国政府不准群众集会悼念，但是成千上万的法国人不顾政府的禁令，自发地聚集在拉歇兹神甫公墓前面为他送葬。正如法共在讣告中指出的那样：“保尔•艾吕雅的名字是法国的光荣，工人阶级的光荣，他的名字和他的诗一样，将永垂不朽。”

1 艾吕雅：《最后一夜》，罗大冈译，载《世界反法西斯文学书系》，第14卷（法国卷4），重庆出版社，1992年，第258—259页。

2 同上，第267页。

三　蓬热

弗朗西斯•蓬热（1889.3.27—1988）生于蒙彼利埃城，在巴黎大学法律系和哲学系毕业后在出版社工作，1919年加入社会党。1937年加入法共，曾积极参加抵抗运动，担任法共机关报《行动报》的文学版主编，但是由于在1947年没有及时更换党证而脱党。他的主要诗作有《事物的成见》（1942）、《松树林诗抄》（1947）、《散文与诗联姻集》（1948）、《诗全集》（1961）和《肥皂》（1967）等。蓬热一向鲜为人知，直到60年代才被公认为当代继承了法国诗歌传统的大师之一，先后获得了1981年法国诗歌大奖，1984年法兰西学士院诗歌大奖和1985年法国文学艺术家协会的文学大奖。

《事物的成见》在大战期间出版，当时蓬热读过加缪的《西西弗神话》，但是不同意人类的命运是悲剧的的悲观论点，甚至对荒诞这个概念提出质疑。这部诗集的内容，就是主张人要采取事物的立场，讲事物的语言，因为事物想与人交流，而人却充耳不闻。

四　夏尔

勒内•夏尔（1907.6.14—1988）生于法国普罗旺斯地区的伊斯勒，幼年丧父。1929年结识艾吕雅并成为好友，在他的影响下参加超现实主义运动，1934年脱离了超现实主义小组。大战爆发后他积极投身于抵抗运动，担任下阿尔卑斯省抵抗力量的领导人，以亚历山大上尉的名义指挥过一个空降小分队，并且创作了记录英雄业绩的诗歌《伊普诺斯之页》（1946），生动地描绘了游击队员的战斗生活。战后他长期隐居在家乡，创作了大量赞美普罗旺斯、表现回归自然的诗集，如《早起的人们》（1950）、《群岛上的谈话》（1962）、《沉睡的窗和屋顶上的门》（1979）等。加里玛出版社在1983年把他的诗作收入了“七星丛书”，标志着他已经被公认为当代的伟大诗人。

五　埃马纽埃尔

皮埃尔•埃马纽埃尔（1916—1984）原名诺埃尔•马蒂厄，在里昂大学文科毕业后当了教师，通过读瓦莱里的作品而喜爱诗歌。他从1940年起发表作品，在抵抗运动期间避居德龙省，在任教的同时参加抵抗运动。这段经历使他创作出最出色的诗篇，主要有《与你的保卫者们共同战斗》（1942）、《愤怒的日子》（1942）和《自由指引我们的步伐》（1945）等。他的诗歌是法国20世纪最重要的作品之一，倾向鲜明，简洁明快，意义深刻，例如这首《无题》：

谁失去了他的朋友，
还可以另外再去交，
谁失去了他的祖国，
却永远另外找不到。

可对我来说，我的祖国在哪里[1]？

从1945年到1959年，埃马纽埃尔先后担任法国广播电视台驻英国和美国机构的负责人，在文化方面持非常积极的介入态度，曾担任国际争取文化自由协会主席。他于1968年当选为法兰西学士院院士。1975年，原籍比利时的小说家费里西安•马尔索（1913－）也当选为院士，埃马纽埃尔认为他在抵抗运动时期曾与德国占领军合作，因此宣布辞去院士职务，从此不再去学士院。

六　塔迪厄

让•塔迪厄（1903.11.1—1995）的父亲是画家，母亲是竖琴演奏家。他从10岁开始写诗，后来攻读法律，但是酷爱文学创作。大战期间他参加了抵抗运动，战后担任广播电台戏剧部负责人。塔迪厄以剧作著称，诗作也很多，在大战期间出版的代表诗集《隐形的见证人》（1943），其中有一首名为《哦，叫做法兰西的国家》：

哦，叫做法兰西的国家
变成了坟墓，
这个希望的标志
被投入了黑暗。

1　埃马纽埃尔：《无题》，金志平译，载《世界反法西斯文学书系》，第14卷（法国卷4），重庆出版社，1992年，第344页。

哦，悲惨的人们在思索，
真正的面目低垂着，
在一种同样的沉默中，
你们互相认出。
他们发动战争，
从你遭到蹂躏的怀抱里
夺走尊严和麦子。

然而你的愤怒
和你的原来的力量
已经重新充实了各个城市。[1]

七　卡苏

让•卡苏（1897.7.9－1986.1.16）生于西班牙，16岁丧父后就开始谋生，但仍坚持学习，并到巴黎攻读西班牙文学。1923年他进入国民教育部当编辑，写过描绘巴黎公社的诗歌《巴黎的屠杀》（1935）。在抵抗运动期间，他于1941年12月被捕，出狱后又被关进集中营，1943年6月重获自由后又立即投入了抵抗运动，1944年6月在与德军的遭遇战中身负重伤。他在狱中以让•诺瓦为笔名创作的、由午夜出版社出版的《秘密写作的33首十四行诗》（1944），是抵抗运动中最优秀的诗作之一。法国解放后，他在1954年出版了《易忘录》，记录了从1939年到1945年这段不该忘却的历史。他于1956年担任全国作家委员会主席，1971年获法国文学大奖。

八　德吕翁

莫里斯•德吕翁（1918－2009.4.14）生于巴黎，曾在政治科学院学习，1940年以准尉军衔毕业于索米尔骑兵学校，参加了卢亚尔河的战役。1942年来

1　让·塔迪厄：《叫做法兰西的国家》，金志平译，载《世界反法西斯文学书系》，第14卷（法国卷4），重庆出版社，1992年，第347—348页。

到伦敦，与他的叔叔凯塞尔一起，参加了英国电台的“荣誉和祖国”节目的广播，并在1943年合作，为俄裔女音乐家安娜•马尔利的曲子填写了歌词《游击队之歌》，前面几段在原文中琅琅上口，极为感人：

朋友，你听见吗，
一群黑压压的乌鸦
正在我们的平原上盘旋?

朋友，你听见吗，
我们遭人奴役的国土
发出的低沉的呼喊声，

喂，游击队员们，
工人们和农民们，
警报已经拉响!

今晚上，敌人
将会明白
鲜血和眼泪的代价! [1]

这首歌曲秘密发表后广为流传，成为抵抗运动的战歌。德吕翁作为战地记者，在1946年发表了《最后一个旅团》，从此在关注政治的同时致力于文学创作。在战后长河小说一蹶不振的情况下，德吕翁依然遵循巴尔扎克和左拉的传统，创作了《人的结局》三部曲，其中第一部《大家族》（1948）获得了龚古尔奖。德吕翁于1966年当选为法兰西学士院院士，曾任法国文化部长。

九 苏佩维埃尔

于勒•苏佩维埃尔（1884.1.16—1960）生于乌拉圭首都蒙得维的亚一个法

1 德吕翁·凯塞尔：《游击队之歌》，金志平译，《世界反法西斯文学书系》，第14卷（法国卷4），第340—341页。

国侨民家庭，10岁时回到法国上学，拥有乌拉圭和法国双重国籍。他16岁就发表了诗作《过去的雾》，大学毕业后回到南美结婚成家。他参加过第一次世界大战，第二次世界大战爆发后他居住在乌拉圭，为“自由法国”的报刊撰稿，发表了诗集《苦难的法兰西》（1941），表达了他对法国的怀念和对战胜法西斯的信念。例如这首《法国的江河》：

对法国的历史知道得一清二楚的江河
因为你们曾用最清澈的流水把她映照，
到了这德国人的时代，可怜你们的波涛
却像这样流淌，凌受着种种猜疑的呵喝！

你们多么艰难地绕过那些村庄的废墟，
曾被你们引以为荣的、雄壮挺拔的村庄，
河水现在在受难者的呼喊中疯狂奔去，
往日恋恋脚下的它今天急急奔向海洋。[1]

十　德斯诺斯

最后应该提到的是罗贝尔•德斯诺斯，他于1939年应征入伍，在大战期间参加名为“行动”的地下组织，秘密出版了诗集《财富》（1942）和《清醒状态》（1943）等反法西斯作品。其中的《圣马丹街之歌》流露出他对失踪友人的怀念：

我不再爱圣马丹街，
自从安德烈•普拉塔离开了它。
他是我的朋友，他是我的伙伴。
我们一起住，我们一起吃。
我不再爱圣马丹街。

1　苏佩维埃尔：《法国的江河》，周国强译，《世界反法西斯文学书系》，第14卷（法国卷4），重庆出版社，1992年，第324—325页。

他是我的朋友，他是我的伙伴，
他在一天早晨失踪，
他们带走了他，再无消息。
圣马丹街上再见不到他的身影。[1]

这首诗似乎预示着德斯诺斯的命运。1944年2月他不幸被捕，第二年死于捷克斯洛伐克的集中营。

第二节 小说

抵抗运动的小说有两类，一类是在抵抗运动期间出版的，大多为中短篇小说；另一类是战后出版的长篇小说。

一 韦科尔

韦科尔（1902—1991）生于巴黎，原名让•布吕莱，早期以画家闻名。大战初期参军抗敌，加入法共。纳粹占领法国后，他与友人在巴黎秘密创办了午夜出版社，在1943年化名韦科尔发表了《海的沉默》、《那一天》和《走向星星》等中短篇小说，其他作品还有《凡尔登的印刷所》（1945）、《黑夜的武器》（1946）、《光明的眼睛》（1948）和《变性的动物》（1952）等。他曾长期担任全国作家委员会主席，匈牙利事件后脱离法共，转向戏剧创作。

《海的沉默》写占领时期的一个法国家庭，除了老人和他的侄女，还住进了一个德国军官，名叫凡尔奈•封•艾勃雷纳克。他在战前是个音乐家，知识渊博、彬彬有礼，而且本性善良，为法国文化感到骄傲，真诚地相信德国可以与法国合作。在长达半年的时间里，他始终用微笑面对房东的沉默，没有丝毫野蛮的举动，因此老人对他不无好感，而侄女与他更是互有爱意。但是他的同伴们根本不尊重法国文化，对他的浪漫幻想大肆嘲笑，他为此感到十分痛苦，只能到“地狱”里——也就是前线去平息内心的苦闷。他在与房东侄女告别的时

1 德斯诺斯：《圣马丹街之歌》，金志平译，《世界反法西斯文学书系》，第14卷（法国卷4），重庆出版社，1992年，第352页。

候，与平时的沉默唯一的不同之处，是他们互相说了一声“再见”，而这个再见在法语里则有永别的含义。

《海的沉默》是一篇独具特色的中篇小说。小说里的德国军官不是一个残暴的法西斯分子，他很有文化修养，而且对侵略法国感到内疚。他彬彬有礼，甚至可以说是高尚，以至于房东对他恨不起来，侄女更是在内心里爱上了他。但无论如何他毕竟是占领者，是敌人。出于法国人的自尊，他们对他始终保持沉默，这种沉默不是意气用事，而是像大海一样深沉，它出于对祖国的无比热爱，是任何感情都无法动摇的。小说中没有战斗场面，却充分反映了民族尊严高于一切的哲理，与都德的杰作《最后一课》可谓异曲同工，因而出版后立即广为流传，被誉为反映抵抗运动的经典之作。不过正如萨特在《什么是文学》中指出的那样，《海的沉默》只适用于法国被占领后战败者与战胜者混杂在一起的时期。从1942年年底战争真正开始以后，敌我双方兵戎相见、你死我活，就不会有人去关心那些德国兵是纳粹的帮凶还是受害者了。

韦科尔的其他作品也相当成功，例如《走向星星》写大战期间，一个斯洛伐克的犹太人热爱自由和正义，不远千里赶到法国，以为会得到维希政府的拯救，结果却被法国宪兵枪杀了。小说深刻地揭示了最可怕的事情不是死亡，而是对自由的梦想的破灭。《黑夜的武器》写皮埃尔因参加抵抗运动被德国人逮捕，后来回到了家乡，却始终沉默无语。原来他为了活命而出卖了一个同志，从此永远陷于无尽的悔恨之中，受着良心的折磨。

二　特里奥雷

艾尔莎•特里奥雷（1896.9.12—1970.6.16）生于莫斯科一个律师家庭，原名艾尔莎•卡冈。她从六岁开始就学习法语，早年出入莫斯科的知识界，15岁时就结识了诗人马雅可夫斯基，一度成为他追求的对象，并且在他的引导下进入了诗歌之门，以美貌和才华成为“未来主义小组”作家们心目中的女诗神。后来马雅可夫斯基爱上并娶了她的姐姐，她为了避开俄国的环境，在1917年与法国驻莫斯科军事代表团成员安德烈•特里奥雷结婚，1920年随丈夫移居法国，但第二年就离异了。1928年她结识了崇拜的阿拉贡，从此成为他的终身伴侣。她把阿拉贡的《巴塞尔的钟声》和塞利纳的《长夜行》（1932）译成俄语，把马雅可夫斯基的诗集译成法语，还发表了评传《俄国诗人马雅可夫斯基》（1939），从日常生活的角度真实地记叙了马雅可夫斯基的一生，是研究这位大诗人的珍贵资料。特里奥雷自己也用法语出版了小说《晚安，黛莱丝》（1938），成为法国文坛上的双语作家，为促进俄法两国的文化交流作出了贡献。

法国沦陷以后，特里奥雷在法国南方积极参加了抵抗运动，与阿拉贡一起参与建立全国作家委员会和创办《法兰西文学报》，还出版了中短篇小说集《万分遗憾》（1942）、长篇小说《白马》（1943）和中篇小说《阿维尼翁的情侣》（1943）。

特里奥雷于1943年初开始写作《阿维尼翁的情侣》，10月份化名洛朗•达尼埃尔在巴黎秘密出版。女主人公朱丽叶的情人塞勒斯坦是抵抗运动的领导人，严重的威胁使他们不得不经常分离。战争期间她担任交通员，组织上安排她住在条件艰苦的偏远山区，冬天房子里很冷，还有很多老鼠。她几乎每天都要坐火车到各地去传送经费和情报，或者通知即将被捕的同志及时逃跑，连圣诞节都无法休息。有一次密探跟踪并抓住了她，企图押着她去找到塞勒斯坦，但是她机智地麻痹了敌人，一下子钻进小胡同跑掉了。

1943年，特里奥雷用假身份证来到里昂居住，继续从事情报工作。期间开始写作《私生活或画家阿列克西•斯拉夫斯基》和《桃树下的笔记本》，当她外出执行任务的时候，她就把手稿放在一个白铁盒子里，埋在住所对面的地下。

《私生活或画家阿列克西•斯拉夫斯基》写阿列克西和情妇亨利埃特在占领时期逃出巴黎，躲到里昂去度过了1940年的冬天。他在战争的环境里担惊受怕，脾气越来越急躁，以至无法再绘画了。有一次他们遇见了路易丝，她是因参加抵抗运动，被抓进集中营关了一年半之后逃出来的，她向他们讲述了自己在抵抗运动中为维护自由和尊严而进行的斗争。抵抗战士的鲜血没有白流，画家终于又开始作画了。

《桃树下的笔记本》实际上就是特里奥雷的回忆录，内容是主人公路易丝在俄国度过的童年，长大后在法国经历的爱情，以及参加抵抗运动和从事写作的过程，只是路易丝的笔记本不是埋在地下，而是埋在一棵桃树下面。最后路易丝又被捕并被枪决了，在她牺牲后盟军开始在诺曼底登陆，预示着胜利即将来临。

1944年6月6日，伦敦电台在播出的信息中加进了一个神秘的句子："第一次冲击花费二百法郎。"意思就是"行动吧"，实际上是宣告盟军在诺曼底登陆。两位指挥官被空投到占领区，一位是英国人，一位是法国人，他们与游击队取得联系后开始行动。德国兵仍在烧杀抢掠，撤退时还带走了人质。抵抗运动成员挨家挨户地张贴布告，号召人们拿起武器进行抵抗。特里奥雷用这句话作为小说的题目，1944年发表后获得了龚古尔奖，实际颁奖是在1945年。她的小说反映了占领时期法国的社会现实，被视为法国社会主义现实主义的经典之作，它们后来结集出版，书名就是《第一次冲击花费二百法郎》。

1964年该书重版的时候，特里奥雷写了一篇《抵抗运动序言》，讲述了她在抵抗运动期间的经历，以及她写作这些小说的经过。她在序言中指出，许多男女平时是学者、教师、打字员、钟表匠或售货员，过着平凡的生活，但是战争爆发后，却成了游击队长、地下交通员，或者掩护抵抗运动战士，被捕后宁死不屈，其中有个名叫朱丽叶的打字员就是如此。特里奥雷笔下的女主人公就是以她为原型的，而且直接采用了朱丽叶这个名字，小说的情节实有其事，而朱丽叶的情报生涯则来自特里奥雷自己的经历，因为她就曾藏身于偏僻的山顶，做了许多秘密的联络工作。特里奥雷的小说虽然不是自传，但都是她切身体验的现实，它们有力地揭露了占领时期敌人的残暴统治，歌颂了抵抗运动成员，特别是妇女们的勇气，表明人民虽然处境艰难，但是对胜利都充满了信心。

特里奥雷的作品也反映了当时抵抗运动中的复杂现实，例如塞勒斯坦属于戴高乐派，与法共有联系，朱丽叶只知道奉上级的指示去搜集情报，对属于什么派别并不关心。由于当时许多法共党员被枪决，所以特里奥雷在小说里把法共称为"被枪决者的党"，这句话广为流传，甚至被法共印在1944年至1945年的党证上。这些小说里出现的是一些共同的人物，例如抵抗运动中冒着生命危险的女战士朱丽叶和路易丝，以及只关心自己画作的阿列克西。特里奥莱表示这些人物都是她熟悉的知识分子，她不是指责阿列克西这类人物，而只是认为战争妨碍了他的创作，因为他是个画家，把绘画看得高于一切。但如果真的被捕的话，他也会宁死不屈的。特里奥雷对此深有体会，例如她非常尊重的画家马蒂斯[1]在敌机轰炸的情况下，就是只考虑他的画作会有什么危险以及怎样才

1 亨利·马蒂斯（1869—1954），法国画家，野兽派的主要代表。

能保护它。

在50年代，特里奥雷努力译介苏联文学，参加保卫世界和平运动，同时发表了一些富有科幻色彩的小说。例如《红棕马》（1953）是对核战争的抗议，《月球停机场》（1959）写女主人公一心想当宇航员，《灵魂》描写了制造机器人的秘密等，充分体现了科学的发展和进步对她的影响。

三 凯塞尔

约瑟夫•凯塞尔（1898.1.31－1979.7.22）是法国文学史上罕见的几位飞行员作家之一。他生于阿根廷克拉拉的犹太移民区，父母都是俄国人，后来迁至法国定居。他先后在俄国和法国上学，因爱好新闻事业而于1914年成为《辩论报》的编辑。1915年他在巴黎大学获得文学学士学位，转入巴黎音乐戏剧学院后成为奥德翁剧院的演员。1916年他进入空军服役，担任中尉，多次出色地完成危险的侦察和战斗任务，小说《机组》（1923）描述的就是他和飞行员们的友谊和战斗生涯。

1920年，凯塞尔来到爱尔兰，帮助与英国交战的爱尔兰起义者，并以此为题材创作了小说《科克郡的玛丽》（1925）。他在1936年参加了西班牙内战，二战期间投身于抵抗运动，到英国参加空军并担任队长，经常到法国上空执行特殊任务，小说《影子部队》（1946）记述了这段经历。他作为一个出色的战地记者，最大的特色是关心时事、喜欢冒险，发表了《伦敦随笔》（1942—1944）等反映法国大溃退和盟军反攻德国等大量新闻报道，以及许多以战争为题材的作品，尤其以短篇小说最为出色。例如《贝当元帅之死》以短短的篇幅揭露了贝当欺骗人民、向德国投降的丑恶嘴脸，公开表示贝当只是行尸走肉，在法国人的心目中已经死去，他就这样以大无畏的精神赢得了“行动文学先驱”的名声。

在凯塞尔以战争为题材的短篇小说中，《乘船前往直布罗陀》（1945）是最有代表性的一篇。主人公让-弗朗索瓦担任地下交通员，经常秘密携带武器、发报机和文件。他有一个哥哥在巴黎，叫圣吕克，整天穿着厚厚的衣服躲在家里，是个性格稳重的老好人。让-弗朗索瓦从不向哥哥谈起自己的工作，直到在执行重要任务的时候，才发现哥哥原来就是抵抗运动的领导人。这篇小说虽然字数不多，没有什么惊险之处，但是深刻地反映了法国人民反抗敌人的勇气和信心。

凯塞尔在战后多次访问以色列，写成了报告文学集《爱与火的土地》，其中的《审判》描述了纳粹军官阿道尔夫•艾克曼被捕和审讯的过程。他在战争时期是杀害犹太人的主犯之一，战后逃到阿根廷隐居了15年之久，但最终被抓获归案，1962年5月31日被以色列法庭处以死刑。这场具有历史意义的审讯，使纳粹迫害和屠杀犹太人的罪行大白于天下，对于使德国人民认清纳粹的阴谋和反省战争罪行起到了极为重要的作用。

凯塞尔共出版了85部作品，仅长篇小说就有14部之多，这些作品都取材于他的亲身经历。其中最著名的是他在晚年创作的以肯尼亚为背景、描写人与野兽的感情的《狮王》（1958），以阿富汗为背景的历史小说《骑士们》（1967）。他于1963年当选为法兰西学士院院士，同年发表的小说《并非人人都是天使》，描写了第二次世界大战中一幅历史壁画的遭遇。

四　杜阿梅尔

乔治•杜阿梅尔（1884.6.30—1966.4.13）生于巴黎，大学医科毕业后成为医生，第一次世界大战爆发后应征入伍，在野战医院救治过数千名伤员，并且根据自己的经历写作了小说《烈士传》（1917）及其续集《文明》（1918，获龚古尔奖），揭露了战争的罪恶，显示出渴望和平的人道主义精神。他是罗曼•罗兰的亲密朋友，当时属于左翼作家，但是他在1927年访问苏联回国后发表了《莫斯科之行》，抨击了苏联社会里的专制集权。他在20年代创作了五卷本的《萨拉万的生平与遭遇》（1920—1932），反映了1920年至1930年的法国社会，通过萨拉万这个平庸的小人物来反映社会的荒诞。

杜阿梅尔在1933年当选为法兰西学士院院士，同时开始写作10卷本的小说《帕斯齐埃家族史》（1933—1945）。主人公是生物学家雷蒙•帕斯齐埃，小说就是他的自传，通过他的一家在50年里的奋斗历程，反映了法国从1880年至1930年社会现实。在第二次世界大战期间，德军销毁了杜阿梅尔的著作，禁止他发表作品，但是他不顾德军当局的禁令，先后出版了《苦难岁月史》（1940—1943）、《安魂曲》（1944）等多部小说，在战后出版了五卷回忆录《照耀我一生的光辉》（1944—1953），并于1962年获得法国荣誉勋位勋章。

五　罗曼·加里

罗曼·加里（1914.5.8—1980.12.2）是个颇有传奇色彩的小说家，他生于立陶宛的维尔诺，原名罗曼·卡瑟沃。他7岁随父母到波兰，14岁时随母亲移居法国，先在尼斯上中学，后到巴黎学习法律。他在1938年应征入伍，1940年6月加入伦敦的自由法国部队，担任洛林空军中队的队长，参加过非洲、诺曼底等地的战役，以作战勇敢著称，曾获得荣誉勋位三级勋章。他的第一部小说《欧洲的教育》（1945）描写了波兰在德国占领时期的抵抗运动，讲述了波兰少年雅内克在母亲被德国兵抓去当妓女、父亲为报仇而牺牲以后，加入游击队进行复仇的故事，出版后被译成了27种文字。战后加里进入外交部工作，1961年离职后用10年时间周游世界。他先后出版了30多部作品，其中《天的起源》（1956）反映了非洲法属殖民地的生活，获龚古尔奖。他后来用假名埃米尔·阿雅尔发表的《生活展现在面前》（1975）竟又一次获得龚古尔奖，从而成为唯一获得两次龚古尔奖的小说家，在法国文坛上引起了轰动。

六　莫里亚克

弗朗索瓦·莫里亚克（1885.10.11—1970.9.1）早在大战之前就已经成名，出版了《给麻风病人的吻》（1922）、《爱的荒漠》（1925）和《苔蕾丝·德斯盖鲁》（1927）和《蛇结》（1932）等优秀小说，以深刻描绘资产阶级家庭的悲剧，无情揭露资产者的堕落著称。他在1932年担任法国文人协会主席，1933年当选为法兰西学士院院士。此后他积极投身于政治活动，在西班牙内战期间积极投入反对佛朗哥、支持西班牙共和派的斗争，他写的大量文章后来收集成四卷《日记》（1934—1951）出版，具有珍贵的史料和文学价值。法国沦陷以后，他立即参加了抵抗运动，化名福莱兹在午夜出版社出版了宣传抗战的小册子《黑色笔记本》（1943），还和阿拉贡等一起创办了《法兰西文学报》。

七　路易·居尔蒂斯

让-路易·居尔蒂斯（1917.5.22—1995.11.11 ）生于比利牛斯—大西洋省的奥尔代市，在巴黎大学学习文学，参加过第二次世界大战。他的《夜森林》（1947，获龚古尔奖）通过一位护送抵抗运动战士过境的中学生被出卖遇害的过程，揭露了法国沦陷时的人世百态。当时这个中学生在进行抵抗，而他的领导人却偷偷地与德国人合作，这类合作者在解放时摇身一变，变成了抵抗敌人的英雄，而真正牺牲了的英雄却已经被人遗忘。小说的内容虽然令人难堪，但是却从一个侧面反映了当时的社会现实。

八　路易·博里

让-路易·博里（1919—1979）生于梅雷维尔的一个药剂师家庭，获得文科教师资格后，在中学任教至1961年。他的第一部小说《德国统治下的故乡》（1945）是根据自己的经历写成的，它以滑稽粗俗的笔调，描写自私的村民大多不关心战争的胜负，而是斤斤计较自己的利益，胆小怕事、见风使舵，甚至向德国人妥协，当然也有一些人显示出大无畏的勇气，从而反映了抵抗运动中鲜为人知的严酷现实，出版后获得了龚古尔奖。博里是小说家、历史学家和文学批评家，他发表了大量的评论，编写过电影和电视剧的剧本以及传记《欧仁·苏》（1962）等。

九　布瓦耶

弗朗索瓦·布瓦耶（1920—2003）生于法国北方的塞查纳市，他的小说《禁止的游戏》（1947）通过9岁小女孩布蕾特的目光，揭示了战争在孩子们心中留下的阴影。大战爆发后公路上人流溃退时混乱而悲惨的景象，她的父母被德国飞机炸死了。小说曾被译成17种文字，1951年被改编成影片，先后获威尼斯电影节金狮奖和奥斯卡电影剧本奖。

十　托马

在抵抗运动中，数量更多、出版也更及时的是中短篇小说，其中以女小说家埃迪特•托马（1909—1970）最为突出。她毕业于巴黎文献学院，起初研究历史，1934年起从事文学创作。她的短篇小说集《奥克索瓦的故事》（1943）由午夜出版社秘密出版，奥克索瓦其实就是她的化名。小说集的副标题是《现实的记录》，其中收入了七个篇幅短小的故事：《蛤蜊与教授》写占领区的食品实行配给，老教授在寒风中排了半天队却什么也没有买到；《换班》写当局用欺骗手段让工人到德国去，但他们设法躲藏起来；《守夜》写偏僻村庄里的农民在夜里偷偷地收听伦敦电台的广播；《椴树叶茶》写德国士兵对希特勒的憎恨；《越狱》写两个被抓到集中营里去的人逃了出来，受到法国农民的掩护和接待；《逮捕》写女主人公面对搜查她家和逮捕她的德国人镇定自若；《游击队员》写两个一起逃出战俘营的朋友参加了游击队，炸毁了德国人运货的列车。这些故事从各个侧面真实地反映了法国人民在德军占领时期的痛苦生活，以及他们进行的反法西斯斗争。

十一　回忆录和传奇

以写抵抗运动回忆录著称的是吉尔贝•雷诺－鲁米埃（1904—1951），他以雷米上校著称。他参加过自由法国部队，是地下抗战队伍的领导人之一。法国解放以后，他以雷米为笔名，发表了大量的回忆录，例如《一个联络网是如何被摧毁的》（1947）和《一个自由法国特工人员的回忆（第一卷，1940年6月至1942年6月）》（1948）等。这些回忆录是对抵抗运动战士们的英勇业绩的忠实记录，也是研究大战的珍贵史料。

传奇作家保尔•德雷菲斯是多菲内学院院士，《解放了的多菲内》报的记者。他通过查阅档案资料、采访抵抗运动战士和纳粹战犯，写出了许多战争史，例如《抵抗运动奇史》（1977）和《欧洲抵抗运动奇史》（1982）等，由于史料翔实和情节生动而深受欢迎。例如《保全法兰西的黄金》写德军包围敦刻尔克的危急时刻，法兰西银行利用军舰和拖网渔船，在德国人身边把黄金运到安全地点的故事。

十二　其他小说家

最后应该提到的是在描写抵抗运动的小说家当中，有些人曾经被俘、流放，甚至光荣地献出了生命。例如皮埃尔•穆瓦诺（1920—1944）在大战中于1940年被俘，逃脱后到摩洛哥参加了自由法国部队，他根据自己的经历，以富于象征性的笔调创作了《武器与辎重》（1951）、《庄严的追击》（1953）和《流沙》（1963）等小说，以及中短篇小说集《伤口》（1956）。让•普雷沃（1909—1944）是巴黎高等师范学校的高材生，在20年代就发表了《蒙田传》（1926）和《斯丹达尔的创作》（1942）等论著，他的小说有《布坎康兄弟》（1930）和《撒在伤口上的盐》（1934）等。他还写了许多政治和历史著作，因而于1943年获得法兰西学士院文学大奖。1944年，他在韦科尔山区与德军作战时英勇牺牲。

第三节
存在主义文学

拉法格说过："哲学是人的特点，是人的精神上的快乐。不发表哲学议论的作家只不过是工匠而已。"[1]作家的作品其实就是他的哲学观点的反映，所以从卢梭到雨果，从巴尔扎克到罗曼•罗兰，他们在作品里大发议论也就毫不奇怪了。不过只有在哲学与文学关系最为密切的时代里，才会出现直接反映哲学观点的文学作品。法国文学史上有过两个这样的文学流派：首先是18世纪启蒙运动时期的哲理小说，其次就是20世纪的存在主义文学，包括存在主义戏剧和存在主义小说。

法国的存在主义哲学和文学分为两种：以加布里埃尔•马塞尔（1889.12.7—1973）为代表的基督教存在主义，以萨特为代表的无神论存在主义。通常所说的法国存在主义是指后者，代表作家是萨特、加缪和波伏娃。他们都参加过抵抗运动，都用他们的戏剧和小说来宣扬存在主义的哲学观念。相比之下，抵抗运动文学中最重要的艺术形式是存在主义戏剧，原因首先在于它以寓意的形

1　拉法格：《左拉的<金钱>》，罗大冈译，载《罗大冈文集》，第3卷，中国文联出版社，2004年，第86页。

式来掩盖其真实意图，从而得以逃避当局的审查；其次是戏剧形式通俗易懂，最适合用来体现存在主义的哲理。

一　萨特

让-保尔•萨特（1905.6.21—1980.4.15）是无神论存在主义哲学的创立者，也是存在主义文学的领袖，他从小喜欢哲学和思考，酷爱读书和写作，对社会现实则漠不关心。1933年秋季，他获得公费留学的机会，到柏林的法兰西学院师从德国哲学家胡塞尔[1]，研究胡塞尔的现象学和海德格尔[2]的学说。他在德国呆了一年之久，却对希特勒上台后的危险时局视而不见。1935年，法国的进步力量组成人民阵线，许多著名作家都积极参加，他却只顾埋头于哲学研究，写作体现存在主义哲学的荒诞概念和自由选择理论的小说《恶心》和《墙》，由此可见他关注的是个人而不是社会。总之从大学毕业到战争爆发，在被法西斯主义阴影笼罩的30年代，他没有参加过任何政治活动。直到1939年8月末，他在给女友的信中还固执地认为："我并不相信战争真的会到来……我以为希特勒不会这么蠢。"[3]然而9月2日一早他就被征入伍了。

萨特在图尔附近的气象站工作了一段时间，接着开赴法国著名的马其诺防线。1940年6月21日，他在35岁生日这一天当了俘虏，被押到集中营里关了10个月。残酷的现实终于使他体会到个人不是孤立的存在，而是社会的一分子，因此必须介入现实。他在集中营里编写和导演了第一个剧本《巴里奥纳或雷之子》（1940），表面上写的是罗马人占领巴勒斯坦的悲剧，实际上是在号召教徒和非教徒起来抵抗外国的侵略。剧本表现的是俘虏的处境，而演员和观众都是法国战俘，所以在圣诞节上演时全场鸦雀无声，使萨特体会到戏剧震撼人心的魅力。

萨特从此开始关心政治，1941年获释回国后，与梅罗-庞蒂[4]等人建立了一个知识分子的抗战组织，名为"社会主义与自由"，但是不久就解体了。萨特

1　埃德蒙·胡塞尔（1859—1938），德国哲学家，现象学的创立者。

2　海德格尔（1898—1976），德国哲学家，存在主义哲学的创始人。

3　萨特：《寄语海狸》，沈志明、施康强等译，人民文学出版社，2005年，第229页。

4　莫里斯·梅罗—庞蒂（1908—1961），法国哲学家，他把现象学与存在主义结合起来，主张用存在主义修正马克思主义，著有《知觉现象学》等，在40年代有很大影响。

由此认识到社会主义只有通过共产党才能取得胜利，所以在1943年参加了法共的外围组织全国作家委员会。经常为法共领导下的《法兰西文学报》撰稿，号召人民参加抵抗运动，同时创作配合反法西斯斗争的戏剧和小说，从而成为战后左翼集团的代表作家。

萨特在他的著作《存在与虚无》（1943）中阐述了他的无神论存在主义哲学体系，其基本内容就是“存在先于本质”论和“自由选择”论。他认为存在先于本质，也就是说，人生来没有什么本质，只有在存在的过程中不断地有意塑造自己，才逐渐造就了自己的本质。人生的意义在于以自由的意志进行选择，用行动来赋予人生以意义，所以人生就是一系列自由选择的总和。从这个意义上来说，萨特的存在主义体系是一种行动的哲学，因为他强调人的尊严和价值，主张用自由选择的行动来对抗不人道的现实，强调人在受到奴役时有权选择反抗的道路，因而这部著作被誉为“反附敌思想的宣言书”，在大战期间具有激励人们斗志的进步作用。

然而深奥的哲学著作只能影响少数知识分子，只有通俗的文学作品才能吸引广大的民众，萨特为此开始创作一系列的戏剧和小说。他的存在主义哲学是他进行文学创作的指导思想，而他的文学作品则是体现和普及他的哲学观点的工具。他在战前对政治不闻不问，但他在抵抗运动期间所写的剧作，则表明他已经改变了对现实的旁观态度，开始用笔来介入政治斗争了。正如他自己所说的那样：

> 我是在战争中才体会到被囚禁这一深刻的异化，我也是在战争中才体会到与人的关系，体会到敌人……其次，我也是在战争里体会到社会秩序和民主社会的……你不妨说在战争中，我从战前的个人主义和纯粹个人转向社会，转向社会主义。这是我生活中真正的转折点：战前和战后[1]。

体现他思想转变的首先是两个剧本：《苍蝇》（1943）和《隔离审讯》（1944）。

三幕剧《苍蝇》是根据古希腊神话改编的故事。阿特柔斯是阿耳戈斯的国

1　萨特：《七十岁自画像》，施康强译，载沈志明、艾珉主编：《萨特文集》，第7卷，安徽文艺出版社，1998年，第413页。

王，他的弟弟提厄斯特斯争权夺利、诱奸王后，被阿特柔斯关进了监狱。提厄斯特斯的小儿子埃葵斯托斯设计杀死了阿特柔斯，让自己的父亲当上了国王。阿特柔斯的儿子阿伽门农逃到斯巴达，后来回国杀死了篡位的叔叔，自己当了国王，成为希腊联军的统帅，但是他赦免了埃葵斯托斯。

斯巴达王后海伦被特洛亚王子帕里斯劫走之后，阿伽门农率领希腊军队远征特洛亚，一去十年。由于他曾用大女儿祭神，王后克吕泰涅斯特拉一向对他心怀怨恨，埃葵斯托斯受了天神朱庇特的指派，乘机诱惑了她。他们密谋设下圈套，刺死了凯旋归来正在沐浴的阿伽门农，篡夺了王位。臣民们都惊恐不安，不敢反抗，朱庇特还派来无数象征复仇女神的苍蝇在城里飞舞，加重他们的负罪感。阿伽门农的儿子俄瑞斯忒斯只有12岁，被派去杀他的人扔在森林里，侥幸被雅典的一个富翁救走。二女儿厄勒克特拉沦为奴仆，她忍辱负重，盼望弟弟长大后回国报仇。

俄瑞斯忒斯回国后，不顾朱庇特的阻挠，在姐姐的协助下杀死了母亲及其情夫埃葵斯托斯，为被他们害死的父亲阿伽门农复了仇。但事后姐姐却不敢承担后果，反而为杀死了母亲而自责，还把责任推给弟弟。俄瑞斯忒斯则不但通过选择复仇承担了自己的责任，而且拒绝了朱庇特要他接替王位、让人民继续负罪的阴谋，他离开了城市，把苍蝇都带走了，从而解除了他们精神上的重负。

《苍蝇》含有丰富的政治寓意：法国投降以后，以总理贝当为首的维希政府卑躬屈膝，采取与德国合作的政策，埃葵斯托斯正是贝当的写照。朱庇特的凶残霸道，则是法西斯头子希特勒的象征。血迹斑斑的街道和墙壁，无数苍蝇到处飞舞，人们为屈从于暴政而悔恨，都是德国占领下的法国社会现实的反映。剧本颂扬了王子俄瑞斯忒斯的正确选择：义无反顾地反抗到底。他以行动实现了他的自由选择，通过自己的选择确定了自身的意义和价值，从而成为体现萨特存在主义哲学观念的英雄。他的选择与一切屈膝投降或者软弱无能的行为形成了鲜明的对比，无疑是对投降派的有力批判。剧本显然是在号召法国人民消除国家投降以后的负罪心理，起来反抗德国法西斯的统治，正因为剧本的象征意义不言自明，所以很快就被当局下令禁演。

独幕剧《隔离审讯》是萨特最著名的剧作，已经成为法国现代戏剧的经典。剧中只有三个人物，男的叫加尔森，是个作家，办过一份和平主义的报纸，是个临阵脱逃被子弹打死的懦夫。一个女人叫埃斯泰乐，她早年嫁给一个富翁，后来与青年罗杰相好，而且把他们的一个私生女丢到湖里溺死了，使得罗杰因痛苦而自杀，后来自己也死于肺炎。另一个女人叫伊奈丝，是个同性恋者，她勾引了表嫂，导致心神不宁的表兄被电车轧死，良心不安的表嫂打开了煤气和她同归于尽。

剧中的地狱看起来是个优雅的客厅，没有刑具和鬼怪，房门也没有上锁，但是这三个人都是在生前犯了罪而被打入地狱的，因此各怀鬼胎，疑虑重重，不敢也不会想到走出去。他们互相追逐、勾心斗角：埃斯泰乐要和加尔森亲热，但是当着伊奈丝的面无计可施；埃斯泰乐挽留想逃走的加尔森，而伊奈丝只希望和埃斯泰乐留下来搞同性恋。他们彼此刺探对方生前的底细，不断地彼此折磨，而且永远无法摆脱，因为每个人对于其他两个人来说都是真正的地狱。

萨特创作这个剧本的最主要的动机，正是要通过它来表现“地狱即他人”的哲理。他认为人对自己的了解只是一种纯粹的主观性，只有通过他人的目光才能得到证实。人在活着的时候，可以通过自由选择的行动使自己的存在不断地获得新的意义，但死后则盖棺定论，无法挽回了。加尔森生前以为自己智勇双全，但是在紧急关头临阵脱逃，死后他打着和平主义的幌子来为自己辩护，只怪自己死得太早才来不及表现出英雄的行动。然而他在伊奈丝的目光里却永远是个懦夫，他逃到任何地方去都改变不了她对他的印象，即使地狱的门开着也无济于事。

《隔离审讯》的进步意义，在于用暗示的方式谴责了加尔森这类抵抗运动的叛徒，以及犯有各种罪行的恶人。坏人注定要睁着眼睛永远待在地狱里，谁都无法逃脱别人的目光，他们最终都逃脱不了“末日审判”，也就是在别人的目光下原形毕露。他们互相揭穿别人的面具，使谁也不得安宁，以至于每个人都成了其他人的刽子手。对于他们来说，他人就是地狱，而且比任何酷刑都更加无情。

剧中的三个罪人在地狱里的相互关系，是他们生前人际关系的体现。那些像他们那样用谎言自欺欺人的恶人，将永远受到道义上的谴责，也就是永远生活在地狱里。所以剧本告诫人们要用自己的行动来追求人的价值，要对自己的行动完全负责，做好人不做恶人。

短篇小说集《墙》（1939）的书名具有双重的意义：一方面代表囚禁犯人

或精神病人的围墙，另一方面代表人与人之间不可逾越的鸿沟。这个集子包括五个短篇，其中《墙》在1937年由《新法兰西评论》发表，受到纪德的好评，1939年2月出版后，于1940年4月获民众主义小说奖，萨特当时在南锡兵营服役，特地赶到巴黎去接受了这项民间的荣誉。

《墙》写的是西班牙内战期间被捕的三个人：帕勃洛•伊比埃塔是共和党人，汤姆是国际纵队成员，儒昂只是一个孩子。佛朗哥分子迫使帕勃洛说出他的朋友格里斯的下落，他虽然知道格里斯躲在表兄家里，但不愿出卖朋友，于是三个人都被判处死刑，第二天就要被枪决。当天夜里有个比利时医生来到牢房里，观察他们的精神状态和身体的反应。小儒昂非常害怕死亡，汤姆强作镇定地嘟囔着枪毙时的情景，帕勃洛则万念俱灰，连遗言也不肯留下。天亮之后，佛朗哥分子枪毙了汤姆和儒昂，但帕勃洛仍然拒不招认。为了嘲弄敌人，他故意说格里斯藏在墓地里。不料弄巧成拙，格里斯恰恰因为不想连累他人而躲进了墓地，结果被敌人抓住了。帕勃洛因此没有被枪决，他在得知真相后真是欲哭无泪，有苦难言。

小说用的是第一人称，通过帕勃洛的眼光和心理活动来描绘他们临刑前的情景，反映了三个人物面对死亡的不同态度。其实面对死亡，人在生理上的反应是大同小异的，小儒昂固然怕得要命，汤姆也吓得尿了裤子，就连坚强的帕勃洛在听到枪毙的枪声时也不禁发抖。他们的区别在于即使面对死亡也可以作出不同的选择，即英勇牺牲还是可怜地死去。但是人的选择也有偶然性，帕勃洛就是不由自主地成了出卖朋友的叛徒。

小说集中的最后一篇是《一个工厂主的早年生活》，写的是在资本主义的社会环境里，一个工厂主的儿子如何成长为资产者的过程。主人公吕西安从小受到家人和亲友的宠爱。他天性慵懒，精神空虚，结果被一个有同性恋癖好的超现实主义者玩弄，接着又做了一个风尘女子的情夫，自己也成了一个无耻的反犹太主义者，指望有一天能因此出人头地，最后他盼望父亲早点死去以继承家业。吕西安看似软弱无力，实际上出于他自身的利益，才作出了要做一个右翼工厂主的选择。

萨特最重要的长篇小说是三部曲《自由之路》，包括《理智之年》（1945）、《缓期执行》（1945）和《痛心疾首》（1949）。

第一部写的是1938年6月13日前后48小时之内的事情。35岁的马蒂厄是巴斯德中学的哲学教师，他相好了七年的情妇玛赛儿已经怀孕，但他不再爱她，更不想和她结婚，但是又没有钱让玛赛儿打胎，因此去偷了歌女洛拉的钱，可是玛赛儿不想打胎，并且与他分手了。马蒂厄爱着学生鲍里斯的姐姐伊维什，而伊维什则谁也不爱。鲍里斯不爱歌女洛拉，但是洛拉却缠住他不放。小说通过这些人物的爱情纠葛，表现了人生的荒诞和不幸，反映了大战前夕法国社会的混乱局面，法国人无所适从的精神状态，以及他们对西班牙内战的冷漠态度。马蒂厄不满现状、渴望自由，甚至想到西班牙去参战，但是并不付诸行动。他羡慕老同学布吕内是共产党员，自己却不愿入党。他爱伊维什又不敢表白。总之马蒂厄精神空虚，优柔寡断，下不了进行“选择”的决心。他拒绝介入，因而得不到真正意义上的自由，最终陷于十分孤立的境地。

第二部《缓期执行》写的是慕尼黑协议签订前夜的社会动荡和人们的焦虑，描写了张伯伦[1]、达拉第[2]和希特勒等一些历史人物。战争就是世界荒诞的证据，而战争是不可避免的，人类是注定要打仗的。这时候人们不再在个人的小天地里追求抽象的自由，而是全部被卷入了枪林弹雨的现实生活。但与此同时，人们还是抱着侥幸的心理，指望法国能避免战火。马蒂厄虽然应征入伍上了前线，却不知道为什么要打仗，认为战争与和平反正是一样的。英国和法国向希特勒让步，签订了慕尼黑协定，居然受到了人们的欢迎，其实这个协议只能延缓而不可能消除战争。

第三部《痛心疾首》写的是1940年夏天，法军在德军的进攻面前一触即溃，大败而逃。马蒂厄觉得自己从来都一事无成，没有理由再活下去，于是参加了敢死队。6月18日早晨，德军侵入他们所在的村庄，最后只剩下他独自在钟楼上坚守。他射击的每一颗子弹，都是对从前由于顾虑而没有做成的事情的报复，以此来补偿他过去的犹豫怯懦和苟且偷生。他死守了规定的15分钟，才倒在血泊之中：这种向过去、向世界的射击虽然荒谬，但他终于通过选择和行动获得了自己的自由，从而成了一位存在主义的英雄。共产党员布吕内等成了俘虏，被押送到德国，他在战俘中组织了抵抗活动。

萨特本来还要写作第四部《最后的机会》，让马蒂厄找到自己的归宿，能

1　亚瑟·张伯伦（1869—1940），英国首相（1937—1940），在二战期间实行纵容法西斯侵略的绥靖政策。

2　爱德华·达拉第（1884—1970），法国总理（1933，1934，1938—1940），激进社会党领袖，二战期间推行绥靖政策。

够自由地介入他认为有意义的事业，但是这个计划未能实现，只是留下了一些片断，实际上他在写完前三部之后就放弃了小说创作。小说未能完成是由于他的存在主义学说本身的矛盾，因为任何“自由选择”都不是个人的成果，而是由社会的内部矛盾事先决定的，个人只是这种选择的承担者，马蒂厄的命运不能脱离社会的制约。在战后的冷战形势下，萨特本人的处境进退两难，还在走介于左翼和右翼之间的第三条道路，当然也就无法安排马蒂厄的命运。布吕内是以尼赞为原型而塑造的人物，尼赞受到法共的批判，布吕内这个人物自然也就写不下去了。

萨特的小说具有存在主义的独特风格。它们不像超现实主义小说那样云山雾罩，不像新小说那样描绘繁琐，也不像侦探小说那样扑朔迷离。它们刻画的只是迫使人不得不作出种种选择的困难处境，描绘的是他们的内心在作出选择之前的冲突和矛盾，所以被称为“处境小说”。由于它们描写的都是当时的社会现实，因而能引起同时代人的共鸣，在当时产生了很大的影响。

萨特只有《恶心》和《自由之路》这两部长篇小说，但是它们足以反映他在战争爆发以后的思想变化。《恶心》的主人公逃避历史，寻找一种抽象的自由，而《自由之路》的人物则逐渐参与历史，追求的是与历史责任联系在一起的自由，战争的考验使他从相信个人的绝对自由转变为投入现实的斗争，从对世界和人生的冷漠转变为对法国和世界大事的积极介入，从创造个人存在的价值转变为对于国家和民族的巨大责任心。主人公马蒂厄是当时法国知识分子的典型，他的思想和行为都充满了矛盾。他从犹豫观望到勇敢战斗的转变过程，反映了萨特本人的思想历程，同时也是法国知识阶层向往自由、进行积极的自我选择的过程。

二　波伏娃

西蒙娜•德•波伏娃（1908.1.9－1986.4.14）生于巴黎，从小生就一副叛逆的性格。她18岁就获得了巴黎大学哲学学士学位，20岁那年与萨特同时以优异成绩通过了哲学教师资格考试，并且成为萨特的终身伴侣，但是始终没有结婚，而是各自保持着爱情方面的自由。1943年，波伏娃与萨特一起参加了抵抗运动，在出版小说《女宾》后成为专业作家。

《白吃饭的嘴巴》（1945）是波伏娃唯一的剧本，故事发生在14世纪意大利。沃塞尔城的居民为了争取独立，杀死了勃艮第公爵的大法官，结果被勃艮第公爵的军队围困和封锁，陷入了弹尽粮绝的境地。全城人民面临着严峻的选择：要么任凭老弱妇孺饿死，以便节省粮食让男人坚守下去等待法国国王的救兵；要么集体冒死突围，让部队与人民共存亡。市长认识到他要对全体人民负责，终于顺从民意，选择了集体突围以求生存的道路。剧本描写了人们在关键时刻必须作出重大的选择，充分体现了主张自由选择的存在主义哲学观念，同时也具有激励人们抵抗侵略的意义。但是由于剧本的对白比较生硬，情节也不紧凑，所以演出并不成功，波伏娃以后也不再创作戏剧。

小说《他人的血》（1945）讲述的是30年代的工人运动和战争爆发后的抵抗运动。主人公名叫布罗马，他与自己的资产阶级家庭决裂，加入共产党投身革命。在与警察的冲突中，他把枪给了雅克，雅克却被警察打死了。他认为是自己使他人流了血，所以退出了共产党，只从事为工人谋福利的工会工作，这时朋友保尔的未婚妻爱伦娜爱上了他。德国法西斯侵入了法国，布罗马认为不能只流他人的血，因此入伍上了前线。爱伦娜设法托人把他调回巴黎，布罗马大为不满，两人因而分手。后来布罗马负伤退役，建立地下组织，袭击盖世太保，结果又使人质死于非命。布罗马发现他做的事情都要以他人的鲜血为代价，为此而犹豫彷徨，但是他最终认识到个人利益必须符合社会和民族的利益。爱伦娜本来只想浑浑噩噩地活下去，曾经想接受一个德国企业家的邀请到柏林就业，甚至与一个德国军官有了关系，但是血淋淋的事实终于使她觉醒过来，作出了正确的选择。最后她独自到集中营去把保尔救了出来，自己却因胸口中弹而牺牲，就在这时布罗马真正爱上了她。

《他人的血》探讨的是个人经历与社会现实的关系，表明无论是国家还是个人，都在随时随地地进行选择，做自己决定的事情，因此是一部宣扬存在主义哲学、赞扬人在战争的考验中作出正确选择的小说，同时也充分肯定了法国人民抵抗法西斯侵略的业绩。

三 加缪

阿尔贝•加缪（1913.11.7—1960.1.4）生于阿尔及利亚的蒙多维，父母是分别来自法国和西班牙的贫苦移民，父亲在第一次世界大战中负伤死去，他跟随母亲在贫民区艰难度日，靠助学金读到中学毕业，1933年进入阿尔及尔大学攻读哲学和古典文学。在萨特对政治漠不关心的时候，他就已经投身于进步的事业了。1935年，法国左翼力量成立了人民阵线，加缪在当年秋天就加入了法共阿尔及尔支部，积极从事戏剧活动，先后组织过“劳工剧团”和“队友剧团”，到各地为劳动者免费演出。他还把马尔罗的小说《可鄙的时代》改编成剧本，上演后获得极大的成功。他由于不同意法共在阿尔及利亚的政策，还与穆斯林作家和伊斯兰宗教领袖保持来往，所以在1937年11月被开除出党。

大学毕业后，加缪在1938年担任了《阿尔及尔共和报》的记者，到阿尔及利亚北部的卡比利山区进行调查，目睹了当地少数民族极端贫困的生活，更加坚定了要为大众争取幸福生活的决心。1939年该报改为《共和晚报》，加缪担任主编，不久报纸被查封，他又参加了抵抗运动组织“北方解放运动”，主持地下的《战斗报》的出版工作。1942年，他因肺病复发赴法国疗养，因盟军在阿尔及利亚登陆而滞留法国。

加缪的作品里蕴含着对荒诞的反抗，充满了地中海的阳光和阿尔及利亚夏日的鸟语花香。在他的代表作《局外人》（1942）里，主人公莫尔索看起来对一切都无动于衷，对于是否需要结婚、自己什么时候被处死等问题都抱着无所谓的态度，实际上是拒不接受社会强加给他的价值观念，因此他才被社会视为异己而置于死地。《西西弗神话》（1943）则把西西弗[1]描绘成反抗荒诞命运的英雄，指出现代人的生活和工作千篇一律，旨在通过这个神话来启示现代人对荒诞的认识。《局外人》使人感觉到荒诞，《西西弗神话》则从对荒诞的意识和蔑视发展到了对荒诞的反抗。

加缪认为尽管世界充满了苦难，但人类有大地和母亲，有夏日和大海，因而就有希望。归根结底，加缪认为人生的荒诞性虽然是永恒的和无法改变的，但是人的本性给人生带来了一线光明。人渴望美好的生活，追求自由和爱情，这就是人生的全部意义。从坚持推巨石上山的西西弗，到为了大众奋不顾身的里厄医生，都充分显示了人类对美好理想的向往。

1 西西弗，又译西叙福斯，古希腊神话中的人物，因犯有罪行而遭严惩：他必须将一巨石推上山顶，但巨石一到山顶就立即滚回原处，他于是重新推动巨石，如此周而复始，永无尽头。

第四节
集中营文学

1933年希特勒上台以后，德国建立了第一批集中营，用来关押反对纳粹的共产党人和进步人士。随着对犹太人迫害的加剧和战争的进程，集中营越来越多，最后遍及整个欧洲，成为第二次世界大战中的一种特有的建筑。关押的人也包括战俘、犹太人直至普通的平民，无数的人在集中营里惨遭折磨、酷刑和屠杀，甚至被大规模地用毒气室处死后，再用焚尸炉毁尸灭迹，以至于奥斯维辛和毛特豪森等集中营的名称，令人听起来都毛骨悚然。在战争期间，法国共有250万人被作为战俘运往德国关入集中营，其中20多万人被处决或被折磨致死，即使幸存下来也身心受到严重的摧残。他们当中有些作家用耳闻目睹的残酷现实，以及自己亲身经历的悲惨遭遇，控诉法西斯的罪行，由此形成了一种体裁：集中营文学。除了下文专节评述的加斯卡尔之外，主要有以下一些作家。

雅克•佩雷（1901—1992）生于伊夫林省的特拉普，从小在巴黎上学，受到要向德国复仇的爱国主义教育。20岁时作为下士狙击手赴摩洛哥，1923年复员后从事新闻业，在西班牙内战中他站在佛朗哥分子一边。1939年他加入义勇军，获得军功勋章，于1940年被德军俘虏。他成功逃脱后，在一个游击队基地参加了抵抗运动，后来根据自己的经历写出了两部他最著名的小说：《被抓住的下士》（1947）和《特殊的团伙》（1951），幽默地描绘了抵抗战士的日常生活。

弗朗西斯•昂布里埃尔（1907.9.27—1998）的《暑假》（1940），收入了他在大战初期和被俘后关押在德国期间所写的短篇小说，描写了1600名囚犯的命运，出版后获得了龚古尔奖。

罗贝尔•梅尔勒（1908.8.28—2004.3.28）生于阿尔及利亚的泰贝萨，获英语教师学衔和文学博士学位，曾在巴黎第十大学等校任教。大战时他应征入伍，在敦刻尔克战役中被俘，逃跑后被抓回去关进了集中营，1943年被遣返回国。战后他发表了小说《周末在徐德科特》（1949，获龚古尔奖），以亲身经历再现了敦刻尔克法军大撤退的悲壮场面。这个周末是在1940年6月，35万英法军队冒着德国飞机的轰炸撤退，损失惨重，最后以英军为主的30万士兵回到了英国。小说中的人物反对战争，但是无法反抗，最后都被打死了。小说通过士兵们的悲惨遭遇，谴责了德国法西斯的侵略战争。他的其他小说还有描写德国集中营和一个纳粹军官命运的《死亡是我的职业》（1953），以及反映殖民地人民受奴役的《岛屿》（1962），把海豚用于军事的《一种有理性的动物》（1967）等。梅尔勒为大量揭露战争、种族主义、专权和酷刑等暴行的小说作序，明显地流露出他对革命者的深切同情。他还写过一部报告文学：《蒙卡达，菲德尔·卡斯特罗的第一次战斗》（1965）。

让·凯罗尔（1911.6.6—2005.2.10）生于波尔多，学习文学和法学后在图书馆任职，与莫里亚克等作家来往并开始发表诗歌。大战期间他参加抵抗运动，1942年因被人出卖而被盖世太保逮捕，10个月后被押送到奥地利的毛特豪森集中营，他靠着写作坚持活了下来。他的小说《我将体验别人的爱》（1947）包括两部分：《有人对你说》和《头几天》，连同1948年发表的《燃烧的火焰》，共同勾勒了身心备受摧残的主人公阿尔芒的流放生活，以及他与同伴们在集中营里的遭遇和斗争，出版后获得了勒诺多奖。

达维德·鲁塞（1912—1997）在获得哲学学士学位后担任新闻记者，到过欧洲各国和北非。1936年参加西班牙共和政府的军队，大战爆发后参加抵抗运动，1943年被德国秘密警察逮捕，在集中营里受尽酷刑，到1945年才获得自由。出狱后他立即发表了《集中营的天地》（1946），获勒诺多奖，接着发表的《我们死亡的日子》（1947），对这段悲惨经历进行了更加催人泪下的记述。关于集中营的生活，他还发表了文章《小丑不笑》（1948），并与萨特等合著了《政治对话录》（1949）。他本来与法共比较接近，但是由于分歧越来越大，最终在1949年因揭露苏联存在集中营而与法共决裂。

罗杰·伊科尔（1912.5.28—1986）生于巴黎，毕业于巴黎高等师范学校，获得教师资格后长期在中学任教，早期发表了两部历史著作《1848年6月的工人起义》（1936）和《圣茹斯特[1]生平》（1937）。他是犹太人，从1940年到1945年，他被俘后关押在波美拉尼亚。后来他根据自己的经历写出了小说《穿越我们的沙漠》（1950）和《巨额的资财》（1951）。伊科尔在1955年任《费

1 路易·德·圣茹斯特（1767—1794），法国政治家，法国大革命期间是雅各宾派专政的理论家，与罗伯斯庇尔同时被处死。

加罗报》的记者，最著名的作品是系列小说《阿弗洛姆的儿子们》，其中包括的《混合水》（1955）获龚古尔奖，描写了一个犹太家庭的三代人的命运，以及他们来到法国后融入法国社会的过程。他的小说还有六卷本的《如果时光……》（包括《播风者》（1960）和《战争的怨言》（1961）等），以及《一位良心不安的教授》（1965）和《无辜者的军事法庭》（1972）等。《我控诉》（1980）写的是他经历了一场家庭悲剧之后，积极地投入了反对毒品的激烈斗争。

塞尔日•格鲁萨尔在1939年志愿从军，后来参加了抵抗运动，被秘密警察逮捕后关进了集中营。他在《活人的黄昏》（1945）中叙述了这段经历。后来他作为记者跑遍世界各地，记述了许多令人瞩目的事件，例如在《大屠杀》（1948）中描写了发生在的黎波里的种族迫害；《无足轻重的人们》（1949）通过一个侦探故事反映了卡车司机的生活，获民众主义小说奖；《来历不明的女人》（1950）表现了海员们的生活天地，获妇女文学奖。他的小说继承了现实主义的传统，具有报告文学的简洁风格。

第五节
附逆文学

在涌现大量反法西斯作品的同时，也有少数作家采取了与德国合作的态度，用自己的作品来鼓吹法西斯主义，散布要有法西斯主义来统一欧洲的幻想，因而在法国解放后受到了应有的惩罚。这方面的代表作家有以下几位。

夏尔•莫拉斯（1868.4.20—1952.11.16）是法国20世纪上半叶右翼势力的代表人物和理论家。他生于普罗旺斯，在花园和书本中度过童年，以后他曾发表过《普罗旺斯的四个夜晚》（1931）、《海边的果园》（1937）等文笔优美的小说。中学毕业后他来到巴黎，不久就在报刊上发表文章，而且开始著书立说。他与莫雷亚斯[1]一起创立了罗曼派，在《威尼斯的情人：乔治•桑与缪塞》中揭露了浪漫主义。他在政治上鼓吹君主主义，因而在德雷福斯事件中与他曾

1　让·莫雷亚斯（1856—1910）是法国象征主义诗歌流派的创立者，他于1886年9月18日在《费加罗报》上发表了一篇《文学宣言》，把当时的颓废派诗人称为象征主义者。但不久他就在1891年另外创立了“罗曼派”，要求与象征主义决裂，恢复古希腊罗马的传统。

经仰慕的法朗士分道扬镳。他在1908年创办的《法兰西行动报》，加上他的《关于君主政体的调查》（1900—1909）和随后发表的大量著作和小册子，使他理所当然地成为保王派的领袖，并于1938年当选为法兰西学士院院士。他在占领时期拥护维希政府，法国解放后被判处无期徒刑，当然也被法兰西学士院开除，先后被关押在里翁和克莱沃，后来死于图尔附近的医院里。

阿尔丰斯•德•夏多布里扬（1877—1951）生于一个艺术家家庭，早年因描写乡村的小说《德卢迪纳先生》（1911）获得龚古尔奖而闻名，后来他的《拉布里埃尔》（1923）又获得法兰西学士院小说大奖。1935年以后他多次旅居德国，颂扬希特勒的纳粹主义，并且在《力量的集成》（1937）中阐述了他的观点。在占领时期，他毫无保留地与德国合作，在1940年7月创办并主持《集成》周刊。1945年，为了躲避法国的审判。他逃到奥地利的基茨布埃尔修道院避难，1951年病故。

皮埃尔•德里厄•拉罗舍勒（1893—1945）是诗人、小说家和评论家，在第一次世界大战中曾英勇作战，战后发表过一些抨击资产阶级的论著。1934年，他出版《法西斯社会主义》一书，公开站在法西斯一边，并出版了《吉尔》和《迪克•拉斯贝的回忆》等带有自传性的小说。他在大战期间狂热地与纳粹合作，发表反犹文章。1945年法国解放后，他在被判决之前自杀。

罗贝尔•布拉西亚克（1909—1945.2.6）出生于一个军官家庭，父亲在1914年战死，他由母亲和继父养大，1928年考入巴黎高等师范学校，毕业后从事文学评论，写过《维吉尔》（1931）、《高乃依》（1938）等论著，成为当时最出色的文学批评家之一，还与内弟莫里斯•巴尔代什合著了一部出色的《电影史》（1935）。与此同时，他参与了右翼的《法兰西行动报》的编辑工作，在西班牙内战期间站在佛朗哥一边，从1936年6月开始为法西斯化的报纸《我无处不在》撰稿，战争期间他担任《我无处不在》的主编，还在小说《七种颜色》（1939）和与莫里斯•巴尔代什合著的《西班牙战争史》（1939）里狂热地颂扬法西斯主义和反犹太主义，后来又到德国纽伦堡去参加了纳粹党的代表大会，无条件地赞同希特勒，因而于1945年2月6日在红山碉堡被枪决。

路易—费迪南•塞利纳（1894.5.27—1961.7.1）生于上塞纳省的库尔布克，原名路易—费迪南•奥古斯特•德图什。他在小学毕业后被父亲送到德国去学习德语，回到巴黎后在贸易公司里当学徒。1912年他进入骑兵团服役，大战爆发后不久就右臂负伤，退役后他在雷恩医科大学读书，1924年获得医学博士学位，毕业后到日内瓦国际联盟的卫生部工作，去北美、欧洲和西非进行调查。1932年，他以外婆塞利纳的名字作为笔名，发表了流浪汉小说《长夜行》（1932）。小说通过主人公费迪南•巴尔达缪的自述，回顾了他到处流浪、打仗负伤和谈情说爱的荒唐经历，无情地嘲弄了这个异化的世界，表现了人类对现实的绝望。它对现存社会里的一切都尽情地挖苦和嘲笑，从而创造了一种不同于传统小说的独特风格，出版后受到普遍欢迎并获得勒诺多奖。《长夜行》实际上是介于传统小说与存在主义小说之间的桥梁，可以称之为前存在主义小说，因此理所当然地受到了萨特和波伏娃的欢迎。但同时也引起了广泛的争议，托洛茨基把塞利纳视为左翼成员，高尔基则认为他可以接受法西斯主义了。

《长夜行》由艾尔莎•特里奥莱译成俄文在苏联出版后，塞利纳应邀访苏，回国后发表了反苏小册子《我的罪过》（1937）。他接着又发表了抨击性的小册子《屠杀琐事》（1937）、《尸体学校》（1938）和《困境》（1941），大发反犹太主义的言论，表现出亲希特勒的倾向，煽动种族主义，因而受到广泛的谴责。塞利纳在二战期间是著名的合作分子，1944年6月，盟军在诺曼底登陆，他先后逃到德国和丹麦，丹麦的德军投降后，法国政府要求以叛国罪引渡他，但遭到拒绝，于是对他进行了缺席审判，后来巴黎军事法庭按照关于战争伤员的规定对他予以赦免。塞利纳于1951年回国，在巴黎西南方的默东开设了私人诊所，写作了一些关于他在占领时期的行为和在丹麦生活的回忆录。

还有一些作家虽然不像他们那么狂热，但也支持与德国的合作，所以在战后受到审查，影响了自己的声誉，其中最著名的是让•吉奥诺（1895.3.30—1970.10.9）。他出生于普罗旺斯农村，擅长描写农村的风土人情，因而被称为乡土作家。他参加过第一次世界大战，由于在战场上深受刺激而成为一个坚定的和平主义者，在30年代初参加了革命作家艺术家联合会，属于左翼集团，这也许是拉贡在他的《无产阶级文学史》中把吉奥诺列为无产阶级作家的缘故。后来他在1937年初发表了反战声明《拒绝服从》，因而在1939年应征入伍时被捕，在纪德的干预下才被释放。法国解放后他又因被怀疑曾与德军合作而入狱，只是因证据不足才未予追究，但是在几年内被剥夺了出版作品的权利。

第三编
当代左翼文学的演变

1944年8月25日，巴黎解放。1945年5月8日，德国无条件投降。法国共产党领导了国内的抵抗运动，为法国的解放作出了巨大的贡献，在战场上牺牲的党员就多达75000人。它的队伍也在抵抗运动中壮大起来，战争结束时已拥有将近100万党员，但是由于它所推行的一系列错误政策，战后在法共党内外出现了种种矛盾，导致它走上了日益衰落的道路。

法国解放后，法共为了维护自身领导抗战的形象，把《告法国人民书》的日期提前到1940年7月10日，“这个文件后来经过篡改，摘要刊载在解放后伪造出来的一期诡称秘密发行的《人道报》上”[1]。《法国共产党史》的编撰者们以大量的证据和资料揭露了这一伪造的行为。法共还断然否认曾派代表与巴黎纳粹司令部新闻处商谈《人道报》复刊事宜，当时奉命谈判的加特拉斯已经被纳粹处决，姬诺兰死于流放，于是富瓦律师就成了替罪羊。尽管富瓦一向为苏联驻法大使馆做辩护律师，但是因为他在1940年6月“曾企图缓和同占领者的斗争”[2]而被开除出党，而且把开除的时间追溯到德军进攻苏联的时候。紧接着他又在1945年3月20日被巴黎律师工会开除。

澄清这一事实对于研究法共的历史至关重要。除了由基层党员们自发撰写的《法国共产党史》之外，巴黎第八大学教授、法国“巴黎公社之友协会”主席、马克思主义历史学家克洛德•维拉尔也证实了这一点。在《法国社会主义简史》一书中，他在“抵抗斗争时期的共产党”一节中指出：

1 《法国共产党史》，第2卷，北京编译社等译，世界知识出版社，1965年，第20页。
2 同上，第18页。

> 对于法国共产党直至苏联参战时所奉行的战略，人们已经花费了许多笔墨。有的用黑墨水："冷战"的文献把法国共产党说成是消极的抵抗者，甚至是侵占者的同谋。有的则用红墨水：很久以前，法国共产党拒不承认明显的事实，把当在前进中的探索和错误一笔勾销了。[1]

值得注意的是维拉尔在"错误"一词后面特地加了一个注释："特别是1940年6月底，法国共产党曾向占领当局要求合法出版《人道报》，不过，这种要求很快就撤回了。"尽管维拉尔也指出了造成这种情况的客观原因，是由于法国在失败后处于绝望之中，而法共的四位领袖又分别在莫斯科、布鲁塞尔和巴黎，联系非常困难，因此不利于党在理论和战略方面的讨论和思考，但是无论如何，法共曾与德军当局谈判的事实是不可否认的。

何况法共的错误还不仅如此。1944年11月6日，法国政府颁布了赦免多列士的命令，他一回国就表示支持国家的统一，主动解散了共产党领导的武装，并且发起了规模巨大的清洗运动，呼吁："把破坏者、卖国贼间谍和敌特都查出来，交付法庭惩办，难道没有必要吗？"[2]在这次清洗中有三万人被捕，大多被枪决了，其中包括一些著名的作家。布拉西亚克等人固然是受到了应有的惩罚，但也有一些政客乘机公报私仇，从而造成了运动的扩大化，当时凡是与德国人有过关系的妇女甚至都被剃光头发示众。作家波朗[3]对此感到不满，写了《致抵抗运动领导人的信》，不料竟有激进人士因此怀疑他参加抵抗运动是个骗局，他愤而与左翼集团断绝了关系。同样参加过抵抗运动的著名作家莫里亚克，也由于主张宽恕而受到法共的猛烈谴责。加缪起初主张坚决清洗通敌分子，曾与莫里亚克进行论战，但随着清洗的扩大化而认识到惩罚过于严厉，希望在清洗中不要带有怨恨的情绪，并对布拉西亚克被处死刑表示异议。广大群众对此深感疑虑，法共的威望因而随之下降。

1945年10月21日，法共在第一届制宪议会选举中获得152席，与人民共和

---

1 克洛德·维拉尔：《法国社会主义简史》，曹松豪译，中共中央党校出版社，1992年，第137—138页。

2 《法国共产党史》，第2卷，北京编译社等译，世界知识出版社，1965年，第179页。

3 让·波朗（1884—1968），法国小说家，评论家，曾任《新法兰西评论》的总编辑，抵抗运动期间是《法兰西文学报》的创立者之一，1963年当选为法兰西学士院院士。

党和社会党联合执政。戴高乐当选为临时政府总理后，拒绝把国防、外交或内政等关键部门交给法共掌管，所以多列士担任了国务部长，分管劳工和经济方面的事务。戴高乐在1946年初辞去总理职务，多列士作为第一大党的总书记，也只是担任了副总理。1947年1月16日，社会党人樊尚•奥里奥尔当选总统，成立以拉马迪埃为总理的政府，多列士任副总理兼国务部长。但是好景不长，5月4日拉马迪埃就以政策分歧为由，解除了共产党部长们的职务，把法共从政府里排挤出去了。

1956年2月，苏联共产党召开第二十次代表大会，赫鲁晓夫的秘密报告抨击了对斯大林的个人崇拜，由此产生的影响导致了当年10月份匈牙利事件的爆发，苏联出兵进行干涉。11月5日，韦科尔、鲁瓦、瓦扬等在抵抗运动期间入党的法共作家，以及萨特和波伏娃等著名的左翼知识分子，发表了由20人签署的抗议声明，他们认为刺刀不会带来社会主义，一个用武力强加的政府本身也会用武力来镇压本国的人民。由于法共支持苏联出兵，韦科尔、瓦扬和鲁瓦等纷纷脱党或被开除，萨特等左翼作家也与法共断绝来往。阿拉贡等虽然留在党内，但是也对苏联的现实感到失望。

赫鲁晓夫的秘密报告，以及后来的越南战争，在西方引发了称之为“新马克思主义”的政治思潮和运动，也就是所谓的“新左翼”。这个运动包括形形色色的激进观点，没有明确的理论或原则，但是总的来说是要破坏现存的资本主义制度，反对帝国主义和种族歧视，并且要付诸革命行动。新左翼运动在60年代初出现于英美，到1968年在法国发展成大规模的学生运动，形成了轰动世界的“五月风暴”。法共未能把握这个大好时机来争取群众，以致在6月底的议会选举中遭到失败，整个左翼运动陷于四分五裂的状态。倒是勒菲弗尔和萨特等左翼知识分子坚决支持学生运动，因为他们看到自己对当代资本主义社会的分析被“五月风暴”所证实；而造反的学生和工人则把西方马克思主义奉为自己的思想武器，进而促使了西方马克思主义的空前繁荣。1968年8月苏联入侵捷克之后不久，就连法共的马克思主义权威加洛蒂也被开除出党，左翼文学自然也就越来越脱离了法共的影响。

1972年，勒庞创建国民阵线，这是法国极右势力的总代表。它极力鼓吹民族沙文主义、排外主义和种族主义，在竞选中提出“赶走移民”和“向社会主义、共产主义宣战”等极端口号。法共虽然与社会党签署了共同施政纲领，在政治上却越来越让位于社会党，结果使社会党从中获益，密特朗在1981年当选为总统，法共到1984年不得不退出左翼联合政府，丧失了单独选举的地位。苏联解体和东欧剧变之后，法共党员减至10万人，从法国解放时的第一大党衰落为不如国民阵线的小党，由此也可以解释为什么左翼文学在繁荣之后就一蹶不振了。

与左翼文学的衰落形成鲜明对照的是马克思主义文学批评的繁荣。马克思主义在30年代的巨大影响，主要是在反对法西斯主义的斗争中通过法共体现出来的，然而这并不意味着进步的知识分子都懂得了马克思主义。法国最早的《马克思选集》到1936年才由弗雷维尔编辑出版，说明法国对马克思主义的研究相当薄弱。大战之后的和平环境为研究马克思主义创造了有利的条件，但是随着国际形势，特别是苏联现实的急剧变化，法共在马克思主义方面的权威地位受到挑战，其影响随着法共的衰落逐渐式微。而与此同时，各种独立于法共的、被称为西方马克思主义的流派则得到了空前的发展。

西方马克思主义起源于20世纪20年代初期，代表作就是卢卡契的《历史和阶级意识》，但是在第二次世界大战以后，法国却成了西方马克思主义的一个中心。因此法国战后左翼文学的最大特色，就是法共作家和左翼文学的作品数量减少，而属于西方马克思主义范畴的文艺批评却得到了空前的繁荣和发展。

第五章
诗歌、戏剧和小说

概述

法共评论家让·阿尔佩蒂尼在专门为介绍50年代以来的法共作家的文章中，坦然承认尽管有“一辈接一辈的共产党员作家、哲学家、史学家或（有时是兼）评论家”，但是并没有一种真正的无产阶级文学，他所列举的党员作家中，除了已经年迈的阿拉贡和斯蒂之外，其余他认为“必须提到”的名字，例如玛克·德路士、让·里斯塔等，至今仍然是不为人知的无名作家。但左翼文学的范围则要大得多了：“三十年代由共产党人推动的反法西斯运动，以及战后争取和平，反对扩张军备，废除殖民地并且实现一切人道理想的运动中发展起来的统一战线，甚至经常包括一批天主教以及基督教知识分子及作家。”[1]这种趋势的最突出的表现，就是反战小说在战后始终长盛不衰。

大战之后接着冷战的残酷现实，沉重地打击了作家们的人道主义信仰，使他们失去了用鸿篇巨制来反映历史演变的雄心，多卷本的长篇小说也随之衰落。即使是以革命小说家著称的马尔罗，战后也不再创作小说，而是到戴高乐政府里去当了部长。 特别是在匈牙利事件之后，许多法共作家不是脱党就是被开除出党。但尽管如此，仍然有不少作家在坚持创作进步的作品。

在50和60年代创作反法西斯小说的作家，无论是否法共党员，通常都参加过抵抗运动，所以能够以回忆自己战时的经历为题材。除了下面专节介绍的作家之外，主要还有以下一些作家。

---

1 让·阿尔佩蒂尼：《五十年代以来的法国共产主义作家和研究工作者》，载《罗大冈文集》，第3卷，中国文联出版社，2004年，第174—175页。

皮埃尔-亨利•西蒙（1903.10.10—1972.9.20 ）在1939年作为预备役军官入伍，1940年6月被俘，他的《战俘之歌》（1943）等诗作反映了这段经历。他的小说《潜伏处》（1946）、《绿色的葡萄》（1950）和《人们不愿死去》（1953）等都是描写战争的。他的评论如《法国在寻求良心》（1944）、《反对酷刑》（1957）也与大战和阿尔及利亚战争等密切相关。他于1966年当选为法兰西学士院院士。

弗拉基米尔•波兹内（1905—1992）生于巴黎，是用法语写作的俄裔小说家，曾在好莱坞写剧本。他的小说《本地人》（1946）是一部出色的占领时期编年史。他的论著《四分五裂的国家》（1950）谴责了美国的政策，《西班牙，第一个恋人》（1965）表达了他对西班牙共和党人革命事业的怀念。

保尔•蒂亚尔（1914—1966）曾参加抵抗法西斯侵略的战斗，被捕后关进了集中营，法国解放后他仍然遵循社会主义现实主义的创作方法，根据自己的经历写出了一些生动的小说，如《在城里交战》（1948）、《夜间的战士》（1952）和《失而复得的玫瑰》（1952）等。在与法共决裂之后，他还创作了《倒霉日子里的面包》（1965），记述他在德国集中营里的囚徒生涯。

米歇尔•莫尔在雷恩上学，获法学学士学位后进步兵军校，1939年应征入伍，在阿尔卑斯山南部担任侦察兵。战后他在马赛当律师，后去美国教授法国文学。《暂停》（1946）和《意大利战役》（1965）中叙述了他对战争的印象。他的作品很多，有小说、戏剧和随笔。他最重要的小说是《我的适合于一匹马的王国》（1949），反映了占领时期法国的社会生活，抵抗战士和通敌分子的活动情况。《海滨监狱》（1962）获法兰西学士院小说大奖。他于1985年当选为法兰西学士院院士。

卢瓦•马松（1915—1969）生于毛里求斯岛，父亲是法官。他很早就与家庭决裂，1939年他来到法国，在外籍军团里待了六个月，后来结识了阿拉贡等诗人，并于1942年加入了法共，为《法兰西文学报》撰稿。他参加了抵抗运动，在参加战斗的同时创作诗歌，根据自己的经历创作了《星星与钥匙》（1945）、《被征调的平民》（1946）等叙事作品。法国解放时他已成为《法兰西文学报》的主编。作为基督教徒，他在大战期间曾揭露天主教的等级制度，因此他在1948年放弃了共产主义的信仰，但并未脱离左翼阵营。

让•拉泰基在图卢兹取得历史学学士学位，任历史学家约瑟夫•卡尔梅特的秘书。1939年10月志愿入伍，在自由法国部队里战斗，曾在西班牙入狱九个月，1942年3月越狱到法国，在抵抗运动中担任军官。战后他又参加过印度支那、朝鲜和阿尔及利亚等地的战役，1946年起任战地记者，后来成为以写激烈的战斗场面著称的小说家。他的《百人队长》（1960）写几个军官逃出了印度支那的军营，却又在阿尔及利亚的战场上重逢。他的小说还有回忆印度支那战争中的河内与西贡的《恐黄症》（1964）、记叙刚果动乱的《黑色的怪物》（1962），以及《以色列的城墙》（1968）和《永别了西贡》（1976）等。

弗朗索瓦-雷吉斯•巴斯蒂德（1926—1996）生于比亚里茨，1947年发表第一部忏悔性的小说《巴伐利亚的来信》，写一个法国士兵被俘虏到德国去的故事。他后来的小说《告别》（1958）获妇女文学奖，描写的是外国侨民在法国的困难处境。1976年，他曾受社会党的委托领导一个研究文化和电视的委员会。

安德烈•施瓦兹-巴尔（1928—2006.9.30）生于梅兹，父亲是小贩。他于1943年参加抵抗运动，被捕后逃脱，解放后在巴黎附近当钳工，同时靠自学在1948年获得了业士学位证书。他的第一部小说《最正直的人》（1959）是自传性的，描写纳粹对犹太人的迫害，出版后获得了龚古尔奖。他与妻子合著了《猪肉炖绿香蕉》（1967），他还出版了《孤独的黑白混血儿》（1972）。他的小说主要表现犹太人或黑人被剥夺了自身的文化和宗教根源，遭受非人虐待所带来的痛苦。

另一些作家虽然没有参加抵抗运动，但是他们坚持30年代的民众主义或无产阶级文学的创作道路，努力反映民众的生活，下面几位作家就是如此。

阿尔芒•拉努（1913—1983）生于巴黎一个贫困家庭，靠着上补习课在16岁时获得了他惟一的一张小学毕业文凭。以后他当过银行职员、装饰工、画师、小学教师和记者等各种职业。他从1943年开始从事创作，早期作品多是侦探小说，后来改写具有现实主义、甚至是民众主义风格的故事，例如《疯人殿》（1948，获民众主义小说奖）和《早课》（1949）等。以后他获得了各种奖项，其中最受欢迎的是以战争为题材的小说三部曲《疯狂的饶舌妇》：《瓦特兰少校》（1956）和《布吕日的约会》（1958）、《当大海退潮的时候》（1963）（获得龚古尔奖）。拉努于1969年担任龚古尔文学奖评委会委员。他的《您好，左拉先生》（1954）、《漂亮朋友莫泊桑》（1967）等文学评论，显示了他对自然主义和现实主义传统的关注。此外他还著有《巴黎公社史》：

《枪炮波尔卡》（1971）、《红色的公鸡》（1972）。

吉尔贝•塞斯勃隆（1913—1979）是一个关注社会现实的作家，例如《巴黎的无辜者》（1944）描写了街头顽皮的儿童，《没有项圈的迷路狗》（1954）写犯罪的青少年，《比你想的还要晚》（1958）写安乐死，《黄昏时分》（1962）揭露了阿尔及利亚战争的暴力行为，《圣人下地狱》（1952）向工人群众提出了宗教信仰的问题。塞斯勃隆最关心的是当代最尖锐的道德问题，因此他的小说获得了广泛的读者。

克洛德•鲁瓦（1915.8.28—1997.12.13）是诗人、批评家和小说家，他在大学期间攻读法律，1943年抵抗运动期间加入法共。他起初创作诗歌，后来发表了小说《黑夜是穷人的外套》（1949），甚至写过《镜子里的中国》（1953）和《中国诗歌的瑰宝》（1967）等四部关于中国的著作。匈牙利事件后脱离法共，于1957年被开除出党。

贝尼格诺•卡塞莱斯是木匠的儿子，自己也当了18年的木匠，直到解放后才开始创作。他特别关注对民众的教育，第一部小说《人的机遇》（1950）就是写一个年轻的木匠努力学习文化，然后再帮助同伴的故事。他还写过一系列评论和著作，例如《民众教育史》（1964）和《论工人运动》（1967）等。

皮埃尔•加马拉（1919—2009）生于土伦，在图卢兹学习西班牙语和地理，因大战爆发而中断学业。战后他成为记者，担任《西南爱国者》杂志的主编和《欧洲》杂志社的秘书长，1949年到巴黎任《欧洲》杂志的主编。他创作了许多诗歌、长篇小说和中短篇小说集，大多描绘朗格多克的乡村景象和农民的贫困生活，其中长篇小说《啃黑面包的孩子》（1950）揭露了纳粹的入侵给法国人民带来的灾难。他的代表作《小学教师》（1955）描写了第二次世界大战期间，小学教师西蒙•塞尔梅坎坷的生活和斗争。

贝尔纳•克拉韦尔（1923—2010）生于汝拉省的一个农民家庭，父亲是面包师，他自己是糕点师，过了多年贫困的生活。他自学成才，在第一部小说《黑夜里的工人》（1956）回忆了自己的童年和青少年时代的痛苦经历。他的代表作是描绘沦陷区人民的多卷本小说《巨大的耐心》（1962—1968），也是以他的自传为依据的：第一卷《别人的房子》讲述一个糕饼店学徒被老板剥削的故事，获得了民众主义小说奖。第二卷《想看大海的人》写外省的一个小城和他的父母，反映了1940年德军入侵时法国人向南方逃难的情景。第三卷《生存者的心》写他在18岁时的初恋，涉及了战争、死亡和友谊。最后一卷《冬天的果实》（获龚古尔奖）写他70多岁的父母已经没有面包，他们无法理解这个令人困惑的世界，同时讴歌了敌占区里坚持斗争的劳苦大众。此外他还创作了描写移民劳动者悲剧的《西班牙人》（1959）。

让•乌格隆是一位别具一格的小说家。他生于卡尔瓦多斯省的蒙德维尔，青年时代前往印度支那，跑遍了东南亚，从事过种橡胶等多种职业，学习了老挝语和汉语，后来到西贡的亚洲法语广播电台当记者，1951年回到法国。他从1950年开始创作系列小说《印度支那之夜》，包括《你将自食其果》（1950）、《苍白的激情》（1951）、《心中的太阳》（1952）、《非法死亡》（1953）、《亚洲人》（1954）和《野蛮的土地》（1958）等六卷。他的小说继承了现实主义的传统，报告文学式的简洁笔法，真实地描绘了行将解体的殖民地的风貌，那里的男男女女都渴望活下去和获得爱情，但是碰到的往往是暴力和死亡，例如《非法死亡》中的奥尔西埃，他在穿过一条死胡同的时候被人打死了。他的《我要回到坎达拉》（1955）、《贪婪凶狠的人》（1974）等小说和中短篇小说集《屈辱的人们》（1971）等其他作品，也都是以无能为力或反抗失败的人为主人公的。乌格隆在1953年获得法兰西学士院小说大奖，1965年获得民众主义小说奖，可见他的作品充分反映了下层社会的悲惨生活。

路易•卡拉费尔特（1928—1994）生于米兰，3岁开始在里昂生活，13岁就进电池厂做工，后来当过床垫厂工人和丝绸厂的描图员。1950年，他在巴黎卖报期间写出了第一部小说，把手稿寄给了大作家凯塞尔，凯塞尔将它取名为《无辜者的安魂曲》（1952）出版。1954年，他又发表了一部小说《活人的流动》。这两部小说着重描绘了悲惨的社会现象，显示了现实主义的风格，为他带来了很大的声誉。

让-皮埃尔•夏布罗尔生于加尔省，父亲是小学教师，祖父母是牧羊人，因此他擅长描绘乡村的自然景色，对农民等小人物抱有深切的同情。他的《污秽的场所》（1955）写的是一个工人住宅区的生活，那里的工人和市民往往喜欢喝酒，性格粗暴，追求的是鸡毛蒜皮的物质利益。但是作者的态度与写《小酒店》的左拉完全不同，他描绘的是他们逐渐克服了小市民的趣味，青年们在老共产党员的影响下成长为有觉悟的工人。这种不同与以往的描写，正是新时代左翼文学的特色。

贝特朗•普瓦洛-德尔佩克早年学习哲学，从1951年起任《新法兰西评论》的记者，为《世界报》撰写戏剧评论和主持司法专栏。从1967年到1971年，他曾担任戏剧音乐评论界的职业工会主席。他早期创作了三部小说：《大傻瓜》（1958）、《睡懒觉》（1960）和《水镜》（1963），情节简单，与当时流行的新小说截然不同。他的小册子《喜剧该结束了》（1969）揭露了冒充高雅的伪君子，反映了他对资产阶级的不满。他的小说《立陶宛的疯姑娘》（1970）获得法兰西学士院的小说大奖。小说《当世伟人》（1970）反映的是法国1968年的“五月风暴”，将官方对这一事件的说法与实际的历史背景进行了滑稽的对比，将戴高乐将军为人们所熟知的形象漫画化了。《世纪的传说》（1981）辛辣地讽刺了大资产者。他还写有讽刺随笔《一切都僵化了》（1976）和《1936年夏天》（1984）。

值得指出的是，随着法共影响的不断削弱，以及许多党员作家在匈牙利事件后退出法共，左翼文学的界限也逐渐模糊起来。也就是说，法共党员的作品不一定属于左翼文学，而党外作家却可能用作品反映了社会现实或支持正义的斗争，例如巴赞就是一个典型的例子。甚至名声不佳的作家也能写出进步的作品，最有代表性的作家是热内。

第一节
法共作家

一　阿拉贡

法国解放以后，阿拉贡在党内的地位不断上升，1950年当选为中央候补委员，他的小说《共产党员们》（1949－1951）也产生了重要的影响，使他被公认为优秀的社会主义现实主义作家。小说原计划写作三个部分，从1939年大战开始直到1945年大战结束，准备写成一部大规模的史诗。由于战后国际形势的变化，他只写到1940年6月为止，分为五卷和尾声，是一部未完成的巨著。

第一卷《1939年2月至9月》描写西班牙法西斯头目佛朗哥镇压共和党人，苏联又与德国签订了互不侵犯条约，法国资产阶级乘机进行反共宣传，查封了《人道报》。小说的主人公是大学生蒙塞，他在这样的环境里和富翁的妻子赛西尔相爱了。

第二卷《1939年9月至11月》写战争爆发后，当局采取白色恐怖的政策来对付共产党人，迫使法共转入地下活动。以多列士为首的共产党人，正确地区分了正义战争和非正义战争，他们在前线英勇战斗，在后方进行地下抵抗活动，得到了广大民众和开明资产者的支持和同情。在这个过程中，赛西尔的思想觉悟也大为提高。

第三卷《1939年11月至1940年3月》写政客们尔虞我诈，资产者只顾逃命，不顾工人死活。将军们昏庸无能，官兵士气低落。芬兰陷落后，当局加剧了对法共的镇压。蒙塞入伍后，赛西尔照料失明的约瑟夫，从他身上得到了鼓舞和力量。

第四卷《1940年3月至5月》写法军虽然进入了比利时，但在作战时全线崩溃，蒙塞跟随队伍溃退。政府拿共产党人当替罪羊，其实只有他们在坚持斗争。

第五卷《1940年5月至6月》写德军长驱直入，所到之处烧杀抢掠，死尸狼藉。贝当上台后下令停战，实际上是向德国人投降。蒙塞在敦刻尔克大撤退中经受着德国飞机的轰炸，因而更坚定了要永远和共产党站在一起的信心，塞西尔则在这个关键时刻决定向他表白自己的爱情。

《尾声》写德军占领法国，政客们却还在争权夺利。蒙塞和赛西尔怀着共同的理想结合了，他们在经历了这一切之后，决心永远并肩战斗，迎接胜利的明天。

《共产党员们》的人物多系虚构，它并不注重描写主人公的命运，而是以历史事实为依据，通过松散的情节来恢复历史的本来面貌。它以历史事实为依据，表现了共产党人的活动与斗争，揭露大资产阶级对共产党人和工人阶级的镇压，反映人民群众在战火中的悲惨遭遇，同时表现他们在共产党人影响下的斗争和觉醒。这部长篇小说为《苏德互不侵犯条约》进行了辩护，正面表现了法国共产党人的活动与斗争，一向被认为是社会主义现实主义文学的代表作。“社会主义现实主义已经体现在当代法国文学的一系列杰作之中，而居于第一流作品之中的就有长河小说《共产党员们》。”[1]这一评价在今天看来或许

1 斯·莫库尔斯基等选编：《法国文学作品选读》，法译者：阿·卡芒斯基，国立学校教育出版社，1956年，第526页。

值得研究，但即使只以艺术性为标准，它的第四卷和第五卷也是出色的战争小说，仅仅这两卷就足以使它在小说史上拥有一席之地了。

1954年，阿拉贡在党代表大会上作题为《党的艺术在法国》的报告，当选为中央委员。除了小说《共产党员们》和介绍总书记多列士等领导人的《共产党人》之外，他还发表了研究作家的《斯丹达尔的光辉》（1954）和《苏联文学》（1955）等论著。同年12月，他还在苏联第二次作家代表大会上发表了关于社会主义现实主义的演说，阐述了法国文学的社会主义现实主义，以及当代法国诗歌所面临的任务，强调了马雅可夫斯基的诗歌对于法国诗歌的影响。

1956年苏共二十大以后，阿拉贡的思想无疑受到了震动，因而在自传体长诗《未完成的小说》（1956）流露出了他的失望情绪：

我跌交我跌交我跌交

我跌交我跌交我跌交
最后跌进坟墓前瞧瞧
回顾坎坷不平的一生
只需短短的一个时辰
……
过去的一切已化为齑粉
记忆雪片似的扬扬纷纷
阳光和泪水搀杂着难分
如雨露和着摸不着的世尘
人如坠入灰蒙蒙的烟海
迷惘摸不着自己的命脉
晕头转向自己把自己害[1]

勒菲弗尔对这部作品大加赞赏，充分肯定了它的内容和艺术特色："面对阿拉贡《未完成的小说》又应得出什么结论呢？这部作品之所以动人和有价值，要归之于那种内在的伤痛欲绝的情感，归之于其紧张程度和曲折性；它打

1　阿拉贡：《未完成的小说》，沈志明译，载沈志明遍选：《阿拉贡研究》，中国社会科学出版社，1986年，第49—50页。

破了预定的框子，将各类文学浑然融为一体。（是诗歌和小说的糅合，是客观和主观抒情的揉合，唯其因为它表现了主观和客观协调的决裂——戏剧性的决裂——，所以这种揉合便格外引人注目！）”[1]

1958年，阿拉贡发表历史小说《受难周》，描写1815年2月，拿破仑从流放地厄尔巴岛突然回到法国，率领重新归顺他的部队向巴黎进军，势如破竹。路易十八仓皇向北方出逃，又不知该逃到什么地方，因此乱发命令，弄得王室的近卫军从上到下乱作一团，惊恐万状，有的元帅成了光杆司令。当拿破仑到达巴黎的时候，从王后、大臣到元帅都在恭候，民众高呼皇帝万岁，倒戈的部队接受拿破仑的检阅，反过来去追击国王的近卫军。在这个关键时刻，从王公贵族到普通人都纷纷选择自己的道路。路易十八对自己的弟弟和侄子等亲戚都心存疑虑，处处提防，实际上他们也都图谋不轨，企图篡夺王位。跟他逃跑的元帅、将领都怀有异心，随时准备各奔东西。下级军官和士兵们本来只知道追随国王，直到路易十八将他们抛弃后才醒悟过来。

御林军里的火枪手吉里科本来是个画家，对是否要跟随国王逃往比利时犹豫不决。在这个关键时刻，他在房东家里听到了秘密聚会的共和党人的议论，由此认识到这场战争的荒谬，觉得无论是拿破仑还是路易十八当政，法国总是处在战争和混乱之中，他的行动是毫无意义的。坎坷的经历终于使他明白了艺术的意义和价值，因此他毅然脱下军装，逃出御林军，投奔他的具有共和思想的叔父去了。老百姓已经受够了战争的苦难，他们需要的不是战争，而是要有饭吃。小说最后借一个老军人的话指出，未来的道路虽然坎坷不平，还会有斗争和牺牲，但是有理想的年轻一代会勇敢地追求真理，所以法国和世界都是有希望的。

小说强调每个人都有选择道路的权利和自由，表明阿拉贡受到了当时流行的存在主义哲学的影响，开始背弃社会主义现实主义，重新接近了超现实主义，因而受到法国文学界的热烈欢迎。

此后阿拉贡的思想和创作发生了重大的变化。1962年9月，他在捷克查理第四大学接受荣誉哲学博士称号的时候，终于第一个站出来向传统的现实主义定义发起了挑战：

1 亨利·勒菲弗尔：《向着革命浪漫主义前进》，丁世中译，载《勒菲弗尔文艺论文选》，作家出版社，1965年，第210页。

理论开始于假设，而假设是对于事物的一种解释，如果假设切合表现出来的全部事物时，它就具有法则的形式。但是法则也只是暂时的解释，当其他事物出现，而法则不能加以说明时，需要修正的不是事物，而是法则。为什么在艺术中，而且惟独在艺术中，法则却像宗教上的经文一样，具有绝对的一成不变的性质呢？……

所以我要求一种开明的现实主义，一种非学院式的、不僵硬的、能够演进的现实主义。这是一种有助于改造世界的现实主义，一种不求使我们安心、但求使我们清醒的现实主义。这样的现实主义只有通过不断地将理论与实践相比较才能够生存下去，它以新事物为养料，它是现实的先驱，而不是现实的机械的记录器。[1]

1963年，加洛蒂（1913—2012）发表《论无边的现实主义》，对传统的现实主义定义，特别是社会主义现实主义提出了挑战。阿拉贡为之作序，表示“我把这本书看成一件大事”，认为“要结束在历史科学和文学批评方面的教条主义实践”，并且以文学为例：

我只谈比如说文学方面，引证恩格斯——即恩格斯给巴尔扎克以正确地位的这篇文字，便足以压倒否定巴尔扎克的东西。一些因此而自命为马克思主义者的人，就这样在艺术作品中建立了一种批评不得的等级制度，同时却忘记了如果说恩格斯没有谈起斯丹达尔的话，那是因为没有读过他的作品。他们根本不懂得，恩格斯的榜样不在于这篇文字（即关于巴尔扎克的那段话）而是在于恩格斯对待巴尔扎克的态度；学习这个榜样，并不是背诵一段经文，而是能用恩格斯或马克思的智慧去分析另一种现象。[2]

阿拉贡大力反对教条主义的文艺批评，公开责问：“人们经常向我们提起的却正是这种教条主义的现实主义。明天的现实主义，即能适合那些将要来评判我们的人的现实主义，难道是一种对旧现实主义、对一些僵化的典型的模仿

1　阿拉贡：《布拉格演说》，载《现代文艺理论译丛》（第一册），人民文学出版社，1963年，第128、133页。

2　阿拉贡：《<论无边的现实主义>序言》，载加洛蒂：《论无边的现实主义》，吴岳添译，百花文艺出版社，1998年，第4页。

吗？”[1]尽管他最后强调自己是“作为现实主义者——不要弄错，是作为社会主义现实主义者”来向加洛蒂的“那种从容不迫的大胆致敬”，但是这篇序言显然完全背离了社会主义现实主义的道路，因而受到了苏联评论界的猛烈抨击，但是他并未因此而动摇。1965年，阿拉贡到莫斯科接受文学博士的荣誉称号，面对要他放弃这篇序言的压力，他发表了《莫斯科演说》：“我是在清楚地意识到危险的情况下写这篇序言的，所以不怕‘批评的雷声’。”[2]

阿拉贡不仅赞扬新小说，而且自己也吸取了一些现代主义的手法，创作出一些风格新颖的小说。例如《处死》（1965）没有什么情节，从头至尾都是叙述者的议论。其中谈到现实主义作家的责任和命运，揭露了苏联对现实主义小说的曲解，以及对反映现实的作家的镇压。他也谈到了各种各样的镜子，充满了通过各种镜子反映出来的支离破碎的形象，显示了生活和人性的复杂，谴责了那些两面派的人物。他还谈到了爱在20世纪小说中的重要地位，以及小说体裁的变化。最后叙述者表示在小说里发议论的三个人物都是他自己，也就是阿拉贡。

《布朗什或遗忘》（1967）也是一部虚实相间的小说，主人公盖菲埃是个语言学家，他和妻子布朗什参加过大战和抵抗运动，但不知出于什么原因，她在战后离开了他。盖菲埃担心自己会因年老而忘却一切，在1965年请人写了一部关于他们夫妇的传记。传记写好之后，布朗什忽然出现在他的面前，向他证明其中所写的一切，包括他的过错都是真实的。然而他却不敢正视和承认他们夫妇生活的真相，宁可用遗忘来欺骗自己。其实这部传记的作者也是他假设的，人都要靠假设来克服种种困难，因为小说中的世界总是比现实更美好。小说中涉及了“文本”等当时开始流行的文论术语，甚至在对话中插入剪报的内容，这是他早年在《巴黎的农民》中采用过的手法。

阿拉贡的最后一部作品是《戏剧/小说》（1974），是一个演员的内心独白：他借用一个老人给他写信的形式，幻想着自己逐渐衰老的过程，觉得自己既是在自身的舞台上演出的演员，又是以幻想为生的小说家，在幻想破灭后感到分外孤独。这部告别文坛的作品，实际上是阿拉贡的自传，是他的内心

1　阿拉贡：《<论无边的现实主义>序言》，载加洛蒂：《论无边的现实主义》，吴岳添译，百花文艺出版社，第6页。

2　阿拉贡：《莫斯科演说》，《现代文艺理论译丛》，1965年第4期，第127页。

独白。在经历了充满色彩斑斓的生活和爱情的一生之后，剩下的只有孤独和忧伤，证明了名利是过眼烟云，时光犹如流水的哲理。

纵观阿拉贡小说的创作历程，可以看出他始终密切地追随着时代的潮流，接受当时的哲学思潮和文艺风尚的影响，他的创作道路实际上反映了20世纪小说的演变过程。在20年代现代主义文学兴起的时候，他是超现实主义运动的主将；在红色的30年代，他倒向苏联，是最著名的社会主义现实主义作家；在40年代的抵抗运动中，他是最杰出的爱国主义诗人；在50年代的冷战形势下，他成为法共领导人之一，先后获得列宁和平奖和列宁文学奖；在经历了匈牙利事件之后，他的文艺思想在晚年发生了变化，可以说重新回到了现代主义的道路上。他的一生看起来一帆风顺，实际上是历经坎坷：超现实主义者们痛恨他的背叛，托洛茨基派骂他是斯大林的流氓；法共党员们对他的亲苏态度表示反感，左翼知识分子则要他对尼赞受到批判一事作出交代。但是尽管阿拉贡的一生和作品充满了矛盾，他毕竟是一位勇敢地追求正义的作家：在1968年的“五月风暴”中，他是法共领导层中唯一支持学生运动的中央委员。而在苏联坦克开进布拉格的时候，他在《人道报》上发表抗议书，后来又为昆德拉[1]的小说《玩笑》作序，更显示出了他大无畏的勇气。

二　查拉

特里斯当•查拉（1896.4.16—1963.12.16）在文学史上以达达主义的领袖闻名，其实他的经历类似于阿拉贡，尤其在当代左翼文学中具有比较重要的地位。

查拉生于罗马尼亚的莫依内什蒂，原名萨穆埃尔•罗森斯托克。他在布加勒斯特上中学时成绩优异，理科和文科都很出色，还写过一些受到后象征主义影响的诗歌。中学毕业后，他进入布加勒斯特大学，攻读哲学和数学。对文艺的爱好，加上罗马尼亚的参战，促使他在1915年秋天前往苏黎世。1916年2月8日，他以查拉为笔名，以在词典里偶然翻到的“达达”一字为名称，与一些不满现实的青年诗友共同发起了达达主义运动。到1920年为止，他一共发表了七篇达达主义宣言，指出达达主义就是对人类理性文明的破坏，没有任何意义，

1　米兰・昆德拉（1929.4.1—）生于捷克，因发表长篇小说《玩笑》（1967）而被审查和开除党籍，赴法国后于1979年被剥夺捷克公民的身份，1981年由法国总统密特朗授予法国国籍。他的代表作《存在中不能承受之轻》（1984）反映了苏联入侵后捷克的社会现实。

被认为是达达主义的理论家。他还用《黑人诗与共时诗》（1916—1917）、《诗二十五首》（1918）和剧作《昂蒂皮里纳先生首次天堂奇遇记》（1916）等莫名其妙的作品，来表示他对传统文学的否定和反抗。

查拉于1920年1月17日来到巴黎，与布勒东等一拍即合，积极开展达达主义运动，就立体主义、表现主义、黑人艺术等题目进行讲演，组织各种晚会和演出。他创作了戏剧《煤气心》（1922）并搬上舞台，把人的五官作为人物进行毫无意义的对话，以此来表现人生的荒诞。达达主义的活动因缺乏实际意义而得不到人们的理解，所以在1922年与布勒东等决裂之后就解体了。查拉本人继续从事文学活动，并在1929年加入了超现实主义小组，撰写了《论诗歌的处境》（1931），指出只有摆脱资本主义社会对人的束缚，诗歌创作才能够真正繁荣起来。他的作品也增加了抒情的成分，例如《狼在哪里喝水》（1933）显示出全新的风格，用许多来自大自然的形象表现出他对人类命运和自己过去的痛苦反思。

查拉在革命作家艺术家联合会成立之初就是它的成员，他在政治上越来越介入现实，1935年3月再次与超现实主义决裂，当年6月在国际保卫文化作家协会在巴黎召开的代表大会上发言。在西班牙内战爆发的时候，他被任命为“与西班牙知识分子一起捍卫文化协会”秘书处的负责人，在被包围的马德里组织了国际保卫文化作家协会的第二次代表大会，为保卫西班牙的文化、反抗法西斯主义的威胁作出了贡献。

在第二次世界大战期间，查拉被一家报纸揭露为犹太人和共产主义者，因而转入地下活动。作为他参与发起成立的全国作家委员会的委员，他为《法兰西文学报》等多种抵抗运动的报刊撰稿，并且在1944年至1946年主持图卢兹的知识分子中心。法国解放以后他积极参加政治活动，1947年3月17日在巴黎大学发表了名为《超现实主义与战后》（1953）的讲演，谴责超现实主义运动背叛了自身的革命志向，在战争期间走入歧途。同年他获得法国国籍，加入了法共，并且发表了《内心面目》（1953）、《自言自语》（1956）和《玫瑰与狗》（1957）等重要评论。

匈牙利事件爆发后，他曾去匈牙利旅行，回到法国后写了一份关于事件真相的公告，但是法共报纸拒绝刊载。于是他悄无声息地退出了法共，同时停止了一切战斗活动，潜心收集非洲的艺术品和维庸[1]的诗歌，发表了大量的诗作，于1961年获得诗歌国际大奖。

三　斯蒂

安德烈•斯蒂（1921—2004）生于法国北方诺尔省小镇埃里尼的一个贫困的矿工家庭，从小就熟悉矿工的苦难生活。他努力学习，1940年成为小学教师，从1941到1944年担任中学的哲学教师，同时积极地参加抵抗运动并加入法共。战后他投身于新闻业，为法共的报刊写稿，起初在里尔的《解放报》，后来在巴黎的《今晚报》担任记者至1949年。他在阿拉贡影响下开始创作，第一部短篇小说集《矿工这个名字，同志们……》（1949）主要写他在童年和少年时的经历，以及对当时矿工的生产运动的回忆，不久应阿拉贡之邀担任《今晚报》主编。1950年4月，他在法共第二次代表大会上当选为中央候补委员，5月份即被任命为《人道报》主编（1950—1959），同时发表了大量的小说和剧本，并且把自己的作品改编为电视剧。斯蒂是法共著名的活动家，在50年代初曾三次被监禁，在毕加索带领知识界进行抗议之后才获得释放。

斯蒂的第二部短篇小说集是《塞纳河流入大海》（1950），收入了一些人保卫和平的故事，反映了占领时期法国人民的苦难和反抗。其中《另一场战争里的两个故事》分为两部分：《凶手》写一个年轻矿工为了谋生而被迫登上高压线铁塔去刷漆，触电两天后死去了，因为他不愿成为一个被截去手脚的残废人；《复兴桥之上》记叙了矿工们的罢工，当局开来架着机枪的装甲车进行威胁，有些人在饥饿的逼迫下复工了，最后矿工们的示威遭到了残酷的镇压；《钢花》写老板收买工人干活，但是工人在发现制造的产品是鱼雷之后拒绝工作，他们不愿为战争制造武器；《一堂法语课》描述占领时期的流血事件等。

斯蒂接着发表了三部曲《第一次冲突》，包括《在水塔旁》（1951）、《大炮事件》（1952）与《巴黎和我们在一起》（1953）。《在水塔旁》的背景是大西洋岸边的一个法国港口，码头工人拒绝从货船上卸下美国的大炮，

1　弗朗索瓦·维庸（1431—1463？）法国中世纪诗人，因盗窃杀人经常坐牢，后被逐出巴黎，不知所终。他的诗作有《小遗言集》（1456）和《大遗言集》（1462）等，以玩世不恭的口吻嘲笑感叹人间的不平，形成了现实主义的风格，被19世纪的浪漫派尊为法国抒情诗的先驱。

而且把它们抛进了大海，因此失去了工作。小说真实地描绘了战后法国工人住在漏雨的破屋里，过着没有面包和劈柴的贫困生活，但是他们团结一致，反对法国侵略越南，反对美国在法国建立军事基地和作威作福，有着无坚不摧的力量。小说揭露了法国资本家为美国效劳的丑恶面目，歌颂了法国人民在法共领导下捍卫自由和独立的斗争，以现实主义的笔法塑造了共产党人，特别是主人公勒罗伊的动人形象，显示出对保卫和平的事业必然取得胜利的信心。小说出版后被誉为法国第一部反对美国侵略的作品，斯蒂也于1952年3月15日荣获斯大林文学奖金。3月25日，他因发表文章抗议在朝鲜发动细菌战的美国将军李奇微访问巴黎而被捕，他在狱中给新批评出版社的主编让•卡纳帕写了一封信，指出他的被捕也与小说《第一次冲突》有关，并且呼吁消灭这种“文学里的恐怖”。

斯蒂接着发表了短篇小说集《埃及的麦子》（1956），小说《我们将在明天相爱》（1957）、《崩落开采法》（1960）和《最后一刻》（1962）等，都是描写他所熟悉的矿工、码头工人和钢铁工人的生活和斗争的。斯蒂笔下的主人公都是工人，描写的都是工人阶级的斗争，而且采用工人的口语，因此受到广大工人群众的欢迎。 在阿尔及利亚战争期间，《崩落开采法》曾遭到查禁，在萨特等人的抗议下才被解禁。

阿拉贡在1935年发表过演讲集《为了社会主义现实主义》，无独有偶，斯蒂也在1952年出版了小册子《走向社会主义现实主义》，然而两者有着非常明显的区别。斯蒂的《走向社会主义现实主义》，除了他在狱中写给《新批评》主编的信《文学里的恐怖》，以及把法共中央委员会书记杜克洛[1]写自狱中的信作为序言之外，主要包括他的以下四篇演说和文章。

《瓦齐埃，我一生的幸运》（1950年4月24日）是他在纪念法共总书记多列士50寿辰的晚会上的演说。他回忆起在1945年7月21日，在法国北方瓦齐埃的矿工代表大会上，当时担任内阁副总理的多列士向因缺吃少穿而筋疲力尽的矿工们发表演讲，号召他们为法国的复兴而努力生产。这次演讲深刻地影响了他的一生，使他成长为一个共产主义作家，而且使他认识到“热爱法国不但不排除而且需要无条件地、毫无保留地热爱苏联的事业，毫不动摇地信仰斯大

1 雅克・杜克洛（1896—1975），法共领导人之一。

林”[1]。

《前进吧，富热隆》（1951年1月）是为画家安德烈•富热隆的画展所写的序言。富热隆用六个月的时间在矿井里体验生活和进行创作，他的画展的名称就是《矿区》，参观者达25000人之多。

《我们文学中的几个问题》（1951年7月7日）是对信仰共产主义的大学生们的演说，内容是对阿拉贡刚出版的小说《共产党员们》第五卷的评价。他在演说中多次提到“斯大林、日丹诺夫、莫里斯•多列士”，断言：“毫无疑问，站在腐朽的资产阶级立场上的作家，从此再也写不出一部关于现代史上任何一个时期的像样的小说了，他们肯定资产阶级，指责工人阶级，怎么能够创造真实的人物和环境呢？”[2]

《战士和作家》（1952年3月15日）是他在获得斯大林文学奖金之后，在法共塞纳省省委庆贺他获奖的晚会上发表的演说。他表示这一巨大的荣誉“首先要归功于我们的党、特别是我们敬爱的莫里斯•多列士，没有他的教导和榜样，我们的党——以及这个党的每个战士——都远不可能像今天一样”。他以自己的作品为例来说明党与他的创作的关系：“对于那些不理解党怎样帮助作家的人来说，我要说明的是党的领导人对《钢花》的赞同，促使了对《第一次冲突》的主题和整体构思的选择。”[3]他还认为：“必须反复强调，我们能够写出一些好作品都要归功于我们的党……我的一切都来自于党。”[4]

作为一个出身于工人家庭的作家，斯蒂对法共及其总书记多列士的感情是毋庸置疑的。但是也不难看出，他对社会主义现实主义的论述，显然已经归结为对法共和多列士的热爱和忠诚，反过来说，他也把法共和多列士的思想作为他创作的源泉。这样一来，他自然就会把自己的小说作为宣传法共政策的工具，从而忽视了典型人物的塑造和文学手法的特色。斯蒂的这些演说也显示出，法共当时虽未执政，却已经有了个人崇拜的色彩，这也许是法共越来越脱离广大作家、导致左翼文学日益衰落的原因之一。

斯蒂在60年代发表的《来跳舞吧，维奥丽娜》（1964）、《安德烈》

1 斯蒂：《走向社会主义现实主义》，新批评出版社，1952年，第28页。

2 同上，第68页。

3 同上，第83页。

4 同上，第90页。

（1965）、《像一个人那样美》（1968）等小说，显得更加注重心理分析，更有人情味。《谁》（1969）用口语表现了平民的世界，《上帝是一个孩子》（1979）、《我是矿区的孩子》（1981）、《仁慈的人》（1982）等则力图继承以左拉的《萌芽》为代表的19世纪法国进步文学的传统。其他作品还有《痛苦》（1961）、《蓝天里的鸽子》（1967）等短篇小说集，《小拳击手》（1973）、《最后一列火车》（1979）等电视剧，以及随笔集《装饰鲜花的矿车》（1981）和诗集《爱情这个词》（1991）等。

不过总的来说，斯蒂晚年的作品不再像50年代那样反映现实，他71岁时发表的短篇小说集《另一个世界……》（1992），副标题就是《虚构的短篇小说》，扉页上还这样写道："下列故事纯属虚构。以为能从中认出真实的人物或事件的任何人都会弄错，而且只能归咎于他的想象力。"这些短篇小说的内容也确实如此。例如《小路》写的是一个90岁的老妇去世前的片断回忆，《底片》是有具体日期的记录，可是与社会现实毫无关系：1970年2月5日，他记叙了夜里做的梦，他和女友分手了，女友嫁给了英国爵士，他则娶了苏联女人。1978年1月18日，他在开往巴黎的火车上梦见自己乘坐一架大飞机，在非洲上空差点失事，幸亏及时醒来，发现自己在卧铺车厢里。1984年5月18日，他在森林里散步时看到了一些野鸡窝。其他还有梦见儿子被谋杀，在梦里为孩子们写故事等等。最后一个梦是在1990年3月28日，他在突尼斯的邮局里寄明信片，其中一张可能是寄给巴赞的。

在封底对该书内容的介绍中，说明这些虚构的短篇小说写出了某些我们自己不了解的现实，实际上是反映了那些被历史遗忘或蔑视的小人物的世界，因为其中的主人公是北非的清扫工或法国北方的矿工，小说写了他们的梦想，也就是他们的生活。由此可见，斯蒂晚年仍然致力于反映劳动人民的现实生活，不过他的作品显然已经受到了法国当代文学，特别是现代派文学的影响。

斯蒂担任法共中央委员至1970年，他在1967年获得了民众主义小说奖，1977年成为龚古尔文学奖评委会委员，2004年以83岁的高龄去世。他精力旺盛，作品丰富，创作持续了半个世纪之久，尤其是长篇小说数量很多。他的作品都是战斗的文学，具有共同的地域特色，也就是限于法国北方地区，内容则是描绘工人阶级，反映他们面临的问题。他以现实主义的手法表现矿工和高炉工人的生活，通过社会冲突来描写阶级斗争，旨在从社会主义中发现一种新的人道主义。他描写艰苦的劳动、贫困的生活和乐观主义的精神，塑造了一些积极的、投身于行动的人物，结局往往是取得正义事业的胜利。因而在50年代曾有过很大的影响。

但是在回顾斯蒂的作品的时候，应该承认几乎没有一部能够称得上是具有世界影响的杰作，原因也许正是在于他在注意为政治服务的同时忽略了文学的特色。法国文学史上的许多例子证明，如果作品只是为了反映当前的政治和社会事件，那么可能会轰动一时，但事过境迁之后就会失去影响。例如法朗士的《苔依丝》和《鹅掌女王烤肉店》等许多作品，以语言优美和文笔流畅而流传至今，但是他篇幅最长的、反映德雷福斯事件的多卷本小说《现代史话》，以及议论当时人们关心的社会问题的《在白石上》，现在几乎已经被人遗忘。斯蒂的作品也同样如此，他的小说反映了当时工人的罢工，无疑会受到工人阶级和劳动人民的欢迎，这是他获得斯大林文学奖的重要原因。然而现在除了研究左翼文学之外，他的小说恐怕已经不再有人提及了。

四 萨拉克鲁

阿尔芒•萨拉克鲁（1899.8.9—1989.11.23）是法国剧作家，法共党员。他生于鲁昂，父亲是药剂师。他在勒阿弗尔度过了童年和青少年时代。他在中学里喜欢音乐和绘画，同时建立了名为“勒阿弗尔社会主义青年”的组织。1917年，他来到巴黎学习医学、法学和哲学，但是出于对文学艺术的爱好，两年后他改学艺术哲学，获哲学学士和法学学士学位。毕业后他担任法共《人道报》记者，参加国际工人协会，还从事过电影工作。在20年代初，他与查拉等作家来往，在超现实主义的影响下创作了一些戏剧，如《打碎盘子的人》（19xx）、《地上的塔》（1925）和《欧洲的桥》（1927）等。1929年，他由于做了一笔药品广告买卖而成为富翁，以后致力于戏剧创作，成为一名的通俗喜剧家。

在萨拉克鲁的主要剧作中，《愤怒的夜晚》（1946）反映了抵抗运动的现实，表现了抵抗者与观望者之间的冲突。《地球是园的》（1938）是一部历史剧。1920年他到意大利度假，在游览佛罗伦萨时被萨伏那洛拉[1]的经历所震

1 吉罗拉莫・萨伏那洛拉（1452—1498），宗教改革家，多明我会会士。他领导佛罗伦萨平民反对富人统治，一度恢复共和，实行民主改革，1498年以“异端”罪被用火刑处死。

撼，为此学习了意大利语，经过长期构思写出了这个剧本。

《勒努阿群岛》（1947）的主人公勒努阿是个著名的饮料商，也是家里的祖父，他由于诱惑了一位年轻姑娘而面临被控告的危险。勒努阿家族的九个成员召开家庭会议，让他相信这时死去最为合适，可以避免坐牢和玷污名誉。他的侄子幸灾乐祸地说："这个老东西还有什么用处？"但是老人奋起反抗来杀他的女婿，最后剧终时只听到一声枪响，不知勒努阿与女婿之间到底是谁死了。剧本讽刺了资产阶级家庭里的尔虞我诈，批判了社会的偏见，兼有喜剧和悲剧的风格。群岛是由各个岛屿组成的，但是又与世隔绝，正是勒努阿家族成员之间矛盾重重的写照。

萨拉克鲁最优秀的作品是《杜朗大街》（1960），杜朗是勒阿弗尔码头工会的秘书，他在罢工中被诬陷为杀人犯，被判处死刑缓期执行，直到八年后才得到昭雪，但是他在平反后却死于疯癫。勒阿弗尔市政府在1956年用他的名字来命名一条大街，以表示对死者的纪念。剧本扉页上的题词是："纪念于勒•杜朗，1880年9月6日生于勒阿弗尔，1910年11月25日被判处在鲁昂的一个广场上斩首，1918年6月15日被确认无罪，1926年2月15日因疯狂死于'四水塘'收容所。"

萨拉克鲁指出这个剧本不是戏剧也不是悲剧，而是一个他耳闻目睹的真实事件，他是根据发现的资料和自己的回忆编写的，其中有一些他熟悉的人物。他把杜朗事件比作德雷福斯事件，认为它将载入史册。剧本通过罢工工人受到的迫害，揭露了资本主义社会里司法制度的黑暗。该剧上演后受到评论界的好评，他也收到了包括工会组织、工人群众和广大读者的大量热情的来信。

萨拉克鲁认为喜剧不仅要使观众发笑，而且更要成为讽刺资产阶级的武器，他的戏剧蕴含着道德上的追求，大多反映现代人精神上的不安和焦虑，由于政治倾向强烈而被称为意识形态戏剧，但是他在任何时候都保持着独立思考的能力。他力求用戏剧形式来表现自我的孤独和焦虑，往往采用老人回忆的方式来显示过去和现在之间的鸿沟，而且巧妙地结合着对资产阶级的讽刺。他的剧作题材广泛，把悲剧意识和喜剧形式有机地融为一体，以质朴自然的风格和妙趣横生的对白受到观众的热烈欢迎。

萨拉克鲁在1948年当选为龚古尔文学奖评委会委员，后来曾担任评委会会主席、戏剧和歌剧作家协会主席。

五　瓦扬

罗歇•瓦扬（1907.10.16—1965.5.12）生于瓦兹省，先后在兰斯和巴黎上学，获哲学学士学位。他参加过超现实主义运动，1928年和人合办过《大游戏》杂志，后来成为记者，在近东进行采访。大战爆发后他参加了抵抗运动，在1942年加入了法共，成为战地通讯员。他批判过布勒东和超现实主义，但在匈牙利事件后脱离了法共。他的小说大多是在战后发表的，主要有《滑稽的游戏》（1945）、《坏事》（1948）、《一个孤独的青年》（1951）、《博马斯克》（1954）、《325000法郎》（1955）和《法律》（1957，获龚古尔奖）等，此外他还写过一些剧作和评论。

《一个孤独的青年》写主人公得不到别人的理解，连妓女都不嫁给他，后来他帮助一个人逃脱德国兵的追捕，结果自己进了监狱，但由此得到了大家的信任。

《博马斯克》的背景是法国南方的一个纺织厂，写的是在美国的经济侵略下，工人之间、工人与农民以及老板的复杂关系。法共年轻的女党员皮埃勒蒂•阿马布尔领导纺织厂工人进行罢工，她对意大利侨民博马斯克一见钟情。“博马斯克”在法语里的意思是“漂亮的面具”，说明他是个具有两面性的人物。他思想狭隘、性格粗暴，没有什么文化，但是他在抵抗运动时期参加游击队，在罢工冲突中与警察战斗直至牺牲，在关键时刻显示出了一个工人的优秀品质。

《滑稽的游戏》以抵抗运动为题材，贯穿着瓦扬本人的经历，小说中虽然没有枪林弹雨或出生入死的场面，但其中的人物却都是真实的。他们在从事斗争的同时，也具有形形色色的弱点和缺陷，例如安妮参加了共产党，但是改不了小资产者贪图享受的弱点，把一切严肃的斗争都视为“滑稽的游戏”，表现出玩世不恭的人生态度。即使是身为领导的马拉，在坚持战斗的同时也不忘与女人寻欢作乐。这可能反映了抵抗运动的一个方面，其实正是瓦扬本人的心态和经历的真实写照。

中篇小说《325000法郎》（1955）的背景是塑料制品中心汝拉山区，主人公是青年工人贝尔纳•普沙。1954年那里举行了一场自行车赛，他虽然受伤却赢得了比赛的胜利，获得了穷姑娘玛丽-让娜的爱情，但是他们无钱结婚。普沙想购买国道上的一家快餐店，为此需要325000法郎，他就到当地的工厂里工作了六个月，每天在一台压模机上干三次，每次四小时。就在眼看要挣到这笔钱的时候，他由于疲劳过度而被压碎了右手，最后锯掉了一只手臂，成了残废，他们的梦想也随之破灭了。小说描绘了50年代初工人的艰苦劳动和悲惨生活，揭露了资本家对工人的剥削。普沙虽然具有坚强的意志，但是他由于想发财而逃避与资产者的斗争，最后成了资本主义制度的牺牲品。

《法律》的背景是意大利南部最贫困的地区，封建领主唐•凯撒追求享乐，临死时还要摸女仆的乳房。警察局长布里冈特勾搭了法官的妻子，让她卖淫，自己则强奸处女，横行霸道。他的话就是法律，民众不得不忍受他们的压迫。这些描写固然暴露了统治者的堕落，但是乐于描写放荡也是瓦扬小说的特色。

六　杜拉斯

玛格丽特•杜拉斯（1914.4.4—1996.3.3）生于越南嘉定，原名玛格丽特•多纳迪厄。父母都是小学教师，父亲去世时她才七岁，所以她没有用父亲的姓，而是用父亲的家乡杜拉斯作为笔名。她有两个哥哥，大哥凶狠粗暴，二哥亲切可爱，可惜在1942年忽然病故。寡母玛丽为了养活全家，用全部积蓄在柬埔寨的贡布省买了一块地，但是她上了土地部门的当，因为这块土地每年要被海水淹没六个月，她顽强地企图筑堤坝抵挡海水，最后当然都归于失败。

杜拉斯18岁时来到巴黎求学，获巴黎大学法学学士和政治学学士学位。1938 年6月，她进入法国殖民地国际信息资料处担任助理，1940年11月辞职。1939年，她与罗贝尔•安泰尔姆结婚， 1942年又认识了狄奥尼斯•马斯科罗，两人的关系持续了15年，生有一个儿子，名叫让•马斯科罗。安泰尔姆在1944年被捕后关进了集中营，1945年获释，1946年与杜拉斯离婚，但是杜拉斯与两个丈夫都保持着终身的友谊。

杜拉斯在1944年加入法共，然而在意大利共产党员、作家艾里奥•维托里尼的影响下，她不赞成法共的路线，加上她和两个丈夫一起生活，所以在1950年被当作腐败分子开除出党。但她后来依旧宣称自己是共产党员，反对法国在阿尔及利亚的殖民战争，关心妇女的命运，在“五月风暴”中支持学生运动，与萨特和波伏娃一起在街头出售过《人民事业报》。

杜拉斯以小说《厚颜无耻之辈》（1943）开始她的创作生涯。在将近20年的时间里，她每天写作四五个小时。童年的苦难和母亲的悲惨命运对她产生了深刻的影响，尤其是她作为法共党员时创作的早期小说，有不少是以印度支那的社会现实为题材的，例如《太平洋大堤》（1950）反映了童年时代的贫困生活，写一位小学女教师为了保住自己的土地，坚持修了一条堤坝来挡住太平洋的海水，结果当然是徒劳无功。她在晚年更以小说《情人》（1984）获得龚古尔奖而举世闻名，其中描写的也是她在印度支那的初恋，这些小说都深刻地反映了印度支那的社会现实。

杜拉斯在小说、戏剧和电影方面都成就卓著，她的作品内容丰富、体裁多样，而且尤其注重文体，具有新颖独特的风格，但也并未脱离现实，例如《广岛之恋》（1960）通过一个美国男子和一个日本女人的爱情，再现了广岛在原子弹爆炸后的悲惨情景。小说《痛苦》（1985）更是以她的丈夫安泰尔姆的经历，揭露了集中营对囚徒的残酷折磨。所以归根结底，把杜拉斯的作品归入左翼文学应该是顺理成章的。

七　戴克斯

皮埃尔•戴克斯（1922—2014）17岁就参加了法共，在抵抗运动中曾被关押在毛特豪森集中营。他担任过《法兰西文学报》的主编，具有强烈政治倾向性，是个影响很大的小说家和评论家。他的三部曲《42班》描写大学生们在法共领导下进行的地下抗敌活动，42班就是1942年上学的大学生，他们刚好20岁，是达到服兵役年龄的一代青年。《最后的堡垒》（1950）是描写纳粹集中营的，阿拉贡在序言中称它为同类小说中最重要的作品。

1963年，加洛蒂发表《论无边的现实主义》，戴克斯立即发表题为《一种摆脱了教条主义的美学》的评论，欢呼“这是一本迫切需要的书……其重要意义不仅超越了法国的范围，也超越了马克思主义的范围”。他认为不应该把马克思、恩格斯和列宁的文艺评论奉为法典，卢卡契的《批判现实主义的当前意义》更是“美学上的教条主义公式化”，而加洛蒂的《论无边的现实主义》则是“恢复了对于艺术和艺术创造的马克思主义观点……是一篇我们时代的现实主义宣言”[1]。

1968年苏联侵入捷克以后，戴克斯与法共保持距离，到1972年公开决裂。他在政治自传《我相信过早晨》（1976）里详尽地评析了他与共产主义的关系，在《我的整个时代，让我们纠正我的回忆》（2001）里，他回顾了自己作为热情的共产党负责人经历的许多痛苦，进行了自我批评，同时揭露了法共在抵抗运动前后的派别斗争。

第二节 其他作家

一 萨特

萨特在解放后创作的剧本都是处境剧，这种戏剧形式最适于表现存在主义的哲理。也就是说，人物的处境必须涉及当代人所关心的问题，才能引起观众的关注，这一原则在他的一系列戏剧里得到了充分的体现。处境剧在艺术上的特色是人物不多、时间不长，但是简洁、紧张，把人物、场景和情节结合得无比紧密、令人窒息，从而引起观众的共鸣，所以在上演时往往引起轰动，取得极大的成功。

四幕剧《死无葬身之地》（1946）写的大战胜利前夕，五个游击队员不幸被捕。女队员吕茜在被审讯时遭到了敌人的侮辱，她视死如归，唯一担心的是年幼的弟弟弗朗索瓦会在酷刑下招供，于是和其他队员一起把他掐死了。队员们曾企图用招假供的办法欺骗敌人，但是敌人还是把他们都枪毙了。萨特曾表示这不是一个写抵抗运动的剧本，因为他关心的是人置身于极限处境中的反应，所以剧本虽然谴责了法西斯的罪行，歌颂了游击队员顽强不屈的精神，但主要是体现了存在主义的哲学思想：人总是可以自由选择的，即使面临着必死的处境，游击队员们仍然可以选择招供还是不招供，是屈辱地死去还是英勇就义。例如索比埃本来非常胆小，但是他最终战胜了怯懦，在敌人用酷刑审问时

1　加洛蒂：《论无边的现实主义》（《译者前言》），吴岳添译，百花文艺出版社，1998年，第4页。

从窗口跳了下去，用自己的选择和行动证明了他不是懦夫，他完全可以对自己的选择负责。

萨特最著名的剧本是《恭顺的妓女》（1947）。故事发生在美国南部一个小城市里，妓女丽瑟在火车上目睹两个白人无理纠缠，开枪打死了一个黑人，另一个黑人被迫逃跑，却受到警察的追捕，只得到妓女家里请求避难。凶手的表弟弗莱特到丽瑟这里来过夜，诱使她去做伪证，说那个黑人是由于想强奸她才被打死的。丽瑟坚决不同意，这时白人参议员克拉克走了进来，花言巧语地迫使她在伪证上签了字，她发觉受骗时已来不及了。逃跑的黑人在白人追捕下又跳进了丽瑟的窗户，弗莱特正好进来，就向黑人开了两枪。丽瑟放走了被追捕的黑人，拿出自己的枪对准了他，但是最后还是被他的花言巧语所迷惑，倒在了他的怀里。

剧本反映了萨特的介入文学观念。一方面，它形象地体现了存在先于本质的思想，因为丽瑟做了伪证，她就丧失了作为人的本质，当然也就失去了真正的自由。另一方面，剧本介入了社会的现实，对迫害黑人的行径进行了猛烈的抨击，表明在资本主义社会里，妓女和黑人都是没有自由可言的受害者。1948年，萨特为该剧在美国出版的英译本写的序言中，表示他反对的是种族主义而不是美国，因为非正义的事情到处都有，无论是在法国、美国还是其他地方，他都要予以谴责，这是一个作家应尽的职责。《恭顺的妓女》在1949年搬上银幕的时候，萨特修改了剧本的结尾：丽瑟被弗莱特的花言巧语所激怒，给警察局打电话，说明自己在参议员克拉克的逼迫下做了伪证，那个黑人是无罪的，从而超越了存在主义哲学观念的局限，有力地批判了种族主义政策，反映了人们勇敢反对种族歧视的精神。

七幕剧《脏手》（1948）写的是某个东欧国家里共产党的内讧。1943年初，苏联取得斯大林格勒保卫战的胜利之后，该国的反动派和中间派被迫试图与共产党谈判。这时共产党与苏联失去了联系，书记贺德雷认为目前无力单独进行暴力革命，应该利用苏联军队逼近的有利形势与敌人进行谈判，待力量壮大之后再夺取政权，他的现实主义的路线得到多数党员的支持，但却因此被反对派领导人路易视为叛徒。路易让雨果当他的秘书，实际上是要谋杀他。雨果是个出身于资产阶级的青年知识分子，思想简单幼稚，所以听从了路易的派遣。本来他已被贺德雷的高尚人格和宽宏大量所感动，不想进行谋杀，但是他的妻子捷西卡爱上了贺德雷，他们偶然的一吻被雨果撞见，雨果就连开三枪，贺德雷临死之前还故意说雨果是因为吃醋而开枪的，为他洗刷了行刺的罪名。

两年之后，共产党与苏联恢复了联系，根据莫斯科的指示与国内的反动势力成立了联合政权，贺德雷因此被恢复名誉，成了英雄，雨果则被关进了监狱。路易为了掩盖自己的罪行而要杀人灭口，命令奥尔嘉在午夜12点之前杀死雨果。奥尔嘉把党的政策的变化告诉了雨果，说明他想活命的唯一办法就是把自己的行刺说成是纯粹的情杀。雨果最终发现自己是上了路易的当，成了党内权力斗争的牺牲品，他的纯洁理想破灭了。出于对这种政治上的实用主义的痛恨，他不想逃出去苟且偷生，而是冲出门去，主动被路易派来的杀手开枪打死。

萨特没有参加任何政党，因为他相信凡是搞政治的人没有不弄脏手的，这种目的与手段的矛盾，在左派政党里尤为突出。他认为这个剧本不是反共的作品，而是他出于善意给左派提出自己的意见，只是提出问题而不是解决问题。他的本意是要表现革命行动与道德之间的冲突，显示的是一种人道主义，但是在冷战的环境里，它必然会使人联想到当时的现实，因此上演后引起了很大的争议。法国资产阶级为此拍手称快，美国也把它作为抨击苏联和共产党的武器。萨特对此深为不满，为此声明从1952年起，这个剧本必须得到所在国共产党的同意之后才能上演。

三幕剧《魔鬼与上帝》（1951）以德国的宗教改革运动为背景，探讨了善与恶的关系。主人公葛茨是个私生子，他为了报复上帝和抵抗厄运，成了一个无恶不作的强盗头子。牧师海因里希告诉他人人都想作恶，而上帝认为行善是根本不可能的。葛茨为了向上帝挑战而偏要行善，打赌要在一年之内成为一个圣人。他把土地分给穷人，梦想建立一个充满幸福和爱情的太阳城，结果却同时受到穷人和富人的嘲笑和仇视，引起了农民的暴动。葛茨无论行善还是作恶，都只是给农民带来不幸，所以剧本的结论是不能为恶而恶、为善而善，而是要投入到现实的斗争中去。

剧本不再强调自由选择，而是力图说明个人的行动受到社会的制约，没有了选择的自由，可以说实际上已经背离了存在主义哲学的初衷。萨特当时已经开始研究马克思主义，赞成阶级斗争的观念，并且试图接近工人阶级。他把这出戏剧列为他要传之后世的四部作品之一，或许因为这是他把马克思主义和存在主义结合起来的最成功的尝试。

八幕剧《涅克拉索夫》（1955）的主人公乔治是个大骗子，一天晚上被警察追捕，情急之下逃入《巴黎晚报》记者希比洛的家里，希比洛专门从事反共宣传，正在为缺乏反共的宣传材料而发愁，于是乘机把乔治装扮成从苏联潜逃出来的内政部长涅克拉索夫。乔治对外表示自己是个真正的共产党人，只是不满党的领导人的背叛革命的行径才不得不离开祖国，他还可以提供所谓世界大战后苏联要枪毙10万法国人的黑名单，揭露许多震惊世界的的内幕。其实法国内政部知道他是冒充的，只是利用他来进行反共宣传罢了。最后警方为了迫害进步人士而逼乔治做伪证，他在混乱中逃跑了，报社只得将错就错，说涅克拉索夫卖身投靠共产党，已被苏联劫往莫斯科，从而结束了这场闹剧。

《涅克拉索夫》表现了特定的处境，说明人往往会成为某种特定处境的牺牲品，不得不做违背自己意愿的事情，从而表明萨特已经改变了人在任何情况下都能够进行自由选择的观点。这出讽刺剧虽然夸张却并非无中生有，因为确实有过类似涅克拉索夫的反共人物。剧本谴责了帝国主义的反苏反共宣传，显示了创作时萨特与共产党保持的良好关系。

五幕剧《阿纳托尔的隐藏者》（1959）写德国人弗朗兹在大战时被迫入伍，升为中尉后虐杀苏联俘虏，战后独自逃回家里。他不愿意承认自己是个战犯，从此隐居在家中古堡的一个封闭的房间里，假装已经死去，13年来除了妹妹之外不见任何人。弗朗兹以装疯来回避他的罪责，但是他最终还是无法逃避。当他终于明白德国已经今非昔比，自己是个罪人的时候，就驾车出去用车祸来结束了自己的生命。

萨特创作这个剧本的目的是为了抗议法军对阿尔及利亚民族主义者的迫害，但当时不可能直接描写这个题材，所以他把该剧的场景安置在战后的德国，以便在分析纳粹暴行和罪责的过程中，全面地探讨本世纪各种暴力的实质，以及人们对第二次世界大战应该抱什么态度。这种反省存在于每个人的内心，是无论躲到什么地方都无法回避的。剧本的结论是要通过吸取纳粹德国的历史教训，使法国人民意识到自己对阿尔及利亚战争所负的责任，不能因屈从于暴力而犯下不可饶恕的罪行。剧本上演以后引起轰动，萨特的住宅因此两次被炸，说明这个剧本对右翼反动势力是沉重的打击。

为了保持自己的独立和自由，萨特没有参加任何党派，不接受一切官方的荣誉，甚至不建立家庭。但尽管如此，在战后复杂多变的冷战形势下，他梦想的第三条道路也是走不通的。他在50年代站在苏联和法共一边，与加缪进行论战，导致两人关系破裂。他后来访问了苏联，并当选为法苏友协副主席，但在匈牙利事件后愤而辞职，转而对斯大林进行批判。1968年苏联入侵捷克后，他终于与苏联决裂。因此他的政治活动基本上是个人的行为，例如在1966年参与组织国际法庭揭露美国在越南的战争罪行，在1968年的“五月风暴”中支持学生运动等。

萨特在政治上的孤立，与他的哲学思想是分不开的。他的存在主义哲学一方面承认世界是独立于人的意识的客观存在，另一方面却又认为存在并不决定意识，因而是一种调和唯物主义和唯心主义的哲学。它强调人的自由选择，其实人只能在客观条件许可的范围内发挥主观能动性，而不可能离开社会和历史去获得孤立的和抽象的自由。英雄不会无缘无故地变成懦夫，懦夫也不可能在一夜之间变成英雄。由此可见，人不能抛开社会历史条件去随意进行自由选择。萨特的存在主义哲学实际上是行不通的，所以只存在了10多年就被新兴的结构主义所取代了。

1964年1月，萨特发表了他的自传体回忆录《文字生涯》，写他在12岁之前的生活。他以一个大作家的经验和文笔，写一个儿童对成人世界的观察和评析，寓深刻的哲理于天真的童趣之中，由于厚积薄发和风格独特而受到一致好评，对使他获得了当年的诺贝尔文学奖起到了重要作用。萨特闻讯获奖后立即发表声明，表示谢绝一切来自官方的荣誉，同时指出诺贝尔文学奖事实上已经成为给予西方作家和东方叛逆者的一种荣誉，他决不能为了这笔奖金而放弃原则。

1975年以后，萨特由于健康问题已行动不便，但仍在家中接待来访者，对重大事件表明自己的态度。1978年，他亲自到爱丽舍宫晋见总统，要求政府救济越南难民。直到去世前一年的1979年，他还到电视台去发表讲话，谴责苏联对阿富汗的侵略。归根结底，萨特继承了法国的人道主义传统，为反对帝国主义、殖民主义和种族主义进行了不懈的斗争，所以被誉为20世纪的伏尔泰和雨果。他于1980年4月15日去世后，约有五万人为他送葬，德斯坦总统认为：“萨特的逝世使我感到人类智慧的一盏明灯熄灭了。”

二　波伏娃

法国解放后，波伏娃继续从事进步的社会活动。从1947年1月25日至5月20

日，她在美国访问了四个月，回国后发表了《得过且过的美国》（即中译本《波伏娃美国纪行》），主要是谈她对美国的印象。从纽约、华盛顿到旧金山和洛衫矶，从美国式的自由、种族歧视到两性关系，从摩天大楼、尼加拉瀑布到大峡谷和沙漠，从好莱坞到赌场、监狱和死囚，波伏娃全面而客观地描写了当时美国社会的各个方面，忠实地记录了所见所闻，实际上既是一幅描写客观、见解独特的导游图，又有助于了解美国的政治、地理和习俗。从这篇纪实报道中，波伏娃抨击了美国社会里种种不公正的现象，例如她在谈到黑人的时候说道：

> 白人还有另一个更恶名昭彰的错误信念，他们认为所有黑人女性都是放荡、道德败坏者。但是在南方，黑人女性无法抵御白人男性的性侵犯，黑人男性也无力捍卫家人，女人只是猎物。……人们眼中的黑人错误与缺陷，其实是种族隔离与歧视建构出来的可怕障碍；它们是白人恶待黑人的果，而不是因[1]。

对黑人妇女命运的关注，无疑是促使她成为女权主义者的原因之一。

与此同时，波伏娃仍然在创作小说。《人总是要死的》（1947）写的是长生不老的福斯卡的故事，说明人正是因为会死去才是幸福的，因为人如果长生不死，就无需思考和养育后代，生活也就失去了意义，由此揭穿了“长生不老”对人类的诱惑。

波伏娃最重要的作品是《一代名流》（1954），描写法国解放之后，左翼知识分子有的关心政治，有的闭门创作，有的激进，有的右倾，有的成为恐怖分子。罗伯特和亨利都是著名的作家，而且是抵抗运动中的英雄，因而是法国文化思想界硕果仅存的一代名流。面对战后的现实，罗伯特发起组织了一个新的左派运动，抵制美国，靠拢苏联，奉行独立于法共的左派路线。他的老朋友亨利曾在抵抗运动中创办了地下的《希望报》，现在出于对社会主义的共同信仰，他同意把《希望报》作为新的左派运动的机关报。

新的左派运动受到左翼和右翼势力的夹击。亨利在访问葡萄牙回来后抨击美国的西欧政策，使《希望报》被骂成“共产党的尾巴”。罗伯特抵制了法共要合并左派运动的压力，被视为“无产阶级的叛徒”。从苏联逃出来的一些

1　波伏娃：《波伏娃美国纪行》，何颖怡译，海南出版社和三环出版社，2004年，第254页。

人，透露苏联存在“劳动营”的奴役制度，罗伯特认为不能做有损于苏联的事情，亨利认为不应该隐瞒苏联的黑暗面，因而在《希望报》上发表了抨击“劳动营”的文章，新的左派运动终于因内部分裂而解体了。但是罗伯特和亨利并未因此丧失对社会主义的信仰，他们后来又重新携手继续奋斗。

罗伯特的妻子安娜本来感到精神苦闷，后来在访问美国时与美国左翼作家勒维斯一见钟情，因此对生活又充满了希望。她指望过既有家庭又有爱情的双重生活，但是后来勒维斯不再爱她了，这时罗伯特和亨利又走到了一起，终于使她从绝望中醒悟过来，对生活抱着新的希望。

小说表现了在战后冷战的形势下，左翼知识分子们所做的艰难选择，反映了法国知识分子的精神危机，其中穿插着大量男女之间的感情纠葛，出版后获得了龚古尔奖。小说实际上写的是萨特和波伏娃的经历。罗伯特就是萨特，亨利就是加缪，他们的分裂显然是影射萨特与加缪的绝交。安娜与美国情人勒维斯的恋情，则是波伏娃与艾格林的爱情的写照。不过小说并非自传，而是作者对人物和事件进行艺术加工的结果，因而更加生动地反映了战后的社会现实。

《第二性》（1949）是波伏娃全面分析妇女问题的论著，分为《事实和神话》与《生活经验》两个部分。论述了妇女自古以来被男人压迫的命运，从理论上证明了男女两性的不平等，对有关的法律、宗教、习俗、传统都提出了异议，从结婚、离婚、流产、卖淫和分娩等各个方面，批判了千百年来在婚姻领域里的种种偏见和陈规陋习，提出了“女人不是天生的，而是变成的”这个著名的命题，指出是社会造成了女人的卑贱处境。波伏娃号召妇女用行动来解放自己，重新获得与男人平等的地位，因而成了一位女权主义者。她的理论符合即将兴起的女权运动的需要，因此《第二性》在出版后被译成近20种外语，奠定了她在法国思想界的地位，使她成为国际女权主义运动的领袖人物。半个世纪以来妇女运动的历史，充分证明了《第二性》的重要意义。

1955年9月，波伏娃与萨特一起访问了中国，亲眼目睹了新中国的巨大进步，回国后写出了长篇纪实报道《长征—中国随笔》（1957）。此后她积极投身于国内外的政治活动，支持阿尔及利亚的独立，和萨特一起访问革命后的古巴，在1968年的“五月风暴”中支持学生运动。她亲自参加女权主义的示威游行，在萨特去世之后还担任了《现代》杂志的领导工作。

与此同时，波伏娃还写了五部回忆录：《一个良家少女的回忆》

（1958）、《年富力强》（1960）、《事物的力量》（1963）、《了结一切》（1972）和《告别的仪式》（1981），详细地记录了她的生活和思想的历程。

三　加缪

加缪的代表作《鼠疫》（1947）是一部寓言式的哲理小说。故事发生在20世纪40年代，阿尔及利亚的奥兰城里忽然出现了许多死老鼠。鼠疫的流行搅乱了市民们的日常生活，城市里死气沉沉，每天要烧掉的死鼠就有几千只之多。死去的人来不及掩埋，被匆忙地扔进大坑；城门被封锁了，人们恐惧焦虑、逃避挣扎，过着与外界隔绝的生活。医生里厄刚刚把病了一年的妻子送到外地疗养，现在他尽力与鼠疫作斗争，日夜抢救病人，坚持战斗了七个多月，解除了鼠疫的威胁，然而他的妻子却病逝了。一些道德高尚的人组成了志愿防疫队，和他一样加入了斗争的行列，有的也染上鼠疫而死去，但是他们最终获得了胜利，尽管这个胜利是暂时的。小说最后的结论是："鼠疫杆菌永远不会死绝，也不会消失，它们能在家具、衣被中存活几十年；在房间、地窖、旅行箱、手帕和废纸里耐心等待。也许有一天，或是再来上一次教训，鼠疫会再度唤醒它的鼠群，让它们葬身于某座幸福的城市，使人们再罹祸患，重新吸取教训。"[1]

小说出版后大受欢迎，它的进步意义是毋庸置疑的。奥兰城象征着占领时期的法国，也可以说是人类社会的缩影。鼠疫本身具有暗指法西斯主义的寓意，人民像囚徒一样被任意蹂躏，随时都有生命危险。面对灾难的严重威胁，人们感到恐惧和痛苦，作出了不同的反应：有些人逃避挣扎，有些人奋起抗争。医生里厄是加缪笔下第一个富于人道主义精神的人物，他的命运不再是个人的命运，而是集体的命运，他对病人的抢救也不再是西西弗式的个人的反抗、纯意识的反抗，而是集体的反抗、行动的反抗。尽管小说的结尾是人类依然无法彻底战胜荒诞的命运，说明加缪仍然是在用这部杰作来表现人类处境的荒诞性，但是人毕竟战胜了鼠疫，显示出加缪对反法西斯斗争的胜利充满了信心。

加缪在《鼠疫》之后的创作着重表现荒诞这个主题。他的剧本《戒严》（1948）以西班牙为背景，表现爱情、自由与起义之间的对立。另一个剧本

1　加缪：《鼠疫》，刘方译，载《加缪全集》，第1卷，河北教育出版社，2002年，第242页。

《正义者》（1949）写1905年莫斯科的信仰社会主义的革命党，在谋杀沙皇的叔父塞尔日大公爵的时候，发现他和他的两个无辜的侄儿在一起，剧情就是革命者对于是否可以把他们一起炸死的争论，探讨了目的与手段的关系，与雨果的《九三年》可谓异曲同工。

1951年，加缪在他的论著《反抗者》（1951）里，把自古以来的各种反抗分为两类：一类是“形而上的反抗”，指个人起来反抗他的命运和整个世界，它反抗的不是具体的剥削和压迫，而是反抗违反人的尊严和价值的生存状态。另一类是“历史上的反抗”，指的是一切革命，它们都伴随着恐怖和暴力，因而必然会走向专制。加缪认为反抗强调人的尊严和价值，而革命忽视人性和人的尊严，一切革命都是失败的，反抗者最终必然反对革命。他力图提倡一种新的人道主义，反对以革命的名义行使暴力，特别是批判了斯大林时代苏联的社会现实，因此受到了法共和左派力量的强烈谴责，导致了他与萨特的论战和决裂，从此被认为是右翼分子。此后他只出版了小说《堕落》（1956）和短篇小说集《流放与王国》（1957）。加缪在1957年获得诺贝尔文学奖，当时年仅44岁，是颁奖以来最年轻的获奖者，引起了文学界的轰动。但是除了马尔罗曾向他表示祝贺以外，他却同时受到了来自左翼和右翼的抨击，所以从此没有再发表作品。

《堕落》记述主人公克拉芒斯对一个顾客的谈话，从头至尾都是他的独白，其实就是自我起诉。他本来是巴黎的著名律师，一天晚上被人在背后嘲讽，使他发现了自己真实的灵魂：他做好事是为了显示自己，博得别人的赞赏，其实他是个懦夫，甚至看到别人落水也见死不救。他因此受到良心的折磨，于是离开巴黎来到荷兰，在一个酒吧里忏悔自己堕落的一面。小说揭露了同时代人普遍的伪善，显示了人的双重性，被萨特认为可能是加缪最美的、也最难理解的作品。

由六篇小说组成的《流放与王国》，主旨在于说明人的现实生活如同流放，只有拒绝奴役他人才能获得自由。这些小说看似描绘现实，宗旨却在于表现人生的哲理。例如《不贞的妻子》并非说妻子红杏出墙，而是写她在单调生活的重压下的暂时觉醒，对陌生世界的向往，是她对丈夫的精神上的而不是肉体上的背叛。《叛教者》的副标题是《或一个精神错乱的人》，是对社会的控诉，类似于狂人日记。《来客》写一个小学教师违反命令，放走了一个阿拉伯犯人，而犯人却独自向监狱走去，显示出人道主义精神的感染力。

小说蕴含的哲理是要表明：克拉芒斯不是别人，就是小说的读者，因为我们每个人都既是罪人又是审判者，无论什么名人，内心深处都有堕落的一面。《堕落》是加缪在与萨特论战之后写作的，他在剖析自己内心的同时，也是在暗示那些批判他的人并非那么高尚。由于小说“极大地表现了现代社会惶惑不安的情绪和他本人精神上的痛苦”，所以有评论家认为“《鼠疫》并不是加缪的最佳作品。1956年发表的《堕落》才堪称他的最高成就”。[1]

1958年11月，加缪在普罗旺斯农村购置住宅，在此定居以摆脱巴黎的喧嚣。1959年底，他邀请出版商加里玛全家到乡村过元旦。1960年1月4日，他乘坐加里玛的汽车返回巴黎，途中不幸撞车身亡。他去世之后，人们在他的挎包里发现了小说《第一个人》手稿，它从他的出生写起，叙述了他寻找阵亡父亲的过程和自己的童年生活，以及成为这个赤贫家族里第一个读书人的经历，实际上就是他的回忆录。其中虽然也有哲理的思考，但是语言通俗、明白易懂，具有写实和抒情的风格。

四　加斯卡尔

皮埃尔•加斯卡尔（1916—1997）生于巴黎，原名皮埃尔•富尔尼埃，童年是在法国西南部的农村度过的。他从事过多种职业，后在军队服役八年。1940年他被德国人俘虏，在乌克兰的拉瓦卢斯卡集中营关押到1945年，由于懂德文而被指定为公墓队的翻译。战争结束后他回到法国担任记者，在周游世界的同时开始创作。他的作品都是写在集中营里的经历，例如中短篇小说《家具》（1949）和《阴沉的面孔》（1951）等，内容大多是令人毛骨悚然的回忆。

加斯卡尔的第一部长篇小说《死者的时代》（1953），通过集中营管理人的所见所闻，以及每个囚徒的悲惨经历，描绘了他们所受的痛苦与屈辱，出版后获得了龚古尔奖。

故事发生在1942年。主人公“我”名叫彼得，实际上就是加斯卡尔本人。他所在的集中营是德国兵迫使犹太人修建的，用来关押多次越狱未成的战俘。他由于懂德语而被派作掘墓人，就是为死去的囚犯挖掘坟墓。他们本身的境遇

1　米歇尔·莱蒙：《法国现代小说史》，徐知免、杨剑译，上海译文出版社，1995年，第331页。

也很悲惨，以至于只能用垃圾堆里的罐头盒和花盆等喝汤。监视他们的哨兵恩斯特是一个德国牧师，他反对战争，认为这里的一切太可怕了。他爱上了犹太姑娘莉迪，每天把自己的面包分给她。集中营里的战俘不断死亡，掘墓时意外挖出的无名尸体散发着恶臭。火车不断地把犹太人带走，带到离他们30公里的地方用瓦斯处死。恩斯特想救那个犹太姑娘，但是他受到了处分，被送进了惩戒连，莉迪等当地的犹太人也被火车运走了。逃跑者被开枪打死。列鲍维奇躲在空的墓穴里。彼得给他送点吃的，后来他失踪了。彼得爱上了波兰姑娘玛丽亚，但她吻了他一下就跑开了。

短篇小说集《兽类》通过动物来反映战争和人类的暴力，它们以不解的目光，默默地注视着加害于它们的残暴行为：例如小牛犊被屠夫切成碎块，马群在飞机轰炸时四散奔逃，但有时也把横行的老鼠比喻为侵略者。其中有一个题为《在狗和狼之间》的中篇，这个题名的本义是一句成语，意为“狼狗不分之时”，也就是指黄昏时分。内容是写德国国境附近的森林里的一座军犬训练所，那里训练着130条军犬，有个充当“人体模特”的人专门穿着训练服让狗撕咬，这样做的目的是要让人们体验到战争的恐怖，但是在忍无可忍的情况下他也会用木棒痛打这些军犬。

这篇描写狗在人的训练下恢复狼性过程的作品，对日本作家大江健三郎有着特别深刻的影响。大江就是在这篇小说的影响下，写出他的处女作《奇妙的工作》的，内容是一个描写大学生被雇去杀狗的故事。大江作为打工者去杀的狗，正是被美军训练成军犬的牧羊犬，它们因美军赴朝作战而被抛弃，成为流浪犬后被东京大学附属医院收留，以便随时被打杀供实验之用。从这个意义上来说，《在狗和狼之间》也可以理解成狗性和狼性难以分辨的时代：狗的祖先是狼，经过人类千百年的驯养，变成了人类的朋友，但是它们在军犬训练所里很快就恢复了狼的本性。加斯卡尔和大江的小说似乎都说明了一个道理：人生来都是善良的，是爱好和平的，但正如通过训练能使狗恢复狼性一样，战争也能把人变成杀人的机器。作为个体的人无法战胜冷酷的现实，由此才产生了世间的一切悲剧。因此归根结底，他们的小说都体现了反对战争的人道主义精神。

加斯卡尔还发表了两部自传体长篇小说，《种子》（1955）和《街边的草》（1956），描写了社会底层的痛苦生活。《种子》的主人公是一个出生于工人家庭的孤儿，从小忍饥挨饿，艰辛备尝，但是小说毫无悲天悯人的情调，而是表现了他在共产党员的影响下逐渐走上革命道路的过程。

《逃跑者》（1961）的故事发生在混乱的德国，主人公保尔被俘后，在盟军进入德国时打倒看守逃进森林，被德国姑娘莱娜藏在家里。战争结束了，保尔从战俘变成了占领者，但是莱娜和他之间的爱情却淡漠了。他在法国已经没有亲人，所以只能在德国漫无目的地流浪。

加斯卡尔还写作了《魅力》（1965）等回忆青少年时代的小说，以及《诺亚方舟》（1971）等描绘自然界的哲理小说。他在50年代初访问过中国，写了《开放的中国》（1955）和《今日中国》（1956）等报告文学，以及剧作《车站大厅》（1958），1969年获得法兰西学士院文学大奖。

五　罗布莱斯

埃马纽埃尔•罗布莱斯（1914.5.4—1995）是小说家、剧作家和诗人，生于阿尔及利亚奥兰市的一个工人家庭，父亲是原籍西班牙的泥瓦工，在他出生前就去世了。母亲是洗衣妇，家庭的贫困使他从小就反对压迫和剥削，同情社会底层的劳动人民。他从阿尔及尔师范学校毕业后在中学当教师，从1936年开始参加工人运动，为《社会主义播种者》和加缪主编的《阿尔及尔共和报》等进步刊物撰稿，并到世界各地采访。

罗布莱斯的第一部小说《行动》（1938）抨击了殖民主义，呼吁各国工人的团结，他在西班牙内战期间拥护共和派。战争迫使他停止学习，他在大战期间积极参加反对纳粹的斗争，曾担任军队的翻译官，被北非空军司令布斯卡特将军任命为战地记者，参加了轰炸德国占领的意大利北部地区的战役，荣获军功勋章。他几次从飞机失事中侥幸逃生，甚至差点被当成德国伞兵被枪决。他在战争期间还在《阿尔及尔共和报》上连载长篇小说《天堂之谷》（1941），发表了以修建一条水坝为内容的长篇小说《人的劳动》（1942，获阿尔及利亚文学大奖），中短篇小说集《世界之夜》（1944）反映了抵抗运动，以及他对1934年到苏联、1935年到印度支那和中国南方采访的回忆。

大战结束后罗布莱斯在巴黎复员，为多家报刊写稿。1947年他返回阿尔及尔，创办了文学杂志《锻炉》。他根据1945年阿尔及利亚事件[1]写作的小说

1　1945年5月，阿尔及利亚民在各大城市举行反帝游行示威，法国派出海陆空三军部队进行残酷镇压。

《城市的高地》（1948）获得妇女文学奖，同年他发表了第一个剧本《蒙塞拉》，谴责西欧宗主国继续奴役殖民地人民，歌颂拉丁美洲的民族解放斗争。该剧于同一天在阿尔及尔和巴黎上演，立即引起轰动，后来被译成包括中文在内的20多种文字。

罗布莱斯勤于笔耕，作品不断。他在法兰西喜剧院上演《真理死了》，还发表了根据他在意大利战役期间的经历所写的代表作《这就叫做黎明》（1952），内容是戈尔佐涅大发战争财，把工人桑德罗逼上绝路而触犯了刑法，主人公瓦列里奥大夫面临着要不要保护他的问题，后来罗布莱斯还参与把这部小说改编为影片。小说《刀》（1956）反映了他1954年在墨西哥的生活，《四月的人》（1959）则是他在1957年访问日本之后所写的故事。剧本《为造反者申辩》（1965）声援阿尔及利亚人民争取独立的武装斗争。《艰难岁月》（1974）是他的自传体小说，其中他勤劳朴素的老母亲的形象尤为动人。《威尼斯的冬天》（1978）写米兰的记者拉斯奈尔偶然在街上拍摄了共和国检察官被人杀害的照片，因而受到恐怖集团的威胁。他的作品歌颂为正义而斗争和牺牲的人们，情节扣人心弦，具有强烈的戏剧性。

罗布莱斯是巴黎的“人民和文化”运动的领导人之一，他非常关注民众的教育问题，曾发起成立“街头剧团”，还专门为剧团写了一个三幕滑稽剧《波尔菲利奥》。他还担任北非笔会主席，为发展北非进步文学作出了贡献。他为瑟意出版社主编了一套《地中海文集》，因此发现了费哈乌恩和狄布等阿尔及利亚左翼作家。罗布莱斯于1973年当选为龚古尔文学奖评委会委员。他对中国很友好，1980年应邀来我国指导中国青年艺术剧院演出《蒙塞拉》，以后多次来华访问。中国文联出版公司在1984年出版了他的小说集《这就叫做黎明》，收入了他的七篇作品。

六　拉菲特

让•拉菲特出生于法国南部农村，父母本来有一个给人磨面的小磨坊，后来在大战期间沦为雇工。他由于家庭贫困没有读完小学，14岁就来到波尔多城里当学徒，当过做糕饼的技工和面包师，靠自学积累了丰富的知识。1932年，罗曼•罗兰和巴比塞在阿姆斯特丹主持世界反战同盟大会，拉菲特深受影响，立即参加了当时成立的反战委员会。接着他在1933年加入了法共，因参加反法西斯示威而被老板开除。从1936年到1939年，他在法共中央书记处工作，曾任世界和平理事会总书记。

1939年，29岁的拉菲特被征入伍，1940年6月法军溃败时被俘，当年11月他逃出战俘营，回到巴黎参加了地下的抵抗运动，在法共领导下指挥一支游击队。1942年5月，他在被法国警察逮捕后引渡给德国，1943年先后被押解到毛特豪森集中营和爱本塞集中营。在极其严酷的环境里，共产党人成立了地下组织，恢复了与外界的联系。1945年集中营被苏联红军解放，他才得以回到法国。

拉菲特在繁忙的政治活动之余创作了几部小说：《活着的人们》（1947）这个标题来自雨果的诗句："活着的人们，就是斗争的人们"。这部自传体的小说按时间顺序叙述了巴黎的抵抗运动，揭露了集中营里地狱般的黑暗生活，党卫军的残忍，囚徒们的悲惨遭遇，以及地下党领导的不屈不挠的英勇斗争。拉菲特满怀深情地刻画了他在集中营里的难友、俄国人科索莫尔的英雄形象。

拉菲特的第二部小说是《我们一定去采水仙花》（1948），它描写在德国占领时期的1942年夏天，一些游击队员成功地炸毁了离巴黎50公里的一个德国电台，不久被盖世太保逮捕入狱。小说真实地记述了法国人民的抵抗运动，生动地塑造了游击队长雷蒙的英雄形象。他的另一部小说《法国玫瑰》（1950）描绘了抵抗运动中的法国妇女，女主人公玛丽•韦尔侬是个年轻而默默无闻的小学教师，她参加了抵抗运动，丈夫成了叛徒，她在经受了长期的考验之后成了游击队长，并且得到了"法国玫瑰"这个绰号。

拉菲特的其他小说还有《马尔索营长》（1953），叙述纳粹的失败和游击队的活动。《春天的燕子》（1956）写的是法国民众保卫和平的运动。他的小说往往是真人真事，而且带有自传性，例如《春天的燕子》的主人公是一个面包师，其实就是拉菲特自己的经历。

七 图尼埃

米歇尔•图尼埃（1924.12.19—2016.1.18）生于巴黎，曾在巴黎文学和法学院攻读，获得巴黎大学哲学高等教育文凭。1946年至1949年在德国图宾根大学工作，回国后因哲学教师资格考试失败而到电台和电视台任职，1954至1958年任欧洲一台的新闻专员，接着在普隆出版社当了10年文学部主任。直到1967年43岁的时候，他才发表第一部小说《礼拜五，或太平洋上的虚无境》[1]。

小说开头与笛福的《鲁滨逊漂流记》相同，写鲁滨逊在海上遇难后幸存在一个小岛上，救了野人礼拜五的生命。但是后来的情节却与《鲁滨逊漂流记》相反，礼拜五不再是鲁滨逊的仆人，而是成了他的启蒙教师。鲁滨逊在他的帮助下生活了28年，完成了摆脱文明、向大自然回归的过程。后来有英国商船来到了荒岛，他却不想离开小岛返回英国，而且船上也有个少年水手愿意和他在岛上生活下去，倒是礼拜五禁不住诱惑离开荒岛到英国去了。

《礼拜五，或太平洋上的虚无境》虽然取材于人所共知的故事，却阐明了与《鲁滨逊漂流记》截然相反的哲理。18世纪的笛福把英国视为文明之都，鲁滨逊才能够用先进的科技改造荒岛，而20世纪的图尼埃则向往着回归自然，所以他认为这部小说与《鲁滨逊漂流记》毫无关系："我的这本书当真有什么地方应该归功于笛福吗？我坦白地说，我从来没有这么想过。"[2]不仅如此，图尼埃还赋予了它极为可贵的现实意义：

> 是的，我是想把这本书献给许许多多沉默无言的移民法国的外裔工人，献给所有这些匆匆来自第三世界的礼拜五们，献给这三百万阿尔及利亚、摩洛哥、突尼斯、塞内加尔和葡萄牙的移民，我们的社会是靠他们支撑着的，然而我们向来对他们视而不见，听而不闻……我们这个消费社会是依赖他们而生存，是把自己白白胖胖的屁股坐在这些永远沉默的黧黑的人群身上的。所有这些清洁工、挖泥工、普通工和打零活的散工……这些被剥夺了说话的权利，但又对我们社会至关重要的人们，这些从未受到社会重视却又为这个社会所必不可少的人们，惟有他们才是法国真正的无产阶级。注意啊，说不定哪一天，这个缄默的人群就会冷不防的在我们耳边吼出惊雷般的声音呢！[3]

小说含有如此深刻的意义，几乎可以说是当代的一篇革命宣言。联想到小说

1　王道乾先生译本的译名是《礼拜五——太平洋上的灵薄狱》。

2　图尼埃：《礼拜五》，载图尼埃：《礼拜五，或太平洋上的灵薄狱》，王道乾译，上海译文出版社，1994年，第304页。

3　同上，第304页。

出版后随即爆发的“五月风暴”，令人不能不钦佩图尼埃对社会的深刻观察和预见。有的学者因此把他列为新寓言派的代表作家，这个流派是否存在另当别论，但他的作品寓意丰富是无可置疑的。小说出版后获得法兰西学士院小说大奖，1977年，他又特地为孩子们把鲁滨逊的故事改写成《礼拜五或原始生活》。

图尼埃大器晚成，从此不断发表作品。他的第二部小说《桤木王》（1970）写一个名叫阿贝尔•蒂福热的法国青年，大战爆发后应征入伍，不久被德军俘虏，关进了奥斯维辛集中营。在纳粹思想的毒害下，他听从德军驱使毫无怨言，因而被派到童子军校里任教，把孩子们培养成为希特勒卖命的炮灰。最后德军溃败，他带着一个儿童逃进了一片桤木林，为了躲避苏军的坦克而陷入泥沼死去了，在临死之前从这个孩子那里知道了集中营里发生的罪行。

小说的名称借自歌德的叙事诗《桤木王》，象征着主人公将像他见到的一具古尸那样，埋在泥炭层内不致腐烂。小说的背景是第二次世界大战，但图尼埃并未描写枪林弹雨，而是以许多看似与战争无关的细节，来影射战争的恐怖，表现人生的哲理和对人类命运的担忧。小说发表后获得龚古尔奖，奠定了他在文坛上的地位，他本人也在1972年成为龚古尔文学奖的评委会成员。

第三部小说《流星》（1975）写一对孪生兄弟，一个叫保尔，一个叫让，他们情同手足，但是突然出现了一个女人，让爱上了她而想娶她，保尔却要设法把女人赶走，两兄弟因此永远分离。最后让来到柏林，小说也含有柏林墙把两兄弟分开的寓意。1985年的《金滴》，写一个阿拉伯青年为一个半裸的欧洲少女拍了照，后来到欧洲去看到了自己拍的照片，才发现它们都被歪曲了。在法国的一个名叫“金滴”的区里住着许多阿拉伯人，他们只习惯于文字和符号，而法国却到处充满了形象，小说突出的就是文字、符号与形象之间的矛盾。《爱情的半夜餐》（1991）描写在沙滩上发现的男女搂在一起的精美雕像，令人想到亚当和夏娃在天堂里的情景。

改写历史或古代传说是法国小说史上的一种传统，图尼埃除了改写鲁滨逊的故事之外，还把《圣经》里三博士的故事改写成小说《加斯帕、梅尔基奥尔与巴尔塔扎尔》（1980）；将圣女贞德的传说改写成《吉尔与贞德》（1982），写贞德和她手下的将领吉尔的事迹。他还写了以摩西[1]为题材的小说《艾莱亚扎尔或泉水和灌木丛》（1996）。

1　《圣经》故事中犹太人的古代领袖，向犹太民族传授上帝的律法的人。

图尼埃从不在形式或技巧上创新，始终采用传统的写作方法，而且常用历史和文化的典故，因此被称为新古典主义者。但他以现实生活为基础来改写历史和传说，借以阐发自己的哲学思想，因而作品具有象征的色彩，使古老的题材有了新颖的意义，说明他的创作兼有现实主义和现代主义的成分。

图尼埃早年深受德国文化的影响，喜欢探索生活的意义，他的作品以富于哲理著称。小说集《松鸡》（1977）包括14个短篇，其中《阿芒迪娜或两个花园》是一个女孩子的日记，写她对初生小猫的观察，以及从自家花园的墙头爬上去察看另一个神秘花园的情景；《皮埃罗或夜的秘密》写面包坊伙计爱洗衣女，洗衣女跟着油漆匠跑了，最后他们饥寒交迫地回来，伙计又接待了他们。

《铃兰空地》把在高速公路上跑长途的卡车司机与沙漠里运送货物的骆驼手进行了对比，高速公路越多，树林就越少，铃兰花也就没有了。司机比埃尔曾在盛开铃兰花的空地上见到一位漂亮的姑娘，后来为了穿越高速公路来到空地而被撞成了重伤，影射了当代人生活的异化。这些来自日常生活的故事，在图尼埃的笔下富有象征意义，实际上是借用儿童都看得懂的情节来阐述抽象的哲理，因此他的小说题材兼有现实与非现实的两重性。

图尼埃的作品只写外部世界，从来不写他个人的生活，而且都带有神话的特征。他表示是写给孩子们看的，而且把读者、特别是儿童能否看懂作为评价的标准，所以他的小说虽然寓意深刻却通俗易懂。他认为自己最好的小说是《皮埃罗或夜的秘密》和《阿芒迪娜或两个花园》，因为六岁的孩子都能看懂。他小说里的哲理与存在主义小说不同，他不是阐述什么哲学体系，“我每本书、每篇作品的哲理核心都不同，每一篇作品都是重新开始，都有自己的新起点、新的哲理核心”[1]。这种哲理性也就是他的作品的现代性。

他的作品已经被译成25种外文，《礼拜五，或太平洋上的虚无境》《桤木王》和一些短篇小说都有了中译本。

八 加蒂

阿尔芒·加蒂生于摩纳哥，父亲是移民劳工，1938年在一次罢工中被警察打死。加蒂的童年极为贫困，但也促使他成长为一个坚忍不拔的斗士，始终站

1 柳鸣九：《“铃兰空地”上的哲人》，载《世界文学》，1990年第1期，第221页。

在被压迫人民的一边。他在参加抵抗运动后被捕并扣为人质，接着被流放，在剧作《小耗子》（1960）和《塔滕贝格集中营的第二次生命》（1962）里，他真实地表现了这段可怕的经历。但他尽管有过如此痛苦的遭遇，却并不谴责人类，而是在剧作中对未来社会抱有希望。

从1954到1959年，加蒂担任多家报刊的记者，周游世界以后从事戏剧创作，成为关注各国现实的作家，许多剧作都是根据他在南美等地的见闻创作的。他的剧作里的主角都是社会底层的穷苦人，例如《小耗子》里在纳粹统治下的盐矿里的囚犯，《凯扎勒[1]》（1960）里的危地马拉印第安人，《清扫工奥古斯特•格埃想象的生活》（1962）中的清扫工，《佛朗哥将军的狂热》（1968）里在佛朗哥分子统治下牺牲的西班牙人。加蒂认为任何为正义事业斗争而牺牲的人都不应该白白地死去，他要用剧作来把斗争的火焰燃烧得更旺，所以他的作品充满了反抗的精神。

《面对两张电椅》（1966）通过萨柯-范齐蒂事件[2]反映了当时工人阶级反对资本家的斗争。两个主人公是意大利无政府主义者，他们被判处死刑以后，尽管另一个犯人声明他们无罪，世界上也掀起了大规模的抗议活动，但他们还是被处死了。这一事件是美国政府打击工人运动的政治案件，是对整整一代左翼知识分子的打击。阿拉贡曾为此写了诗歌《萨科-范齐蒂的日子》。

加蒂从不迎合观众的趣味，但也不认为自己的剧作完美无缺。他总是在演出后几天及时组织座谈和讨论，吸取有益的意见对剧本进行修改。他懂得政治戏剧不可能使人人都满意，但是努力在语言和演出技巧方面精益求精，并且尽量反映观众自身的愿望和需要。

九 巴赞

埃尔韦•巴赞（1911.4.17—1996.2.17）生于昂热市，6岁时父母丢下他去了中国，家庭教师和学校里的教师都冷酷无情，促使他形成了敢于反抗的叛逆性格，甚至因此被关进精神病院。他进入巴黎大学文学院后与家庭决裂，靠打零

---

1 危地马拉货币单位。

2 1920年5月5日，美籍意大利人、意大利侨民工人领袖萨柯和范齐蒂被诬告为抢劫工资款项而杀害了一家鞋厂的出纳员和门卫，于1927年7月14日被判处死刑。舆论认为证据不足，许多城市举行罢工表示抗议，但他们仍在8月22日被处死了。

工艰难度日。他创作的第一个阶段包括《毒蛇在握》（1948）、《头撞墙》（1949）和《树倒猢狲散》（1950），以及作为《毒蛇在握》的续集的《枭啼》（1972）等小说，对绰号叫疯猪婆的母亲、对监狱般的教养院和精神病院进行了猛烈的抨击，是在向资产阶级社会及其家庭宣战。巴赞在1949年参加了世界主义运动，进入了创作的第二个阶段，逐渐从家庭恩怨转向关注不幸者的命运，主要作品有《站起来向前走》（1952）、《我敢爱谁》（1956）、《以儿子的名义》（1961）等。巴赞第三阶段的小说超越了对穷苦人的同情，反映了人与社会的不可调和的矛盾。例如哲理小说《荒凉岛的幸运者》（1970），讲一个小岛上的人因火山爆发而被迫到英国避难，但是无法适应现代的文明生活，最后还是回到荒凉的小岛。《绿色的教堂》（1981）写一个无名无姓的人自愿生活在大森林里，他被猎人误伤后进了医院，但是人们的误解和怀疑使他与社会格格不入，他终于离开医院不知去向。小说揭示了社会对人的压抑，体现了卢梭回归自然的理想，在感人的故事中寓有深刻的哲理。他还著有《婚姻介绍所》（1951）和《脱帽致敬》（1963）等短篇小说集，描绘普通人的恋爱、婚姻和家庭生活，以冷峻的笔调剖析日常的生活场景，使普通的题材产生震撼人心的效果。

巴赞对大自然无比热爱，是最善于描绘农村生活的作家之一，而且擅长运用简洁的口语和俗语，在现代派小说风行的时代始终保持着现实主义的特色："是的，我是一个现实主义者，十足的现实主义者……说我喜欢现实，是说我不喜欢幻想而喜欢真理，不喜欢荒诞而喜欢每天实实在在发生的事情。像巴尔扎克、福楼拜或左拉一样。文学一定要反映社会。"[1]巴赞在1958年当选为龚古尔文学奖评委会委员，从1973年起担任评委会主席直到去世，1980年还获得了列宁文学奖金。他虽然不是左翼作家，但是他的作品应该可以列入左翼文学的范畴。

十　热内

让-热内（1910.12.19－1986.4.15）生于巴黎，是个孤儿。他10岁时当作小偷送进了少年犯教养所，20岁时逃了出来在欧洲各地流浪，多次锒铛入狱。

1　廖星桥：《荒诞与神奇——法国著名作家访谈录》，海天出版社，1998年，第154页。

1948年被判处终身流放，在萨特等的呼吁下获得总统特赦，不久出版了长篇小说《小偷日记》（1949）。以后他专门从事戏剧创作，先后上演了《高度监视》（1949）、《阳台》（1956）、《黑人》（1959）和屏风（1961），成为荒诞派戏剧的代表作家。萨特亲自为他的《全集》写了整整一卷长篇序言《喜剧演员与殉道者圣热内》（1952），时任文化部长的马尔罗支持《屏风》的上演。热内的剧作虽属虚构，却大多表现了弱肉强食的现实，例如《高度监视》写监狱里犯人之间的等级，《女仆》写两个女仆对女主人既羡慕又仇恨，当女主外出的时候就在家里轮流扮演主仆，以发泄对女主的怨恨，甚至要将女主毒死。

《阳台》的背景是一家妓院，老鸨准备了许多服装，让嫖客们穿上后扮演主教、法官、将军或刽子手，由妓女合作表演，以实现他们梦想在现实世界中扮演的角色。这时城市里爆发了一场革命，统治者都逃跑了。为了把革命镇压下去，皇宫的使者让妓院里扮演大人物的嫖客们走上阳台，而且让老鸨扮演皇后，以表示统治者仍在城里，这样果然取得了成功。革命被镇压下去之后，妓院又重新开张，实际上它就是现实社会的缩影。

《黑人》是一出富于幻觉的戏剧，台上的演员都是黑人，但是分为两组，一组戴着白人的面具，扮演主教、法官、将军等统治者的形象；另一组是黑人，他们满怀仇恨、怒气冲天，纷纷折磨和杀死白人以求解放。台上的情节与后台传出的现实世界里发生的种族暴动等事件交织在一起，使表演充满了幻觉。

《屏风》是讽刺阿尔及利亚战争的剧本，众多的人物表现了阿尔及利亚的民众以及法国殖民者、军人的生活。当地民众发动了叛乱，到最后舞台上已不分压迫者和被压迫者，而是只分为活人和死人，死人冲破了纸做的屏风，在舞台上观看着活人的行为。这出戏辛辣地讽刺了阿尔及利亚战争的荒诞，表现了对战争的憎恶，因而直到1966年才得以上演。

热内的荒诞剧形成了一套反抗社会的伦理，受到热烈的欢迎，使他在1983年荣获法国国家文学大奖。其实这些剧作也是他本人政治态度的写照。1968年，他表示对西方社会及其价值不感兴趣，因此放弃写作，转而支持巴勒斯坦解放运动，但不久因中风去世。

第六章 文艺理论

法国的传统批评是源自孟德斯鸠[1]和斯塔尔夫人[2]的社会学批评，注重的是作品的时代背景和版本、作者的经历，不涉及文本本身。这种情况从20世纪50年代起发生了变化，注重修辞和文本的结构主义批评成为新批评的主流，几乎成为一门独立于文学创作的学科。不过无论文学批评如何变化，它与马克思主义始终有着密切的联系。

传统的马克思主义批评在19世纪末就已经存在，拉法格就是其中的突出代表。在十月革命胜利之后，随着马克思主义的广泛传播，苏联的建立和各国共产党的壮大，以及反法西斯文学等进步文学的繁荣，马克思主义文学批评也得到了长足的发展。法国当代的文学批评理论与马克思主义理论也有着很深的渊源。无论是存在主义者萨特、结构主义文论家阿尔都塞、发生学结构主义文评家戈尔德曼，还是现代派或后现代派的文论家德里达[3]、福柯[4]、巴尔特[5]，乃至雷蒙•阿隆[6]的反马克思主义文论，都与马克思主义理论有着千丝万缕的联系。

1 孟德斯鸠（1689.1.18—1755.2.10），法国启蒙思想家，法兰西学士院院士，主要作品有小说《波斯人信札》和《论法的精神》。

2 斯塔尔夫人（1689.1.18—1755.2.10），法国文艺理论家，浪漫主义文学的先驱，著有《论文学》、《德意志论》和小说《苔尔芬》等。

3 雅克・德里达（1930—2004），法国哲学家，后结构主义的主要代表，著有《写作与差异》、《声音与现象》和《播散》等。

4 米歇尔・福柯（1926—1984），法国哲学家，文学批评家，著有《知识考古学》等。

5 罗朗・巴尔特（1915—1980）是法国社会学家和文学批评家，著有《写作的零度》和《论拉辛》等。

6 雷蒙・阿隆（1905—1983），法国哲学家，政治哲学的创立者，曾与萨特等左派合作，后来分道扬镳，著有《知识分子的鸦片》（1955）等。

即使是在苏联解体和东欧剧变之后，在世界社会主义运动进入低潮的情况下，在英国剑桥大学和英国广播公司等权威机构进行的大规模的民意调查中，马克思仍然以最高的得票率当选为“千年第一思想家”，无疑充分证明了马克思主义的科学价值和不朽的生命力。

马克思主义的巨大影响，也是与西方马克思主义者的长期研究分不开的。但是迄今为止，除了在研究西方马克思主义哲学史时附带述及各位文学理论大师以外，对这个重要现象还没有进行系统的研究。研究马克思主义思想在各种现代主义文论中的影响，有助于正确地认识各种现代主义的理论渊源，即在介绍和评析各种现代主义文论时，能够从纷繁复杂的理论体系和专门术语背后看到马克思主义的批判的精髓，从而更加透彻地理解这些复杂的现代派文学理论。

卢卡契的《历史和阶级意识》后来被他本人多次否定，但是在西方却受到重视，原因在于它强调人是马克思主义的出发点，所以成为西方马克思主义的源头。勒菲弗尔也早在1939年就走上了用人本主义解释马克思主义的道路，认为只有在艺术和审美中，人才有可能成为完善的人。由此可见，西方马克思主义从20世纪20年代产生以来，在法国有所发展，但是由于法共的强大以及苏联在解释马克思主义方面的权威性，西方马克思主义一直受到压制，直到匈牙利事件之后的60年代才得以复兴。

西方马克思主义的复兴，首先是证明了马克思主义的生命力，同时也为全面地理解马克思主义开辟了新的道路。它的特点是着重探讨过去被忽略的、马克思青年时代的著作《1844年经济学—哲学手稿》，把它作为马克思主义文艺批评理论的重要依据；其次是吸收当代西方哲学文化思潮中的某些方法，例如萨特企图用存在主义补充马克思主义，以及戈尔德曼借用结构主义来形成他的新马克思主义批评等。

从萨特开始，种种研究马克思主义的方法便兴盛起来，法共内部的批评家和作家同样避免不了时代的影响。法共在这种形势下不甘心放弃自己的正统地位，于是在1959年创办了马克思主义学习研究中心，领导该中心的加洛蒂曾记述了当时的盛况：

萨特有一段时间同共产党，特别是和我断绝了一切关系。为反对阿尔及利亚战争而进行共同斗争的需要又使我们重新接近起来。从

1959年起，萨特参加了我的尝试：当时我在写一本名为《人的远景》的书，我们就在书里进行了对话。我把法国哲学分成三种主要思潮：存在主义、天主教思想和马克思主义，要求各种思潮的代表们在我的书里就我对他们思想的阐述进行讨论……

公众对这种尝试是如此欢迎，所以在法国共产党决定成立"马克思主义学习研究中心"，并委托我担任领导的时候，这种方法已经普及了：非共产主义者们也参加我们的研究，因为马克思主义的发展并非只是马克思主义者、而是一切科学研究者的事情。从那以后，每年都要在一些"马克思主义思想周"内举行大型的公开辩论会，参加的有来自四面八方的人，从萨特到……弗朗索瓦•密特朗，从……学者到作家、艺术家或神学家们。

"天主教知识分子周"开始和我们竞赛，也邀请马克思主义者参加。方法得到了推广，"马克思主义学习研究中心"恢复了从阿贝拉尔到饶勒斯的、拉丁区古老的辩论传统，为使对话愈来愈成为法国精神和政治生活的特色作出了贡献。

这涉及的不仅是一种方法、而是一个原则问题：即必须通过批判性的吸收和补充别人所掌握的真理才能进步。[1]

不仅如此，加洛蒂还把"马克思主义思想周"的活动推广到了希腊、瑞士、德国和美国等其他国家，进行国际性的辩论，从而扩大了马克思主义在世界上的影响。或者也可以说，正是西方马克思主义的复兴，促使"法国共产党从长期教条主义的昏睡中苏醒过来，开始进行了对话和思想交锋，加深了党对本国实际和社会现实的分析"[2]。

第一节 法共评论家

一 勒菲弗尔

1 加洛蒂：《<今天能成为共产主义者吗？>导言》，载加洛蒂：《论无边的现实主义》，吴岳添译，百花文艺出版社，第230—231页。

2 克洛德·维拉尔：《法国社会主义简史》，曹松豪译，中共中央党校出版社，1992年，第154页。

亨利•勒菲弗尔（1901—1911）是法国著名的哲学家、美学家和评论家，西方马克思主义者。他生于法国加斯科涅地区的黑格特莫，曾在艾克斯大学和巴黎大学学习哲学。1928年加入法国共产党，参与创办《马克思主义》杂志。1933年，他与诺伯特•古德曼将马克思的《巴黎手稿》（1932）译成法文，并参照《巴黎手稿》的内容修订自己的著作《辩证唯物主义》，在书中提出了与正统的马克思主义不同的哲学思想。该书于1939年出版后，被认为是西方马克思主义的重要代表作之一。

大战以后，勒菲弗尔运用马克思主义的文艺批评方法，撰写了《狄德罗论》（1949）和《美学概论》（1953）、《黑格尔、马克思、尼采，或幽灵的王国》（1975）等著作，但实际上他从《辩证唯物主义》开始就走上了“西方马克思主义”的道路”。1956年匈牙利事件以后，他参加左派俱乐部活动，成为法共党内的反对派，发表了《向着革命浪漫主义前进》（1957）和《马克思主义的现实问题》（1958）等著述，于1958年6月被开除出党。后任图卢兹大学哲学教授。

《美学概论》分为五章，介绍了马克思主义的美学理论。勒菲弗尔认为从柏拉图、狄德罗直到康德和黑格尔，都无法彻底解决美学问题，只有马克思主义的辩证唯物主义和历史唯物主义，才能够说明艺术的本质，也就是说，美感是人的种种感觉在劳动过程中不断变化和发展的结果，而过分强调主观性的形式主义美学观，实际上是对艺术形式的破坏。

苏共第二十次代表大会和赫鲁晓夫的报告，在西方左翼知识分子中造成了极大的影响。勒菲弗尔的《向着革命浪漫主义前进》一文，最初发表在1957年10月号的《法兰西评论》上，几乎是最早对社会主义采取了否定的态度。他认为社会主义或共产主义的理想理想成了问题，即使在最忠实的拥护者的心目中也已经黯然失色，再也不能激起行动和勇气了。正因为如此，他认为马克思主义的美学也陷入了危机，因而顺理成章地否定了社会主义现实主义：

> 这种情况促使我们阐明社会主义现实主义这个概念的性质、范围与有效性。
>
> 这的确是一个历史概念，作为历史概念，是有价值的，甚至是难以驳倒的。……但人们把这个历史概念同一个特定的美学概念，特别

是同一种理论混淆了起来。人们想从这个历史概念推论出一种属于艺术领域的创作方法，推论出若干评价的标准……

结果便是：理论上和实际上的空虚，毫无内容的概念形式……

人们竟把凝固了的形式，即民族传统，作为内容来赋予社会主义现实主义，而毫不考虑因此陷入了何种矛盾的境地。[1]

所以他要用新浪漫主义、也就是以人道主义为核心的浪漫主义美学来填补由此产生的空虚。作为法共资格最老的理论家和批评家之一，勒菲弗尔最早站出来发表这样的文章，其影响之大是无庸置疑的，因此自然遭到了激烈的批评，使他在第二年被开除出党。但实际上他只是早走了一步，或者说作为法国最早的西方马克思主义者，他对马克思主义及其文艺理论作出了新的解释，而阿拉贡和加洛蒂不久就步了他的后尘。

二 加洛蒂

罗杰•加洛蒂（1913.7.17—2012.6.13）是法国著名的理论家和文艺批评家。他出生于工人家庭，父亲在第一次世界大战中负伤。他早年是基督教徒，1933年加入法国共产党。在巴黎大学里，他曾师从著名哲学家加斯东•巴什拉尔（1884—1962）学习哲学。1937年，他把第一部小说《我一生的第一天》的手稿寄给了他崇拜的罗曼•罗兰，罗兰在长达七页的回信中给了他热情的鼓励，赞扬他继续履行约翰•克利斯朵夫的沟通各民族的使命，向他强调了宗教信仰和爱的力量，这封信成了他一生中永不熄灭的“火种”之一。1940年9月14日，他由于组织散发法共的《告法国人民书》而被捕，在阿尔及利亚的集中营里关押了将近三年，盟军登陆半年后才被释放。期间他有一年时间参加了阿尔及利亚共产党。1948年，他在卡尔莫领导数千矿工罢工两个月，指挥他们与军警搏斗。从1953年10月到1954年8月，他在苏联科学院的哲学所工作了一年。他担任过法国参议院议员、国民教育委员会主席，1960年辞职后在大学执教。

加洛蒂曾当选为法共中央政治局委员，并领导法共1959年成立的马克思主

1 亨利·勒菲弗尔：《向着革命浪漫主义前进》，丁世中译，载《勒菲弗尔文艺论文选》，作家出版社，1965年，第211页。

义学习研究中心。他在1963年发表的《论无边的现实主义》，受到了当时的苏联和东欧的社会主义国家的批判，就连赫鲁晓夫都责问他："为什么要用您的艺术理论来和我们为难？"1964年，他又在宗教问题上反驳了苏共中央书记伊利切夫认为的只有消灭宗教才能实现共产主义的观点，幸亏多列士的干预才使他免遭法共政治局的批判。1968年，他反对苏联对捷克的军事干涉，认为法共在"五月风暴"中犯了重大的理论错误，甚至谴责当时的总书记马歇是"党的掘墓人"，因而于1970年2月被开除出党。

加洛蒂发表过许多研究政治理论和哲学、特别是马克思主义的著作，主要有《法国社会主义的起源》（1949）、《唯物主义认识论》（1953）、《马克思主义的人道主义》（1957）、《人类的远景》（1959）、《什么是马克思主义道德》（1963）、《卡尔•马克思》（1965）、《二十世纪的马克思主义》（1966）、《今天能成为共产主义者吗？》（1968）、《向活着的人呼吁》（1979）、《二十世纪的传记——罗杰•加洛蒂的哲学遗嘱》（1985）、《我孤独的世纪历程》（1989）等。文艺论著主要有《从超现实主义到现实世界——阿拉贡的历程》（1961）、《论无边的现实主义》（1963）、《二十世纪的现实主义》（1968），以及许多评论和随笔。

第二次世界大战以后，以卡夫卡的作品为代表的现代主义文学逐渐得到了公众的承认，获得了应有的地位，从而使社会主义现实主义的创作原则越来越不符合文学创作的实际，传统的现实主义的概念也越来越受到怀疑和否定。1954年召开的全苏第二次作家代表大会，对社会主义现实主义的定义作了重大的修改，作为其核心内容的一句话，即"艺术描写的真实性和历史具体性必须与用社会主义精神从思想上改造和教育劳动人民的任务结合起来"，被认为是粉饰现实的根源而被删去了。这一创作原则在法国最忠实的代表作家阿拉贡，也在1958年发表了历史小说《受难周》，宣扬每个人都有选择自己的道路的权利和自由，表明他已经开始背弃社会主义现实主义。

1963年5月，当时的社会主义国家以及法国和奥地利共产党的近百名研究卡夫卡的专家，在离布拉格50公里的勃利斯宫堡举行了"卡夫卡讨论会"。加洛蒂出席了会议，并根据一些与会者的发言，写了题为《卡夫卡与布拉格的春天的评论》。他把这次讨论会对卡夫卡表示的敬意比作"预示着又一个春天来临的第一批燕了"，认为"卡夫卡的全部作品就是反对异化，而始终找不到摆脱异化的出路的一个漫长斗争”，因此“一部作品可能在没落的时代里、在没落阶级内部产生，可能带着这种没落的印记和局限，却仍不失为一部道地的和伟大的作品”，结论是“现实主义的观点本身也可能得到扩大和丰富”。

当时的苏联、民主德国和匈牙利等国的一些批评家否定卡夫卡作品的现实意义，对加洛蒂的观点进行驳斥，为了进一步阐述自己的看法，加洛蒂在会后撰写了著名的《论无边的现实主义》。这部论著包括阿拉贡写的序言，加洛蒂关于三位现代主义文艺大师的三篇评论，以及一篇代后记。

《毕加索》勾勒了画家帕布洛•毕加索（1881—1973）从蓝色时期到粉色时期、立体派、直到1944年加入法共的不断进步的历程，他反对学院派，反对拉斐尔前派画家和印象主义，在吸取前人经验的基础上不断创造，终于使自己的画成为电影时代的绘画，即不是机械地模仿物体，而是选择某些最有意义的轮廓，打破事物原有的间隙或照明，使画面不分形象或背景而成为一个有节奏的整体。他的作品不是模仿自然，而是创造一个表达人类愿望的世界。他在1954年创作的《和平鸽》成为世界和平运动的徽章，这个巨大的成功绝非偶然，因为它表达了各民族的愿望。所以他的绘画冲破了平庸的现实主义，是绘画领域里的革命，是向现实的无穷尽的深度不断前进的、充满活力的现实主义作品。

《圣琼•佩斯》把诗人圣琼•佩斯（1887—1975）的外交生涯与诗歌作品进行了对比，论证了他的悲剧在于他的两重性：他责问从事社会活动的资产阶级外交家，既不能使他的行动变成诗歌，也不能使他的诗歌成为行动。但是他的诗歌与其说是描绘世界，不如说是创造另一个世界。它不屑于模仿或表现现存的一切，而是要创造和赞美一个更为现实的世界。他怀着对人类及其未来的信心，歌颂万物和百兽，赞美风和大海，因为人具有海和风的变幻不定的无限性。他作为诗人属于从浪漫主义到超现实主义的家族，他在用大自然提供的色彩、形状来创造另一个世界的时候，去掉了这些材料的习惯的和传统的意义。所以他的诗歌虽然取材于现实，却与现实完全不同，是与毕加索的绘画一样充满活力的现实主义作品。

《卡夫卡》分析了作家弗朗茨•卡夫卡（1883—1924）所处的现实世界和他的内心世界的种种矛盾，认为他由于世界观受到本阶级视野的限制，必然会有无穷的矛盾和动摇，所以他苦闷、彷徨，不能解释世界，更不能改变世界、指出人类的远景和希望。但是他对异化世界有着清醒的认识，因此他不直接描写自己的内心生活，而是以笔录式的冷漠来表现他的愿望所碰到的障碍，以悲哀的微笑来对待永恒的荒诞。他的作品描绘了资本主义社会里的异化现象，起到了暗示这个世界的缺陷、并且呼吁超越这个世界的作用，所以既不是绝望者、也不是革命者，而是一个启发者，他的作品有着启示的作用，同样是充满活力的现实主义作品。

加洛蒂在《代后记》里集中阐明了他的观点，他说：

> 从斯丹达尔和巴尔扎克、库尔贝和列宾、托尔斯泰和马丁•杜加尔、高尔基和马雅科夫斯基的作品里，可以得出一种伟大的现实主义的标准。但是如果卡夫卡、圣琼•佩斯或者毕加索的作品不符合这些标准，我们怎么办呢？应该把他们排斥于现实主义亦即艺术之外吗？还是相反，应该开放和扩大现实主义的定义，根据这些当代特有的作品，赋予现实主义以新的尺度，从而使我们能够把这一切新的贡献同过去的遗产融为一体？
>
> 我们毫不犹豫地走第二条道路。[1]

马克思和恩格斯对现实主义和浪漫主义的评论无疑是正确的，但是随着现代主义的兴起，后来的马克思主义批评家却并未进行全面的研究，而是往往粗暴地予以否定和批判。卢卡契在1938年就说过："由自然主义一直发展到超现实主义的所谓先锋派文学……它的基本倾向是什么呢？这里我们暂且只说这么几句：其主要倾向是越来越露骨地远离现实主义，越来越有力地摧毁现实主义。"[2]《论无边的现实主义》的影响固然与加洛蒂的地位和影响有关，但更重要的还在于它打破了自卢卡契以来，马克思主义的文艺批评把现代主义一概视为颓废文艺的僵化局面。在它发表的时候，现代主义文学已经发展到它的顶峰，现实主义问题已经成为文艺界争论的焦点。对传统的现实主义定义、特别是社会主义现实主义表示异议的批评家大有人在，但是只有加洛蒂公开地提出了一种与之对抗的文论，因此出版后立刻被译成了10多种文字，在社会主义国

1 加洛蒂：《论无边的现实主义》，吴岳添译，百花文艺出版社，1998年，第175—176页。

2 卢卡契：《现实主义辩》，卢永华译，叶廷芳校，《卢卡契文学论文集》，第2卷，中国社会科学出版社，1980年，第2页。

家和资本主义国家里都引起了激烈的争论。

现实是在永远发展的，关于现实主义的定义无疑也需要相应的演变，因此“无边的现实主义”本身并非一个一劳永逸的定义，但是它的重要意义在于表明“现实主义”的概念需要不断地更新。正如加洛蒂自己对这场争论所做的总结那样：“实际上，问题不只是在于知道现实主义、而是在于知道现实本身——人的现实——是否应该有边的问题。”[1]苏奇科夫是第一个批判加洛蒂的苏联理论家，然而正是他在70年代首先提出了社会主义现实主义是一个“开放的体系”，这一事实从反面证明了《论无边的现实主义》的深远影响。

加洛蒂认为马克思主义的特性不在于它的某个带有时代烙印的哲学观点，而是在于它从一个时代特有的矛盾出发去确定现实和可能性之间的辩证关系的方法。例如马克思发现了资本主义的最深刻的矛盾，就是工业革命提供了一切可能性，而资本主义制度又成了阻止实现这些可能性的障碍。所以马克思主义者的任务不是简单地诠释马克思的著作，或者以现实来证明马克思发现的规律，而是用马克思的方法来发现当代的基本矛盾，并且根据这些矛盾来确定现实的可能性，以及为实现这些可能性而进行斗争的形式。

归根结底，加洛蒂认为：“马克思主义不是一种意识形态或世界观，而是一种具有历史主动性的方法论，即对时代或社会的主要矛盾进行分析的艺术和科学，并且由此得出克服这些矛盾的办法。”[2]例如他认为在1968年的“五月风暴”中，法共领导没有按照马克思主义的方法去分析时代的矛盾和寻找克服矛盾的方法，因此犯了重大的理论错误。由此可见，加洛蒂虽然曾长期领导法共的马克思主义学习研究中心，是法共的马克思主义权威，而且在国际上有着相当大的影响，但是从他发表《论无边的现实主义》到他被开除出党的过程来看，又充分表明他不再是法共所承认的正统的马克思主义者，实际上可以归入西方马克思主义的范畴，而且是其中主要的代表人物之一。

三　阿尔都塞

路易•阿尔都塞（1918.10.16—1990.10.22）生于阿尔及尔近郊的小镇比曼

1　加洛蒂：《<今天能成为共产主义者吗？>导言》，载加洛蒂：《论无边的现实主义》，吴岳添译，百花文艺出版社，1998年，第236—237页。

2　吴岳添：《堂吉诃德式的斗士——访法国理论家罗杰·加洛蒂》，《文艺报》，1988年3月19日。

德雷，父亲是银行经理。他在阿尔及尔上小学，1930年到法国马赛上中学，1936年进里昂的法国高等师范学校文科预备班，毕业后于1939年7月考入高师，但随即因大战爆发而于9月被征入伍。他在青年时代是虔诚的天主教徒，是天主教青年组织的成员。他和萨特一样在1940年6月被俘，在德国的战俘营里关押了五年，直到1945年6月盟军胜利后才被解救出来。在此期间，他结识了许多共产党人，在他们的影响下走上了信仰马克思主义的革命道路，并且在1948年加入了法共；但另一方面，他的身心也受到极大的刺激和摧残，从1948年起就患有躁郁症精神病，经常住院治疗。他在重获自由后到高师继续学习，跟随导师巴什拉尔攻读哲学，1948年毕业，以题为《黑格尔哲学中内容的概念》的论文获得哲学博士学位，通过教师学衔考试后在高师任教，著名的哲学家福柯、德里达、布尔迪厄[1]和孔特－斯蓬维尔[2]等都是他的学生。1950年，他担任高师文科系秘书，后来陆续发表了《孟德斯鸠，政治和历史》（1959）、《弗洛伊德和拉康》（1964）等文章。

早在1923年，卢卡契就在他的《历史和阶级意识》一书中，强调了作为实践主体的人及其意识在历史运动中的能动作用，认为马克思主义的基本理论就是“物化”，也就是“异化”。

自从马克思的早期著作《1844年经济学－哲学手稿》在1932年出版之后，其中提及的“异化理论”以及“人的本质的全面实现和发展”等观点，就被某些社会民主党人作为其主张的“人道主义马克思主义”的依据。后来萨特提出存在主义是一种人道主义，到苏共二十大批判斯大林的个人迷信之后，有关人的自由和尊严等就成了人们普遍关注的问题，更导致了人道主义的思潮的流行。众所周知，西方马克思主义的奠基人大多是西方共产党早期的领导人，例如卢卡契和葛兰西等。作为法共领导人之一的理论家加洛蒂，也在1957年发表了他的《马克思主义的人道主义》。由此可见在20世纪50年代，“人道主义马克思主义”已经成为西方马克思主义最重要的思潮。

1963年，阿尔都塞发表《马克思主义和人道主义》一文，提出了“马克思

1　皮埃尔·布尔迪厄（1930—2002），法国社会学理论家，法兰西学士院院士，著有《实践理论概要》等。

2　安德烈·孔特-斯蓬维尔（1952—）生于巴黎，毕业于巴黎高等师范学校，获得哲学博士学位，在巴黎第一大学担任哲学讲师，撰写了《哲学的阐述》和《小爱大德》等许多著作。

的理论反人道主义”的问题。他认为人道主义有两个历史阶段：第一个历史阶段是在阶级社会里进行阶级斗争，因此人道主义只能是阶级的人道主义，要消灭阶级剥削就要实行无产阶级专政；第二个阶段是在阶级消灭之后，阶级国家变成了全民的国家，阶级人道主义就被社会主义的个人人道主义所取代。归根结底，他认为人道主义只能是意识形态而不是理论。所以阿尔都塞的指导思想是用科学来反对意识形态，也就是用历史唯物主义的科学来反对理论人道主义这种意识形态，由此形成了与“人道主义马克思主义”相对立的“科学主义马克思主义”。

阿尔都塞的理论被称为结构主义的马克思主义，它的意义在于指出了意识形态也能成为科学分析的对象。概括地说，他是利用60年代兴起的结构主义方法，对《资本论》等著作一行行地进行“对症阅读”，即从字里行间的空白、疏漏和错误等各种“症候”里，去发现未被充分提出来或根本没有被提出来的问题，即发现隐藏在字面意义下面的无意识的理论框架，以便试图在科学的基础上对马克思主义进行哲学的解释。1961年，他在《关于青年马克思》一文中，指出了青年马克思与成年马克思的区别，并把马克思写作《德意志意识形态》的时间即1845年作为这一区别的界限，他称之为“认识论的断裂”。他把“断裂”前称为意识形态阶段，当时马克思的思想受到康德和费尔巴哈的影响。“断裂”后称为科学阶段，这时马克思与意识形态完全决裂，系统地表述了自己的科学理论。为了保卫马克思主义的纯洁性和科学性，他主张把异化观念等意识形态杂质从马克思主义学说中统统清除出去。这篇文章在法共党内引起了论战。

1965年，阿尔都塞把他从1960年到1965年的文章结集为《保卫马克思》出版，该书不仅是他的成名作，而且屡次再版，被译成多种文字，使他一度被认为是法国当代研究马克思主义的权威。同年他还与马歇雷等合作，出版了《阅读<资本论>》。这些著作使已有的论战更加激烈，同时也使阿尔都塞被公认为结构主义马克思主义的主要代表。

加洛蒂认为当代对马克思主义的种种阐述，实际上是异化观念的阐述。他把关于异化的观点归纳为三类：第一类是认为异化是马克思主义的中心概念，第二类就是关于“断裂”的观点：

异化是一种不科学的意识形态概念，没有任何理论价值。它是步黑格尔和费尔巴哈后尘的马克思青年时期的著作，尤其是《手稿》的中心内容，在成年时期著作中已不起任何作用。为了强调1845年的"认识论的断裂"，必须把这种意识形态概念从《资本论》的全部科学知识中剔除出去。这是路易•阿尔都塞及其一派捍卫的观点。[1]

第三类则是加洛蒂本人的观点，他认为马克思的思想是辩证地发展的，不能机械地割裂开来，从而对阿尔都塞的观点进行了驳斥。

1966年初，在阿尔都塞缺席的情况下，法共哲学家们听取了加洛蒂对他的"理论反人道主义"的指责。但是在3月11日由阿拉贡主持的会议上，他们两人的观点都受到了排斥。阿尔都塞在这一年还匿名发表了《关于（中国的）文化革命》的文章，表示"文化革命不是输出的问题。它是属于中国革命的。但是它在理论和政治方面的教训属于所有的共产主义者"[2]。他因此遭到法国《人民之声报》的极左分子们的猛烈攻击，被斥之为"修正主义的支柱"，在法共于1967年举行的第八次代表大会上受到了不指名的批判。

他于1975年在皮卡第大学通过了博士论文答辩。1976年，他与社会学家埃莱娜•里特曼结婚，她曾经参加抵抗运动，30年来都是他的女友。在1977年举行的第22次代表大会上，阿尔都塞着重对法共取消无产阶级专政的形式进行了批判。1978年4月，他和巴里巴尔等一起发表了一封公开信，要求"在法共内部进行一场真正的政治讨论"，并且在《世界报》上发表了系列文章《共产党内不应该存在的东西》。

1980年5月动了一次外科手术之后，他的极其严重的忧郁症急性发作，住院到10月初回到家里，与妻子闭门不出。1980年11月16日，他因精神病复发而勒死了妻子，虽然不负刑事责任，但被送进了精神病院，并且按照国民教育部的规定退休。期间虽曾一度出院，但终于因身心交瘁而于1990年10月22日去世。

阿尔都塞还发表了《自我批评材料》（1974）和《立场》（1976）等论文集，其中不乏尖锐的观点。例如在《李森可，一种无产阶级科学的真实的历

1 加洛蒂：《今天能成为共产主义者吗？》，格拉塞出版社，1968年，第72页。
2 艾蒂安·巴里巴尔：《为阿尔都塞而作》，发现出版社，1991年，第127页。

史》一文中，他在谈到苏联时指出："当人们（对一个错误）持久地保持沉默的时候，这是因为它在延续：这也可能是为了使它延续。有人出于政治上的利益期待着它的延续。"[1]他关于文学艺术的三篇论文都收在《列宁与哲学》（1969）中：《皮科罗剧团，贝尔多拉西和布莱希特》、《一封论艺术的信——答安德烈•达斯普尔》和《抽象画家克勒莫尼尼》。

阿尔都塞是一个有独立思想的法共党员，他的研究显示出很高的独创性和理论水平，因而形成了一个以他的名字命名的学派。他的著作被译成了各种文字，在世界各地引起了激烈的争论，但同时也被赞誉为"马克思主义的新开端"。与此同时，他的著作还被誉为结构主义的奠基之作，对莱维－斯特劳斯、拉康、巴尔特和福柯都产生了影响。这种研究也许导致他钻入了死胡同，认为马克思主义出现了危机，以至于连他本人也发了疯。但是他的理论已经在法共党内外迅速传播，甚至促使了英国的拉克劳和墨菲的"后马克思主义"学说的形成，由此可见他的学说所产生的巨大影响。

四　马歇雷

皮埃尔•马歇雷（1938.2.17—）是巴黎大学的哲学教授，2003年起任里尔第三大学名誉教授。他是阿尔都塞的学生，也是阿尔都塞学派的第一位批评家。他在成名作《文学生产原理》（1966）中，对"生产"和"创作"这两个概念加以比较，并且分析了两者之间的区别。他认为"创作"是一个属于人道主义思想体系的概念，因为创作就是创造，是人的主观能动性的表现，是由人的意志决定的。但实际上在西方的现代社会里，人已经被异化了，不再是自己的主人了，因此所谓创作其实只是生产，也就是说，作家只能在社会历史限定的范围内，生产出反映特定意识形态的作品。作家只是像进行生产的工人一样，把业已存在的各种素材加工成文学作品，所以作家不是创造者，作品当然也不是他创造的成果，而是他生产的产品。在这种情况下，作家的个性和创作风格等都不是重要的因素了。

作家在生产的过程中，必然会受到意识形态的制约，使不同的素材成为不同的产品。因此社会的意识形态进入文学生产的过程中就会发生变异，成为小

1　艾蒂安・巴里巴尔：《为阿尔都塞而作》，发现出版社，1991年，第131页。

说的意识形态，这两种意识形态会产生矛盾甚至对抗。所以作家写出来的作品，其中反映出来的意识形态往往与他原来的意识形态大相径庭。在《文学生产原理》的《小说的功能》一章中，马歇雷指出："在一部具体的作品里不可能再现全部意识形态，它只可能表现意识形态的一个部分，这样就有了选择，而正是这种选择具有意义，因为它能够或多或少地具有代表性。"[1]也就是说，作品中可以有各种正面人物和反面人物，有各种不同的意识形态，但是在作品完成之前，这些素材都没有独立的价值。只有经过作家的浓缩、调整和加工之后，这些形象才具有现实性。但是文本本身对作家的加工过程一无所知，它是一种无意识。也就是说，"文学形式凝聚了流动不拘的意识形态话语，通过一种形式实体，文本表明了意识形态中的缺陷或矛盾。应该说，作者并未指望这种效果，它是文本'无意识地'产生出来的"[2]。如果用马歇雷的这种观点来分析巴尔扎克的作品，这也许就是他虽然具有保王党思想却写出了现实主义小说的原因。

马歇雷的上述观点无疑受到了马克思主义关于生产和异化等理论的影响。但是与传统的社会学批评不同，他并不注重作家的生平和时代背景，而是把作品与语言的关系放在首位，把文本看成是一个自给自足的整体，尤其是他认为文本中蕴含着许多"空缺"和"沉默"之处，也就是作家没有言明的内容，要靠批评家通过"认知"的过程加以描述和发挥，从中得出新的意义，而任何一部优秀的作品所包含的都不只是一种意义，而是多种不同的，甚至是矛盾的意义。从这个角度来看，马歇雷的批评理论与当代的结构主义批评有着密切的关系，与戈尔德曼对作品的"解释"，特别是阿尔都塞的"对症阅读"有着不少类似之处。马歇雷的批评理论虽然有失之于简单化的倾向，但毕竟也是自成体系的一家之言，因而他也理所当然地被公认为马克思主义的社会学批评家。

1 马歇雷：《小说的功能》，载乔·艾略特等著：《小说的艺术》，张玲等译，社会科学文献出版社，1999年，第26页。

2 郭宏安、章国锋、王逢振：《二十世纪西方文论研究》，中国社会科学出版社，1997年，第528页。

第二节
其他西方马克思主义评论家

一 萨特

法国刚刚解放，萨特就在1946年创办了无党派的社会主义杂志《现代》，在10月份的创刊号社论里抨击了为艺术而艺术的态度，提出了“介入文学”的口号，接着又发表了他主要的文学论著《什么是文学》（1947）。

《什么是文学》分为《什么是写作》、《为什么写作》、《为谁写作》和《1947年作家的处境》等四章。萨特指出需要介入的是散文写作，因为语言是行动的方式，而文字则是语言的记录，作家的写作总有目的，也就是揭露。但是他的揭露需要得到读者的承认，所以只有在作家与读者的联合努力下才能完成。全文的关键在于“为谁写作”，萨特精辟地论述了从古至今的作家与读者的复杂关系，作家是靠统治阶级养活的，他们写的东西应该与统治阶级的意识形态相一致，但是作家的任务是要揭露，因此又往往与统治阶级的利益互相冲突，问题就在于他们拥有什么样的读者群。例如18世纪作家的读者群就是处于上升时期的资产阶级，他们因而得以保持某种程度的独立性，有些作家开始介入政治事务。萨特尤其对19世纪资产阶级文学进行了分析和批判，指出作家们与资产阶级的决裂只是象征性的：“当这些作家信奉社会主义时，他们的社会主义是资产阶级理想主义的一项副产品。”[1]因此种种名目的文学流派，实际上只是他们自诩清高的方式。

萨特最后分析了1947年作家的处境，认为作家们与20世纪初第一代附属于资产阶级的作家不同，与两次大战之间否定现实的第二代作家也有所区别，他们是第三代作家，他们的命运与工人阶级相通，因为“文学的机遇总是与社会主义欧洲的建立联系在一起的”、“今天文学的机会，它的惟一机会，就是欧洲、社会主义、民主与和平的机会”[2]。但是由于追随苏联的法共的阻隔，工

1 萨特：《什么是文学》，施康强译，载沈志明、艾珉主编：《萨特文集》，第7卷，人民文学出版社，2005年，第182页。

2 同上，第308页。

人阶级不可能成为作家的读者群。在这种情况下，“如果我们要在准备战争的强国之间进行选择，那就一切都完了。选择苏联，这就是放弃形式自由却又无望获得物质自由：苏联工业的落后使它不可能在战胜后组织欧洲，于是专政和贫困将无限期地延续下去。但是，美国获胜后共产党将被消灭，工人阶级将丧失勇气，迷失方向”[1]。那么在这种处境里，作家们唯一的选择，就是走萨特鼓吹的介于美国与苏联之间、资产阶级与法共之间的第三条道路。

萨特主张文学必须干预生活，也就是指作家对当代问题应该表明自己的态度和采取的行动。实际上他在抵抗运动期间创作的剧本和小说，本来就已经属于“介入文学”了，不过从此以后，他的剧作不再采取神话或寓意的形式，而是直接反映第二次世界大战及战后的社会现实。萨特提出“介入文学”以后的创作都是剧本，他的剧作在当时产生了巨大的影响，但是往往被左翼或右翼的势力所利用。特别是在匈牙利事件之后，他主张的“介入文学”显然难以适应激烈动荡的政治形势。因此随着时间的推移，他逐渐淡化直至放弃了介入文学的创作，改写文艺评论和回忆录，同时把越来越多的精力投入到现实的斗争中去，亲自参加示威游行、演讲等政治活动，变成了一个著名的社会活动家。

萨特在50年代成为法共忠实的同路人，他的政治介入导致了哲学思想的变化，也就是极力把马克思主义纳入他的存在主义哲学。《辩证理性批判》（1960）就是这一努力的成果。

《辩证理性批判》的主要内容，是论述人与历史的关系。按照历史唯物主义的观点，经济发展过程决定着历史的进程。但是历史唯物主义也是一种辩证唯物主义，也就是说人既是他所依赖的物质条件的产物，又是他自身历史的创造者，人类的行为会影响历史的进程。从这个意义上来说是人创造了历史，但是他并不能按照自己的愿望来控制历史。无论在资本主义国家还是社会主义国家里都是如此。因为人被异化了，被剥夺了自身的本质，他与他的劳动产品无关，对他自己来说成了一个陌生人。萨特认为这种异化是命定的，因为我们只是以孤立的个人在行动。如果我们能集体意识到我们所能起的历史作用，把我们作为不可分割的整体的组成部分，向着同一个方向，努力实现同一个“设计”，历史就会与创造它的人融为一体。因此他不能接受马克思主义认为人的

1　萨特：《什么是文学》，施康强译，载沈志明、艾珉主编：《萨特文集》，第7卷，人民文学出版社，2005年，第306页。

异化是“物化”的观点。人是否异化与他是否被剥夺一切自由无关，这就是存在主义与历史唯物主义的交会点：为了使两者互不矛盾，必须使人能够永远超越他自身的生存条件，人的本质就在于能够把自己变成与别人把他造成的样子不同的人。

萨特认为马克思主义是当今世界不可超越的哲学，但是由于它用一般的真理去分析具体的个人，忽视了每个人的具体实在，因此已经陷于僵化。作为一种意识形态的存在主义，虽然寄生在马克思主义提供的框架里，但是必须保持自己的独立性，用存在主义的活力来补充马克思主义。为此萨特创立了自己的辩证法，即“前进－逆溯法”或“存在精神分析法”。他认为个人的心理和生理属性是第一性，而社会属性则是第二性，在研究一个人的时候，首先要用精神分析方法追溯他的童年时代，然后再用马克思主义的方法研究他的一生，他研究福楼拜的巨著《家中的低能儿》（1971—1972）就是这一学说的体现。

二　戈尔德曼

在法国60年代关于“新批评”的论争中，“社会学批评”（即社会学的文学批评）一词开始出现，被称为“新马克思主义”批评家的戈尔德曼就是法国社会学批评的先驱。

吕西安•戈尔德曼（1913.7.20—1970.10.18）生于罗马尼亚的布加勒斯特，早年曾在维也纳、苏黎世等地求学，后来定居巴黎。将近1944年，他在德国求学时发现了卢卡契的早期著作《灵魂和形式》（1910）、《小说的理论》（1916）和《历史和阶级意识》（1923）并深受启发。1946年他在瑞士结识了卢卡契，自称是卢卡契的学生，完善和发展了卢卡契在这些著作里首次提出的文学社会学的理论体系。

从文学的角度来看，斯塔尔夫人的《论文学与社会建制的关系》（1800）是一部划时代的著作。在孟德斯鸠的地理环境决定论的影响下，她运用社会分析的方法，考察了文学与社会条件之间的关系，认为决定文学的是社会环境而不是作家的天才。她按照地理概念把西欧文学分为南方文学与北方文学，南方文学是崇尚古典和情调欢快的希腊、罗马、意大利、西班牙和法国的文学，也就是古典文学；北方文学是崇尚想象和富于哲理的英国、德国、丹麦和瑞典的文学，也就是浪漫文学。不过她的论述只是证实了明显存在的文学与社会建制的关系，而没有对这种关系的性质提出任何疑问，因而不能说提出了一种真正的文学理论。

文学社会学的发展与哲学史有着密切的关系。人们通常认为社会学的先驱者是实证主义哲学家奥古斯特•孔德，但是他的理论只是把自然科学作为社会科学的典范。直到19世纪末，哲学与科学（主要是实验科学）才泾渭分明，才形成了社会学和心理学。法国社会学家埃米尔•迪尔凯姆（1858—1917）用实验科学的方法系统地研究自杀现象的著作《论自杀》（1897），就是这一变化的突出标志。

首先提到文学的社会作用的是马克思。他在这方面虽然论述不多，但是明确地提出了文化创作的理论，其中《论费尔巴哈》和《德意志意识形态》中的一些章节，可以看成是文学社会学的纲领。卢卡契（1885－1971）继承了马克思的观点，他在《小说的理论》，特别是《历史和阶级意识》中指出，在集体意识的精神结构与艺术作品的美学结构之间有着本质的关系，从而奠定了文学社会学的基础。但是卢卡契把集体意识的精神结构看成是社会集团、尤其是社会阶级在历史过程中经验的现实，认为文学作品是集体意识的构成部分，而且集体意识先于文学作品，所以他得出了文学作品只能反映现实而不能反映集体意识的结论。卢卡契对文学作品的判断，是以作品如何反映现实为标准的。

作为卢卡契的学生，戈尔德曼继承和发展了卢卡契的观点。他从卢卡契的《历史和阶级意识》出发，认为文学和哲学是世界观的不同的表达方式，世界观不是孤立的个人现象，而是社会现象，并且由此形成了他称之为“发生学结构主义”的批评方法。扼要地说，戈尔德曼认为任何个人都是某个社会集团或阶级的一分子，任何行为的主体都不是个人而是集体，因此“作品的真正作者不是个人，是社会集团”。从另一方面来说，艺术、文学是表现世界观的语言，个人的创作可以表现世界观，但是世界观不能由任何个人、而只能由社会集团来形成，所以作家想要表达的意义并不等于作品的客观意义。作家表达的是他所属的社会集团的精神状态，而越是杰出的作品就越能清楚地反映出作家所属集团的世界观，也就是说这种作品越具有与社会集团的精神结构相对应的“有意义的结构”，因此戈尔德曼认为他的理论只适用于第一流的作品。也正是在这个意义上，他对新小说才作出了与众不同的评价：“如果现实主义一词的意义是创造一个其结构与产生作品的社会现实的基本结构相类似的世界的话，娜塔丽•萨洛特和罗伯－格里耶就处于当代法国文学的最彻底的现实主义作家之列。”[1]

戈尔德曼在分析作品的时候，是把作品当成一种个别的现象放到整体中去加以“解释”和“理解”的。也就是说，要理解作品与同时代的社会阶级的关系，首先应该理解作品本身的意义，分析出那些连作家本人都不一定了解的意义和价值。例如他在《隐藏的上帝》（1955）中分析拉辛的悲剧时，首先理解拉辛悲剧的结构，然后把悲剧纳入让森主义极端派，通过拉辛的悲剧来理解让森主义极端派，通过让森主义极端派来解释拉辛的悲剧，也就是说对于前者是个解释的过程，对于后者是个理解的过程。然后依次把让森主义极端派纳入让森主义，把让森主义纳入长袍贵族，把长袍贵族纳入法国历史，把法国历史纳入西方社会，通过对于这一系列有意义的结构的分析，拉辛悲剧的含义就在一环套一环的“解释”和“理解”的过程中被揭示出来了。

戈尔德曼与卢卡契不同的一个重要观点是“最大可能意识”。他认为集体意识不是一种经验的现实，而是一种倾向，个人（例如作家）的观念和创作可以反映社会集团的“最大可能意识”，这样就打破了作品只能反映现实的传统观点，使艺术作品有了预言性。也就是说，我们不仅可以通过社会来研究文学作品，同样也可以通过研究文学作品来了解社会的演变。

在《隐藏的上帝》里，戈尔德曼把卢卡契的术语“阶级意识”转换为“世界观”，从而使他的理论削弱了斗争的锋芒，更容易被西方的读者所接受，而他在《论小说的社会学》（1964）里，则几乎完全继承了卢卡契关于“物化”的观点。在《历史和阶级意识》里，卢卡契全面地分析了西方社会因受商品拜物教的影响而产生的“物化”现象，连人也变成了可以计量的物。戈尔德曼则在《论小说的社会学》里直接运用了这种“物化”理论，着重分析了社会经济生活结构与小说结构之间的同源性。例如在自由竞争的资本主义社会里，作品的主人公往往是努力奋斗的个人主义者，而到了垄断机构高度发展的帝国主义时代，个人奋斗的价值日益丧失，作品中的主人公也就越来越失去其作为个人的特性，因此出现了卡夫卡式的没有主体的小说。戈尔德曼的这一分析力图把

1 吕西安·戈尔德曼：《论小说的社会学》，吴岳添译，中国社会科学出版社，1988年，第223页。

马克思主义的原理与西方的社会现实结合起来，改变了过去左派批评家只看作家和作品中人物的阶级属性，把资产阶级文学一概斥之为颓废文学的教条主义态度，使马克思主义的文学批评获得了新的活力，对于后人是一种可贵和有益的启示。

戈尔德曼于1970年去世，但是他的理论在法国仍然有着很大的影响。当代发生学结构主义的代表人物之一、他的学生米歇尔•洛维，就在自己的著作《马克思主义和革命浪漫主义》（1979）里对他进行过全面的介绍。

三　拉贡

米歇尔•拉贡生于法国西部旺代地区首府丰特内－孔特的一个极其贫困的家庭。有人考证出1666年旺代地区有过一个名叫马蒂兰•拉贡的农夫，而拉贡的祖父母也确实在旺代的一个城堡里当过仆人，所以拉贡认定自己的旺代人。他的父亲为生活所迫而参加了殖民军，背井离乡到印度支那熬了15年才当了个中士，在军营里靠读书来打发漫长的时光，所以他留给拉贡的除了读书的习惯之外一无所有。拉贡8岁时父亲去世，12岁时从婶母那里得到了一张父亲的照片，从此一直带在身边。他14岁就辍学从事体力劳动，当过工人和农民，完全靠自学积累了渊博的知识，获得了深厚的艺术修养，后来在巴黎大学通过了博士论文答辩，在50年代成为文学博士。

渴望父爱的拉贡21岁时来到巴黎，结识了为人宽厚的普拉伊，从此把普拉伊当成了精神上的父亲。他很早就接受了社会主义思想，在普拉伊的影响下从事法国无产阶级文学研究，创办了《人民丛刊》（1946）。1947年9月，他与领导“人民艺术家作家协会”的费尔南•亨利、领导《人民和诗歌》杂志的让•朗塞尔姆联合起来，共同成立了“大众写作和文化运动联合会”，并把两份杂志合并为联合会的机关刊物，名称仍然是《人民丛刊》，编辑部人员都是来自工人的作家。拉贡在这一年出版了《人民作家》（1947）一书，此后为宣传无产阶级作家不遗余力。1948年，他为《奥弗里》杂志编了一期专号：“用人民语言写作的新兴文学”，收入了被认为是无产阶级作家的诗歌和散文。从1948年到1950年，他又在《劳动丛刊》上开辟了介绍无产阶级作家的专栏。

从1947到1952年，拉贡出版了两部选集：《工人文学选集》和《法国文学中的工人》，并把《人民作家》修订为《工人文学史》（1953）出版。到70年代，尽管无产阶级文学的运动早已成为历史，但仍有工人和农民作家在写作，因此拉贡认为有必要关注当代工农作家的情况，所以把《工人文学史》增订为《法国无产阶级文学史》（1974），其中包括工人作家、农民作家和民众主义作家。他的名字能够在左翼文学史中占有一席之地，主要是因为他写作了这部法国绝无仅有的《无产阶级文学史》。

但也正是由于普拉伊的影响，拉贡与以阿拉贡为代表的法共作家格格不入，对以萨特为代表的左翼作家也不以为然，因此他虽然身为作家，却不得不长期靠兼职谋生。他先后当过搬运工、助理会计和农业工人，在塞纳河畔卖过七年旧书，还在装饰艺术学校里教过建筑学。随着文化修养的提高，拉贡对绘画、音乐和建筑等艺术产生了浓厚的兴趣，开始从事艺术批评，出版了14部艺术批评史著作，主要有《抽象艺术的命运》（1956）、《今日绘画》（1959）、《新艺术的诞生》（1963）、《艺术世界》（1965）、《当代建筑美学》（1968）和《艺术有什么用？》（1971）等。但普拉伊认为他从事艺术批评是对无产阶级文学的背叛，因此两人的关系由疏远而导致分手。直到1980年，拉贡发表小说《我母亲的乡音》（获西方作家小说大奖），表示自己并未忘本，两人才重归于好。但普拉伊就在这一年去世了，使拉贡犹如失去了父亲一般深感悲痛。

拉贡在法国当代文学史上是一个具有特殊地位的作家，在他身上集中了在常人看来无法调和的矛盾。一方面，他念念不忘自己是农民的儿子，满怀着反抗资本主义社会的激情，他不仅参加了无政府主义者联合会，积极从事工会活动，而且由于把红色视为集合队伍进行反抗的标志，所以永远穿着一件红色的羊毛衫；另一方面，他又是一个绝对自由主义的知识分子，是先锋派艺术批评家，是画家们的朋友。与农村的文化相比，他更喜欢富有现代特色的文化。

然而这些矛盾在他身上得到了完美的统一：他固然热爱艺术，但鉴于艺术品使许多收藏家变成了投机商，所以对艺术界的封闭和铜臭深感不满，认为当代的艺术批评已经脱离现实，于是从1969年开始就放弃了艺术批评，转而研究艺术史。他置身于上流社会之后，对自己出身的农民阶级始终有一种悔恨和负罪之感，因此他每年有一半时间远离巴黎的文艺界，到奥尔良森林附近的一个农庄里去修养身心。就连他的私生活也奇妙地符合他的生活经历：他的第一个妻子是无产阶级出身的英国人，他们共同生活了11年；第二个妻子是新西兰的封面女郎，是个资产者，他们在共同生活的四年里频繁出入巴黎的上流社会；第三个妻子兼有前两个妻子的气质，拉贡认为她是前两个妻子所代表的文化相结合的完美象征，所以他们能够白头偕老，共度美好的人生。

拉贡是小说家、社会学家、艺术史家和批评家。他发表过评传《卡尔•马克思》（1959），两卷诗集，创作了《荒诞的职业》（1953）、《奇特的旅行》（1954）、《假象》（1956）、《美国佬》（1959）等近20部小说。尤其是1984年出版的长篇历史小说《肖莱的红手帕》，描绘了法国大革命时期旺代地区农民的悲惨遭遇，受到了普遍的好评。除此之外，他还撰写了16部关于现代建筑和城市的著作，其中最重要的有《现代建筑学》（1958）和《世界现代建筑和城市规划史》（1971—1978）。拉贡曾任法国艺术批评家工会主席（1966—1969），两次担任国际艺术批评家协会副主席（1969—1971，1975—1978）。他从1972年到1985年任国立高等装饰艺术学校教授，还是丹麦美术学院的名誉院士。

拉贡在《无产阶级文学史》序言里指出，人人都在谈论人民，却从来没有人关心工人、农民或无产阶级的文学。他引用纪德、萨特和罗朗•巴尔特的言论证明，在资本主义社会里，反映无产阶级生活的作品只能出自资产阶级作家之手，所以他以身作则，写作了这部研究无产阶级文学的著作。他研究的主要是两类作家：一类是仍在写作的工人和农民，另一类是自学成才的作家。拉贡回顾了法共与无产阶级作家在无产阶级文学问题上的争论，赞扬普拉伊的《文学的新时代》是法国第一篇无产阶级文学的宣言，指出无产阶级文学与民众主义文学确实容易混淆不清，而且韦伊描写的工人生活并不比左拉的作品更加真实，因为她是一个自愿到工人中去改造自己的知识分子，体会不到工人们在贫困中也有快乐的天性，感受到的只是无法消除的痛苦，因此无疑比工人更加悲观。拉贡最后指出不仅只有索尔仁尼琴[1]的作品在苏联被禁止出版，实际上资

1　亚力山大·索尔仁尼琴（1918—2008）是苏联俄罗斯作家，在卫国战争中两次立功而升为大尉，因在给朋友的信中批评斯大林而被捕，入狱八年。他在1957年被恢复名誉，1962年，他的反映苏联集中营的中篇小说《伊凡·杰尼索维奇的一天》，由赫鲁晓夫下令发表。1969年他被苏联作协开除，1970年获诺贝尔文学奖，1974年被捕，立即被驱逐出境，同年被美国政府授予“美国荣誉公民”称号。他的代表作《古拉格群岛》，1989年在苏联出版，“古拉格”是苏联劳动改造营管理总局的俄文缩写译音。

本主义世界对无产阶级文学的审查更为隐秘，这就是法国人对无产阶级文学一无所知的原因。

《无产阶级文学史》共分为八章。

第一章《从中世纪到18世纪的工人表现手法的产生和发展》，包括手工业行会歌谣和传奇，16世纪的民间诗歌，17世纪的亚当•比约等工人诗人。也包括反映民众生活的资产阶级作家，例如博叙埃[1]、塞维尼夫人[2]、孟德斯鸠、卢梭、伏尔泰、狄德罗、拉布勒多纳[3]、马拉[4]和巴贝夫[5]等。

第二章《19世纪浪漫的社会主义和工人文学》，包括历史学家于勒•米什莱，1830至1848年的工人诗歌，第二帝国时期的行会歌谣，特别是贝朗瑞、杜邦[6]和鲍狄埃这三位歌手。还有一些资产阶级作家，如拉马丁[7]、乔治•桑和科佩[8]等。

第三章《协调艺术和人民（20世纪初的争论、论著和作品）》，包括一些行话诗人和方言诗人，以及贝玑等自由主义的作家。

第四章《文学的新时代》，介绍了无产阶级文学的先驱盖埃诺等。

第五章《无产阶级文学年表》，按年份顺序记录了从1920年到1960年关于无产阶级文学的大事。

第六章《法语无产阶级作家》，包括普拉伊、达比、吉尤，以及吉奥诺、

1　博叙埃（1627—1704），法国主教，演说家。

2　塞维尼夫人（1626—1696），法国书信体散文家，以她与女儿的通信组成的《书简集》著称。

3　莱蒂夫·德·拉布勒多纳（1734.11.22—1806.2.3），法国小说家，作品有《堕落的农民》等。

4　马拉（1743—1793），法国大革命时期雅各宾派的领导人之一，坚决主张处死国王路易十六，实行革命专政，于1793年7月13日被吉伦特派分子夏洛特·科黛暗杀。

5　巴贝夫（1760—1797），法国革命家，空想共产主义者。法国大革命后因反对热月党人而被捕。获释后密谋起义，因泄密被捕后被处以死刑。

6　皮埃尔·杜邦（1821—1870），法国工人诗人，他在1846年创作的《工人之歌》成为1848年革命的战歌，因而享有盛誉。后来因《农民之歌》得罪拿破仑三世，在求得宽恕后开始酗酒而日益消沉。

7　拉马丁（1790—1869），法国浪漫主义诗人，在1848年革命后曾一度任政府首脑，不久在大选中惨败而退出政坛。

8　弗朗索瓦·科佩（1842—1908），法国诗人，法兰西学士院院士。他的诗集《卑微者》描绘了穷人的生活。

盖埃诺、拉贡等。

拉贡热情可嘉，对从中世纪到当代的一些不为人知的工人、农民作家进行了研究，例如他认为劳动者可以分为两类：一类是累得无暇他顾的人，另一类是虽然忙碌，但嘴巴和手脚还有空闲的人。例如鞋匠在工作时嘴巴可以唱歌，脚可以打拍子，他们的创作就要比其他体力劳动者更为丰富。他还把正在写作的无产者称为工人作家，把通过自学成才而成为作家的无产者称为无产阶级作家，但总体上都是指用通俗的方式来表达思想观点和民众的习俗，即“穷人的文化”。总的说来，《无产阶级文学史》研究的是那些有过体力劳动的经历而又自学成才的作家创作的、能够真实地反映民众的喜怒哀乐的作品，因此研究的重点是工人农民作家和民众文学，而不是无产阶级文学。

拉贡由于是研究无产阶级文学的始作俑者，没有其他著作可供参考，因此书中的错误和疏漏之处自然在所难免。例如拉贡认为是巴比塞受法共的委托发起成立法国的无产阶级文化协会，实际上却是莫斯科的革命文学国际局要求在法国建立一个“革命作家联合会”的。但是归根结底，这部著作毕竟填补了法国当代文学史上的一个空白。可惜的是拉贡的研究虽有可取之处，但是他研究的“无产阶级作家”大多鲜为人知，所以未能使《无产阶级文学史》产生应有的影响。

第七章
非洲法语文学

法国在19世纪末成为主要的殖民帝国，在非洲拥有大量的殖民地，除了北非被称为马格里布地区的阿尔及利亚、摩洛哥和突尼斯之外，还有从西非的毛里塔尼亚、塞内加尔、科特迪瓦（原名象牙海岸）、几内亚、马里到赤道非洲的刚果、喀麦隆、加蓬、中非和扎伊尔等广大地区。法国在这些殖民地里推行法语，使之成为官方的通用语言。这些国家在独立之后，往往仍然使用在世界上影响广泛的法语，它们的作家也需要到法国去谋求发展，由此形成了富有特色的非洲法语文学。

非洲法语文学源自20世纪20年代，最早用法语写作的黑人作家是勒内•马朗（1887—1960）。他出生于法国海外省的马提尼克岛，1912年被任命为殖民地公务员，前往非洲中部的乌班吉河。他把自己在非洲的经历写成了小说《巴图阿拉》（1921），描绘了非洲的野蛮习俗，是第一部真正的黑人小说，出版后获得了龚古尔奖。但是他出人意料地写了一篇义愤填膺的序言："文明，文明，欧洲人的骄傲和无辜者的墓地，你在尸体上建立了你的王国。你是压倒正义的暴力，你不是一支火炬而是一场火灾。"[1]由此引起了激烈的争论，导致他愤而辞职。

1934年，塞内加尔人桑戈尔等在巴黎创办了《黑人大学生》杂志，标志着非洲法语文学的诞生。随着非洲人民争取民族独立运动的高涨，非洲法语文学也日益发展和繁荣。非洲作家们大多反对殖民主义，维护民族独立，他们的作品理所当然属于左翼文学的范畴。由于用法语创作的非洲作家为数众多，因此本章仅限于介绍一些与法国关系密切的作家。

1　让-皮埃尔 · 德 · 博马歇等主编：《法语文学词典》，博尔达斯出版社，1984年，第1399页。

第一节
阿尔及利亚战争与午夜出版社

在殖民地人民争取独立的斗争中，最为突出的是阿尔及利亚的民族解放战争。早在1830年夏天，法国就把阿尔及利亚侵占作为自己的殖民地。1954年11月1日，阿尔及利亚爱国者组成民族解放军，开始进行武装斗争，法国政府在1955年9月解散了阿尔及利亚共产党及进步爱国组织，派出军队进行镇压，由此酿成了50年代法国最重要的政治事件。阿尔及利亚人民不屈不挠，坚持斗争，终于在1962年7月3日宣告独立。

法国有许多知识分子反对阿尔及利亚的独立，认为阿尔及利亚脱离欧洲就会活不下去，所以他们以为这样做是在保卫民主。但是当阿尔及利亚战争爆发之后，左翼作家尽管内部存在分歧，但是大多坚持反殖民主义的立场，谴责法国政府镇压阿尔及利亚的民族解放运动。当时受到左翼批判的加缪，在被授予诺贝尔文学奖的报告会上，也脱离讲稿说了一句语惊四座的话："在正义与我母亲之间，我将选择我母亲。"这句话显然是被当时的形势逼出来的，实际上他始终在揭露阿尔及利亚贫困的现实，以及法军在阿尔及利亚的殖民主义罪行，所以他才被认为是正义的象征。

于勒•鲁瓦（1907—2000.6.15）生于阿尔及利亚的罗维戈城，他从1928年到1943年担任步兵军官，然后到自由法国空军服役，1953年以上校军衔退伍。他的小说《幸运谷》（1946）就是他对自己的轰炸机驾驶员生涯的回忆，既描写了战争的恐怖，也像凯塞尔的《机组》那样颂扬了战友们的情谊，出版后获勒诺多奖。他后来写了一些描写印度支那战争的小说和剧本，如《稻田里的战斗》（1953）、和《奠边府战役》（1963）等。他的系列小说《阳光下的马群》（1967—1972）描写了法军入侵阿尔及利亚、以及阿尔及利亚在法国占领时期的情景。他还写了报告文学《阿尔及利亚战争》（1960）和《关于一场悲剧》（1961），清楚地表明了他反对殖民主义和支持阿尔及利亚独立的政治立场。

午夜出版社

午夜出版社是在抵抗运动中由韦科尔等人创办的，曾发表过韦科尔的《海的沉默》等反法西斯小说，以及阿拉贡等的大量爱国主义诗歌。热罗姆•兰东在1943年参加了抵抗运动，1947年被出版社招聘为职员，不久由于筹集到出版资金而成为该社最大的股东代表。在出版商兼斗士的兰东的领导下，这个仅有10个人的午夜出版社采取了把政治颠覆和文学革命相结合的出版策略。一方面，他始终让他的出版社为进步事业服务，用他自己的话来说，就是“所以这些斗争都属于政治”[1]。1951年，他发表了波朗抨击战后清洗法奸运动扩大化的信件，1969年又为雅克•维尔日的《巴勒斯坦人》作序，谴责犹太复国主义。从1976年到1981年，他又为维护法国的图书价格统一进行了斗争。另一方面，他使出版社成了新小说派的中心，出版过许多属于先锋派的小说和评论，革新了文学的传统。

阿尔及利亚民族解放战争虽然得到了法国进步势力的支持，但法国当时竟没有出版过一部关于阿尔及利亚战争的小说，只有兰东的午夜出版社在50年代末出版了一系列称为“资料”的政治丛书，集中揭露了法国军队在阿尔及利亚实施的酷刑，主要有以下几部：

乔治•阿尔诺和雅克•韦尔瑞：《为贾米拉•布希里德辩护》，1957年10月出版。22岁的贾米拉•布希里德是一位阿尔及利亚少女，民族解放阵线的成员，被诬陷后备受法军的酷刑，并于1957年7月15日被判处死刑，这是她的两位辩护律师的作品。乔治•阿尔诺是一个接近共产党人的新闻记者，雅克•韦尔瑞是法共党员，阿尔及利亚民族解放阵线的支持者。

亨利•阿莱格：《问题》，是阿莱格讲述自己在阿尔及利亚所受的酷刑和死亡的威胁。他是阿尔及利亚共产党员，曾任进步的《共和主义的阿尔及尔》的主编，本书是他在集中营里秘密撰写的，被一些出版商拒绝，但是由午夜出版社在1958年2月出版，3月23日被查封。1959年10月再版，11月13日再次被查封。兰东为此撰写了致总统的请愿书表示对查封的抗议，并且得到了马尔罗、马丁•杜加尔等作家的支持。

皮埃尔•维达尔-纳奥：《奥丹事件》。1958年5月出版。数学家莫里斯•奥

1　法国《新观察家》，1985年12月6日。

丹是阿尔及尔大学理学院助教，共产党员，1957年6月被法国伞兵逮捕。他的妻子也是共产党员，她在7月份就丈夫的“失踪”提出了起诉，一些大学教师为此组成了“莫里斯•奥丹委员会”，进行请愿等各种活动。

莫里埃纳：《逃兵》，1960年4月7日出版，4月20日就被查封。这是一个开小差的士兵所写的关于从军中脱逃的作品，从法律的角度来看他是一个“罪犯”，因此必须采取小说的形式，所以用了一个笔名“莫里埃纳”。但尽管如此，小说出版后仍被查封，兰东还因被起诉而出庭应审。

弗朗西斯•尚松：《我们的战争》，1960年6月22日出版，6月29日就被查封。尚松是萨特的信徒，是《现代》杂志的编辑，曾挑起与加缪的辩论，积极参与了发起《121人声明》的签名运动。

诺埃尔•法弗雷里埃尔：《黎明时的空虚》，1960年10月7日出版，10月17日就被查封。

兰东出版的书籍中有10部被禁止发行，18部被宣布有问题。他的办公室和寓所因此被炸，但他并未屈服，在1960年夏天印刷了《关于在阿尔及利亚战争中有权利不服从》的声明，并且带头签名，最后共有萨特等121位著名作家签署，包括全体新小说派作家，后来就成了著名的《121人声明》。实际上，正是出版社在政治方面的重要影响，极大地促进了人们对新小说的关注。因此总的来说，兰东和午夜出版社是介入文学的先锋，应该属于左翼文学的范畴。

第二节
阿尔及利亚法语作家

非洲西北部的阿尔及利亚、摩洛哥和突尼斯称为马格里布，曾经是法国的殖民地，在两次世界大战期间，许多当地人参加了法国军队。随着法国文化的普及，受到法语教育的人越来越多，因而从第二次世界大战末期开始，开始形成用法语写作的马格里布文学，主要的小说大多发表在50年代，其中又以阿尔及利亚法语文学最为重要。这些作品不仅反映了本国的历史，而且颂扬了大战后为反对殖民主义而进行的争取民族独立和解放的斗争。原籍阿尔及利亚的法国作家很多，最著名的有加缪、罗布莱斯和阿尔都塞等。本节介绍的是用法语写作的阿尔及利亚作家。

一　费哈乌恩

穆卢•费哈乌恩出生在阿尔及利亚卡比利山区一个农民家庭，被认为是阿尔及利亚文学中最早的小说家。他的父亲曾作为移民劳工到过突尼斯和法国，他自己当过一年牧童，靠助学金上了中学，1932年考入阿尔及尔的布扎雷亚师范学校，1935年回到家乡当小学教师。他在1939年开始写作的自传性的小说《穷人的儿子》（1950）里，真实地描绘了在卡比利山区度过的童年时代，以及年轻时和乡亲们经历的贫困生活。

1949年他旅游来到巴黎，1951年开始与加缪通信。他的小说《土地和鲜血》（1953）描绘了一个移民劳工带着法国妻子回国后组成的家庭，以及山区村庄里的生活，出版后获得了阿尔及尔城文学大奖。

1954年11月1日，阿尔及利亚民族解放战争爆发，费哈乌恩就从1955年开始记日记。1957年7月，他被任命为阿尔及尔的纳多尔学校校长。他的小说《上坡路》（1957）出版时正值战争期间，主人公的态度摇摆不定，小说最后以战争的失败告终。1960年10月，他担任成立于1955年的社会中心监察员，这些中心的宗旨是在贫困阶层中进行教育。1961年5、6月间，他带着研究任务去意大利和希腊旅行，与社会中心的六个同事一起在1962年3月15日被恐怖分子谋杀，凶手属于为建立法属阿尔及利亚而斗争的“秘密军队组织”，当时费哈乌恩已经有了七个孩子。

费哈乌恩的作品都以卡比利山区为背景，描绘了当地的习俗和传统，他的短篇小说集《卡比利的日子》（1954）表现了对古老风俗的眷恋。他的作品揭示了阿尔及利亚人民斗争觉悟提高的过程。他的《日记》在1962年出版，是关于阿尔及利亚战争的第一手资料。

二　马姆里

穆卢•马姆里也出生于卡比利山区，马姆里在拉巴特上中学，毕业后到阿尔及尔和巴黎进修，获文学学士学位。他在大战爆发后应征入伍，参加过德、法和意大利的战斗，战后回到阿尔及利亚任教。他在1957年逃往摩洛哥，到1962年阿尔及利亚独立后回国，在阿尔及尔大学教授文学。

他的主要作品是小说三部曲《被遗忘的丘陵》（1952）、《安然沉睡》（1955）和《鸦片与棍棒》（1965）。它们是从第二次世界大战以后直到民族解放战争的历史画卷，主人公是一个年轻的知识分子阿勒兹基，他处于祖先传统与西方教育引起的矛盾之中，信奉老师传授的人道主义，但是从自己的生活和挫折中认识到了西方文明的虚伪，所谓平等只是神话。最后为了获得真正的自由而投入争取民族独立的解放战争。

三　狄布

马哈迈德•狄布生于阿尔及利亚特莱姆森一个破落的资产者家庭，父亲在他11岁时去世。他从小就掌握了阿拉伯语和法语，15岁开始写诗，而且擅长绘画。从1939开始，他先后在与摩洛哥交界的地方当过小学教师，接着到军队里去当会计。从1943到1944年，他在阿尔及尔给英法盟军当翻译。战争结束后他回到家乡，靠绘制地毯的草图为生。

1948年，他结识了一些法国作家，并且到法国去旅行，由此开始从事小说创作。1950年，他在《阿尔及尔共和报》工作，同时为共产党的《自由》杂志撰稿。

在阿尔及利亚民族解放战争期间，狄布于1956年被驱逐出境，到东欧各国旅行，1964年定居于巴黎郊区。

狄布的小说《阿尔及利亚》三部曲（《大房子》（1952）、《火灾》（1954）和《织布机》（1957），反映了从1939年到1956年阿尔及利亚的社会现实。《谁记得大海》（1962）描绘了战争的可怕景象。《野蛮的上帝》（1970）和《狩猎队长》（1973）都是以阿尔及利亚人民争取独立解放的斗争为背景的。他的作品还有《非洲的一个夏天》（1959），以及中短篇小说集《在咖啡馆里》（1955）、《护符》（1966）等。狄布的诗歌受到夏尔和加缪的影响，写得简洁明快。他的诗集《守护的阴影》（1961）的主题也是阿尔及利亚战争，阿拉贡为它写了序言。

四　亚西纳

卡蒂布•亚西纳生于阿尔及利亚君士坦丁的一个大部落里。上中学三年级的时候，因参加庆祝德国投降的示威游行而被捕和开除学籍。1946年，他出版了第一部诗集《内心独白》。1947年，他在巴黎做了题为阿尔及利亚独立的演讲。他参加共产党后在《阿尔及尔共和报》工作，作为记者曾到中亚旅行。他从1951年起来到法国，从事过各种职业，发表了小说《内吉玛》（1956），后来成为一个剧作家。他是一个思想自由的革命者，因而受到法国的排斥，但是独立后的阿尔及利亚也对他怀有疑虑，因此他颠沛流离了20多年，直到1972年才回到阿尔及利亚定居。

在古代史诗、民歌以及贝克特等作品的启发下，亚西纳在《内吉玛》里把历史与现实结合在一起，描写了一个野蛮而高傲的民族不断地重新创造它的神话的过程。女主人公内吉玛是祖国的象征，她犹如一颗明亮而神秘的星星，追求她的四个男子都未能达到目的。小说结构新颖、含义丰富，被视为马格里布文学中的杰作，不仅多次再版，而且至今仍然受到读者的欢迎。

从《报复圈》（1959）开始，到《马哈迈德收拾你的行李吧》（1971）、《2000年的战争》（1974）、《西方的国王》（1977）、《被背叛的巴勒斯坦》（1978），亚西纳以讽刺和嘲弄的方式无情地批判了社会现实。既然无产者都受到当权者的压迫，那么斗争就有了世界性的意义。他经常干扰那些安于现状和既定次序的人，用自己的阿拉伯语和法语剧本真实而深刻地反映了阿尔及利亚存在的一切悲剧。他的剧作曾在许多国家里上演，因此他也被认为是马格里布文学中风格最独特的重要作家。

第三节
其他非洲作家

一　桑戈尔

雷奥波尔•塞达尔•桑戈尔（1906.10.9—2001.12.20）生于塞内加尔首都达喀尔南部若亚尔镇的一个商人家庭，中学毕业后赴法国，获得巴黎大学文学学士学位和教师学衔。大战爆发后应征入伍，1940年6月被俘，在德国集中营里关押两年，1944年获释后回到巴黎参加抵抗运动，战后积极组织黑非洲的民族解放运动，1945年当选为法国立宪会议议员，1960年当选为塞内加尔总统，1980年辞职后专事创作。

桑戈尔积极提倡“黑人性”文艺，主张反对种族歧视，肯定被压迫的黑人的尊严。他早在1934年就在巴黎发起创办了《黑人大学生》杂志，发表了多种诗集，如《阴影之歌》（1945）、《黑色的祭品》（1948）、《夜歌集》（1961）和《热带雨季的信札》（1972）等。他的诗歌继承了非洲的古老传统，歌颂黑人领袖的丰功伟绩，同时抨击殖民主义制度，呼吁人民起来为争取民族独立而斗争。除了诗歌之外，他还著有阐述“黑人性”学说的论文集《自由一集：黑人性和人道主义》（1964）。他于1983年当选为法兰西学士院院士。

二　乌斯马纳

桑贝纳•乌斯马纳生于塞内加尔的一个渔民家庭，从事过多种体力劳动，大战期间在“自由法国部队”当汽车司机，到过意大利和德国。战争结束后到达喀尔，后来到巴黎雷诺汽车厂里当技工，接着到马赛当码头工人，积极参加工会工作。他的第一部小说是带有自传性质的《黑色码头工》（1956），第二部小说是歌颂非洲知识分子爱国精神的《祖国，我可爱的人民》（1957）。第三部小说《神的儿女》（1960）是一幅雄伟的历史画卷，以史诗般的笔触描绘了他亲自参加的达喀尔－尼日尔铁路工人的罢工。这次铁路工人罢工分为三个阶段，从马里的巴马科到塞内加尔的铁路交通枢纽捷斯，再到达喀尔，虽然受到镇压并有人牺牲，但最终获得了胜利。小说用马克思主义的分析方法，刻画了白人剥削者与被剥削的黑人之间的对立，揭露了殖民主义制度的罪恶，颂扬了民众中涌现出来的英雄人物。这部题献给黑非洲工会成员的小说政治态度鲜明，场面波澜壮阔，属于为推动非洲解放而创作的第一代非洲小说中的杰作。

乌斯马纳后来的小说揭露了社会现实中存在的各种问题，例如《热风》（1963）讽刺了1958年的公民投票，《汇票》（1965）揭露了城市的道德堕落，《哈拉》（1973）批判了暴发户和一夫多妻制的习俗，《帝国的最后一人》（1981）则鞭笞了玩弄权术的政客。

三　库卢玛

阿赫马杜·库卢玛生于科特迪瓦，在巴马科上学，在一次罢工之后被开除，于是去服兵役，因拒绝镇压一次示威游行而被派到印度支那，复员后在巴黎和里昂继续学业，毕业后先后在阿尔及尔和阿比让的银行业工作。

库卢玛的小说《独立的太阳》（1968）获得了《法国研究》杂志奖，1970年由瑟意出版社再版。小说反映的是科特迪瓦在独立10多年后潜在着深刻的不满情绪，主人公法玛是一位马林凯[1]君主，他发现在独立后的社会里已经没有他的位置了。小说里的国家名称虽属虚构，但是却揭露了所谓独立后依然受到同胞剥削的现实。小说对法玛的妻子萨莉玛塔刻画得十分细致，通过她的形象表明了妇女在独立前和独立后都受到排斥。

库卢玛在1999年发表了小说《等待野兽们的选举》，揭露了非洲某些国家的专制统治。他的小说《真主并非必需》（2000）的主人公是个名叫比拉伊马的男孩子，因为法语讲得不好而被讥笑为小黑人。他不到12岁就父母双亡，跟随巫师雅古巴到利比里亚去投奔他的姑母。那里邪教肆虐、尸横遍野，正在进行一场部落战争。比拉伊马作为童子军被征入伍，用他那支俄国造的卡拉什尼科夫步枪打死了不少人。库卢玛写这个故事是因为他在1994年到过吉布提，在学校里见过很多由于部落战争而从索马里逃出来的孩子，所以他把这部小说题献给吉布提的孩子们。他把情节安排在利比里亚和塞拉里昂，是因为这两个国家离科特迪瓦更近，写起来比较方便。

小说里充斥着屠杀、吃人和强奸的场面，但是库卢玛表示情节并非虚构，例如在为了不让人们去投票，就砍断他们的手臂等情节，不但报刊上早有报道，他在动笔之前也进行过详细的调查。他在调查中发现天主教、泛灵论和拜物教在非洲全都混在一起，军队的指挥员就是预言家，他们用巫术控制着自己的队伍，使士兵们糊里糊涂地服从他们。例如约翰孙将军，他在利比里亚杀死了无数人，甚至把人的心肝切碎后烤熟吃掉，现在到尼日利亚当了教士。库卢玛本人是个穆斯林，他不相信这些巫术。他的作品多用短句、重复、夸张和谚语，因为口语化正是非洲叙事的特色。

1　马林凯人是马里、尼日尔以及分布在西非地区的一个民族。

四　奥约诺

费迪南•雷奥波尔•奥约诺（1929—2010）生于喀麦隆埃博洛瓦附近的恩古莱马孔，到10岁才上小学，但由于聪明过人而被父亲送到法国，进普罗万中学读书。毕业后到巴黎大学攻读法学，后来进入国立行政学院。1956年，他连续发表了两部小说：《男仆的一生》与《老黑人和奖章》。1960年学业结束的时候，他发表了第三部小说《欧洲之路》。喀麦隆独立后，他进入外交界，先后担任驻法国、意大利、欧盟和联合国大使，1974年任喀麦隆常驻联合国代表。

《男仆的一生》是一个年轻的黑人男仆的日记，描绘了他所在的殖民者的世界，摧毁了人们心目中对传教士以及各种掌权的白人的形象。《老黑人和奖章》讲的是给一个老黑人颁发奖章，表彰他为法国效力，因为他的两个儿子被殖民者征兵后死于战争，但是他的土地被天主教会骗去，自己获奖后仍然遭到凌辱。老黑人终于明白颁奖只是为了维护白人的统治，所以抛弃了白人的世界，回到自己的故乡去了。

在《欧洲之路》里，奥约诺塑造了主人公皮卡罗，他在学校里受到“欧洲中心主义”教育，不再参与喀麦隆的日常生活，只是等待着到欧洲去的日子，然而又不适应西方人的生活。皮卡罗代表着独立前夕非洲人的尴尬处境，这时传统社会即将崩溃，而他们又不能融入西方文化。奥约诺的小说三部曲首次描绘了殖民主义时代喀麦隆的社会现实，对殖民主义提出了质疑，因而被收入喀麦隆学校的教材。

五　贝蒂

蒙戈•贝蒂（1932—2001.10.8）生于喀麦隆雅温得附近的姆巴尔马约，原名亚历山大•比伊迪。他就读于传教士办的小学，1951年从雅温得中学毕业后来到法国，先后在普罗旺斯地区埃克斯和巴黎攻读文学。1959年获得中学师资合格证书，1966年获得古典文学的教师学衔，在鲁昂的高乃依中学任教。他在任教的同时进行文学创作，并且在1979年创办了杂志《黑色的民族，非洲的民族》。

贝蒂的中篇小说《没有恨也没有爱》（1953）取材于肯尼亚的一次起义。

第一部长篇小说《残酷的城市》（1954）的主人公是脆弱而平庸的青年农民邦达，30年代在坦噶这座城市经历的磨难，反映了殖民主义已经日薄西山的现实。《可怜的蓬巴基督》（1956）对一个披着传教士外衣的殖民主义者进行了深刻的讽刺。《完成的使命》（1957，获圣伯夫奖）和《死里逃生的国王》（1958）这两部小说，描写的是第二次世界大战以后法国联盟[1]的恢复，也就是独立前的非洲。《死里逃生的国王》描绘了传统非洲的一些上层人物，以及他们的国王的独特命运。埃萨扎姆村实行的是一夫多妻制，国王在临终时注视着他的王宫，也就是村庄。小说描写了他的童年时代、第一次婚姻，以及第23个妻子的生活。每段记忆都夹杂着国王的评论，显示出他孝顺母亲和喜欢少女的性格。小说的情节发生在1948年，但在发表时已经提到了独立后的新政权。

贝蒂在沉默了14年之后，于1972年发表了评论《伸向喀麦隆的黑手》，通过一桩诉讼案揭露了殖民统治的新形式，指出了过去的殖民主义与今天的帝国主义的区别。书刚出版就被禁止，他为了维护自己的权利进行了长期的斗争。他在1974年出版了两部小说，《贝尔贝杜》写一个妇女的悲惨命运，《牢记路本》写喀麦隆独立运动中的一个青年，为民族解放事业而英勇献身的故事。

奥约诺和贝蒂的作品，是当代喀麦隆法语小说诞生的标志。

1　指法国本土与海外省和海外领地的联盟。

第八章 世纪之交的左翼文学

法国解放后在经济改革方面取得了出色的成就，不仅实现了农业的现代化，而且从工业社会发展成为具有先进科技水平的信息社会。但与此同时也造成了失业、移民、犯罪、环境污染、艾滋病的流行、女权运动乃至恐怖主义等种种问题，从而使法国弥漫着一种世纪末的气氛。1968年的“五月风暴”，就是法国长期以来日益尖锐的社会矛盾的总爆发，导致了戴高乐总统的下台，对社会生活的各个领域都产生了深刻的影响。

在政治斗争激烈的时代里，文学往往具有明确的政治目的，因而左翼与右翼界限分明，例如在19世纪末的德雷福斯事件中，法国作家就分成了截然对立的两个阵营；在30、40年代的反法西斯斗争中，既有大量的进步文学，也有为法西斯辩护的文学，这种左翼文学与右翼文学明显对立的局面，随着阿尔及利亚战争的结束而成为历史，尽管还有萨特这样的作家在介入政治，但从总体上来说，作家们更为关注的不再是社会斗争，而是文学创作本身。“五月风暴”反对集权文化，使自由主义思潮广为流行，因此文学流派也销声匿迹，形成了没有中心和旗帜的所谓后现代主义文学。与这种政治形势相适应，左翼与右翼文学的界限也变得模糊起来。在“五月风暴”之后，法国似乎不再有什么激动人心的政治事件，人们不再像从前那样有统一的目标或理想，于是开始关注日常生活和阅读的兴趣，具体表现就是文学的通俗化。

法国是现代派文学的一个重要发源地，它产生的各个现代主义流派，对欧洲和世界的文学产生了深远的影响。但是到60年代末，新小说作为最后一个现代主义文学流派也盛极而衰，因为它在表现世界的荒诞以及革新创作手法的同时，使小说变得难以阅读，无法引起广大读者的兴趣。所以在70年代出现了图尼埃等新型作家，他们的小说既不是现代主义文学的延续，也不是对传统现实主义的回归，而是现实主义和现代主义相互影响和交融的结果。从80年代开始，阿拉贡、萨特和波伏娃等著名作家的相继去世，更是这些现代主义文学流派彻底消失的标志。

文坛上不再有起导向作用的旗帜或流派，文学的通俗化就成了必然的趋势，其主要的表现形式就是通俗小说。归根结底，世界是否荒诞是哲学家们思考的事情，大众想要的只是阅读的乐趣，而随着生活节奏的加快，新颖快捷的娱乐形式也越来越多。在电视、录像、体育竞赛、休闲旅游等种种消遣方式的包围中，只有特别有趣的小说才会引起读者的兴趣，这就是小说在世纪末走向通俗化和畅销书不断出现的原因。在经过现代主义的兴衰之后，小说终于又恢复了讲故事的功能，走上了老百姓喜闻乐见的通俗之路。

通俗小说数量庞大，但是良莠不齐。除了想象更加大胆、篇幅更加简短，更多地采用价格低廉和携带方便的袖珍本等艺术和形式上的改变之外，在政治倾向方面也有所区别。因此在世纪之交，区别左翼与右翼文学的标志，作品的内容就成了一个主要的标准。其中能够反映社会现实、主持正义或谴责罪恶的小说，特别是以世界大战为题材的反战小说，都属于层次较高的左翼文学。而注重迎合读者趣味，以追求新奇和畅销为目的的小说，例如玛丽•达里厄塞克[1]的《母猪女郎》，就属于一般的通俗文学。

在反映现实的小说中，有一些来自国外的流亡作家，除了来自捷克的昆德拉之外，最引人注目的是安德烈•马金。他于1957年9月10日出生在西伯利亚的克拉斯诺亚尔斯克，1987年从前苏联来到巴黎，在拉歇兹神甫公墓的一个地下墓室里住过一段时间，写过几部为了出版而佯称译自俄文的小说：《一个苏联英雄的女儿》（1990）、《一个失势领导者的忏悔》（1992）、《黑龙江时代》（1994），1995年发表的《法兰西遗嘱》获得了龚古尔奖，后来又发表了《奥尔加•阿尔贝丽娜的罪孽》（1998）、《东方安魂曲》（2000）和《一生的音乐》（2001）。马金的小说以悲壮的笔调反映了前苏联的社会现实，例如《一生的音乐》就是一个令人悲痛的故事。主人公阿列克西•贝尔格年轻时是

1　玛丽·达里厄塞克（1969—）是法国当代女小说家，以小说《母猪女郎》（1996）一举成名，写的是一个轻佻的女售货员在与男顾客来往的过程中逐渐变成了一头母猪的故事，由于想象奇特而受到读者的欢迎。

个前途光明的钢琴家，但就在他即将举办第一次音乐会的时候，他的父母在大清洗中被捕了，他不得不在1941年逃离莫斯科，躲藏在乌克兰，冒名顶替一个已经牺牲的红军战士，在死者身份的掩护下参加了战争。

国外法语作家的作品，大都富于异国情调和悲壮的色彩，在世纪末以消遣性的通俗小说为主的法国文坛上，他们的成功充分证明了现实主义文学和法语的生命力。不过就法国的左翼文学而言，最主要的形式还是长盛不衰的反战小说。反战小说在抵抗运动时代层出不穷，半个多世纪以来始终绵延不绝，成为现实主义文学和现代主义文学共同的重要题材，到世纪之交更呈现出一派繁荣的景象。

第一节 长盛不衰的反战小说

法国的反战小说可以追溯到1870年的普法战争，都德的《最后一课》和莫泊桑的《羊脂球》，都是反对侵略战争的杰作。这个传统经过两次世界大战、特别是在反法西斯斗争中的发扬光大，在法国解放后依然绵延不绝。除了人们熟悉的阿拉贡和斯蒂等左翼作家的作品之外，反战小说也是各种文学流派的共同题材。

弗朗索瓦丝•萨冈（1935.6.21—2004.9.24）是法国当代著名的女通俗小说家，她生于法国南部卡雅尔克市的一个村庄里，原名弗朗索瓦丝•夸雷。她在19岁时以小说《您好，忧伤》一举成名，从此成为专业作家。她的小说篇幅不长，人物很少，描写的都是二人或三人世界里的感情波澜。她笔下的人物大多生活在中产阶级家庭，吃喝不愁，却没有远大的理想或奋斗的目标，精神空虚，百无聊赖。因此他们把爱情游戏作为点缀，三角恋爱更能带来一些刺激，然而时间一长又依然故我，这正是当代法国社会里相当普遍的精神状态。

但是萨冈的笔下也有真情，而且正是在反战小说中得到了动人的体现。例如她的短篇小说《意大利的天空》，就描写了这种在特殊境遇中孕育起来的真挚感情。法国人米尔斯在意大利作战时身负重伤，受到当地农妇吕吉娅的悉心照料，由于她的丈夫也在前线，他们自然而然地相爱了。他伤愈归队，战后回到法国，有了自己的家，过着上班、下班、打球、说说笑笑的平凡生活，可是吕吉娅始终占据着他的心灵。他无法向任何人诉说内心的痛苦，只能借酒浇愁，醉了就躺在地上，似乎闻到了随风飘来的意大利田野的芳香。一个经历了感情波澜、只能靠回忆来排遣情思的人，生活无论多么丰富多彩，也弥补不了精神上的寂寞和孤独。这样的爱情不是三角恋爱或者情场艳遇，而是命运造成的凄凉的幸福、苦涩的柔情。

萨冈后来发表的《战时之恋》（1985），是一部反映抵抗运动的小说。吉罗姆是一位抵抗运动战士，他的任务是把受到德国人迫害的犹太人解救出来，把他们护送出国境。他带着以前解救出来的女友爱丽丝，来到未占领区找童年好友夏尔，想把夏尔的家变成掩护犹太人的联络点。夏尔是个鞋厂老板，是个吃喝玩乐的花花公子，但是他对爱丽丝一见钟情，所以接受了吉罗姆的委托，并且终于获得了爱丽丝的爱情。吉罗姆在得知真相后痛苦地离开了他们，不久就被捕了。爱丽丝获悉后无比震惊，毅然离开夏尔去寻找他。这时德军侵入了夏尔的家乡，他终于也投入到抵抗运动的斗争中去。

克洛德•西蒙（1913.10.10—2005.7.6）生于法属殖民地马达加斯加的塔那那利佛。父亲在他出生几个月后就阵亡了，他随母亲回到法国南方的故乡佩皮尼昂度过童年，后来到巴黎、英国的牛津和剑桥等地上学，学过绘画，曾想当一个画家和摄影家。1936年起在欧洲游历，到过巴塞罗那，当时激烈的内战给他留下了极为深刻的印象。二战期间他在骑兵团服役，在梅茨战役中头部受伤后被德军俘虏，不久逃出集中营，战后隐居于比利牛斯山的葡萄种植园。这些经历为他写作战争小说奠定了基础，所以他虽然是新小说派的成员，但是他的创作却始终以战争为题材。

《弗兰德公路》（1960）是西蒙的代表作，写法军在1940年被德军击败后溃退的情景，这是他亲身经历过的战争场面。小说里没有系统的情节，只有乔治在战后的一个晚上回忆起来的一幅幅琐碎的画面。骑兵队长雷谢克出身于贵族家庭，他的曾祖父是一位将军，在大革命时期投票赞成处死国王，在波旁王朝复辟后被迫自杀。这种命运又降临到他的头上，他全军覆没，只剩下四个人：他、他从前雇用的骑师伊格雷齐亚、堂弟乔治和犹太小店员布鲁姆。而更使他痛心的，是他年轻的妻子高丽娜对他的背叛，从前就一直与骑师私通，他为了顾全面子佯装不知。爱情的失意和战败的命运，促使他故意把自己暴露在敌人的枪口面前，达到了体面地死去的目的。

小说内容是乔治在与高丽娜睡觉时产生的种种不连贯的印象、联想和回忆，从他刚入伍时与堂兄雷谢克见面开始，以雷谢克的死亡结束，充斥着瘟疫、焦土、死马、死尸等悲惨场面，也表现了骑士们对战马的热爱，使读者感受到战争的悲惨和人性的扭曲。小说用电影手法代替了传统的叙述，一幕幕场景犹如各种色彩多变的画面，既充满诗情画意又杂乱无章，给人的印象是生活和命运的荒诞。

《农事诗》（1981）是三个人物对三次战争的回忆，把法兰西第一帝国时期的战争与20世纪的西班牙内战相提并论，突出了战争的悲剧性。西蒙为此运用回旋式的小说框架，超越了时空的限制，使三个不同时代的军人的命运相互交织，显示出悲惨的命运是何等相似。《百年槐树》（1989）通过两个家族在百年间的兴衰，同样描写了战争的残酷。在生长着一棵百年槐树的古宅里，百年前住着拿破仑麾下的一位将军。他在战败后自杀了；他的孙女嫁给了一个军官，军官在1914年战死了；25年后，他们的儿子又坐上了开赴前线的列车，预感到死亡的来临。

西蒙本人参加过战争，作品中以战争场面居多。他在描写战争时大量运用了新小说的手法，例如颠倒时空的跳跃性的叙述，取消人称和情节的连贯性，运用回旋式的结构，不分段落的句子，绘画式的场面等。正因为“西蒙在对人类生存条件的描写中将诗人和画家的创造力与对时间的深刻意识结合在一起”，所以在1985年获得了诺贝尔文学奖。

在新世纪之初，也许与纪念第二次世界大战胜利60周年有关，反战小说放射出了更加夺目的光彩。由人民文学出版社和全国外国文学学会联合成立的“21世纪年度最佳外国小说”评委会，每年评选一部法国最佳小说，在已经评出的五部小说中，就有三部是杰出的反战小说，由此充分证明了反战小说的生命力。

被评为2002年度法国最佳小说的是马尔克•杜甘（1957—）的《幸福得如同上帝在法国》。杜甘发表过多部反战小说，处女作《军官病房》（1998）就使他一举成名。法国的反战小说不可胜数，《军官病房》之所以还能一鸣惊人，首先在于以独特的眼光选择了前人没有使用过的题材。主人公阿德里安•富尔尼埃尚未参加战斗就中了埋伏，被炸掉了半个面孔，其他人物也是一些年轻军官，他们都在第一次世界大战中被毁损了面容。他们被迫住院五年之久，接受过多次手术，受尽肉体的折磨和精神上的痛苦，在工作、爱情和生活方面都备受磨难，但是他们勇敢地面对社会的不公和生活的艰辛，始终对人生抱着乐观的态度。其次是杜甘不像荒诞派作家那样对人的残疾无动于衷，而是充满了深切的同情。美丽的女护士玛格丽特由于毁容，终身都未能享受到爱情和婚姻，甚至受到父兄的嫌弃，但她却无怨无悔地把一生都用来为他人服务。伤员们起初以自己为祖国受伤而自豪，后来逐渐认识到了战争的非正义性。小说通过他们的惨痛经历，揭露了战争的残酷和世态的炎凉，颂扬了他们对故乡和亲人的热爱。小说出版后获得了18项文学奖，被改编为影片后入围第54届戛纳电影节，并荣获法国电影的最高奖——恺撒奖的两个奖项。

继《英国战役》（2000）之后，杜甘在新世纪之初又发表了风格独特的《幸福得如同上帝在法国》（2002），主人公加尔米埃是个善良的青年，在抵抗运动中他奉命来到德国的潜艇基地，在咖啡店侍者身份的掩护下为英国空军传送情报。和他一样年轻的德国水兵把他引为知己，向他吐露各自的理想和感情，甚至在出发时把心上人托付给他。为了正义事业的胜利，加尔米埃每次都及时送出情报，使这些信任他的德国伙伴葬身海底。但事后他总是觉得良心不安，为此他不负一个德国水兵死前的重托，终身照顾水兵的女友和孩子，以弥补内心的愧疚。加尔米埃并非一个通常意义上的英雄，而是集中体现了人性的美德和弱点，小说正是通过这样一个普通人的眼光来看待第二次世界大战，从人道主义的角度反映了战争的残酷和荒诞。

更为重要的是，抵抗运动已经过去了半个多世纪，它的真相在法国几乎已经被人遗忘。当时许多与纳粹合作的人在法国解放后掌握了大权，而加尔米埃为了投身于抵抗运动曾假装死去，因此在胜利后竟连户口都报不上。早在1947年，居尔蒂斯的《夜森林》就反映了这一社会现实，但“合作分子”至今在法国仍是个讳莫如深的话题，而《幸福得如同上帝在法国》大胆地再现了当年抵抗运动的现实，力图分清大是大非，实际上正是在为抵抗运动正名。正因为如此，《幸福得如同上帝在法国》才被评选为2002年度法国的最佳小说。

被评选为2004年度法国最佳小说的是弗朗兹-奥利维埃·吉斯贝尔的《美国佬》。主人公从小就憎恨他的父亲，因为他的父亲是美国佬，大战时在诺曼底登陆后在法国成了家，总是无缘无故地打骂妻子和儿子。最后儿子终于理解了父亲是由于在战争中深受刺激才脾气暴躁，但是在他愿意谅解父亲的时候，父亲却已经去世了。小说生动地描述了父亲在战争中的悲惨遭遇，例如他在诺曼底登陆时在被鲜血染红的海水中冲上海滩：“人们甚至都吓出了屎尿来。是的，所有人，包括我。”[1]是“战争教会了他提防一切。被德国人跟地雷埋在一起的美军战友的死尸，只要你一碰它们，就会炸开来飞到你的身上。树木后面隐藏着敌人，时刻准备着朝你射来子弹”[2]。

被评选为2005年度法国最佳小说的是皮埃尔•佩茹的《妖魔的狂笑》。小说通过战后一代青年的体验，反映了第二次世界大战遗留至今的灾难。小说的叙述者是16岁的法国青年保尔，他为了学习德语在1963年夏天来到巴伐利亚州的凯尔斯泰恩度过几个星期，这是一个宁静美丽的小城，有着茂密的森林、宁静的湖泊和纯净的空气。他喜欢绘画，常到森林里去写生，但是却在林中空地上偶而发现这里曾经发生过可怕的事情。他遇到了神秘而富有魅力的少女克拉拉，她的母亲在家人被轰炸丧生后患了忧郁症，父亲是德国国防军的一个军医，把纳粹在乌克兰的大屠杀等许多可怕的故事记在一个笔记本里，所以她是在痛苦和回忆中长大的。她用照相机拍摄一切，还把这些故事详细地讲给保尔听，因为她不能用德语讲这些事情。

城里有些居民从东部战线回来时已经疯疯癫癫，头脑里充满了可怕的情景。两年前，凯尔斯泰恩的居民瓦尔特•莫里兹，被发现在森林里的一棵树下痴呆地傻笑，怀里抱着他刚刚扼死的两个孩子。他从前是希特勒军队里的中尉。在1941年的乌克兰，他和拉丰丹一起参与了屠杀，由于无法违抗命令而处死了一车厢犹太孩子，双手沾满了被害者的鲜血。他终于陷于疯狂，最后扼死自己的两个孩子后傻笑着死去了。

保尔的父亲曾是抵抗运动成员，为阿尔及利亚的解放而奋斗，可是他在保尔12岁那年在卢森堡公园里被人用匕首刺死了。黑湖的悲剧和他们自己的悲剧把他们永远联系在一起，所以克拉拉和保尔一个照相，一个绘画，用自己的艺术去揭露战争的罪恶。1964年春天，保尔回到巴黎，克拉拉后来去了远方，成为奔向一切冲突地区的战地记者，拍摄过在越南打仗的士兵们迟钝的目光。1968年“五月风暴”期间，保尔结识了后来的妻子让娜，现在他们和两个孩子

1　弗朗兹-奥利维埃 · 吉斯贝尔：《美国佬》，余中先译，人民文学出版社，2005年，第51页。

2　同上，第61页。

生活在格勒诺布尔南部的韦科尔山区。他成了著名的雕刻家，喜欢把石头雕刻成内容残酷的作品，他最新的作品《妖魔的狂笑》，就是瓦尔特搂着两个孩子的巨大雕像。

在20世纪后半叶，保尔和克拉拉不断地分离和重聚，经历了当代的政治和历史事件，终身背负着他们父辈留下的沉重包袱。保尔只从让娜的爱情、孩子的出生和雕刻艺术中得到过短暂的幸福，对他来说终其一生战争也从未结束。

保尔没有经历战争，小说却把战争写得如此深刻，充分显示了作者讲述故事的才能。从第二次世界大战、俄罗斯东部前线即乌克兰的大屠杀，从阿尔及利亚战争、1968年的“五月风暴”，直到2037年，小说描写了整整一个世纪。它像一篇优美的散文，充满了对森林、林中空地、阳光和湖泊的描写，但是穿插着对第二次世界大战的可怕回忆，使背景与情节形成了鲜明的对比。小说出版以后，佩茹因其敏锐的悲剧意识和寓言般的笔调而被认为是图尼埃的继承者。

最能体现反战小说深远影响的标志，是2004年的勒诺多奖首次颁发给了俄罗斯籍犹太女作家伊莱娜·内米洛夫斯基的《法兰西组曲》，60多年前她在奥斯维辛集中营被杀害时年仅37岁，然而她在此之前已经在文学方面声誉卓著。她被捕时正在创作一部长达五卷的巨著，刚完成前两卷《六月风暴》和《柔板》。《六月风暴》描写的是1940年6月德军占领巴黎，贫富家庭纷纷逃难的情景，在这场灾难中有些人团结一致，有些人贪生怕死，全都显示出自己的真相。《柔板》写的是一个很有修养的德国军官和一个寂寞的法国女人的爱情故事，他们相互吸引，然而战争却使得他们的爱情成为永远实现不了的梦想，不禁令人想起韦科尔的《海的沉默》。内米洛夫斯基被捕后，她的丈夫也被押送到集中营里死去，两个女儿带着她的遗物逃命，直到60年后才发现这部手稿并准备把它捐献给法国档案馆，结果却出乎意料地获得了勒诺多奖，两年后它又被世界头号网上书店评为2006年度最佳图书。

第二节
法国左翼文学的展望

法共在法国解放后追随苏联，在国内外的复杂形势下无所作为，以致自身日益衰落，党员数量锐减，在文化领域里面对西方马克思主义的繁荣缺乏应对之策，更谈不上涌现杰出的党员作家了。面对苏联的解体和东欧的剧变，法共终于在重大的打击之下痛定思痛，采取了一系列重大措施，走上了坚持革新以求发展的道路。1990年1月，法共第27次代表大会刚刚结束，年轻的书记罗贝尔•于发表了名为《共产主义的新规划》的著作，全面地阐述了法共在20世纪形势下的共产主义观，确定了党在政治、经济等各个领域里的目标和任务，形成了适应全球经济一体化形势的“新共产主义”理论。1994年1月，在法共第28次代表大会上，他被总书记马歇推荐为接班人，担任了新的总书记。在罗贝尔•于的领导下，法共在2000年3月的第30次代表大会上，形成了知识层次较高、年轻较轻的领导集体。

法共是欧洲少数几个坚持不改变名称，仍然以共产主义为奋斗目标的共产党之一。它的新共产主义理论除了反思和批判苏联的僵化模式，提出“超越资本主义”等新观念之外，在理论上也用马克思的辩证方法来研究法国的具体问题，改变过去用暴力夺取政权、实行无产阶级专政的主张，总之力图把马克思主义与法国国情相结合，使全党变得更加开放，更有活力。但是它过于热衷于选票和议席，面对党的社会基础危机、党员人数锐减等紧迫问题缺乏有效的对策，主要原因在于没有正视历史问题和进行彻底反省的勇气。

在2003年召开的32大上，法共终于不再回避历史问题，对历史和现实都进行了实事求是的分析，承认它从1968年的“五月风暴”开始就走上了下坡路，检讨了自己在政治路线上的失误，坚决与社会党划清界线，恢复了代表工人阶级的立场，以维护劳动者的生存权和发展权为党的基本价值观。2004年5月8日，欧洲左翼联盟在罗马成立，法共成为联盟的重要成员。2006年，法共召开33大，提出了在欧洲左翼联盟中发挥“真正能改变现状的左翼党”的作用和扩大左翼党力量的任务，同时对“新共产主义”理论和实践进行了深刻的分析，认为它既有法国大革命和俄国十月革命的渊源，又经过了巴黎公社、人民阵线和抵抗运动的实践，所以在21世纪里，共产主义的继续变革将是一场更加伟大的革命实践。

世界永远在不断地变化，历史总是在曲折中前进。今天的世界早已成为一个整体，各国文学之间有着极为密切的关系和影响，回顾法国现当代左翼文学的演变过程，目的在于吸取它的经验教训，从而深化我们对法国现当代文学的研究和认识，同时放眼世界和展望未来，期待包括法国文学在内的世界文学在新世纪里日益兴旺和繁荣。

法国左翼文学年表

19世纪

年份	历史事件和文学背景	作品和文论
1815	拿破仑一世被流放，波旁王朝复辟	贝朗瑞第一部歌集
1821	口	贝朗瑞第二部歌集
1828	口	贝朗瑞第四部歌集
1829	口	雨果：《东方集》《一个死囚的末日》
1830	七月革命，路易·菲利普的七月王朝	雨果：《欧那尼》
口	法国侵占阿尔及利亚	口
1831	口	雨果：《秋叶集》《巴黎圣母院》
1832	巴黎共和党人起义	口
1833	口	贝朗瑞第五部歌集
1837	口	雨果：《心声集》
1838	口	勒鲁：《论平等》
1840	鸦片战争	勒鲁：《论人类》
口	法国第一份工人编辑的报纸《工场》	乔治·桑：《木工小史》
1841	雨果当选法兰西学士院院士	罗德里克：《工人的社会诗歌》
口	勒鲁和乔治·桑创办《独立评论》	布瓦西：《无产阶级的新歌》
1842	口	乔治·桑：《康素爱萝》（1842—1843）
口	口	欧仁·苏：《巴黎的秘密》（1842—1843）
1844	口	欧仁·苏：《流浪的犹太人》（1844—1845）
1845	欧仁·苏受到傅立叶主义者的表彰	乔治·桑：《安吉堡的磨工》
1846	口	乔治·桑：《魔沼》
口	口	杜邦：《工人之歌》
1848	《共产党宣言》	乔治·桑：《致人民的信》
口	二月革命爆发，法兰西第二共和国	口

年 份	历史事件和文学背景	作品和文论
口	雨果当选国民议会左派领袖	口
口	乔治·桑创办报纸《人民的事业》	口
1849	口	乔治·桑：《小法岱特》
1850	8月18日，巴尔扎克去世	乔治·桑：《弃儿弗朗索瓦》
口	口	欧仁·苏：《乡村的无产阶级》
1851	路易·拿破仑政变，雨果流亡	口
口	欧仁·苏被流放意大利	口
口	瓦莱斯被监禁	口
1852	12月2日，法兰西第二帝国	口
1853	口	雨果：《惩罚集》
1857	7月16日，贝朗瑞去世	瓦莱斯：《金钱》
口	8月3日，欧仁·苏去世	口
1858	法国侵略越南	口
口	贝尔纳：《实验方法论》	口
1859	达尔文：《物种起源》	口
口	拿破仑三世发布大赦令	口
1860	雨果谴责英法联军火烧圆明园	口
1862	口	雨果：《悲惨世界》
1864	9月28日，“国际工人协会”成立，称第一国际	左拉：《给妮侬的故事》
1865	贝尔纳：《实验医学研究导论》	左拉：《克洛德的忏悔》
口	拉法格和鲍狄埃参加第一国际巴黎支部	瓦莱斯：《叛逆者》
口	普鲁东去世	口
1866	拉法格当选第一国际总委员会委员	雨果：《海上劳工》
1867	瓦莱斯创办《街道报》	左拉：《泰莱丝·拉甘》
口	克莱芒逃亡比利时	克莱芒：《樱桃时节》
1868	克莱芒创办《棍棒报》	口
1869	10月13日，圣伯夫去世	雨果：《笑面人》
口	雨果在洛桑主持世界和平大会	瓦莱斯：《绅士》《一个吹牛者的遗嘱》
1870	7月19日，普法战争	口
口	法兰西第三共和国	口
口	雨果返回巴黎	口
1871	2月22日，瓦莱斯创办《人民呼声报》	左拉：《卢贡家族的命运》
口	3月18日至5月28日，巴黎公社	口
口	阿尔萨斯割让给德国	口

年 份	历史事件和文学背景	作 品 和 文 论
1872	瓦莱斯被缺席判处死刑	左拉：《贪欲的角逐》
口	口	瓦莱斯：《巴黎公社》
1873	8月，路易丝·米歇尔被流放	雨果：《九三年》
1874	口	左拉：《普拉桑的征服》
1875	雨果呼吁大赦巴黎公社社员	口
1876	6月8日，乔治·桑去世	鲍狄埃：《巴黎公社》《美国工人致法国工人》
口	口	左拉：《卢贡大人》
口	口	法朗士：《科林斯人的婚礼》
1877	口	左拉：《小酒店》
1878	克洛德·贝尔纳去世	左拉：《爱的一页》
1879	10月，法兰西工人党成立	左拉：《娜娜》
口	口	瓦莱斯：《雅克·万特拉》（1879—1886）
1880	大赦巴黎公社社员，瓦莱斯等回到巴黎	短篇小说集《梅塘之夜》
口	法国占领突尼斯	左拉：《实验小说论》
口	口	左拉：《自然主义小说家》
1881	口	法朗士：《波纳尔的罪行》
1882	9月，盖德派另建法国工人党	左拉：《家常事》
1883	3月14日，马克思逝世	左拉：《妇女乐园》
1885	5月22日，雨果去世	左拉：《萌芽》
口	2月14日，瓦莱斯去世	克雷芒：《歌集》
1886	布朗热事件	拉法格：《萨弗》《关于婚姻的民间歌谣和礼俗》
1887	11月6日，鲍狄埃去世	鲍狄埃：《革命歌集》
口	反对左拉的《五人宣言》	左拉：《土地》
1888	巴拿马运河公司丑闻	口
口	6月，狄盖特为《国际歌》谱曲	口
1889	3月，埃菲尔铁塔落成	法朗士：《苔依丝》
口	7月14日，第二国际成立	口
口	布朗热政变阴谋失败	左拉《人面兽心》
1890	第一次庆祝五一劳动节	拉法格：《舞台上的达尔文主义》
口	拉法格：《忆马克思》（1890—1891）	口
1891	拉法格在狱中当选众议员	左拉：《金钱》

年 份	历史事件和文学背景	作 品 和 文 论
口	口	拉法格：《雨果传说》《左拉的〈金钱〉》（1891—1892）
1892	口	左拉：《崩溃》
口	口	法朗士：《鹅掌女王烤肉店》
1893	泰纳去世	法朗士：《瓜纳尔长老的意见》
1894	口	左拉：《卢尔德》
口	口	拉法格：《革命前后的法国语言》
1895	8月5日，恩格斯逝世	口
1896	法朗士当选法兰西学士院院士	拉法格：《浪漫主义的根源》
口	口	左拉：《罗马》
1897	德雷福斯事件爆发	法朗士：《现代史话》（1897—1901）
口	左拉谴责反犹主义	左拉：《巴黎》
口	迪尔凯姆：《论自杀》	贝玑：《论社会主义城邦》《贞德》
口	口	纪德：《人间食粮》
1898	1月13日，左拉发表《我控诉》，被判刑后于7月18日逃亡英国	路易丝·米歇尔：《公社》
		罗曼·罗兰：《群狼》
口	贝玑开办社会主义书店	贝玑：《关于和谐城邦的首次对话》
1899	盖德派组成法兰西社会党，饶勒斯成为法国社会党的领袖	左拉：《繁殖》
		罗曼·罗兰：《理性的胜利》
口	左拉回到法国	口

20世纪

年 份	历史事件和文学背景	文 论 和 作 品
1900	八国联军攻占北京	罗曼·罗兰《丹东》
口	贝玑创办《半月丛刊》	口
1901	饶勒斯创建法国社会党	左拉：《劳动》
口	达拉第等在6月21日创建法国现代的第一个政党激进党	法朗士：《克兰比尔事件》
口	苏利-普吕多姆获首届诺贝尔文学奖	口
1902	9月28日，左拉去世	罗曼·罗兰：《七月十四日》
1903	龚古尔学院成立	左拉遗著：《真理》
口	米斯特拉尔获诺贝尔文学奖	罗曼·罗兰：《贝多芬传》
口	2月25日，克雷芒去世	口

年 份	历史事件和文学背景	文 论 和 作 品
1904	拉法格：《忆恩格斯》（1904—1905）	罗曼·罗兰：《约翰·克利斯朵夫》（1904—1912）
口	饶勒斯创办《人道报》	法朗士：《在白石上》
口	口	吉约曼：《一个普通人的一生》
1905	法兰西社会党被法国社会党合并，成立法国统一社会党，即工人国际法国支部	路易丝·米歇尔：《1905年俄国革命》
口		法朗士：《教会与共和国》
口	1月10日，路易丝·米歇尔去世	拉缪：《阿琳娜》
口	法朗士任俄国人民之友协会主席	口
1906	德雷福斯冤案平反	罗曼·罗兰：《米开朗琪罗传》
1907	口	拉缪：《不得安宁的让-吕克》
1908	6月6日，左拉遗骸被迁入先贤祠	法朗士：《企鹅岛》
口	纪德创办《新法兰西评论》	索莱尔：《马克思主义的解体》
口	莫拉斯创办《法兰西行动报》	口
口	索莱尔：《关于暴力的思考》	口
1909	口	纪德：《窄门》
口	口	奥杜：《玛丽·克莱尔》
1910	布洛克创办《自由创作》杂志	贝玑：《贞德仁慈之谜》
1911	11月25日，拉法格夫妇去世	罗曼·罗兰：《托尔斯泰传》
口	口	夏多布里扬：《德卢迪纳先生》
1912	11月24日，第二国际在巴塞尔召开最后一次代表大会	法朗士：《诸神渴了》
口		布洛克：《莱维》
1913	《约翰·克利斯多夫》获法兰西学士院小说大奖	贝玑：《夏娃》
口		马丁·杜加尔：《让·巴鲁瓦》《勒鲁老爹的遗嘱》
口	埃蒙死于车祸	
口	口	瓦扬-古久里：《牧人的访问》
1914	7月31日，饶勒斯被刺杀	法朗士：《天使的反叛》
口	8月2日，第一次世界大战爆发	卡尔科：《鹌鹑耶稣》
口	9月5日，贝玑阵亡	埃蒙：《玛利亚·夏普德莱娜》
1915	罗曼·罗兰获诺贝尔文学奖	罗曼·罗兰：《超越于混战之上》
口	口	阿兰：《对非战斗人员的21次谈话》
1916	2月8日，查拉发起达达主义运动	巴比塞：《火线》
1917	11月7日，俄国十月革命	杜阿梅尔：《烈士传》
口	11月11日，第一次世界大战结束	季洛杜：《给鬼魂的读物》
口	巴比塞等创立老战士共和协会	布洛克：《合伙人》

年份	历史事件和文学背景	文论和作品
1918	《1918年达达宣言》	杜阿梅尔：《文明》
口	马蒂内任《人道报》文学主编	口
1919	《凡尔赛和约》	罗曼·罗兰：《柯拉·布勒尼翁》
口	3月4日，第三国际在莫斯科成立	巴比塞：《光明》
口	罗莎·卢森堡被杀害	奥杜：《玛丽·克莱尔的作坊》
口	巴比塞组织“光明社”	瓦扬-古久里：《休假》
口	俄国无产阶级文化协会国际局成立	纪德：《田园交响乐》
口	布勒东等创办《文学》杂志	口
1920	1月17日，查拉来到巴黎	杜阿梅尔：《萨拉万的生平与遭遇》（1920—1932）
口	雷蒙·勒菲弗尔从莫斯科回国途中在海上遇难	
口		巴比塞：《一个战士的话》
口	12月，法国社会党在图尔大会上分裂，法共于29日成立后加入共产国际	阿拉贡：《阿尼塞或西洋景，小说》
口		阿兰：《艺术体系》
口	口	布洛克：《狂欢节已经消亡》
1921	法共第一次代表大会	马尔罗：《纸月》
口	法朗士加入法共，并获诺贝尔文学奖	阿兰：《战神或受审判的战争》
口	希特勒成为纳粹党领袖	泰里夫：《流亡国外的人》
口	《光明》改为《无产阶级文化杂志》	口
1922	索莱尔去世	罗曼·罗兰：《欣悦的灵魂》（1922—1933）
口	达达主义解体	马丁·杜加尔：《蒂博一家》（1922—1940）
口	共产国际第四次代表大会，要求法共清除“沙龙革命家”	卡尔科：《被追捕的人》
口		莫里亚克：《给麻风病人的吻》
1923	1月15日，《欧洲》创刊	凯塞尔：《机组》
口	巴比塞加入法共	马蒂内：《关于教育的思考》
口	卢卡契：《历史和阶级意识》	夏多布里扬：《拉布里埃尔》
1924	1月21日，列宁逝世	勒莫尼埃：《心地单纯的情妇》
口	意大利墨索里尼建立独裁政权	罗曼·罗兰：《爱与死的搏斗》
口	10月12日，法朗士去世	勒莫尼埃：《心灵纯朴的女主人》
口	超现实主义研究所成立	布勒东：《超现实主义宣言》
口	《光明》与巴比塞和瓦扬-古久里决裂	昂普：《亚麻》
1925	“拉普”成立	巴比塞：《锁链》
口	世界各地的超现实主义画展	普拉伊：《新的灵魂》《他们是四个人》

年 份	历史事件和文学背景	文 论 和 作 品
口	马尔罗返回印度支那，创办《印度支那报》和《锁链中的印度支那》	德普莱斯勒：《工人作家作品选》
口		罗曼·罗兰：《鲜花盛开的复活节》
口	普拉伊担任《人民》的文学主编	布洛克：《库尔德之夜》
口	口	布尔古瓦：《上升》
1926	巴比塞任《人道报》文学主编	普拉伊：《赞成还是反对拉缪》
口	口	阿拉贡：《巴黎的农民》
口	口	马尔罗：《西方的诱惑》
口	口	纪德：《伪币制造者》
1927	布勒东等加入法共	瓦扬-古久里：《盲人的舞会》《七月老爹》
口	苏联成立“革命文学国际局”	勒莫尼埃：《无罪的女人》
口	口	吉尤：《平民之家》
口	口	盖埃诺：《永恒的福音书》
口	口	纪德：《刚果纪行》
口	口	布勒东：《第二次超现实主义宣言》
口	口	泰里夫：《为自然主义辩护》
1928	6月，巴比塞创办《世界》杂志	马尔罗：《征服者》
口	《为革命服务的超现实主义》创刊	盖埃诺：《凯列班在说话》
口	《光明》改名为《阶级斗争》	雷米：《克里尼昂古尔门》
口	瓦扬-古久里任《人道报》主编	圣埃克苏佩里：《南方邮航》
口	勒菲弗尔加入法共，参与创办《马克思主义》杂志	纪德：《从乍得归来》
口		泰里夫：《没有灵魂》
1929	盖埃诺任《欧洲》主编	勒莫尼埃：《民众主义宣言》
口	阿兰：《关于经济的谈话》	达比：《北方旅馆》
口	泰里夫主持《时代报》文学评论专栏	泰里夫：《炽热的煤炭》
口	口	昂普：《我的职业》
1930	11月，国际无产阶级作家代表大会在哈尔科夫召开，革命文学国际局改名为国际革命作家联盟	马尔罗：《王家大道》
口		泰里夫：《黑色和金色》
口		勒莫尼埃：《民众主义小说宣言》
口	多列士当选法共总书记	普拉伊：《文学的新时代》
口	弗雷维尔任《人道报》文学主编	布洛克：《戏剧的命运》
口	4月14日，马雅可夫斯基自杀	让·普雷沃：《布坎康兄弟》
1931	罗曼·罗兰：《向过去告别》	巴比塞：《作家与革命》
口	普拉伊创办月刊《新时代》	阿拉贡：《红色阵线》
口	设立民众主义小说奖	普拉伊：《每天的面包》

年份	历史事件和文学背景	文论和作品
口	口	吉尤：《伙伴们》
口	口	尼赞：《阿登·阿拉比》
口	口	圣埃克苏佩里：《夜航》
口	口	盖埃诺：《转向人类》
口	口	吉约曼：《在田野的四面八方》
口	口	雷米：《致从前的箍桶匠》
1932	8月，巴比塞和罗曼·罗兰在阿姆斯特丹主持世界反战同盟大会	普拉伊：《无产阶级派宣言》
口		巴比塞：《左拉》
口	革命作家艺术家联合会成立	塞利纳：《长夜行》
口	普拉伊成立“法语无产阶级作家小组”，第一届无产阶级文学展览会	尼赞：《看门狗》
口		雷米：《无产阶级》
口	国际革命作家联盟批判巴比塞和普拉伊	泰里夫：《安娜》
口	口	马尔瓦：《我的母亲和叔叔费尔南的故事》
1933	希特勒担任德意志帝国总理	马尔罗：《人类的命运》
口	布勒东等被法共开除出党	尼赞：《安托万·布卢埃》
口	巴比塞和纪德等创办《公社》杂志	瓦扬-古久里：《公社万岁》
口	普拉伊创办《无产阶级》杂志	达比：《巴黎郊区》
口	克拉拉·蔡特金去世	卡尔科：《阴影》
口	杜阿梅尔当选法兰西学士院院士	马丁·杜加尔：《古老的法兰西》
口	莫里亚克当选法兰西学士院院士	阿兰：《文学丛谈》
1934	苏联第一次作家代表大会，提出“社会主义现实主义”的创作理论	阿拉贡：《万岁，乌拉尔！》《巴塞尔的钟声》
口		达比：《岛屿》《一个刚死的人》
口	桑戈尔创办《黑人大学生》杂志	吉尤：《安瑞丽娜》
口	韦伊到工厂从事体力劳动	盖埃诺：《一个40岁的男人的日记》
口	口	莫里亚克：《日记》（1934—1951）
口	口	拉罗舍勒：《法西斯社会主义》
1935	法共与左翼政党组成人民阵线	罗曼·罗兰：《战斗的十五年》
口	8月30日，巴比塞去世	阿拉贡：《为了社会主义现实主义》
口	普拉伊创办《逆流》杂志	马尔罗：《可鄙的时代》
口	普拉伊拒绝与民众主义者组成“共同文学阵线”	尼赞：《特洛亚木马》
口		普拉伊：《世上的受苦人》

年 份	历史事件和文学背景	文 论 和 作 品
口	罗曼·罗兰在6、7月间访问苏联后写成《莫斯科日记》，规定50年后才能出版	达比：《绿色地带》
口		吉尤：《黑色的血》
口	普拉伊创办《逆流》杂志	萨拉克鲁：《阿拉斯的陌生人》
口	口	马蒂内：《无产阶级文化》
口	口	卡尔科：《迷雾》
1936	6月3日，人民阵线在大选中获胜，组成政府	阿拉贡：《富贵区》
口		布洛克：《西班牙，西班牙！》《一种文化的诞生》
口	7月19日，佛朗哥发动叛乱，西班牙内战爆发	
口		达比：《生活方式》
口	马尔罗率飞行中队赴西班牙作战	萨拉克鲁：《一个像别人一样的人》
口	弗雷维尔编辑出版法国第一部《马克思选集》	佩雷：《我不缺这份面包》
口		伊科尔：《1848年6月的工人起义》
口	纪德和达比等访问苏联	纪德：《访苏联归来》
口	8月21日，达比在苏联去世	埃尔巴尔：《1936年的苏联》
口	《光明》在罗曼·罗兰主持下复刊	泰里夫：《白天之子》
1937	马丁·杜加尔获诺贝尔文学奖	马尔罗：《希望》
口	10月10日，瓦扬-古久里去世	普拉伊：《士兵的面包》
口	奥杜去世	雷米：《伟大的斗争》
口	苏联为巴比塞恢复名誉	塞伏里：《双手》
口	加缪被法共开除出党	夏多布里扬：《力量的集成》
口	吉奥诺发表反战声明《拒绝服从》	塞利纳：《我的罪过》《屠杀琐事》
1938	《慕尼黑协定》	萨特：《恶心》
口	马尔罗把《希望》改编为影片	萨拉克鲁：《地球是园的》
口	达比的《北方旅馆》被改编为影片	尼赞：《阴谋》
口	圣埃克苏佩里坠机受重伤	瓦扬-古久里遗著：《童年》
口	《光明》改为《政治情报和资料月刊》	特里奥雷：《晚安，黛莱丝》
口	艾吕雅与超现实主义小组决裂	罗布莱斯：《行动》
口	莫拉斯当选法兰西学士院院士	普拉伊：《幸存者》
口	口	贝尔纳诺斯：《月光下的大坟场》
口	口	塞利纳：《尸体学校》
1939	8月23日，苏德签订互不侵犯条约	萨特：《墙》

年 份	历史事件和文学背景	文 论 和 作 品
口	9月1日，德军进攻波兰。3日，英法对德宣战，第二次世界大战全面爆发	罗曼·罗兰：《罗伯斯庇尔》
口		圣埃克苏佩里：《人的大地》
口	布勒东、阿拉贡、萨特等应征入伍	勒菲弗尔：《辩证唯物主义》
口	9月26日，达拉第政府下令解散法共	达比：《内心日记》
口	口	贝尔纳诺斯：《真理的愤怒》
1940	5月23日，尼赞阵亡	杜阿梅尔：《苦难岁月史》（1940—1943）
口	5月31日，敦刻尔克战役	萨特：《巴里奥纳或雷之子》
口	萨特、马尔罗、加斯卡尔、西蒙、佩雷、阿尔都塞、桑戈尔等被俘	昂布里埃尔：《暑假》
口		口
口	6月，德军占领巴黎，法国投降	口
口	7月10日，贝当成立维希政府	口
口	7月下旬，法共发表《告全国人民书》	口
口	戴高乐在伦敦领导“自由法国”运动	口
口	圣埃克苏佩里流亡纽约	口
口	加洛蒂被关入阿尔及利亚集中营	口
口	夏多布里扬创办并主持《集成》周刊	口
1941	6月22日，苏联卫国战争爆发	阿拉贡：《断肠集》
口	布洛克到莫斯科广播电台工作	苏佩维埃尔：《苦难的法兰西》
口	萨特获释回国	罗布莱斯：《天堂之谷》
口	口	贝玑：《诗集》
口	口	塞利纳：《困境》
1942	6月，共产国际宣告解散	艾吕雅：《诗与真理》《和德国人会面》
口	2月23日，茨威格去世	阿拉贡：《双层车上的旅客》《艾尔莎的眼睛》
口	艾吕雅重新加入法共	特里奥雷：《万分遗憾》
口	拉菲特被捕后引渡到德国	罗曼·罗兰：《内心旅程》
口	韦科尔等创建全国作家委员会	罗布莱斯：《人的劳动》
口	韦伊逃到伦敦参加“自由法国”运动	凯塞尔：《伦敦随笔》（1942—1944）
口	法国舰队在被扣留的威胁下在土伦自沉	圣埃克苏佩里：《战地飞行员》
口	口	吉尤：《梦中的面包》
口	口	贝纳尔：《赤子之心》

年 份	历史事件和文学背景	文 论 和 作 品
口	口	蓬热：《事物的成见》
口	口	埃马纽埃尔：《与你的保卫者们共同战斗》《愤怒的日子》
口	口	
口	口	德斯诺斯：《财富》
1943	6月10日，共产国际解散	韦科尔：《海的沉默》《走向星星》
口	萨特：《存在与虚无》	马尔罗：《阿藤堡的胡桃树》
口	韦伊去世	阿拉贡：《蜡像馆》
口	拉菲特在德国集中营	萨特：《苍蝇》
口	让·普雷沃获法兰西学士院文学大奖	特里奥雷：《阿维尼翁的情侣》《白马》
口	萨特参加全国作家委员会	凯塞尔·德吕翁：《游击队之歌》
口	口	德斯诺斯：《清醒状态》
口	口	莫里亚克：《黑色笔记本》
口	口	托马：《奥克索瓦的故事》
口	口	布洛克：《土伦》
口	口	西蒙：《战俘之歌》
口	口	塔迪厄：《隐形的见证人》
口	口	阿拉贡：《奥雷利安》
口	口	圣埃克苏佩里：《小王子》
口	口	杜拉斯：《厚颜无耻之辈》
1944	6月6日，盟军在诺曼底登陆	萨特：《隔离审讯》
口	7月31日，圣埃克苏佩里殉职	罗布莱斯：《世界之夜》
口	8月25日，巴黎解放	杜阿梅尔：《安魂曲》
口	11月6日，法国政府颁布赦免多列士的命令	盖埃诺：《在狱中》
口		口
口	12月30日，罗曼·罗兰去世	口
口	马蒂内去世	口
口	让·普雷沃牺牲	口
1945	5月8日，德国无条件投降。9月2日，日本无条件投降，第二次世界大战结束	阿拉贡《法兰西晨号》
口		萨特：《自由之路》（1945、1949）
口	越南、老挝、柬埔寨抗法战争	波伏娃：《他人的血》
口	6月26日，法共第10次代表大会	凯塞尔：《乘船前往直布罗陀》
口	萨特创办《现代》杂志	瓦扬：《滑稽的游戏》
口	普拉伊创办《现在》杂志	韦科尔：《凡尔登的印刷所》
口	马尔罗任戴高乐内阁的新闻部长	埃马纽埃尔：《自由指引我们的步伐》

年份	历史事件和文学背景	文论和作品
口	2月6日，布拉西亚克被枪决	罗曼·加里：《欧洲的教育》
口	6月8日，德斯诺斯死于集中营	格鲁萨尔：《活人的黄昏》
口	夏多布里扬逃入奥地利修道院	桑戈尔：《阴影之歌》
口	拉罗舍勒自杀	萨拉克鲁：《愤怒的夜晚》
口	拉菲特与阿尔都塞等被救出集中营	盖埃诺：《抵抗运动中和新法兰西时代的大学》
口	口	
口	口	罗曼·加里：《欧洲的教育》
口	口	路易·博里：《德国人统治下的故乡》
口	口	阿拉贡：《共产党人》（第一部）
1946	法兰西第四共和国。法共参加戴高乐政府，成为议会第一大党	凯塞尔：《影子部队》
口		夏尔：《伊普诺斯之页》
口	拉贡创办《人民丛刊》	德吕翁：《最后一个旅团》
口	戈尔德曼在瑞士结识卢卡契	鲁塞：《集中营的天地》
口	口	鲁瓦：《幸运谷》
口	口	波兹内：《本地人》
口	口	萨特：《什么是文学》《恭顺的妓女》
1947	社会党人樊尚·奥里奥尔当选总统，法共被排挤出政府	加缪：《鼠疫》
口		蓬热：《松树林诗抄》
口	纪德获诺贝尔文学奖	萨拉克鲁：《勒努阿群岛》
口	波伏娃访问美国	盖埃诺：《黑暗年代日记》
口	5月23日，拉缪去世	拉菲特：《活着的人们》
口	布洛克去世	拉贡：《人民作家》
口	布尔古瓦去世	居尔蒂斯：《夜森林》
口	萨特撰文为尼赞申冤	布瓦耶：《禁止的游戏》
口	3月17日，查拉在巴黎大学发表反对超现实主义的演说	凯罗尔：《我将体验别人的爱》
口		鲁塞：《我们死亡的日子》
口	罗布莱斯回到阿尔及尔创办《锻炉》杂志	雷米：《一个联络网是如何被摧毁的》
口		佩雷：《被抓住的下士》
口	口	雷吉斯·巴斯蒂德：《巴伐利亚的来信》
口	口	罗布莱斯：《城市的高地》《蒙塞拉》
1948	7月5日，贝尔纳诺斯去世	萨特：《脏手》
口	日丹诺夫去世，阿拉贡撰文吊唁	拉菲特：《我们一定去采水仙花》
口	热内获得总统特赦	德吕翁：《大家族》
口	加洛蒂领导矿工的罢工	韦科尔：《光明的眼睛》
口	阿尔都塞加入法共	凯罗尔：《燃烧的火焰》

年 份	历史事件和文学背景	文 论 和 作 品
口	拉贡在《劳动丛刊》上开辟介绍无产阶级作家的专栏	瓦扬：《坏事》
口		瓦扬-古久里：《我们要使旭日东升》
口	口	圣埃克苏佩里：《要塞》
口	口	桑戈尔：《黑色的祭品》
口	口	格鲁萨尔：《大屠杀》
口	口	蒂亚尔：《在城里交战》
口	口	拉努：《疯人殿》
口	口	口
1949	10月1日，中华人民共和国成立	阿拉贡：《共产党员们》（1949－1951）
口	季米特洛夫去世	波伏娃：《第二性》
口	普拉伊创办《民间传统杂志》	加洛蒂：《法国社会主义的起源》
口	鲁塞与法共决裂	梅尔勒：《周末在徐德科特》
口	巴赞参加世界主义运动	吉尤：《七巧板》
口	口	斯蒂：《矿工这个名字，同志们……》
口	口	加斯卡尔：《家具》
口	口	鲁瓦：《黑夜是穷人的外套》
口	口	莫尔：《我的适合于一匹马的王国》
口	口	斯蒂：《塞纳河流入大海》
1950	朝鲜战争。法国派一个营参加“联合国军”，法共表示坚决反对	布洛克：《共产党人》
口		戴克斯：《最后的堡垒》
口	布洛克被追授金质和平勋章	加马拉：《啃黑面包的孩子》
口	阿拉贡、斯蒂当选法共候补中央委员	拉菲特：《法国玫瑰》
口	杜拉斯被法共开除出党	贝纳尔：《简单的一天》
口	口	费哈乌恩：《穷人的儿子》
口	口	卡塞莱斯：《人的机遇》
口	口	伊科尔：《穿越我们的沙漠》
口	口	格鲁萨尔：《来历不明的女人》
口	口	亨利·西蒙：《绿色的葡萄》
口	口	杜拉斯：《太平洋大堤》
口	口	波兹内：《四分五裂的国家》
口	口	乌格隆：《你将自食其果》
口	口	斯蒂：《在水塔旁》
1951	加缪的《反抗者》引起论战	瓦扬：《一个孤独的青年》
口	斯蒂的《在水塔旁》获斯大林文学奖金	韦伊：《工人的状况》《笔记》

年份	历史事件和文学背景	文论和作品
口	2月19日，纪德去世	加斯卡尔：《阴沉的面孔》
口	雷米上校去世	穆瓦诺：《武器与辎重》
口	吉约曼去世	佩雷：《特殊的团伙》
口	夏多布里扬去世	伊科尔：《巨额的资财》
口	波朗抨击清洗法奸运动的扩大化	巴赞：《婚姻介绍所》
口	《禁止的游戏》被改编成影片	乌格隆：《苍白的激情》
口	塞利纳回到法国	斯蒂：《走向社会主义现实主义》
1952	莫里亚克获诺贝尔文学奖	罗布莱斯：《这就叫做黎明》
口	3月15日，斯蒂获斯大林文学奖金	韦科尔：《变性的动物》
口	11月18日，艾吕雅去世	斯蒂：《大炮事件》
口	11月16日，莫拉斯去世	马姆里：《被遗忘的丘陵》
口	夏多布里扬去世	狄布：《大房子》
口	萨特：《喜剧演员与殉道者圣热内》	蒂亚尔：《夜间的战士》《失而复得的玫瑰》
口	口	卡拉费尔特：《无辜者的安魂曲》
口	口	塞斯勃隆：《圣人下地狱》
口	口	乌格隆：《心中的太阳》
口	口	勒菲弗尔：《美学概论》
1953	斯大林去世	阿拉贡：《共产党人》（第二部）
口	勒莫尼埃去世	拉贡：《工人文学史》
口	乌格隆获法兰西学士院小说大奖	斯蒂：《巴黎和我们在一起》
口	口	加斯卡尔《死者的时代》《兽类》
口	口	梅尔勒：《死亡是我的职业》
口	口	特里奥雷：《红棕马》
口	口	拉菲特：《马尔索营长》
口	口	亨利·西蒙：《人们不愿死去》
口	口	费哈乌恩：《土地和鲜血》
口	口	贝蒂：《没有恨也没有爱》
口	口	穆瓦诺：《庄严的追击》
口	口	于勒·鲁瓦：《稻田里的战斗》
口	口	克洛德·鲁瓦：《镜子里的中国》
口	口	乌格隆：《非法死亡》
口	口	查拉：《超现实主义与战后》
口	口	波伏娃：《一代名流》
1954	5月，越南奠边府战役。10月，《巴黎协定》	盖埃诺：《法国与黑人》
口		瓦扬：《博马斯克》

年 份	历史事件和文学背景	文 论 和 作 品
口	阿尔及利亚民族解放战争	狄布：《火灾》
口	全苏第二次作家代表大会，对社会主义现实主义的定义进行重大修改	贝蒂：《残酷的城市》
口		卡苏：《易忘录》
口	阿拉贡当选法共中央委员	卡拉费尔特：《活人的流动》
口	萨特当选法苏友协副主席	塞斯勃隆：《没有项圈的迷路狗》
口	法国政府解散阿尔及利亚共产党等爱国组织，派军队进行镇压	乌格隆：《亚洲人》
口		费哈乌恩：《卡比利的日子》
口	口	阿拉贡：《苏联文学》
1955	萨特和波伏娃访问中国	萨特：《涅克拉索夫》
口	韦伊：《关于自由与社会压迫的原因的思考》	瓦扬：《325000法郎》
口		戈尔德曼：《隐藏的上帝》
口	8月12日，托马斯·曼去世	伊科尔：《混合水》
口	口	加斯卡尔：《种子》《开放的中国》
口	口	加马拉：《小学教师》
口	口	夏布罗尔：《污秽的场所》
口	口	萨拉克鲁：《一个过于诚实的女人》
口	口	乌格隆：《我要回到坎大拉》
口	口	马姆里：《安然沉睡》
口	口	狄布：《在咖啡馆里》
口	口	韦伊：《关于自由与社会压迫原因的思考》
口	口	拉菲特：《春天的燕子》
口	口	阿拉贡：《未完成的小说》
口	口	斯蒂：《埃及的麦子》
口	口	罗曼·加里：《天的起源》
口	口	加斯卡尔：《街边车》《今日中国》
口	口	克拉韦尔：《黑夜里的工人》
口	口	热内：《阳台》
1956	苏共第20次代表大会	拉努：《瓦特兰少校》
口	法共第14次代表大会	贝蒂：《可怜的蓬巴基督》
口	匈牙利事件	乌斯马纳：《黑色码头工》
口	萨特辞去法苏友协副主席职务	奥约诺：《男仆的一生》《老黑人和奖章》
口	卡苏担任全国作家委员会主席	亚西纳：《内吉玛》
口	勒菲弗尔参加左派俱乐部活动	勒菲弗尔：《向着革命浪漫主义前进》
口	狄布被驱逐出境	口
1957	加缪获诺贝尔文学奖	加洛蒂：《马克思主义者的人道主义》

年份	历史事件和文学背景	文论和作品
口	阿拉贡获列宁和平奖和列宁文学奖，当选法国作协主席	波伏娃：《长征——中国随笔》
口		斯蒂：《我们将在明天相爱》
口	鲁瓦被法共开除出党	瓦扬：《法律》
口	6月，阿尔及尔大学数学家奥丹被法国伞兵逮捕	费哈乌恩：《上坡路》
口		狄布：《织布机》
口	7月15日，阿尔及利亚少女、民族解放阵线成员贾米拉·布希里德被法军用酷刑折磨后判处死刑	亨利·西蒙：《反对酷刑》
口		贝蒂：《完成的使命》
口		乌斯马纳：《祖国，我可爱的人民》
口	口	阿拉贡：《受难周》
1958	5月，法国驻阿尔及利亚殖民军发动政变，占领科西嘉岛	勒菲弗尔：《马克思主义的现实问题》
口		波伏娃：《一个良家少女的回忆》
口	戴高乐上台组阁，法兰西第五共和国	埃尔巴尔：《防线》
口	8月22日，马丁·杜加尔去世	贝蒂：《死里逃生的国王》
口	卡尔科去世	凯塞尔：《狮王》
口	加缪定居普罗旺斯	乌格隆：《野蛮的土地》
口	口	雷吉斯·巴斯蒂德：《告别》
口	口	拉努：《布吕日的约会》
口	口	狄布：《非洲的一个夏天》
1959	法共第15次代表大会	施瓦兹-巴尔：《最正直的人》
口	6月23日，维昂去世	克拉韦尔：《西班牙人》
口	佩雷去世	特里奥雷：《月球停机场》
口	口	热内：《黑人》
口	口	亚西纳：《报复圈》
口	口	阿尔都塞：《列宁与哲学》
1960	1月4日，加缪因车祸去世	萨拉克鲁：《杜朗大街》
口	越南抗美救国战争	波伏娃：《年富力强》
口	《法国共产党史》第一卷	杜拉斯：《广岛之恋》
口	萨特：《辩证理性批判》	乌斯马纳：《神的儿女》
口	桑戈尔当选塞内加尔总统	奥约诺：《欧洲之路》
口	苏佩维埃尔去世	吉尤：《败仗》
口	兰东印刷《关于在阿尔及利亚战争中有权利不服从的声明》	鲁瓦：《阿尔及利亚战争》
口		西蒙：《弗兰德公路》
口	口	拉泰基：《百人队长》
口	口	加蒂：《小耗子》《凯扎勒》

年 份	历史事件和文学背景	文 论 和 作 品
□	□	加洛蒂：《从超现实主义到现实世界——阿拉贡的历程》
1961	法共第16次代表大会	阿尔都塞：《关于青年马克思》
□	7月1日，塞利纳去世	
□	查拉获诗歌国际大奖	路易·贝杜安：《超现实主义的二十年，1939—1959》
□	□	蓬热：《诗全集》
□	□	
□	□	斯蒂：《痛苦》
□	□	加斯卡尔：《逃跑者》
□	□	伊科尔：《战争的怨言》
□	□	于勒·鲁瓦：《关于一场悲剧》
□	□	狄布：《守护的阴影》
□	□	桑戈尔：《夜歌集》
□	□	克拉韦尔：《巨大的耐心》（1962—1968）
1962	7月3日，阿尔及利亚宣告独立	瓦扬-古久里：《朝着凯歌高唱的明天》
□	《法国共产党史》第2卷	加蒂：《塔滕贝格集中营的第二次生命》
□	盖埃诺当选法兰西学士院院士	盖埃诺：《改变生活》
□	阿拉贡在捷克发表演说，向传统的现实主义定义提出挑战	梅尔勒：《岛屿》
□		拉泰基：《黑色的怪物》
□	费哈乌恩被恐怖分子谋杀	塞斯勃隆：《黄昏时分》
□	昂普去世	斯蒂：《最后一刻》
□	□	加蒂：《塔滕贝格集中营的第二次生命》
□	□	莫尔：《海滨监狱》
□	□	狄布：《谁记得大海》
1963	法国承认中华人民共和国	加洛蒂：《论无边的现实主义》
□	加洛蒂：《什么是马克思主义道德》	阿尔都塞：《马克思主义和人道主义》
□	凯塞尔当选法兰西学士院院士	加斯卡尔：《火绵羊》
□	12月16日，查拉去世	乌斯马纳：《热风》
□	□	穆瓦诺：《流沙》
□	□	拉努：《当大海退潮的时候》
□	□	于勒·鲁瓦：《奠边府战役》
1964	多列士去世	萨特：《文字生涯》
□	法共第17次代表大会	戈尔德曼：《论小说的社会学》
□	萨特谢绝诺贝尔文学奖	桑戈尔：《自由一集：黑人性和人道主义》

年份	历史事件和文学背景	文论和作品
口	狄布定居巴黎郊区	斯蒂：《来跳舞吧，维奥丽娜》
口	口	盖埃诺：《我的信念》
口	口	拉泰基：《恐黄症》
口	口	卡塞莱斯：《民众教育史》
1965	7月，马尔罗访问中国	阿尔都塞：《保卫马克思》
口	5月12日，瓦扬去世	阿拉贡：《处死》
口	乌格隆获民众主义小说奖	斯蒂：《安德烈》
口	口	罗布莱斯：《为造反者申辩》
口	口	乌斯马纳：《汇票》
口	口	梅尔勒：《蒙卡达，菲德尔·卡斯特罗的第一次战斗》
口	口	
口	口	莫尔：《意大利战役》
口	口	波兹内：《西班牙，第一个恋人》
口	口	伊科尔：《一位良心不安的教授》
口	口	蒂亚尔：《倒霉日子里的面包》
口	口	马姆里：《鸦片与棍棒》
1966	中国文化大革命	马歇雷：《文学生产原理》
口	德吕翁当选法兰西学士院院士	加洛蒂：《二十世纪的马克思主义》
口	亨利·西蒙当选法兰西学士院院士	加蒂：《面对两张电椅》
口	萨特参与组织国际法庭揭露美国侵略越南的罪行	口
口		口
口	4月13日，杜阿梅尔去世	口
口	布勒东去世	口
口	蒂亚尔去世	口
1967	法共第18次代表大会	阿尔都塞：《阅读<资本论>》
口	卡塞莱斯：《论工人运动》	洛夫雷：《法国无产阶级文学编年史》
口	斯蒂获民主主义小说奖	图尼埃：《礼拜五，或太平洋上的虚无境》
口	泰里夫去世	马尔罗：《反回忆录》
口	莫洛亚去世	于勒·鲁瓦：《阳光下的马群》
口	口	斯蒂：《蓝天里的鸽子》
口	口	阿拉贡：《布朗什或遗忘》
口	口	凯塞尔：《骑士们》
口	口	梅尔勒：《一种有理性的动物》
口	口	卡塞莱斯：《论工人运动》
1968	“五月风暴”，萨特等支持学生运动	加洛蒂：《二十世纪的现实主义》

年 份	历史事件和文学背景	文 论 和 作 品
口	阿拉贡单独会见学生领袖	斯蒂：《像一个人那样美》
口	8月，苏联占领捷克斯洛伐克	库卢玛：《独立的太阳》
口	埃马纽埃尔当选法兰西学士院院士	拉泰基：《以色列的城墙》
1969	贝克特获诺贝尔文学奖	阿尔都塞：《列宁与哲学》
口	加斯卡尔获法兰西学士院文学大奖	斯蒂：《谁》
口	5月14日，马尔瓦去世	普瓦洛-德尔佩克：《喜剧该结束了》
口	马松去世	口
1970	法共第19次代表大会	图尼埃：《桤木王》
口	6月16日，特里奥雷去世	狄布：《野蛮的上帝》
口	9月1日，莫里亚克去世	雷米：《1871年5月23日，蒙马特尔高地上的公社》
口	10月9日，吉奥诺去世	
口	11月9日，戴高乐去世	巴赞：《荒凉岛的幸运者》
口	戈尔德曼去世	普瓦洛-德尔佩克：《立陶宛的疯姑娘》《当世伟人》
口	托马去世	
口	加洛蒂被法共开除出党	口
1971	弗雷维尔去世	萨特：《家中的低能儿》（1971—1972）
口	卢卡契去世	盖埃诺：《一位老作家的笔记》
口	卡苏获法国文学大奖	加斯卡尔：《诺亚方舟》
口	口	乌格隆：《屈辱的人们》
口	口	拉努：《枪炮波尔卡》
口	口	亚西纳：《马哈迈德收拾你的行李吧》
1972	乔治·马歇任法共总书记，法共与社会党、左翼激进党成立左翼联盟	桑戈尔：《热带雨季的信札》
口		施瓦兹-巴尔：《孤独的黑白混血儿》
口	勒庞创建法国极右政党国民阵线	贝蒂：《伸向喀麦隆的黑手》
口	戴克斯与法共决裂	伊科尔：《无辜者的军事法庭》
口	8月14日，于勒·罗曼去世	口
口	9月20日，亨利·西蒙去世	口
1973	巴赞任龚古尔文学奖评委会主席	乌斯马纳：《哈拉》
口	口	狄布：《狩猎队长》
1974	德斯坦当选法国总统	拉贡：《法国无产阶级文学史》
口	阿尔都塞：《自我批评材料》	罗布莱斯：《艰难岁月》
口	8月3日，埃尔巴尔去世	乌格隆：《贪婪凶狠的人》
口	口	亚西纳：《2000年的战争》
口	口	贝蒂：《贝尔贝杜》
口	口	口

年 份	历史事件和文学背景	文 论 和 作 品
1975	杜克洛去世	勒菲弗尔：《黑格尔、马克思、尼采，或幽灵的王国》
口	埃马纽埃尔辞去院士职务	罗曼·加里：《生活展现在面前》
口	口	
1976	法共第22次代表大会，宣布放弃无	阿尔都塞：《立场》
口	产阶级专政理论	戴克斯的政治自传：《我相信过早晨》
口	11月3日，马尔罗去世	拉泰基：《永别了西贡》
口	口	普瓦洛-德尔佩克：《一切都僵化了》
1977	斯蒂当选龚古尔文学奖评委	德雷菲斯：《抵抗运动奇史》
口	口	罗布莱斯：《威尼斯的冬天》
口	口	亚西纳：《西方的国王》
1978	盖埃诺去世	亚西纳：《被背叛的巴勒斯坦》
1979	法共第23次代表大会	盖埃诺：《过去和未来》
口	苏联入侵阿富汗，萨特表示抗议	加洛蒂：《向活着的人呼吁》
口	贝蒂创办杂志《黑色的民族，非洲	洛维：《马克思主义和革命浪漫主义》
口	的民族》	斯蒂：《上帝是一个孩子》
口	7月22日，凯塞尔去世	口
口	路易·博里去世	口
口	塞斯勃隆去世	口
1980	巴赞获列宁文学奖金	伊科尔：《我控诉》
口	罗布莱斯来华指导演出《蒙塞拉》	口
口	阿尔都塞精神病复发住院	口
口	4月15日，萨特去世	口
口	普拉伊去世	口
口	吉尤去世	口
口	12月2日，罗曼·加里去世	口
1981	社会党人密特朗当选法国总统	波伏娃：《告别的仪式》
口	蓬热获法国诗歌大奖	斯蒂：《我是矿区的孩子》
口	贝纳尔去世	乌斯马纳：《帝国的最后一人》
口	口	西蒙：《农事诗》
口	口	拉贡：《我母亲的乡音》
口	口	巴赞：《绿色的教堂》
口	口	普瓦洛-德尔佩克：《世纪的传说》

年 份	历史事件和文学背景	文 论 和 作 品
1982	法共第24次代表大会，通过马歇提出的建设“法国色彩的社会主义”的决议	德雷菲斯：《欧洲抵抗运动奇史》
口		斯蒂：《仁慈的人》
口	12月24日，阿拉贡去世	口
1984	法共退出左翼联合政府	杜拉斯：《情人》
口	蓬热获法兰西学士院诗歌大奖	普瓦洛-德尔佩克：《1936年夏天》
口	埃马纽埃尔去世	拉贡：《肖莱的红手帕》
1985	西蒙获诺贝尔文学奖	加洛蒂：《二十世纪的传记——罗杰·加洛蒂的哲学遗嘱》
口	莫尔当选法兰西学士院院士	
口	口	杜拉斯：《痛苦》
口	口	萨冈：《战时之恋》
1986	1月16日，卡苏去世	口
口	4月14日，波伏娃去世	口
口	4月15日，热内去世	口
口	伊科尔去世	口
1987	夏尔去世	口
1988	蓬热去世	口
1989	达利去世	加洛蒂：《我孤独的世纪历程》
口	贝克特去世	西蒙：《百年槐树》
口	11月23日，萨拉克鲁去世	口
1990	法共第27次代表大会	马金：《一个苏联英雄的女儿》
1991	韦科尔去世	斯蒂：《爱情这个词》
口	10月22日，阿尔都塞去世	口
1992	雅克·佩雷去世	马金：《一个失势领导者的忏悔》
口	波兹内去世	斯蒂：《另一个世界……》
1993	让-里夏尔·布洛克研究会成立	口
1994	法共第28次代表大会，罗贝尔·于担任总书记，放弃民主集中制	马金：《黑龙江时代》
口		口
1995	塔迪厄去世	马金：《法兰西遗嘱》
口	11月1日，居尔蒂斯去世	口
口	罗布莱斯去世	口
1996	法共第29次代表大会，罗贝尔·于提出“新共产主义”理论	口
口		口
口	3月3日，杜拉斯去世	口
口	巴赞去世	口

年 份	历史事件和文学背景	文 论 和 作 品
口	雷吉斯·巴斯蒂德去世	口
口	11月23日，马尔罗遗骸被迁入先贤祠	口
1997	鲁塞去世	口
口	加斯卡尔去世	口
口	12月13日，克洛德·鲁瓦去世	口
1998	口	杜甘：《军官病房》
口	口	马金：《奥尔加·阿尔贝丽娜的罪孽》
1999	罗贝尔·于：《共产主义的新规划》	库卢玛：《等待野兽们的选举》

21世纪

年份	历史事件和文学 背景	作 品
2000	3月，法共第30次代表大会	库卢玛：《真主并非必需》
口	6月15日，于勒·鲁瓦去世	杜甘：《英国战役》
口	口	马金：《东方安魂曲》
2001	法共第31次代表大会，罗贝尔·于当选法共主席	马金：《一生的音乐》
口	戴克斯：《我的整个时代，让我们纠正我的回忆》	口
口	12月20日，桑戈尔去世	口
2002	法国政府把2002年命名为“雨果年”	杜甘：《幸福得如同上帝在法国》
2003	法共第32次代表大会	口
2004	5月8日，欧洲左翼联盟成立	吉斯贝尔：《美国佬》
口	法国纪念乔治·桑诞生200周年	内米洛夫斯基：《法兰西组曲》
口	斯蒂去世	佩茹：《小修女》
口	3月28日，梅尔勒去世	口
口	9月24日，萨冈去世	口
2005	2月10日，凯罗尔去世	佩茹：《妖魔的狂笑》
口	7月，西蒙去世	口
2006	法共第33次代表大会	口
口	9月30日，施瓦兹-巴尔去世	口

主要参考书目

一　法文部分：

阿拉贡：《为了社会主义现实主义》，巴黎：德诺埃尔和斯泰勒出版社，1935年。
艾蒂安•巴里巴尔：《为阿尔都塞而作》，巴黎：发现出版社，1991年。
布吕诺•韦尔西埃等：《1968年以来的法国文学》，巴黎：博尔达斯出版社，1982年。
《成问题的无产阶级文学》，《欧洲》文学月刊，巴黎：法国联合出版社，1977年3—4月号。
亨利•密特朗主编：《20世纪文学，教授之书》，巴黎：纳坦出版社，1991年。
玛丽-克莱尔•邦卡尔和皮埃尔•卡赫内：《20世纪法国文学》，巴黎：法国大学出版社，1992年。
米歇尔•拉贡：《法国无产阶级文学史》，巴黎：阿尔班•米歇尔出版社，1974年。
莫洛亚：《从纪德到萨特》，巴黎：佩兰学院出版社，1967年。
皮埃尔•亚伯拉罕和罗朗•德斯纳主编：《法国文学史》，巴黎：社会出版社，1971—1977年。
让-皮埃尔•贝纳尔：《法国共产党和文学问题，1921—1939》，巴黎：格勒诺布尔大学出版社，1972年。
让-皮埃尔•德•博马歇等主编：《法语文学词典》，巴黎：博尔达斯出版社，1984年。
热尔曼•布雷：《20世纪的法国文学，第2卷，1920—1970》，巴黎：阿尔托出版社，1978年。
斯•莫库尔斯基等选编：《法国文学作品选读》，法译者：阿•卡芒斯基，莫斯科：国立学校教育出版社，1956年。
斯蒂：《走向社会主义现实主义》，巴黎：新批评出版社，1952年。
雅克•贝尔萨尼等：《法国文学史》（1945—1968），巴黎：博尔达斯出版社，1985年。
雅克•罗比舍：《20世纪法国文学精要》，巴黎：大学报刊出版社，1985年。
约瑟夫•马若尔特等：《当代文学——二十世纪法国文学概论》，巴黎：卡斯滕曼出版社，1972年。

二　中文部分：

艾珉：《法国文学的理性批判精神》，北京：北京大学出版社，1991年。
北京编译社等译：《法国共产党史》，第2卷，《从1940年到解放》，北京：世界知识出版社，1966年。

北京编译社等译：《法国共产党史》，第1卷，《从法共建党到1939年战争》，北京：世界知识出版社，1965年。
北京大学历史系简明世界史编写组：《简明世界史》，北京：人民出版社，1978年。
勃兰兑斯：《法国的浪漫派》（《十九世纪文学主流》第五分册），李宗杰译，北京：人民文学出版社，1982年。
董学文主编：《文艺学当代形态论》，北京：北京大学出版社，1998年。
冯宪光：《“西方马克思主义”美学研究》，重庆：重庆出版社，1997年。
弗朗西斯•马尔赫恩编：《当代马克思主义文学批评》，刘象愚等译，北京：北京大学出版社，2003年。
弗雷德里克•戈森：《20世纪迷茫的孩子们》，吴岳添译，郑州：河南人民出版社，2004年。
桂裕芳译：《纪德文集》小说三卷，北京：人民文学出版社，2002年。
郭宏安、章国锋、王逢振：《二十世纪西方文论研究》，上海：中国社会科学出版社，1997年。
何颖怡译：《波伏娃美国纪行》，海口：海南出版社，2004年。
黄宝生主编：《文学大师的故事》，北京：解放军文艺出版社，2002年。
克洛德•维拉尔：《法国社会主义简史》，曹松豪译，北京：中共中央党校出版社，1992年。
拉法格：《革命前后的法国语言》，罗大冈译，上海：商务印书馆，1978年。
李青宜：《阿尔都塞与“结构主义马克思主义”》，沈阳：辽宁人民出版社，1987年。
李清安、金德全选编：《西蒙娜•德•波伏娃研究》，上海：中国社会科学出版社，1992年。
李玉民、罗国林等译：《纪德文集》，散文等五卷，北京：花城出版社，2002年。
李玉民等译：《纪德散文精选》，北京：人民日报出版社，1999年。
李周：《法国共产党的“新共产主义”理论与实践》，上海：中国社会科学出版社，2006年。
廖星桥：《荒诞与神奇——法国著名作家访谈录》，深圳：海天出版社，1998年。
刘扳盛：《法国文学名家》，哈尔滨：黑龙江人民出版社，1983年。
刘麟主编：《罗大冈文集》，北京：中国文联出版社，2004年。
柳鸣九、沈志明主编：《加缪全集》（1—4卷），石家庄：河北教育出版社，2002年。
柳鸣九等译：《勒菲弗尔文艺论文选》，北京：作家出版社，1965年。
柳鸣九主编：《法国文学史》（1—3卷），北京：人民文学出版社，2007年。
柳鸣九主编：《世界反法西斯文学书系》（法国卷），重庆：重庆出版社，1992年。
陆梅林等主编：《马克思主义文艺学大辞典》，郑州：河南人民出版社，1994年。
陆梅林选编：《西方马克思主义美学文选》，桂林：漓江出版社，1988年。
罗大冈译：《拉法格文论集》，北京：人民文学出版社，1962年。
罗芃等：《法国文化史》，北京：北京大学出版社，1997年。
马尔罗：《反回忆录》，钱培鑫、沈国华等译，桂林：漓江出版社，2000年。
马克思、恩格斯：《马克思恩格斯选集》（1—4卷），北京：人民出版社，1995年。
毛信德：《美国小说发展史》，杭州：浙江大学出版社，2004年。

M•雅洪托娃等：《法国文学简史》，郭家申译，沈阳：辽宁教育出版社，1986年。
米歇尔•莱蒙：《法国现代小说史》，徐知免、杨剑译，上海：上海译文出版社，1995年。
娜塔丽•德•瓦里埃尔：《圣埃克苏佩里——天使与作家》，周冉译，上海：上海译文出版社，2006年。
钱林森：《法国作家与中国》，福州：福建教育出版社，1995年。
儒勒•瓦莱斯：《起义者》，郝运等译，上海：上海译文出版社，1979年。
萨特：《寄语海狸》，沈志明、施康强等译，北京：人民文学出版社，2005年。
沈志明、艾珉主编：《萨特文集》（1—7卷），北京：人民文学出版社，2000年。
沈志明编选：《阿拉贡研究》，上海：中国社会科学出版社，1986年。
盛澄华等译：《阿拉贡文艺论文选集》，北京：人民文学出版社，1958年。
盛宁：《人文困惑与反思—西方后现代主义思潮批判》，北京：三联书店，1997年。
谭立德编选：《法国作家•批评家论左拉》，合肥：安徽文艺出版社，1994年。
吴元迈：《吴元迈文集》，上海。上海辞书出版社，2005年。
吴岳添译：《左拉文学书简》，合肥：安徽文艺出版社，1995年。
伍蠡甫、胡经之主编：《西方文艺理论名著选编》，中卷，北京：北京大学出版社，1986年。
雅克•贝尔沙尼等：《法国现代文学史，1945—1968》，孙恒等译，长沙：湖南人民出版社，1999年。
杨令飞：《近代法国自由主义研究》，长春：吉林大学出版社，2006年。
张首映：《西方二十世纪文论史》，北京：北京大学出版社，1999年。
张英伦：《雨果传》，太原：北岳文艺出版社，1990年。
赵宪章编：《二十世纪外国美学文艺学名著精义》，南京：江苏文艺出版社，1987年。
郑克鲁：《现代法国小说史》，上海：上海外语教育出版社，1998年。
中国社会科学院外国文学研究所、外国文学研究资料丛刊编委会编：《欧美古典主义作家论现实主义和浪漫主义》（二），上海：中国社会科学出版社，1981年。
中国社科院外文所东欧文学室编著：《东欧文学史》，重庆：重庆出版社，1990年。
中国作家协会，中国编译局编：《马克思、恩格斯、列宁、斯大林论文艺》，北京：人民文学出版社，1959年。
周启超译，罗曼•罗兰：《莫斯科日记》，桂林：漓江出版社，1995年。
朱庭光主编：《巴黎公社史》，上海：中国社会科学出版社，1982年。